Dunkelrote Erde

Eliot Schrefer

Dunkelrote Erde

Aus dem Englischen von Birgit Niehaus

CHICKEN HOUSE

Für Kinsuke

Der Begriff Kongo steht in diesem Buch für die Demokratische Republik Kongo (ehemals Zaire) und ist nicht zu verwechseln mit der benachbarten Republik Kongo-Brazzaville.

TEIL EINS

Otto

Eins

Es ist schwer vorstellbar, aber Beton kann tatsächlich verrotten: Erst verfärbt er sich grünlich, dann wird er schwarz und schließlich zerbröckelt er.

Doch das weiß kaum jemand. Das wissen wohl nur die Kongolesen.

Es gab eine Zeit, da sind auch mir solche Sachen nicht aufgefallen. Als kleines Kind habe ich im Kongo einfach nur die üppige, immergrüne, kraftstrotzende Natur wahrgenommen. Und diesen Wahnsinnshimmel, über den die Vögel leuchtend bunte Streifen zogen. Mit acht Jahren bin ich dann mit Dad in die USA gezogen. Seitdem besuchte ich meine Mutter nur in den Sommerferien, und jedes Mal kam es mir so vor, als würde ich ins Nirgendwo reisen – oder genauer: auf die gefährliche, feucht-schwüle Rückseite des Nirgendwo. Der Brunnen im Zentrum von Kinshasa, den ich früher für ein richtiges Prunkstück, ein architektonisches Meisterwerk hielt, sah für mich auf einmal nur noch aus wie eine alte Suppenschüssel. Mit massenhaft Einschusslöchern drin. Und niemand, den ich fragte, konnte sich daran erinnern, wer die dort reingeballert hatte. Wenn man näher heranging, sah man, dass die Löcher sich teilweise überschnitten, so viele waren es. Das ist die Demokratische Republik Kongo: Dort haben sogar die Einschusslöcher noch Einschusslöcher.

Die Hauptstadt Kinshasa hat rund zehn Millionen Einwohner, aber nur zwei geteerte Straßen und so gut wie keine Ampeln. Es ist ziemlich aussichtlos, auf den chaotischen, ständig überfüllten Straßen schnell irgendwohin zu kommen. Und deshalb steckten wir auch sofort im Verkehr fest, als der Fahrer vom Haus meiner Mutter losfuhr, um mich zu ihrem Arbeitsplatz zu bringen. Wegen einer Straßensperre kamen wir nur zentimeterweise voran. Dass die Polizei die Straße abriegelt, ist nicht gerade an der Tagesordnung, aber auch keine Seltenheit. Einige der Polizisten auf Kinshasas Straßen sind echt, andere sind irgendwelche Typen in gestohlenen Uniformen, die versuchen Bestechungsgelder abzugreifen. Absolut unmöglich, die echten von den unechten zu unterscheiden. Aber letztlich ist es auch egal, denn in beiden Fällen gelten dieselben Verhaltensregeln: Motor anlassen, Ausweis gegen die Windschutzscheibe halten, keinesfalls das Fenster runterkurbeln und erst recht nicht aussteigen, wenn man aufgefordert wird mitzukommen.

Auch jetzt näherte sich jedem Auto, das abbremste, ein Mann. Allerdings sah er nicht nach einem falschen Polizisten aus, sondern eher nach einem ganz normalen Bettler. Dann sah ich, dass er irgendein kleines Tier hinter sich herzog. Ich kletterte auf den Vordersitz, um besser gucken zu können.

Es war ein Affenjunges. Sobald der Mann neben einem Auto stand, riss er das Äffchen hoch, das wie auf Knopfdruck ein breites Grinsen aufsetzte und mit den Füßchen strampelte.

Obwohl der Mann stark humpelte, war er erstaunlich flink, er hatte eine ganz eigene Art, seinen schorfigen Klumpfuß vorwärtszuschwenken. Hinter dem Typen stand ein rostiges Fahrrad, auf dessen Gepäckträger eine Holzkiste geschnallt war, wahrscheinlich zum Transportieren des Affen.

Ich hatte an diesem Morgen bereits unzählige leidende Tiere gesehen: Graupapageien am Straßenrand, die so eng in ihren Käfigen zusammengepfercht waren, dass die bereits verendeten Vögel genauso aufrecht dastanden wie die noch lebenden; eine verkrüppelte Hündin, die mit ihrem bloßliegenden Hüftknochen jaulend auf einem überfüllten Markt herumlief, umschwirrt von Fliegen; ein paar halb tote Kätzchen, die vom Gürtel eines Hausierers baumelten. Aber ich hatte gelernt solche Bilder auszublenden. Anders ging es gar nicht in einer Stadt, in der man alle paar Kilometer einen *Menschen* am Straßenrand sterben sah. Und das war für mich dann doch noch schlimmer als die Qualen eines Tieres. Zumindest redete ich mir das ein. Mom sah das anders. Sie war der Meinung, dass die Art und Weise, wie wir Tiere behandeln, ein Spiegel dafür ist, wie wir unsere Mitmenschen behandeln. Und deshalb setzte sie sich auch mit all ihrer Energie dafür ein, Männer wie diesen humpelnden Affenhändler davon abzuhalten, sogenanntes Buschfleisch zu verhökern. Ihr Engagement für den Tierschutz war schon immer sehr groß gewesen – mit der Folge, dass sie damals, als Dads Job im Kongo endete und er nach Amerika zurückmusste, einfach hierblieb. Die beiden haben sich dann scheiden lassen. Das war das Ende unseres Zusammenlebens als Familie.

Man konnte fast den Eindruck gewinnen, dass sich das Äffchen bestens amüsierte, so wie es von einem Ohr zum anderen grinste. Aber als ich genauer hinschaute, sah ich die Wunden und kahlen Stellen in seinem Fell, dort, wo es offenbar festgebunden gewesen war. Das Seil hing noch an seiner Hüfte und schleifte hinter ihm durch den Straßenstaub.

»Clément, das ist ja ein Bonobo, ein echter Zwergschimpanse!«, stellte ich überflüssigerweise fest.

»Stimmt.« Cléments Blick flackerte nervös zwischen mir und dem Mann hin und her.

»Dann halt an!«, rief ich. Mein Überdruss, in diesem Auto festzusitzen – und in diesem Land –, war auf einmal verflogen.

»*Te*, Sophie, das geht jetzt nicht.«

»Gegen so etwas kämpft meine Mutter, gegen genau solche Quälerei. Sie würde darauf bestehen, dass du anhältst. Und du arbeitest für sie. Dir bleibt also gar nichts anderes übrig!« Ich machte eine wedelnde Handbewegung in seine Richtung.

»Nein, Sophie«, widersprach Moms Chauffeur neben mir. »Deine Mutter würde wollen, dass ich ihr Bescheid sage, damit sie das Umweltministerium einschalten kann. Sie würde wollen, dass die sich darum kümmern – und nicht ihre Tochter.«

»Na gut, dann bestehe *ich* eben darauf, dass du anhältst.«

Statt einer Antwort verriegelte Clément die Türen, was nicht viel nützte, denn die Vordertüren ließen sich gar nicht von innen verschließen. Und weil das Auto wegen der Straßensperre extrem langsam fuhr, öffnete ich einfach meine Tür, sprang raus und rannte zurück zu dem Affenhändler. Der riss den kleinen Zwergschimpansen mit einem Ruck vom Boden hoch, nahm ihn auf den Arm und begrüßte mich auf Lingala – und nicht auf Französisch, wie es bei den gebildeten Schichten im Kongo üblich war.

»*Mbote!* Möchtest du meinen kleinen Freund hier sehen, *mundele*?«, fragte er.

»Der ist ja süß! Wo haben Sie ihn her?«, antwortete ich auf Lingala. Mit meinen Eltern hatte ich damals immer Englisch und Französisch geredet, mit meinen Freunden aber Lingala, weshalb ich die Sprache fließend beherrschte.

Der Mann ließ den kleinen Bonobo los, der sich müde in den Schmutz hockte, die Arme sinken ließ und regelrecht zusammensackte, als die Anspannung in seinen Muskeln nachließ. Ich kniete mich hin und streckte meine Hand nach ihm aus. Das Äffchen blickte ängstlich zu seinem Herrchen, bevor es sich mühsam aufraffte und langsam auf mich zutappte. Kurz lehnte es sich an mein Schienbein, dann streckte es die Ärmchen aus, um hochgehoben zu werden. Es war federleicht. Wie ein zartes Collier legten sich seine dünnen Arme um meinen Hals, und der kleine Kerl schmiegte sich an mich. Ich konnte seine Rippen unter meinen Fingern spüren und seinen flatternden Herzschlag in meiner Halsbeuge. Er drückte seine Lippen auf meine Wange, wahrscheinlich um so dicht wie möglich bei mir zu sein, und erst da konnte ich seine schwachen Schreie vernehmen. Er hatte offenbar schon so lange geschrien, dass seine Stimme fast weg war.

»Gefällt er dir?«, wollte der Mann wissen. »Möchtest du einen kleinen Spielkameraden haben?«

»Meine Mutter leitet das Bonobo-Reservat ein Stück weiter

die Straße rauf«, erwähnte ich. »Sie würde sich bestimmt gerne um ihn kümmern.«

Der Mann sah plötzlich beunruhigt aus und ein nervöses Lächeln huschte über sein Gesicht. »Er ist mein Freund! Ich habe ihm nichts getan. Schau mal, er mag dich. Er möchte bei dir leben. Er möchte dir dein Haar flechten!«

Der Typ hatte offenbar einige Übung darin, kongolesische Mädchenherzen zu erweichen. Trotzdem versuchte er es obendrein auf die Betteltour:

»Bitte, *la blanche*, ich bin sechs Wochen den Fluss runtergefahren, um das Äffchen hierher zu bringen. Bei einem Sturm habe ich all meine anderen Waren verloren. Wenn du mir den Bonobo nicht abkaufst, verhungert meine Familie.«

Ich musterte den Mann mit seinem verkrüppelten Fuß und seinem schmierigen, zerlumpten Gewand, das an der Vorderseite von geflochtenen Palmfasern zusammengehalten wurde, und zweifelte nicht einen Augenblick daran, dass er kurz vorm Verhungern war.

Clément hatte das Auto inzwischen geparkt und kam wutschnaubend auf uns zu. Jede Wette, dass er Mom bereits angerufen hatte.

»Sophie«, rief er. »Wir müssen los! So lassen sich die Probleme nicht lösen.«

Er begriff es einfach nicht. »Mach dir keinen Stress. Falls wir Schwierigkeiten bekommen, erzähle ich Mom, dass das alles meine Idee war.«

Das Affenjunge steckte seine Finger in den Halsausschnitt meines T-Shirts, offenbar suchte es direkten Hautkontakt.

»Wie viel wollen Sie für ihn?«, fragte ich den Händler.

»Das Reservat kauft keine Bonobos«, belehrte mich Clément und trat zwischen uns.

»Er ist mein Eigentum«, antwortete der Mann. »Sie können ihn mir nicht wegnehmen.«

»Keine Sorge«, beruhigte ich ihn und wünschte, Clément würde verschwinden. Er war dabei, alles zu verderben. Ich wollte ihn schon wegschicken, da sah ich, wie angespannt er zu der Straßensperre hinüberstarrte. Ihm war anzumerken, dass er die Uniformierten nicht für echte Polizisten hielt, sondern für die andere Sorte: für bewaffnete, betrunkene Unruhestifter, die den Leuten Schmiergeld abknöpfen wollten. Inzwischen schauten die Typen schon neugierig zu uns herüber, wahrscheinlich weil wir ausgestiegen waren, was in diesem Teil der Hauptstadt ziemlich riskant war. Andauernd wurden irgendwelche Leute ausgeraubt – und Mädchen passierte noch weit Schlimmeres. Aber das blendete ich jetzt komplett aus. Ich wusste nur eines: Ich musste diesen Bonobo retten und in die Obhut meiner Mutter bringen.

»Hundert amerikanische Dollar«, antwortete der Mann. »Für hundert Dollar kannst du ihn haben.«

»Te!«, rief Clément. »Wir werden dir ganz bestimmt kein Geld für etwas geben, das du überhaupt nicht verkaufen darfst.«

Die Sache war, dass ich tatsächlich ziemlich viel Bargeld bei mir hatte, direkt in meiner vorderen Tasche. Das hätte ich zwar nicht mit mir herumtragen sollen, aber ich hatte es nun mal dabei: das Geld für Schreibhefte.

Das hatte folgenden Grund: Als ich damals zum ersten Mal in die USA kam, war ich das einzige afrikanische Mädchen in der ganzen Schule. Ich bin andauernd angestarrt worden wegen meiner Plastiklatschen und dieser widerspenstigen Haare, von denen ich noch nicht wusste, ob ich sie als Teil von mir akzeptieren oder ob ich sie bekämpfen sollte. Als Dad mich nach meinem ersten Schultag abholte, flehte ich ihn verzweifelt an mir zu erklären, was eine Shoppingmall ist, und dann mit mir auf schnellstem Wege zu einer solchen zu fahren.

Es gab nur ein einziges Kompliment, das mir meine Mitschüler in meinen ersten Amerika-Tagen machten, dafür wurden sie aber nicht müde es zu wiederholen: Meine Schreibhefte seien wirklich total cool! Es stellte sich nämlich heraus, dass im Jahr zuvor eine Art Wettrüsten in der Klasse bezüglich der originellsten Stifte und Schreibblocks eingesetzt hatte und dass meine kongolesischen Hefte aus Kanzleipapier, grob geheftet und mit großen grünen Elefantenaufdrucken auf dem glänzenden Umschlag, plötzlich der letzte Schrei waren. Ich habe meine Elefanten-Hefte sofort alle verschenkt, um mir Freunde zu machen, und mich selbst mit gewöhnlichen alten Spiralblocks begnügt.

Jedes Mal wenn ich danach in den Sommerferien zu Mom flog, fragten mich meine amerikanischen Mitschüler: »Wie ist der Kongo denn eigentlich so, Sophie?« Und jedes Mal konnte ich gerade noch »arm« antworten, bevor sich das Gespräch dem entscheidenden Punkt zuwandte: der Bestellung von Schreibheften. Es waren immer regelrechte Massenbestellungen. Und das war auch diesmal nicht anders, obwohl wir inzwischen vierzehn waren und nicht mehr acht.

Es handelte sich also um das Schreibheftegeld meiner Freunde, das ich mit mir herumtrug. Und schon tastete meine freie Hand nach meiner Tasche.

»Nein, Sophie!« Clément blickte mich scharf an. »Deine Mutter würde es dir verbieten.«

»Ich tue es ja gerade *für* meine Mutter«, entgegnete ich. »Die Rettung von Bonobos hat für sie Vorrang vor allem anderen.«

Der Körper des Äffchens fühlte sich fiebrig an, und immer noch stieß es seine fast lautlosen Schreie aus.

Ich spürte, dass sich die bewaffneten Männer jeden Moment einmischen konnten.

»Nein«, sagte Clément zu dem Tierhändler. »Nimm deinen Bonobo und verschwinde.«

Widerstrebend streckte der Mann seine Hand nach dem Affenkind aus, und sofort klammerten sich dessen schwache, zitternde Beinchen noch fester um meinen Bauch. Ich kannte das aus dem Reservat: Junge Bonobos hielten sich teilweise jahrelang am Körper ihrer Mutter fest. Ohne diesen permanenten intensiven Körperkontakt starben sie. Dieses Jungtier hier war jetzt schon seit Wochen bei dem Mann – und trotzdem wollte es offenbar lieber bei mir bleiben. Was sagte das aus über die Art und Weise, wie es behandelt wurde? Wahrscheinlich musste es die ganze Zeit alleine im Käfig hocken, ohne einen warmen Körper, an den es sich schmiegen konnte. Wenn ich es jetzt dem Mann überließ, würde es auf direktem Weg wieder in seiner Holzkiste landen.

Während ich die eine Hand stützend unter das dünne Hinterteil des Tieres schob, zog ich mit der anderen das Geld aus der Tasche und reichte es dem Mann. Es war weniger, als er verlangt hatte, aber er steckte das Scheinebündel weg, ohne nachzuzählen, und humpelte zurück zu seinem Rad.

Ich vergrub mein Gesicht am Hals des kleinen Affen und spürte seine fiebrige Wärme und seinen schwachen Herzschlag.

»*Te, papa*«, rief Clément ihm hinterher. »Wir wollen deinen Bonobo nicht. Komm zurück!«

Doch der Händler sah das Geschäft offenbar als beendet an, stieg auf sein Rad und fuhr davon.

Clément drängte mich zum Auto und hüllte sich den restlichen Weg bis zum Reservat in Schweigen. Ich saß mit dem Äffchen auf dem Schoß hinten. Es klammerte sich mit seinen Beinen an mich, ließ aber seine Ärmchen kraftlos herunterhängen. Wahrscheinlich schmerzten sie, weil der Mann den ganzen Morgen an ihnen gezerrt hatte.

Man brauchte keine Bonobo-Expertin zu sein, um zu sehen, dass das Exemplar auf meinem Schoß ganz besonders hässlich war. Es war fast kahl, seine Haut war schorfbedeckt und am vorgewölbten, nur von einer dünnen grauen Flaumschicht bedeckten Bauch ganz runzelig. Die Hüftknochen, an denen das Seil gescheuert hatte, waren von Eiterblasen überzogen. An der einen Hand fehlte der kleine Finger und der daneben war nur ein kleiner roter Stumpen.

»Ihm fehlt ein Finger«, sagte ich zu Clément.

Doch der blieb stumm.

»Wieso fehlt ihm ein Finger?«, fuhr ich fort.

Ganz sachte nahm ich die Hand des Bonobos hoch, aber er entzog sie mir sofort, wandte den Kopf ab und starrte reglos aus dem Fenster. Seine Finger nestelten fahrig an dem Seil herum. *Lass mich in Ruhe*, schien er zu sagen.

Also beschränkte ich mich darauf, den kleinen Affen anzuschauen, der mit leerem Blick aus dem Fenster guckte und nicht so wirkte, als würde er irgendetwas um sich herum wahrnehmen.

Ich drückte meine Stirn gegen die Scheibe und beobachtete, was vor seinen Augen vorüberzog: die unbelebten Straßen des Reichenviertels, Wachleute, die an den Toren der Anwesen lehnten und dösten, Tagelöhner, die sich auf den Plätzen drängten, wo Jobs vergeben wurden, Müllhalden, in denen Straßenkinder herumwühlten, Hühner, die mit verdrehten Hälsen und noch mit den Flügeln schlagend in einen Wassergraben geworfen wurden, Jungen, die einen Laster anschoben, dessen Motor nicht ansprang. Was für ein Unterschied zu den gepflegten amerikanischen Straßen, durch die ich noch vor zwei Tagen geschlendert war!

Der Bonobo war entsetzlich mager. Entweder war er nicht gefüttert worden oder er hatte die Nahrung verweigert. Und er musste erst kürzlich Durchfall gehabt haben, denn das spärliche Fell an seinen Beinen war verklebt und stank. Der Atem, der zwischen seinen spröden Lippen hervordrang, war heiß und trocken. Es war überdeutlich: Dieses Tierkind hatte nichts und niemanden auf der Welt – außer mir. Und wir kannten uns erst seit ein paar Minuten. Wenn ich mich nicht täuschte, hatte es keine allzu großen Überlebenschancen. Kein Wunder, dass es versuchte seine Umgebung auszublenden.

Was nun?, fragte ich mich mit klopfendem Herzen. Es ist doch nur ein Tier. Aber das änderte nichts. Ich sorgte mich bereits um den Kleinen, ob ich wollte oder nicht.

Sanft streichelte ich ihm über den Bauch und für einen kurzen Moment schloss er die Augen. Seine Atmung wurde ruhiger, als wäre er kurz vorm Einschlafen, doch dann fuhr Clément durch ein Schlagloch, und augenblicklich schreckte das Äffchen hoch, setzte sich auf und blickte sich panisch um.

»Schhhhh«, flüsterte ich. »Ganz ruhig, mein Kleiner, ab jetzt wirst du es gut haben.«

Doch noch während ich das sagte, wusste ich, dass ich damit sehr viel versprach.

Zwei

Wir bogen von der geteerten Straße ab auf eine staubige Schotterpiste. Dorffrauen mit riesigen Plastikschüsseln auf den Köpfen traten zur Seite, als wir vorbeifuhren. Aus einem leuchtend bunten Tragetuch vom Rücken seiner Mutter linste ein kleines Kind in unser Auto und winkte aufgeregt, als es den Bonobo entdeckte. Clément manövrierte den Wagen vorsichtig um das Wrack eines Pick-ups, der mitten auf der Straße vor sich hin rostete, dann bog er in einer scharfen Kurve in Richtung Dschungel ab. Die Piste wurde jetzt immer morastiger und schmaler, das grüne Dickicht zu beiden Seiten immer dichter. Schließlich kündigte ein kleines handgemaltes Schild an, dass wir uns unserem Ziel näherten.

Das Bonobo-Reservat lag auf dem Gelände einer ehemaligen öffentlichen Schule, die man geschlossen hatte, nachdem es dort während eines der letzten Bürgerkriege zu einer Schießerei gekommen war. Nach jahrelanger Lobbyarbeit hatte Mom die Regierung schließlich dazu gebracht, das Gelände ihr zu überlassen. Zwar hatte es schon immer Gesetze gegen das Jagen und Töten von Bonobos gegeben, aber solange kein Ort existierte, wo konfiszierte Jungtiere hätten aufgezogen werden können, hatte sich die Regierung schwergetan die Einhaltung dieser Gesetze zu überwachen. Das Reservat war also ein Gemeinschaftsprojekt der kongolesischen Regierung und internationaler Geldgeber, die Mom hatte gewinnen können.

Als wir auf das Gelände fuhren, stoben scharenweise Schmetterlinge auf und flatterten umher, bevor sie sich als bunte Tupfen in der grünen Kulisse niederließen. Beim Aussteigen verhielt sich der Bonobo den Schmetterlingen gegenüber völlig gleichgültig, doch seine umherschießenden Augen verrieten, dass er sie sehr wohl beobachtete. Immerhin ein Zeichen von Vitalität, dachte ich und schaukelte das Kerlchen aufmunternd auf meinem Arm.

»Siehst du Mom irgendwo?«, fragte ich Clément, während mein Blick nervös über das Gelände schweifte. Ich kannte Moms Devise: Sie wollte, dass das Umweltministerium die Bonobos ganz offiziell beschlagnahmte, damit sie und ihr Reservat nicht in den Ruf kamen, den Leuten ihr Eigentum wegzunehmen. Aber in diesem Fall hatte ich keine andere Wahl gehabt. Hätte ich dem Mann das Geld nicht gegeben, wäre er mit dem Bonobo im Gewühl untergetaucht. Und dann hätte dessen kleines Herz, das ohnehin schon so schwach pochte, garantiert bald aufgehört zu schlagen. Und überhaupt: Wenn es Mom wirklich ernst war mit ihrer Lebensaufgabe, dem Erhalt dieser speziellen Schimpansenart, dann musste sie sich doch eigentlich über jedes einzelne Tier freuen, das in ihre Obhut gelangte – egal auf welche Weise.

»Nein, sie muss hinten irgendwo sein«, antwortete Clément, der genauso erleichtert schien wie ich, dass meine Mutter uns nicht sofort über den Weg lief.

Ich schlenderte über das Gelände. Vor mir flogen immer wieder Elstern und leuchtend rote Vögel mit langen Schwänzen auf. Von weitem hörte ich die schrillen Schreie der Bonobos in ihren Gehegen. Schließlich erreichte ich das Behandlungszimmer des Tierarztes, wo Patrice mich herzlich begrüßte.

»Miss Sophie, bist du also wieder einmal im Kongo?«

»*Yes, Sir*«, antwortete ich wie aus der Pistole geschossen.

Patrice kicherte, wurde jedoch augenblicklich ernst, als er den Bonobo sah.

»*Oh là là*. Sofort her zu mir«, ordnete er an.

Er legte ein Kissen auf den Behandlungstisch, der nichts anderes war als ein Schreibpult der ehemaligen Schule, und ich bettete den Bonobo darauf. Patrice hatte bereits sein altes schmieriges Stethoskop gezückt und drückte es dem kleinen Affen auf die Brust. Der sah furchtbar verschreckt aus, deshalb nahm ich seine Hand und streichelte ihm über die schorfige Stirn.

»Ich glaube, er hat Krämpfe …«, fing ich an, doch Patrice brachte mich mit einer Handbewegung zum Schweigen und lauschte weiter den Herztönen.

Dann nahm er die Ohrbügel ab, ließ sie um seinen Hals gleiten und seufzte. »Er ist in ziemlich schlechter Verfassung. Rund um sein Herz hat sich eine Menge Flüssigkeit angesammelt. Wo hast du ihn gefunden?«

Da der Bonobo wieder anfing zu fiepen, nahm ich ihn auf den Arm. Sofort kauerte er sich in seine alte Position, die Stirn an meinen Hals gepresst.

»Ein Mann an der N 1 hat ihn mir verkauft. Glaubst du, dass er wieder gesund wird?«

»Es gab heute eine erneute Straßensperre«, meldete sich Clément zu Wort, der nachgekommen war. »Merkwürdig, oder? Hast du von irgendwelchen außergewöhnlichen Vorkommnissen gehört?«

»Geh und erzähl das der Chefin.« Patrice machte eine wedelnde Handbewegung in Cléments Richtung und wandte sich wieder dem Bonobo zu. »Er ist extrem dehydriert. Er braucht so schnell wie möglich Flüssigkeit, sonst überlebt er nicht. Das Infusionsgerät hat zuletzt zwar nicht richtig funktioniert, aber ich leg ihn trotzdem mal an den Tropf. Vielleicht geschieht ja ein Wunder. Sophie, könntest du ihn wieder hinlegen, seine Hand halten und dafür sorgen, dass er sich nicht sträubt?«

Das Äffchen seufzte, als ich es von mir löste. Ein gesunder, ausgewachsener Bonobo ist sehr viel stärker als ein Mensch, aber der kleine Kerl hier hätte keine Chance gegen mich gehabt, selbst wenn er all seine Kräfte zusammengenommen hätte. Ich streichelte seinen Arm, um ihn zu beruhigen, während Patrice die Nadel injizierte. Das Tier leistete nicht den geringsten Widerstand. Ich fragte mich, ob es einfach nur erschöpft war oder ob sein Vorbesitzer so brutal gewesen war, dass es sich nicht aufzumucken traute.

»Er zuckt hin und wieder so komisch. Ich denke, er hat Krämpfe«, wiederholte ich. Sein kleines Gesichtchen sah so menschlich aus, und wenn man im Kongo aufgewachsen war, wusste man, wie sich Magenkrämpfe auf einem Gesicht widerspiegelten.

»Zuerst die Flüssigkeit«, beharrte Patrice, hängte den Beutel mit der Kochsalzlösung an die Seitenwand eines Aktenschrankes und schnipste gegen den Infusionsschlauch, um die Lösung zum Fließen zu bringen. Mit gerunzelter Stirn beobachtete er, ob sich etwas tat.

»Soll ich dir vielleicht beim Fiebermessen oder so helfen?«, fragte ich.

»Du könntest deine Mutter suchen und sie über den kleinen Kerl hier informieren«, schlug Patrice vor.

»Ach, ich würde lieber hierbleiben.«

»Hm, ich hab's befürchtet: Das Infusionsgerät funktioniert nicht.« Mit düsterer Miene starrte Patrice auf die Gummischläuche. »Wir bräuchten neue, aber die sind leider schwer zu kriegen.«

Früher, als ich noch dauerhaft im Kongo lebte, war ich an solche Sachen gewöhnt, aber jetzt fand ich sie kaum zu ertragen: Da gab es etwas, das man brauchte, und auf einmal war es nicht mehr zu haben und niemand konnte einem sagen, ob eine Chance bestand, es jemals wieder zu bekommen.

Patrice entfernte den Tropf.

»Ich werde dem Kleinen nachher Blut abnehmen, um ihn auf ein paar Krankheiten testen zu lassen. Möchtest du ihn in der Zwischenzeit baden?«

Ich hob das Äffchen vom Tisch, schnitt vorsichtig den ekligen Strick durch und trug es zum Waschbecken. Es kreischte, aber da seine Stimme versagte, klang es eher wie ein Rascheln. Ich vergewisserte mich, dass das Wasser angenehm warm war, und tatsächlich: Als der Kleine erst einmal unter dem

Strahl hockte und das Wasser an ihm hinunterlief, beruhigte er sich. Mit beiden Händen und einem Fuß balancierte er auf meinem Arm, während er neugierig verfolgte, wie das Wasser den Abfluss hinuntergurgelte. Darin schwamm alles Mögliche: kleine Kotklumpen, krabbelnde Milben und Büschel seines eh schon spärlichen Fells. Es gefiel ihm offensichtlich, eingeseift zu werden. Er schien meine massierenden Hände auf seinem Körper zu genießen. Jedenfalls starrte er mir die ganze Zeit über in die Augen und krächzte deutlich weniger. Zum Schluss trocknete ich ihn mit einem flauschigen Handtuch ab und wickelte ihn fest darin ein. Nur sein Köpfchen schaute noch oben heraus, nahezu unbefellt und deshalb fast wie das eines Menschenbabys. Und drei kleine Finger lugten an der Seite hervor.

Da die Flüssigkeitszufuhr per Infusion nicht klappte, mussten wir es eben auf die klassische Weise versuchen. Ich ging ins Büro meiner Mutter, wo in einem kleinen Kühlschrank immer ein paar Milchflaschen lagerten. Zurück im Behandlungsraum war ich gerade dabei, den Bonobo zum Trinken zu überreden, als meine Mutter mit einem Tuch hereinkam, an dem sie sich die Hände abtrocknete. Clément folgte ihr auf dem Fuß.

»Was ist passiert?« Im Nu hatte Mom den Raum durchquert und kniete neben mir. Ihre kräftigen Hände ruhten auf meinem Haar und auf dem Bonobo. Überall war plötzlich Wärme.

»Ich hab ihn am Straßenrand gefunden und er trinkt nicht, Mom«, sagte ich mit Tränen in den Augen. »Er stirbt, wenn wir ihm nicht bald etwas einflößen. Ich musste ihn herbringen, es ging einfach nicht anders.«

»Er hat vergessen, wie Milch schmeckt«, erklärte Mom, die mich immer noch im Arm hielt. »Er muss eine weite Reise hinter sich haben.«

Jetzt streckte der Kleine eine Hand nach ihrem Gesicht aus, so als wolle er es berühren, doch dann überkam ihn die Scheu und er ließ den Arm wieder sinken. Er hatte sich auf Anhieb in meine Mutter verliebt – so wie alle Bonobos, die in ihre Nähe kamen. Als Kind hatte ich mir immer gewünscht so wie Schneewittchen zu sein, damit kleine Vögel und andere Tiere des Waldes in Scharen zu mir kämen, sobald ich nur die Arme ausstreckte. Aber wann immer ich es versucht hatte, waren alle Tiere geflüchtet und ich hatte mich zurückgewiesen gefühlt. Bei meiner Mutter war es anders: Jedes Wesen, das ihr über den Weg lief, liebte sie sofort heiß und innig.

Sie war eine waschechte Kongolesin, zäh, zupackend und herzlich, mit einem erstaunlich breiten Gesicht, in dem weiche braune Augen funkelten. Mom besaß die besondere Gabe, ihre Ziele mit Charme zu erreichen, ohne dass sie je zu Bestechung hätte greifen müssen. Genau dieser Charme hatte ihr auch dabei geholfen, verhältnismäßig zügig den endlosen Bürokratiesumpf zu durchqueren, der sich vor ihr auftat, als sie damals beschloss das Bonobo-Reservat aufzubauen.

Trotzdem fragte ich mich hin und wieder, was bei Mom unter der Oberfläche passierte, denn ich sah sie ja nur in den Ferien, uns fehlte das tägliche Miteinander, das für andere Mütter und Töchter selbstverständlich ist. Es war nicht direkt so, dass sie mir fremd war – dafür hatten wir dann doch zu viel gemeinsam erlebt –, aber so richtig gut kannte ich sie nicht. Zumindest nicht so gut, dass ich ihre Gedanken lesen konnte.

Ich gab ihr einen dicken Kuss auf die Wange. »Was sollen wir jetzt mit ihm machen?«, fragte ich.

»Wir versuchen ihn zum Trinken zu bringen«, sagte sie.

Patrice erschien in der Tür und kniete sich mit einer neuen Nadel neben mich und den Bonobo.

»Ich werde eine Blutprobe nach Kinshasa schicken, um prüfen zu lassen, ob er irgendwelche Krankheiten hat. Bis wir die Werte haben, müssen wir ihn sicherheitshalber von den Gehegen fernhalten, damit er seine Kollegen nicht ansteckt.«

Das Äffchen schien kaum wahrzunehmen, dass Patrice ihm Blut abnahm, so sehr war es auf meine Mutter fixiert.

»Komm, *mon p'tit*«, flüsterte Mom. »Du kannst trinken. Hast du denn keinen Durst? Nicht mal ein kleines bisschen?«

Doch als ich ihm die Flasche an die Lippen setzte, kaute er nur auf dem Sauger herum und fiepte.

Mom seufzte.

»Was, glaubst du, ist mit seiner Hand passiert?«, fragte ich, legte meinen Arm um Mom und lehnte meinen Kopf an ihre mollige Schulter. Offenbar hatte ich das gleiche Bedürfnis nach Nähe und Körperwärme wie das Äffchen.

Kurz blitzte Verärgerung in ihren Augen auf, ich nehme an, sie fand meine Frage dumm, weil die Antwort für sie so offensichtlich war. Aber sofort versuchte sie ihre Ungeduld zu verbergen, sie brauchte wohl einfach diesen kleinen Moment, um sich in Erinnerung zu rufen, dass ich nicht mehr hier lebte und dass mir der Kongo fremd geworden war.

»Aberglaube«, sagte sie. »Suppe, in der ein Bonobo-Finger mitkocht, steht in dem Ruf, schwangeren Frauen kräftige Babys zu schenken. Und ein zweiter Bonobo-Finger im Badewasser sorgt angeblich dafür, dass das Kind gesund und kräftig bleibt.«

»Hoffentlich kriegt das blöde Kind Polio«, knurrte ich und ertappte mich bei dem Gedanken, dass ich es fast ernst meinte. Ich gab dem Affen einen Kuss auf den Kopf und stellte mir vor, wie er verzweifelt schreiend aus seiner Holzkiste gezerrt wurde. Wie man ihm einen Finger abschnitt, und wie er danach wieder reingepfercht wurde – nur um ein paar Tage später erneut hervorgeholt und verstümmelt zu werden.

»Er sieht so unendlich traurig aus, Mom. Aber komisch – als ich ihn entdeckt habe, hat er von einem Ohr zum anderen gegrinst.«

»Bonobos grinsen, wenn sie glücklich sind, aber auch, wenn sie absolut verschreckt sind«, erklärte Mom. »Der hier war vermutlich wie von Sinnen vor Angst. Und jetzt gerade weiß er nicht, ob es sich für ihn noch lohnt zu kämpfen oder ob es sich nicht mehr lohnt.«

Patrice stöpselte die Blutampulle zu und holte seine Jacke.

»Ich bringe die Blutprobe gleich in Kinshasa bei der Klinik vorbei«, sagte er. »Kann ich den Lieferwagen von hier nehmen? Wie sieht's mit euch aus? Seid ihr auch fertig für heute?«

»In einer Minute«, antwortete Mom. »Wartest du auf mich?«

Patrice verließ den Raum und Mom saß eine Weile ganz ruhig da und streichelte mir und dem Bonobo über den Kopf.

»Ob es ihm hier gut gehen wird, während wir in der Stadt sind?«, wollte ich wissen. Mom bewohnte in Kinshasa ein geräumiges doppelstöckiges Haus in einer bewachten Siedlung. Ich musste an den gemütlichen Haufen tunesischer Kissen auf dem Fußboden denken, in den man sich herrlich reinkuscheln konnte, wenn man zum Beispiel E-Mails an seine Freunde schreiben wollte. »Wer wird sich heute Nacht um ihn kümmern? Eine der Wachen?«

»Schatz«, sagte Mom langsam, »ich muss etwas mit dir besprechen: Was du heute getan hast, war falsch.«

Das war das Problem mit meiner Mutter: Sie sah nicht ein, dass es je nach Situation einen ziemlich großen Spielraum gab zwischen Richtig und Falsch. Damals im Kongo zu bleiben, im Bonobo-Reservat, war für sie eindeutig richtig gewesen – mit meinem Vater und mir nach Amerika zu gehen wäre falsch gewesen. Etwas anderes wollte sie einfach nicht wissen.

»Ich weiß, was du meinst, Mom. Dass das Ministerium hätte informiert werden müssen und so. Aber dazu war keine Zeit. Wenn ich nicht sofort gehandelt hätte, dann hätte der Typ …«

»Erinnerst du dich noch daran, dass kurz nach der Eröffnung des Reservats jemand einen Stein durch ein Fenster hier geworfen hatte? Du schienst mir damals noch zu klein, deshalb habe ich mit dir nicht darüber gesprochen: Aber der Steinewerfer war ein Wildtierhändler, dessen Bonobo konfisziert worden war. Daran siehst du: Es ist absolut wichtig, dass nicht *wir* diejenigen sind, die den Leuten ihren Besitz wegnehmen. Unsere Aufgabe ist es lediglich, den Bonobos einen Platz zum Leben zu bieten. Verstehst du den Unterschied?«

O Mann. Ich rollte mit den Augen. Ich war fast fünfzehn, nicht zehn.

»Keine Sorge, ich hab dem Mann doch Geld gegeben. Der hat gar keinen Grund, sich aufzuregen. Und wir haben einem Bonobo geholfen.« Ich hob die Hand, damit sie mir nicht gleich wieder in die Parade fuhr. »Mom, ich verstehe, was du meinst. Aber dieses Äffchen hier wäre inzwischen tot oder hätte noch weniger Finger, wenn ich es nicht gekauft hätte. Es musste einfach auf schnellstem Wege hierher. Und jetzt ist es hier.«

»Ich gebe im Ministerium Bescheid, dass nach dem Mann gesucht werden soll.«

»Aber er ist sicher kein schlechter Mensch, Mom.« Ich musste an seine schäbige Kleidung denken und daran, wie er das Äffchen als seinen Freund bezeichnet hatte.

Die Augen meiner Mutter blitzten auf. »O doch, Sophie, diese Typen sind absolut mies und es ist ein Riesenfehler, ihnen Geld zu geben. Aber da du das Problem insgesamt zu begreifen scheinst, werde ich jetzt nicht länger darauf herumreiten. Doch in Zukunft musst du mehr achtgeben auf solche Dinge. Du musst einfach lernen das Leid um dich herum hin und wieder auszublenden, um zur rechten Zeit stark genug zu sein, es zu bekämpfen.«

Es fiel mir schwer, ihr zuzustimmen, aber ich wollte ihr auch nicht widersprechen, ich hatte für heute genug von

Standpauken. Ich wollte den Bonobo jetzt schnell einem Tierpfleger übergeben, der schon wissen würde, wie er ihn zum Trinken brachte. Und dann wollte ich nur noch eines: ins Auto steigen, mich nach Hause fahren lassen, essen, Dad in Miami anrufen, der jetzt bald aufwachen müsste, und mich vors französische Satellitenfernsehen hängen.

»Bist du für heute fertig mit deinem Bürokram?«, fragte ich. »Ich kippe gleich um vor Müdigkeit.«

»Ja.« Sie küsste mich auf die Stirn und erhob sich. »Das war ein aufregender Tag für dich, oder?«

»Allerdings.« Ich stand ebenfalls auf. Ich hatte mich noch nicht an die Zeitzone gewöhnt. Weder an die Zeit noch an die Zone.

Der Bonobo fing an zu wimmern, als ich mich bewegte. Vielleicht hatte er wieder einen Krampf. Sein Gesichtchen sah jedenfalls ganz zusammengeknautscht aus.

»Sagst du bitte demjenigen, der heute Nacht auf ihn aufpasst, dass er seinen Bauch massieren soll? Das scheint ihm gutzutun.«

»Das kannst du selber machen«, sagte meine Mutter.

»Wie meinst du das?«, fragte ich. »Nehmen wir ihn mit nach Kinshasa?«

»Nein, ihr zwei bleibt heute Nacht hier. Ihr könnt auf dem Sofa in meinem Büro schlafen. Und morgen stellen wir den Kleinen dann den Ziehmüttern vor. Wir richten uns einen der oberen Räume her, dann können wir die nächsten Wochen bequem dort wohnen. Ich selbst fahre heute für eine Nacht nach Hause, esse wie verabredet mit deiner Tante zu Abend und bringe dir morgen früh, wenn ich wiederkomme, deine Anziehsachen und deine Bücher mit. Du musst dem Kleinen mindestens alle zwei Stunden etwas Milch einflößen. Am besten, du stellst dir meinen Wecker.«

»Mom, das ist nicht dein Ernst!«

Doch statt einer Antwort umarmte sie mich nur überschwänglich und umhüllte mich mit ihrer Wärme und ihren Batikstoffen.

»Solange er noch in Quarantäne ist, können wir ihn nicht alleine im Baby- und Kindergehege herumstreunen lassen. Und da zurzeit eine ganze Reihe junger Bonobos bei uns ist, haben die Ziehmütter schon alle Hände voll zu tun. Aber keine Sorge, ich werde ja auch hier sein. Ich werde mich schon zu beschäftigen wissen. Und heute Nacht – das schaffst du, das weiß ich!«

»No way – nach Einbruch der Dunkelheit bleibe ich keine Sekunde alleine an diesem Gruselort.«

Sie sah mich leicht gekränkt an: wahrscheinlich weil sie ihre ganze Lebensenergie in den Aufbau dieses »Gruselortes« gesteckt hatte.

»Also hör mal, hier gibt's Elektrizität, Internet und massenhaft zu essen im Kühlschrank. Und Wachpersonal, das ganz routinemäßig seine nächtlichen Runden dreht. Um die Sicherheit brauchst du dir also keine Sorgen zu machen. Und da du den Bonobo nun mal hergebracht hast, bist du auch verantwortlich für ihn. Klare Sache: Du bleibst hier.«

»Und was soll ich tun, wenn sich sein Zustand über Nacht verschlechtert?«

Mom zuckte resigniert die Achseln, so als wollte sie sagen, dass er, wenn er zum Sterben verurteilt sei, eben sterben würde, und dass es dann auch keinen Unterschied mache, ob dies heute oder morgen geschehe. Dann drehte sie sich auf dem Absatz um und ging, und ich blieb mit dem Äffchen auf dem Arm in ihrem Büro zurück, während es um uns herum dunkel wurde.

Wenn Mom mich über Nacht mit den Wachen allein ließ, dann hieß das wahrscheinlich, dass sie zuverlässig waren. Trotzdem schien es mir sicherer, mich bis zum Morgen im Büro zu verbarrikadieren. Ich durchsuchte die Küche, fand literweise Milch, die ich warm machen konnte, briet mir ein Omelett, legte eine geschnittene Mango dazu und machte es mir mit Moms Laptop bequem. Ich ging sofort online und startete einen Videochat mit Dad, der zum Glück bereits wach war. Schlagartig fühlte ich mich ziemlich erwachsen: eine Fast-Highschool-Schülerin, die lässig mit ihrem Vater plauderte, der, schon auf dem Sprung zur Arbeit, im Anzug am Frühstückstisch saß und seinen Morgenkaffee trank. Ich empfand mich als Teil der großen weiten Welt. Während Dad mir von seinem bevorstehenden Arbeitstag erzählte, angelte ich unter meinem T-Shirt nach der silbernen Kette, die er mir zu meinem vierzehnten Geburtstag geschenkt hatte.

Dad war so wie immer – aufgekratzt und zerstreut zugleich. Seinen ausschweifenden Monolog über seine Bauprojekte beendete er mit einem überschwänglichen: »Mensch, wie ich dich vermisse! Wie geht's dir denn?«

Statt einer Antwort drehte ich den Monitor so, dass der kleine Bonobo ins Bild kam.

»Wow, Sophie, ist das ein Frettchen?«

Natürlich wusste mein Vater ganz genau, wie ein Bonobo aussah. Er hatte damals, als er noch mit Mom zusammen war, viel Zeit im Reservat verbracht.

»Nein, das ist das Jesuskind«, konterte ich, neigte andächtig den Kopf und machte mit dem Ärmchen des Zwergschimpansen ein Kreuzzeichen.

»Sophie!« Dad schien ehrlich empört. Er stammte aus einer sehr frommen Familie mit italienischen Wurzeln.

»Was ist?«, fragte ich. »Ich dachte, damit könnte ich bei einem Katholiken punkten.«

»Wie heißt der Kleine?«

»Er hat noch keinen Namen. Du kennst ja den Kongo: Hier gibt man Babys keinen Namen, solange nicht sicher ist, ob sie auch wirklich überleben.«

Jetzt setzte Dad wieder seine ironisch-spöttische Miene auf. Er ist ständig am Necken und Foppen, und das Erstaunliche: Man fühlt sich dabei trotzdem geliebt und wertgeschätzt.

»Und wie willst du es bis dahin handhaben? Ihm eine Seriennummer zuteilen? Und was, wenn er tatsächlich stirbt? Wenn er keinen Namen hat und nicht getauft ist, kommt er nicht in den Affenhimmel.«

»Keine Ahnung, Dad. Hast du vielleicht einen passenden Namen parat?«

»Dreh den Bildschirm noch ein bisschen, damit ich ihn besser sehen kann.«

Das tat ich.

»Boah, ist der *hässlich*«, tönte es kurz darauf aus dem Lautsprecher, wobei Dad das Wort »hässlich« betont ehrfurchtsvoll aussprach, als wäre Hässlichkeit das Erstrebenswerteste überhaupt.

Das müde Köpfchen des Bonobos sackte immer wieder nach unten, während ich chattete, aber irgendeine tief sitzende Angst hielt das Kerlchen wach. Immer wenn er doch kurz davor war einzunicken, fuhr er Sekunden später mit einem panischen Schrei hoch.

»Für seine Hässlichkeit kann er nichts. Auch nicht für seine fehlenden Finger«, empörte ich mich.

»Tatsächlich, er hat nur acht Finger ... Dann wäre doch Acht ein passender Name!«

Der Humor meines Vaters war während seines Aufenthalts im Kongo sehr afrikanisch geworden. In Afrika macht man ständig Witze über Tragödien – als könnte man das Unglück dadurch fernhalten, dass man ihm ins Gesicht lacht.

»Ich werde ihn ganz bestimmt weder Jesus noch Acht nennen.«

»Dann vielleicht *Otto* – das italienische Wort für Acht. Das klingt doch gleich viel netter.«

Und so taufte ich den kleinen Kerl – mit einem Spritzer der Milch, die er verweigerte – auf den Namen Otto.

Otto tat die ganze Nacht über kein Auge zu, was bedeutete, dass auch ich nicht schlief. Ich versuchte immer wieder vergeblich ihm etwas zu trinken einzuflößen und nur manchmal döste ich kurz weg. Ansonsten lag ich im Halbdunkel da und beobachtete, wie der arme Kerl gegen seine Erschöpfung ankämpfte. Zuerst dachte ich, dass er sich aus Angst vor Albträumen wachhielt, aber dann kam mir der Gedanke, dass man ihn damals, zum Abschneiden des Fingers, vielleicht aus dem Schlaf gerissen hatte. Es war warm im Büro, deshalb wickelte ich Otto aus dem Handtuch und nahm ihn unter mein T-Shirt, damit er Hautkontakt hatte. Das schien er zu mögen, jedenfalls begann er ganz leise zu schnaufen. Er klammerte sich an mir fest, zitterte manchmal kurz und schwitzte. Und die ganze Zeit trommelte sein Herz gegen meine Brust.

Mir war aufgefallen, wie ruhig Otto während meines Gesprächs mit Dad war – wahrscheinlich hatte es ihm gefallen, meine Stimme zu hören. Also begann ich zu singen: erst ein paar kongolesische Schlaflieder aus meiner Kindheit, dann wahllos irgendwelche Hip-Hop-Songs. Sobald Ottos Milchflasche kalt wurde, ging ich zu dem Boiler, den Mom immer zum Teekochen benutzte, und hielt sie unter warmes Wasser, bis sie wieder Körpertemperatur hatte. Aber auch das nützte nichts: Otto trank nicht. Nicht einen Schluck! Wie lange ging das jetzt schon so? Wenn er nicht bald etwas in den Magen bekam, würde sein System einfach runterfahren …

Manchmal krampften sich seine Gedärme zusammen, so als müsste er dringend ein Geschäft machen, aber es kam nichts. Dabei hatte ich an seinem schmutzigen Fell gesehen, dass er erst vor kurzem Durchfall gehabt haben musste. Dass jetzt eher das Gegenteil der Fall war, fand ich alles andere als beruhigend. Wahrscheinlich war er innerlich schon völlig ausgetrocknet – was die Krämpfe erklären konnte. Immer wieder drückte ich den Flaschensauger an seinen Mund oder tröpfelte etwas Milch auf meinen Finger, aber er leckte nicht einmal daran.

In gewissen Abständen rief Mom an. Kann sein, dass sie ein schlechtes Gewissen hatte. Sie wäre wahrscheinlich wirklich geblieben, hätte sie nicht die Verabredung mit meiner Tante gehabt. Aber anders als Dad war sie nicht der Typ, der zugeben konnte, dass es ihr leidtat, mich alleine gelassen zu haben. Stattdessen erzählte sie mir lang und breit, wie gefährlich es sei, nach Einbruch der Dunkelheit noch auf den Straßen unterwegs zu sein – vielleicht um zu rechtfertigen, dass sie nach dem Essen nicht noch gekommen war. Auf Lingala gibt es kein Wort für »Abend«, denn in Äquatornähe dämmert es so schnell, dass der Tag fast schlagartig in die Nacht übergeht. Noch bevor ich als Kind gelernt hatte eine Straße zu überqueren, hatten mir meine Eltern beigebracht nachmittags die Zeit im Blick zu behalten, um niemals draußen von der Dunkelheit überrascht zu werden. Bei Einbruch der Nacht tat man einfach besser daran, dort zu bleiben, wo man gerade war, und die Tür zu verriegeln. Besonders als Mädchen.

»Wie kommst du zurecht, meine Süße?«, fragte Mom.

»Ich hab ihn immer noch nicht zum Trinken bekommen.« Meine Stimme klang brüchig.

»Versuch's weiter. Die Ziehmütter kommen, sobald es hell wird. Die werden dir helfen. Aber bis dahin musst du dranbleiben.«

Früher hatte ich immer nur halb zugehört, wenn meine

Mutter von ihrem Bonobo-Reservat erzählte – und eigentlich auch nur aus Liebe zu ihr und nicht etwa, weil es mich so furchtbar interessierte, wie sie ihre Hunderttausende Dollar Spendengelder zusammenbekam, wo ihre Schützlinge herstammten und wie sie sich entwickelten. Aber jetzt auf einmal löcherte ich sie zum Thema Bonobos. Und auch im Internet schaute ich nach, obwohl da nicht wirklich viel zu finden war. Offenbar waren Bonobos weit weniger berühmt als Schimpansen, Gorillas und Orang-Utans – ihre Kollegen unter den Menschenaffen –, und das, obwohl Bonobos einer aktuellen Studie zufolge unsere allerengsten Verwandten sind: Ihre und unsere DNA stimmt zu 98,7 Prozent überein.

Als es draußen dämmerte, hatte Otto immer noch keinen Schluck getrunken. Einmal war er kurz eingedöst, aber nach zehn Minuten panisch wieder hochgefahren. Dieses kleine Nickerchen war der größte und einzige Erfolg in dieser Nacht. Wir zwei mussten einen seltsamen Anblick abgeben, als wir aus dem Büro traten und zur Affenkinder-Krippe hinüberschlurften. Keiner von uns beiden roch sonderlich gut: Ich hatte vierundzwanzig Stunden keinen Zugang zu einem Deoroller gehabt und Otto müffelte säuerlich nach verschütteter Milch. Und nach Pupsen. Und dann unsere Frisuren: Meine verrückten Haare standen wohl genauso zu Berge wie Ottos spärliche Fusseln auf dem Kopf. Wahrscheinlich sahen wir aus, als kämen wir direkt von einer Fallstudie über evolutionären Ausschuss.

Drei

Das Reservat untergliederte sich in drei Bereiche: Zum ersten gehörte das Verwaltungsgebäude mit den Personalräumen und Büros, dann gab es ein riesiges, zwölf Hektar großes, von einem Elektrozaun umgebenes Gehege, in dem die erwachsenen Bonobos lebten, und schließlich war da die Krippe, in der verwaiste Bonobo-Jungtiere ihre ersten Lebensjahre verbrachten. Diese Krippe war passenderweise früher der Schulkindergarten gewesen; sie bestand aus einem Haus, das nur einen einzigen Raum beherbergte, und einem eingezäunten Hof. Ein Wandbild an der einen Hausseite zeigte lachende Kinder vor einem Regenbogen. Früher war das Bild sicher mal ganz hübsch gewesen, aber jetzt klebte an vielen Stellen getrockneter Bananenmatsch und die aufgemalten Kinder waren ganz fleckig und erdverkrustet, da sie immer wieder von ungestümen Affenkindern angesprungen wurden.

Ich überquerte die Rasenfläche mit Otto möglichst langsam, damit er sich nicht vor den Ziehmüttern und den vielen herumwuselnden Artgenossen erschreckte. Ich musste ihn ja eh auf dem Arm tragen, da er mit niemandem in Kontakt kommen durfte, solange nicht klar war, ob er eine ansteckende Krankheit hatte. Als er das Kreischen der jungen Bonobos hörte, verrenkte er sich fast den Kopf, um herauszufinden, was das für ein Trubel um ihn herum war. Ich drehte ihn so, dass er nach vorne gucken konnte, öffnete das Tor und betrat den Krippenhof.

Noch in derselben Sekunde war ich das Zentrum des Gewusels: Ich wurde gepufft, geschubst, angesprungen, frech ins Bein gebissen und bekam gleichzeitig Tritte an den Kopf.

Zwei schwarze Knäuel flitzten davon, wie verrückt kichernd. Mit einem Stock in der Hand rannte Évangéline, eine der Ziehmütter, dem einen Knäuel hinterher.

»Songololo! Eh!« Dann erblickte sie mich und blieb abrupt stehen. »Ach, schaut mal her, die kleine Prinzessin ist da!«

Ich wusste, dass das nicht als Kompliment gemeint war.

»Hallo«, grüßte ich vorsichtig.

Drei Frauen kamen auf mich zu, jede buchstäblich von einer Schicht Bonobos umhüllt. Einige der Äffchen klammerten sich an die Knöchel ihrer Ziehmütter, andere betatschten deren Brüste, wieder andere thronten schaukelnd auf ihren Köpfen und versuchten von einer Ziehmutter zur anderen zu springen.

In der Wildnis verbringen Bonobo-Kinder die ersten fünf Lebensjahre am Körper ihrer Mutter. Als Babys hängen sie an deren Bauch, später reiten sie in Jockey-Manier auf ihrem Rücken. Ein Handbuch zur erfolgreichen Aufzucht von jungen Bonobos wäre rasch geschrieben: Haben sie engen Körperkontakt zu ihrer Mutter, sind sie gesund und glücklich, haben sie diesen nicht, verkümmern sie. Trennt man ein Schimpansenjunges von seiner Mutter, amüsiert es sich ersatzweise mit seinen Spielkameraden und auch der Appetit vergeht ihm nicht: Es futtert weiterhin alles, was man ihm hinwirft. Trennt man aber einen kleinen Bonobo von seiner Mutter, verfällt er augenblicklich in Apathie und tiefe Verzweiflung. Lange Zeit ist es deshalb Zoos nicht gelungen, Bonobos zu halten. Sämtliche Tiere sind nach kurzer Zeit krank geworden und gestorben. Es hat Jahre gedauert, bis Wissenschaftler herausfanden, dass unglückliche Tiere sich schneller Krankheiten einfangen.

Für ein Bonobo-Waisenkind hörte der Überlebenskampf also nicht auf, wenn es einen sicheren Platz in Moms Reservat fand. Denn dort kam der Feind von innen, nicht von außen: die Verzweiflung. Und diese bekämpfte man am besten dadurch, dass man dem Kleinen das Gefühl gab, noch eine Mutter zu haben.

Als Mom damals mit einer relativ überschaubaren Anzahl von Bonobos anfing, hatte sie noch eine sehr starke Bindung zu jedem einzelnen von ihnen. Ich erinnere mich, wie sie morgens durch unser Haus stapfte, einen Affen an jedem Bein und auf jedem Arm, und mich schulfertig machte.

Als es dann zu viele Tiere wurden, heuerte Mom Frauen aus der Region als Fulltime-Ziehmütter an. All diese Frauen, mit Ausnahme von Brunelle, hatten sich schon immer einen Spaß daraus gemacht, mich zu foppen – wahrscheinlich ahnten sie, dass mir letztlich ein wenig das Verständnis dafür fehlte, dass all die vielen Spendengelder in ein Heim für Affen flossen, wo doch im Kongo täglich unzählige Menschen verhungerten. Vielleicht fanden sie aber auch, dass ich nicht oft genug zu Besuch kam. Oder sie meinten, mich, die ich nur zur

Hälfte Kongolesin war, ein wenig auf den Boden der Tatsachen zurückholen zu müssen.

In diesem Moment nutzte das Äffchen namens Songololo mein Zögern aus, hüpfte herbei, trat mich gegen das Schienbein und türmte kichernd, um sich schließlich auf Évangélines Kopf zu setzen. Ganz klar: Songololo stand auf Seiten der Ziehmütter.

»Hi, Sophie«, begrüßte mich Brunelle. Sie war jünger als ihre zwei Kolleginnen und stammte aus einem nahe gelegenen Dorf, aus ärmlichsten Verhältnissen. Sie machte ihren Job so gut, dass Mom hoffte ihr eines Tages die Leitung des Reservats übergeben zu können. In den vergangenen Sommern hatten wir beide stundenlang zusammengehockt und uns gegenseitig die Haare geflochten.

Bevor ich Brunelles Gruß erwidern konnte, verließ Songololo Évangélines stolzes Haupt und sprang noch einmal mit einem Riesensatz auf mich zu. Doch sie verfehlte meinen Kopf und klatschte der Länge nach auf den Boden, wo sie sich sofort eine Handvoll Erde grapschte, über den Körper warf und sofort wieder ableckte.

Marie-France nickte nur kurz in meine Richtung und knurrte etwas zur Begrüßung. Sie war mindestens dreihundert Jahre alt und schon lange nicht mehr in der Stimmung, mit jedem x-Beliebigen Smalltalk zu betreiben.

»Das ist ja wirklich das hässlichste Exemplar, das ich je gesehen habe«, rief Évangéline mit einem Blick auf Otto.

Brunelle sah aus, als würde sie etwas Nettes sagen wollen, doch bevor sie es aussprechen konnte, spuckte ihr ein wuseliges Bonobo-Baby einen Schwall Wasser ins Gesicht, den es vorher geräuschvoll aus einem Eimer geschlürft hatte. Évangéline machte sich sofort an die Verfolgung.

»Du weißt ja, Prinzessin«, rief sie über die Schulter, »wir warten schon lange darauf, dass du dir endlich einen netten Kongolesen anlachst – aber hätte es nicht ein etwas attraktiverer Typ sein können?«

Selbst Brunelle schien das todkomisch zu finden.

Ich hatte gehofft, dass Otto sich ein wenig für die anderen Affenkinder interessieren würde, aber das Einzige, was ihn zu interessieren schien, war mein Oberkörper. Seine Augen waren auf Halbmast, wie die ganze Zeit schon. Vielleicht schlief er ja doch noch ein.

Marie-France kam herüber, warf einen Blick auf meinen Schützling und prustete los.

»Sagt mir, wenn ihr euch wieder eingekriegt habt, Ladys, ja? Dann bräuchte ich nämlich mal euren Rat«, knurrte ich, nun schon ziemlich genervt von dem blöden Gegackere.

Ich setzte Otto auf meine andere Hüfte, doch bei der Bewegung verrutschte der Verband, den ich um seine Eiterblasen gewickelt hatte. Jetzt sah es aus, als trüge er eine schlecht sitzende Windel – womit er gleich wieder aus dem Rahmen fiel, denn seine Altersgenossen trugen keine Windeln, sie zogen sich diskret zurück und erledigten ihre Notdurft etwas abseits.

»Vielleicht macht Sophie sich Sorgen, dass sie und ihr Zukünftiger sich kein eigenes Zuhause leisten können«, johlte Brunelle. »Vielleicht befürchtet sie zu ihrer Schwiegermutter in den Dschungel ziehen zu müssen.«

»O Mann, Brunelle, du jetzt auch …?«, stöhnte ich. »Hört mal, ich kriege einfach keine Flüssigkeit in ihn hinein und er hat die ganze Nacht weder …«

»Gepinkelt noch gekackt?«, beendete Brunelle meinen Satz. Sie sah plötzlich ernst aus.

»Ach, keine Bange«, meinte Évangéline. »Der ist noch höflich und im Flitterwochen-Modus. Der verliert seine Hemmungen noch früh genug, wirst schon sehen, und dann erledigt er seine Geschäfte immerzu und überall.«

»Jetzt sei doch mal still«, ging Brunelle dazwischen. Und an mich gewandt: »Was sagst du? Er pinkelt nicht? Mein Gott, Sophie, nicht dass du mit vierzehn schon Witwe wirst …« Ihr Ton war jetzt ehrlich besorgt. Sie musterte Otto eingehend und strich ihm zart übers Ohr, woraufhin er ihr leicht seinen Kopf zuneigte, immer noch mit halb geschlossenen Augen.

Schließlich meldete sich auch Marie-France zu Wort, und da ihr Französisch sehr schlecht war, tat sie es auf Lingala.

»Sophie wird keine Witwe, denn die beiden können gar nicht heiraten«, sagte sie. »Nicht ohne Ringfinger!« Sichtlich stolz auf ihre Scharfsinnigkeit steckte sie eine Hand in den Beutel, der um ihre Hüfte gebunden war, und stopfte sich ein paar Guavenblätter in den Mund, ein kongolesisches Hausmittel gegen Durchfall.

Évangéline amüsierte sich köstlich über diesen neuerlichen Seitenhieb, aber Brunelle legte ihren Arm um mich und nahm mich beiseite. Daraufhin hörte auch Marie-France mit dem Gewitzel auf und gesellte sich, immer noch kauend, zu Otto und mir. Während Évangéline mit ihrem Stock alle neugierig herbeiflitzenden Äffchen verscheuchte, halfen mir die beiden Otto den Verband abzunehmen, ohne ihm weitere Fellbüschel auszureißen, und dann seine Eiterblasen einzucremen. Wir bestrichen auch seinen Fingerstumpen dick mit Salbe, denn die Wunde war immer noch nicht ganz verheilt. Er schloss die Augen und verzog das Gesicht, offensichtlich ratlos angesichts der geballten Aufmerksamkeit, die ihm zuteilwurde.

Als Évangéline begann die Fläschchen für die Morgenfütterung aufzuwärmen, war sie im Nu von der ganzen Affenbande umringt. Doch dann entdeckte einer der Kleinen einen Mistkäfer und sofort stürzten sich alle auf diese neue Attraktion und feuerten sich gegenseitig an ihn zu berühren.

Erst da bemerkte ich die ausgewachsene, muskelbepackte Bonobo-Dame, die an die Wand gelehnt dasaß, so still und reglos, dass sie mir vorher gar nicht aufgefallen war. Herrisch und mit Funken sprühenden Augen sah sie mich an.

»Das ist Anastasia«, erklärte Brunelle, »die Königin des großen Geheges. Songololo ist ihre Tochter und lebt normalerweise mit ihr dort. Doch weil Anastasia sie zurückweist, ist die Kleine jetzt bei uns in der Krippe und ihre Mutter muss sie ein paar Tage hier eingewöhnen, was nicht wirklich gut klappt. Anastasia ist einfach keine gute Mutter – vielleicht weil sie bei Menschen aufgewachsen ist und nie gelernt hat, wie man Nachwuchs großzieht.«

Die Königin starrte mich an – unverblümt und unfreundlich. *Leg dich bloß nicht mit mir an, du Haarlose!*

Kein Wunder, dass Songololo sich das Recht herausgenommen hatte, mich zur Begrüßung zu treten: Als Tochter des Alphaweibchens war sie drüben bei den Großen quasi die Kronprinzessin. Um nicht länger Anastasias unverschämtem Blick ausgesetzt zu sein, legte ich mich ins Gras und schaute in die Wolken. Otto gähnte und döste, und jedes Mal wenn er erschrocken hochfuhr, versuchte ich ihm ein paar Beeren aus dem Krippenvorrat schmackhaft zu machen. Aber vergeblich: Ich konnte ihm noch so aufmunternd auf die Lippen pusten, er öffnete sie nicht, er spitzte sie nur, so als wollte er mir einen Kuss geben.

Nach einer Weile schien Évangéline es leid zu sein, die herumtollenden Affenkinder von Otto fernzuhalten, also verabschiedete ich mich und ging mit meinem Schützling zurück in Moms Büro.

Meine Mutter war inzwischen da und beantwortete E-Mails, wie jeden Morgen.

»Mom«, sagte ich, noch bevor sie etwas sagen konnte, »es tut mir wirklich leid wegen gestern.«

Sie umarmte mich und streichelte Otto. »Schon gut, Schätzchen! Wie geht's deinem Kleinen?«

»Nicht gut. Er trinkt einfach nicht. Und gepinkelt hat er auch nicht.«

Wir unterhielten uns eine Weile über den Namen Otto. Normalerweise benannte Mom ihre Bonobos nach kongolesischen Ortschaften, aber der Name, den Dad und ich gefunden hatten, gefiel ihr, vor allem weil man ihn auch auf Lingala gut aussprechen konnte. Die Sorge um Otto war ihr anzusehen, sosehr sie sie auch zu verbergen suchte.

»Vielleicht sollten wir es mit stillem Mineralwasser probieren?«, schlug sie nach einer Weile vor. »Das verträgt man immer, auch wenn man krank ist.«

Ich setzte Otto meiner Mutter auf den Schoß und ging in die Küche. Als ich zurückkam und sah, wie Mom den kleinen Kerl im Arm hielt, merkte ich auf einmal, was für ein schönes Gefühl es war, dass meine Mutter da war und mir half mich um mein Junges zu kümmern.

Natürlich sprach ich das nicht laut aus. Ich goss einfach nur das Wasser in ein Glas und stellte es in die Sonne, damit es wärmer wurde. Dann tauchte ich einen Holzlöffel in das Glas und hielt ihn Otto an die Lippen. Als er das Wasser roch, gingen seine Augen gleich ein Stück weiter auf. Zum ersten Mal spiegelte sich etwas anderes in seinem Gesicht als Schmerz oder Verzweiflung: verhaltene Neugierde. Langsam schob er die Lippen vor und nippte an dem Löffel. Und dann schlürfte er ihn tatsächlich leer! Mit zitternden Händen füllte ich ihn neu und hielt ihn ihm hin. Diesmal trank er so hastig, dass das meiste Wasser danebenging und ihm übers Kinn lief – in kleinen Tropfen, die im goldenen Morgenlicht wie Juwelen funkelten.

Vier

Während meiner sechs Jahre in Amerika bekam ich manchmal einen richtigen Hass auf die Demokratische Republik Kongo.

Schon allein der Name war ein Hohn, denn tatsächlich war es eines der undemokratischsten Länder der Welt. Fünfzig Jahre lang war der Kongo von Diktatoren und Warlords regiert worden, von Kerlen, die das Land in Bürgerkriege führten, während sie selbst sich auf ihren prächtigen Anwesen verschanzten und allabendlich exquisite Feinschmeckermenüs aus Europa einfliegen ließen.

Auf Lingala wird »gestern« und »morgen« mit ein und demselben Wort bezeichnet: »lobi«. Ich fand, dieses Wort sagte eigentlich alles aus über den Kongo. Es gab ein Jetzt und ein Nicht-Jetzt, das war's. Nach vorne schauen war dasselbe wie zurückblicken. Die Zukunft sah genauso aus wie die Vergangenheit. In den 40er-Jahren hatte es über hunderttausend Kilometer ausgebauter Straßen gegeben. Unter den diversen Diktatoren waren sie alle zerbröckelt und jetzt gab es nicht einmal mehr tausend. (Ein alter Witz: »Was benutzten die Kongolesen vor der Erfindung der Kerze? Glühbirnen!«)

In den letzten Jahren hatten sich die Dinge zwar ein klein wenig verbessert, aber trotzdem war alles, was zwischen 1950 und der Jahrtausendwende in der restlichen Welt erfunden und entwickelt wurde, am Kongo vorbeigegangen. Mit Ausnahme von Mobiltelefonen. Und MP3-Playern. Aber Festnetzanschlüsse hatten sie so gut wie keine, von Video- und Kassettenrekordern ganz zu schweigen. Hin und wieder sah man noch uralte Filmplakate an verlassenen Gebäuden kleben – von Schwarz-Weiß-Filmen! Weil es aktuell gar keine Kinos mehr gab.

Die wohlhabenden Einwohner Kinshasas lebten wie Kolonialherren in einem feindlichen Land, völlig zurückgezogen in ihren streng bewachten Villen. Wenn sie ihr Haus doch einmal verließen, dann nur mit Chauffeur. Einmal, als ich sechs oder sieben war, fuhr der Chauffeur einer Freundin jemanden an, traute sich aber nicht anzuhalten, weil sich ein Mob wütender Menschen hätte zusammenrotten und die Insassen aus dem Wagen zerren können. Ich selbst musste wegen einer Welle von Plünderungen die Feier zu meinem achten Geburtstag absagen und den Tag stattdessen mit Mom und Dad auf dem Fußboden meines abgedunkelten, nur von der Geburtstagskerze erhellten Zimmers verbringen, wo sie mit Flüsterstimme »Happy Birthday« für mich sangen.

Ich will mich hier gar nicht über eine geplatzte Geburtstagsparty beschweren. Ich war ja schon froh, dass ich genug zu essen hatte und überhaupt: dass ich überlebt hatte. Denn im Grunde befand sich der Kongo die ganze Zeit über im Krieg. Wenn nicht gegen Ruanda, dann gegen Uganda. Und wenn nicht gegen Uganda, dann gegen Sambia. Und wenn nicht gegen Sambia, dann gegen die Kongolesen selbst. Seit 1998 sind

Tag für Tag im Schnitt 1200 Kongolesen umgekommen. Insgesamt 5,4 Millionen. Ein Ende all dessen: nicht absehbar.

Es gab natürlich auch viel Großartiges über den Kongo zu sagen: Das Land besitzt den zweitgrößten Regenwald der Erde, eine Tierwelt, die die meisten Menschen nur von Buchstaben-Lernpostern über Kinderbetten kennen, und eine Farbenpracht – leuchtende Rot-, Blau- und Grüntöne –, die man mit den tollsten Malkästen nicht zusammengemischt bekommt.

Und natürlich lebten viele aufgeweckte, sympathische junge Leute im Kongo. Das Problem war nur, dass genau diese jungen Leute hin und wieder zu ihren Macheten griffen und sich gegenseitig zerhackten. Und zwar zu Abertausenden. Die leuchtenden Rottöne stammten also nicht nur von den exotischen Blüten, die aus den vielen sonnenverwöhnten Pflanzen sprossen.

Trotzdem: Während meiner Kindheit war der Kongo der tollste Ort der Welt für mich – vielleicht weil es der einzige Ort war, den ich kannte. Jetzt hingegen verstand ich, warum Menschen, die die Wahl hatten, lieber woanders lebten.

An einem Morgen wie diesem jedoch, an dem die Sonne und eine Decke alles waren, was man brauchte, um glücklich zu sein, und Otto und ich durch den nahen Wald streiften und Kürbisse sammelten, die so süß waren, dass ihr Fleisch zwischen den Fingern klebte, vergaß ich die negativen Seiten des Kongos. Vielleicht war ich aber auch einfach nur erleichtert, dass es Otto nun, nach zwei Monaten, endlich besser ging, und übertrug meine gute Laune auf das ganze Land. Meinem

Schützling war eine dichte, weiche Fellschicht nachgewachsen und sein zuvor durch Unterernährung aufgeblähter Bauch war geschrumpft. Er pinkelte und kackte wie ein Weltmeister – und nach wie vor freute ich mich riesig über jedes seiner Geschäfte.

Da das Labor in Kinshasa die erste Blutprobe verschlampt und uns gebeten hatte eine neue zu schicken, waren die Ergebnisse immer noch nicht da. Aber der Kleine machte einen rundum gesunden Eindruck. Durch tägliches Abrubbeln war seine Haut wieder weich und sauber geworden, und sein Gesicht verkrampfte sich nicht mehr. Trotzdem mussten wir ihn, solange wir nicht genau wussten, ob er eine ansteckende Krankheit hatte, von seinen Altersgenossen fernhalten. Er hatte also nur mich zum Spielen.

In meiner ersten Ferienwoche waren Mom und ich unzertrennlich gewesen. Dann hatte der Arbeitsalltag sie wieder eingeholt und ich sah sie tagsüber kaum noch. Zwar versuchten wir abends gemeinsam zu essen, aber oft war auch das ziemlich gehetzt und meistens sprachen wir dabei über ihre Arbeit. Ihr tat es danach jedes Mal leid, dass sie sich im Gespräch zu wenig für mich interessierte, und mir tat es leid, dass ich sie damit durchkommen ließ. Aber irgendwie konnte ich nicht anders: Sie erzählte mit einer solchen Leidenschaft von ihren Bonobos, dass es mir egoistisch vorgekommen wäre, das Thema auf mich zu lenken.

Eines Morgens lümmelten Otto und ich auf der Bank, die neben dem Verwaltungsgebäude am Ufer eines Teiches stand, und schauten uns einen opulenten Bonobo-Fotobildband an.

Na ja, ich las und er versuchte die abgebildeten Affen zu bespringen. Ich wusste nicht, was ich sonst mit ihm anstellen sollte. Ich konnte ihn jedenfalls nicht mehr stundenlang auf dem Arm herumtragen, dafür war er inzwischen zu schwer.

Als ihm die Abbildungen langweilig wurden, schlummerte er ein. Hätte ich mich jetzt bewegt, wäre er sofort hochgeschreckt und hätte sich panisch umgeschaut. Seine Stimme war zwar wiedergekommen und inzwischen hörte sich auch sein Weinen an wie das eines jeden anderen Bonobo-Kindes, aber immer noch ließ er sich nur auf meinem Arm beruhigen.

Am späten Nachmittag war er ausgeschlafen und wir spielten Flugzeug, ein Spiel, das ich mir bei den erwachsenen Tieren im Gehege und ihren Kindern abgeguckt hatte: Die Großen stemmten die Kleinen am Boden liegend mit den Füßen in die Luft, hielten sie an den Armen fest und wirbelten sie herum. Zwar waren meine Beine nicht annähernd so elastisch wie die eines Bonobos, aber Otto wusste ja nicht, was ihm entging, und war glückselig. Er schloss die Augen vor Wonne und schnaufte vor lauter Aufregung. Einmal lächelte er sogar kurz. Er lächelte!

Hundertprozentig in Ordnung war sein Magen aber wohl doch noch nicht, denn jedes Mal, wenn meine Zehen zu fest in seinen Unterleib drückten, verzog er das Gesicht. Also ließ ich das Spielchen nach ein paar Minuten sein und wir lagen wieder schwitzend in der Sonne und lauschten dem Kreischen der Vögel, das immer wieder das monotone Insektengezirpe durchbrach, und den Gesängen der Bauern, die vom Nachbardorf herüberwehten. Schließlich beschloss ich, dass wir ein wenig Abwechslung gebrauchen könnten, und ging zu Moms Büro, um zu schauen, ob es etwas zu helfen gab. Ich dachte, ich könnte Otto für den kurzen Moment alleine im Gras liegen lassen, aber er jaulte sofort auf, hangelte sich an mir hoch und klammerte sich an meinen Oberkörper.

In Moms Büro gab es einen Schrank voller altem Spielzeug. Ich hoffte einen Ball zu finden, aber sämtliche Bälle waren offenbar schon vor langer Zeit verloren gegangen. Dafür entdeckte ich ein Scrabble-Spiel, das ich begeistert hervorzog, denn ich bin ein totaler Scrabble-Fan. Otto kletterte auf meinen Rücken und verfolgte, wie ich das Spielbrett auf dem Schreibtisch ausklappte. Ich setzte ihn auf einen Stuhl mir gegenüber und stellte vor jeden von uns ein Buchstabenbänkchen hin. Sofort grapschte Otto danach, knabberte daran, schleuderte es quer durch den Raum und sauste hinterher, um es wieder einzusammeln.

Ich nahm das Säckchen mit den Buchstaben und schüttete sie auf die Tischplatte. Verzückt lauschte Otto dem klackernden Geräusch. Er grinste und gab dann diese kratzigen Laute von sich, die ich mittlerweile als Lachen identifiziert hatte. Also sammelte ich die Buchstaben wieder ein, nur um sie ein zweites Mal auszuschütten: Otto geriet völlig aus dem Häuschen vor Begeisterung, sprang auf den Tisch und klatschte in die Hände. Ich ließ mich nicht lange bitten, sammelte und schüttete ein drittes Mal, und Otto strahlte mich an und ließ die Buchstabenplättchen durch seine Finger rieseln, als wären es Sandkörner.

Anscheinend war er ebenfalls ein großer Scrabble-Fan.

Jetzt legte ich ein Wort, das er natürlich sofort auseinanderfegte. Aber irgendwann hörte er damit auf und betrachtete mich mit ernster Miene beim Zusammenlegen der Buchstaben. Nach einer halben Stunde waren wir immerhin so weit, dass wir die Spielregeln festgelegt hatten: Wenn ich an der Reihe war, bekam ich so viele Punkte, wie meine gelegten Wörter wert waren; wenn er an der Reihe war, bekam er zwanzig Punkte dafür, dass er nicht auf den Buchstabenplättchen herumkaute.

Nach einer Weile steckte Mom ihren Kopf zur Tür herein und rief uns zum Essen. Sie und ihre Mitarbeiter aßen immer draußen im Hof vor dem Verwaltungsgebäude. Émile, der Koch des Reservats, war ein absolut genialer Typ, deshalb sah ich zu, dass ich während meiner zwei Ferienmonate keine seiner Mahlzeiten verpasste. Normalerweise durften sich die Bonobos nicht in der Nähe des Verwaltungsgebäudes aufhalten, weil sie überall um sich herum Chaos verbreiteten, aber da Otto noch so an mir hing, hatte er eine Sondererlaubnis. Außerdem ging ich einfach mal davon aus, dass er gute Tischmanieren hatte.

Als meine Mutter mir mit einem verschmitzten Grinsen den Platz neben sich zuwies, wusste ich, dass sie irgendetwas Besonderes geplant hatte.

Auch Émile lachte, als er die dampfenden Schüsseln herausbrachte, und Patrice und die Ziehmütter applaudierten überschwänglich. Da ich mich jedoch zurücklehnen musste, um Otto auf meinem Schoß daran zu hindern, den ganzen Tisch abzuräumen, konnte ich nicht gleich erkennen, was der Grund für die Heiterkeit war.

Es duftete köstlich und sah einfach beeindruckend aus: riesige Mengen an Fleisch und Gemüse mit einer Vielzahl von Soßen. Aber irgendetwas war ungewöhnlich an dem Essen. Nur was?

»Okay«, ließ Mom schließlich die Katze aus dem Sack. »Uns allen ist ja nicht verborgen geblieben, wie sehr du die Vereinigten Staaten vermisst, also hatte Brunelle die Idee, mit diesem Essen ein bisschen Amerika in den Kongo zu holen.«

Émile platzte schier vor Stolz, als er auf die einzelnen Gerichte deutete. »Hier haben wir gegrillten Maniok, dort drüben Buntbarsch in Blätterteig und das hier ist Ziegenkäse-Steak.«

Mir blieb vor Rührung die Stimme weg. »Danke … Vielen Dank euch allen«, brachte ich schließlich heraus.

Ich bin sicher, dass das Essen total lecker war, aber ich bekam nicht einen Bissen herunter. Ich war viel zu beschämt. Die ganze Zeit über war ich herablassend gewesen, ihnen allen gegenüber. Ich hatte zwar geglaubt es gut zu verbergen, aber sie hatten es trotzdem gemerkt. Doch anstatt beleidigt zu sein und es mir zu verübeln, reagierten sie so nett und verständnisvoll! Mein Gott, war mir das peinlich. Und wie um meiner Beschämung die Krone aufzusetzen, stopfte sich Otto völlig unvermittelt eine ganze Buntbarsch-Pastete in den Mund.

Später am Nachmittag – Otto und ich waren gerade am Videochatten mit Dad – hörte ich plötzlich Fahrradreifen auf dem Kiesweg knirschen und eine Männerstimme, die ich nicht sofort erkannte. Durch das vergitterte Fenster sah ich das helle

Kleid meiner Mutter und neben ihr Patrice, der eine abwehrende Handbewegung machte. Ich verabschiedete mich schnell von Dad und ging mit Otto nach draußen.

Als ich den Mann sah, erstarrte ich.

Es war der Tierhändler, dem ich Otto abgekauft hatte. Er trug dasselbe zerlumpte, schmierige Gewand und hatte sein rostiges Fahrrad an einen Baum gelehnt. Auf dem Gepäckträger klemmte immer noch die Holzkiste, mit einem Tuch abgedeckt.

Als ich auf den Hof trat, sprach niemand ein Wort, aber die Empörung im Gesicht meiner Mutter war nicht zu übersehen. Ich spürte, wie Patrice sie zu beruhigen versuchte, schweigend, einfach nur durch seine Gegenwart.

Als Otto den Mann erblickte, versteifte sich sein ganzer Körper. Dann stemmte er sich gegen mich, wand sich aus meinen Armen und war im Nu auf dem Boden. Dort fing er mit seinem schrillen Gekreische an. Er öffnete die Lippen und zeigte dasselbe gequälte Lächeln wie damals am Straßenrand der N 1. Dann machte er ein paar Schritte auf den Mann zu, blieb stehen, schaute ihn prüfend an und blickte sich wieder nach mir um. Dabei schrie er kläglich. Er entfernte sich weiter von mir, drehte sich dabei jedoch immer wieder um und streckte die Ärmchen nach mir aus.

»Sophie!«, sagte meine Mutter. »Bring Otto rein. Auf der Stelle!«

Schnell ging ich Otto hinterher und hob ihn vom Boden hoch. Klaglos ließ er mich machen und schlang sofort seine Arme um mich, wobei seine Augen jedoch immer noch auf dem

Mann ruhten und er die ganze Zeit merkwürdig erstickte Schreie ausstieß, fast Würgelaute, die ich so noch nie von ihm gehört hatte.

Der Mann schien sich ernsthaft zu freuen Otto wiederzusehen. Seine Augen strahlten. »Du siehst ja kerngesund aus, mein kleiner Freund! Magst du dein neues Zuhause?«

»Sophie!«, wiederholte Mom streng. »Geh bitte rein.«

»*Te,* geh nicht!«, bat der Mann. »Ich möchte euch doch Hallo sagen.«

Ich zögerte, nicht weil ich unbedingt hören wollte, was der Tierhändler zu sagen hatte, sondern weil ich mich schlecht gefühlt hätte, wenn ich ihm nicht endlich meine Meinung gesagt hätte. Noch schlechter, als ich mich durch seine bloße Anwesenheit eh schon fühlte.

»Sie müssen versprechen, dass Sie nie wieder Bonobos verkaufen«, sagte ich.

Otto spürte offenbar die Anspannung in meiner Stimme, jedenfalls wurde er stocksteif und schrie noch lauter.

»Aber so ist es doch gar nicht, Mademoiselle«, entgegnete der Mann. »Er ist mein Freund. Wir mögen uns, nicht wahr, mein Kleiner?«

»Er heißt Otto«, sagte ich eisig.

Patrice gab mir ein Zeichen, endlich ins Haus zu verschwinden.

»*Malamu.* Sein Name ist also Otto. Bitte geh noch nicht, Mademoiselle!«, bat der Händler. »Ich habe noch mehr Freunde für dich.«

Im ersten Moment begriff ich gar nicht, was er damit

meinte, doch dann wurde die Welt um mich herum auf einmal ganz eng und der Boden fing an zu schwanken.

»Was … soll das heißen?«, stammelte ich.

Der Mann zog das Tuch von der Kiste auf dem Gepäckträger. Darin hockten, eng aneinandergepresst und am ganzen Körper zitternd, zwei kleine Bonobos. Sie waren offensichtlich noch nicht so lange in Gefangenschaft, wie Otto es gewesen war: Sie wirkten gesund, hatten ein intaktes Fell und kräftige Stimmen. Dafür waren sie so zusammengepfercht, dass Beine und Arme völlig verdreht zwischen den hölzernen Gitterstäben hindurchragten. Als ihnen jäh das grelle Sonnenlicht in die Augen stach, jaulten sie auf und krabbelten über- und untereinander, um der Kiste zu entkommen. Einer von ihnen machte eine schwingende Armbewegung, die ich von Otto kannte: das Zeichen, dass er hochgenommen werden wollte.

Mom hatte mir die Arme um die Schultern gelegt und versuchte mich wegzuschieben.

»Gefallen sie dir?«, fragte der Händler. »Die sind niedlich, oder? Der Preis für zwei ist natürlich ein bisschen höher, sagen wir 125 Dollar, okay? Sie brauchen dringend ein Zuhause. Jemanden, der für sie sorgt – genauso gut wie für den kleinen Otto. Natürlich bin ich bereit zu handeln«, fügte er hinzu, als er meinen verblüfften Gesichtsausdruck sah.

Die gellenden Schreie der beiden Äffchen führten dazu, dass Otto ebenfalls lauter schrie.

»Sophie, geh jetzt endlich rein«, befahl Mom.

Unwillkürlich musste ich an mein amerikanisches Bankkonto denken, auf dem über 200 Dollar lagen. Vielleicht konnte ich den Mann ja überreden abzuwarten, bis ich in Kinshasa einen funktionierenden Geldautomaten gefunden hatte. Dann wäre ich sogar relativ schnell wieder zurück … Aber nein, das war keine Lösung. Der Mann hatte die zwei Bonobos doch überhaupt nur eingefangen, weil ihn der erste Deal mit mir dazu ermutigt hatte! Als mir das klar wurde, spürte ich, wie ich plötzlich ganz schwach wurde. Ich blickte in Moms Richtung.

Die wirkte inzwischen kaum noch wie ein Mensch, sondern eher wie eine Art Unwetter. Sie hatte sich zu ihrer vollen, stattlichen Größe aufgerichtet und schubste den Mann nach hinten. Er geriet ins Stolpern und sie baute sich vor ihm auf.

»Diese Kreaturen sind fast wie Menschen. Sie zu misshandeln ist eine Sünde! Wollen Sie den Rest Ihres Lebens im Gefängnis verbringen? Ich habe einflussreiche Freunde, die Sie jederzeit hinter Gitter bringen können. Die sind bereits informiert. Ich habe sie angerufen, als ich Sie den Weg heraufkommen sah. Aber vielleicht haben Sie ja auch gar nicht so viel Glück, dass Sie ins Gefängnis kommen. Vielleicht schlitzt man Ihnen ja einfach die Kehle auf und wirft Sie den Krokodilen im Zoo zum Fraß vor.«

Und das war noch nicht mal das schwerste Geschütz, das Mom auffuhr. Selbst glaubte sie zwar nicht an Hexerei, aber sie wusste offenbar, wie der Typ tickte, den sie vor sich hatte:

»Obendrein bin ich eine Hexe, aber das wissen Sie bestimmt, oder? Und da ich Sie eben berührt habe, fließt mein Fluch jetzt durch Ihre Adern. Wenn Sie jemals wieder einem Bonobo etwas zu Leide tun, wird mein Geist Sie nachts heimsuchen, Ihnen die Zehen abschneiden und sie Ihnen einzeln in den Mund stopfen.«

In Windeseile rappelte sich der Mann auf und stürzte zu seinem Fahrrad.

»Schnell, Mom«, keuchte ich. »Die Bonobos!«

Die Reaktion des Mannes ließ nicht auf sich warten: Blitzschnell zog er ein Messer hervor, das an der Seite seines Fahrrads befestigt war.

Doch meine Mutter trat unbeirrt auf ihn zu. »Glauben Sie bloß nicht, dass mich das lächerliche Messer schreckt. Ich …«

Aber sie hielt inne und hob ihre Hände über den Kopf, als sie sah, wie der Mann sich umwandte und das Messer jetzt nicht mehr gegen sie, sondern gegen die kreischenden Affenkinder auf dem Gepäckträger richtete.

»Wenn Sie den Fluch nicht von mir nehmen, bringe ich die beiden um«, sagte der Mann.

»Okay«, erwiderte meine Mutter ruhig, bevor sie ein paar unverständliche Worte murmelte. »So, erledigt.«

Der Mann fuchtelte mit dem Messer vor ihrer Nase herum. »Die gehören mir und Sie haben kein Recht, sie mir wegzunehmen. Oder wollen Sie, dass ich verhungere, Madame? So, und jetzt rufen Sie Ihre einflussreichen Freunde an und sagen denen, dass sie auf der Stelle umkehren sollen. Und falls Sie versuchen mir zu folgen, werde ich ein Äffchen töten. Und wenn Sie dann noch immer nicht Ruhe geben, ist das zweite dran.«

Mit diesen Worten klemmte der Mann das Messer waghalsig zwischen seine Handfläche und die Lenkstange und stieg umständlich aufs Rad.

Patrice versuchte mich ins Haus zu ziehen, aber ich machte mich los, also verschwand er ohne mich nach drinnen.

Ich stand einfach nur da und deutete fassungslos auf den davonfahrenden Mann. »Mom! Halt ihn auf!«

Aber meine Mutter blieb reglos stehen. »Wir können nichts machen. Wir dürfen die jungen Äffchen nicht aufnehmen. Das ist ja genau das Problem: Weil wir es letztes Mal gemacht haben, ist er jetzt wiedergekommen. Und leider glaube ich ihm: Wenn wir ihm hinterherfahren, bringt er die beiden Kleinen um.«

»Aber Mom …«

Wütend schnellte sie zu mir herum. »Wie oft habe ich dir jetzt schon gesagt, dass du mit Otto reingehen sollst?«

Der Mann war schon fast auf Höhe des Tores angekommen. Er hatte keine Zeit gehabt, das Tuch über den Käfig zu werfen, und so sah ich die kleinen Bonobos eng aneinandergedrängt hinter den Gitterstäben hocken, während das Fahrrad über den staubigen Weg holperte und schließlich hinter einer Kurve verschwand. Das Bild würde sich mir wohl auf ewig ins Gedächtnis einbrennen.

Der Einzige von uns, der dem Fahrrad hinterherrannte, war Otto. Auf allen vieren sauste er davon, doch nach ein paar Metern stolperte er und fiel in den Staub. Verwirrt drehte er sich zu mir um. Ich hätte gedacht, dass er aufgeregt oder wütend wäre, doch er sah eher wehmütig und sehnsuchtsvoll aus. Sein Blick sagte: *Warum ist mein Vater schon wieder verschwunden?*

Mom schloss sich ungefähr eine Stunde im Büro ein. Ich hockte vor ihrer Tür auf dem Fußboden und lauschte den Telefonaten mit dem Umweltministerium und anderen offiziellen Stellen. Bei jedem Gespräch fing sie in freundlichem, ruhigem Ton an und wurde irgendwann laut und ungeduldig, wahrscheinlich wenn sie zu hören bekam, dass man ihr nicht helfen könne. Dabei wurde ihre Zündschnur immer kürzer – bis sich die Gespräche in etwa so anhörten: »Hallo, spreche ich mit Monsieur Ngambe? *Mbote*, Monsieur, vielen Dank, dass Sie sich die Zeit nehmen, mich anzuhören. EIN TIERHÄNDLER HAT ZWEI BONOBOS IN SEINEM BESITZ UND IHR IDIOTEN WEIGERT EUCH MIR ZU HELFEN!«

Irgendwann knallte sie den Hörer ein letztes Mal auf die Gabel und dann war eine ganze Weile nichts mehr zu hören.

Als sich die Bürotür schließlich öffnete, flüchtete Otto verschreckt auf meinen Kopf und hielt mir dabei versehentlich die Augen zu. Ich schob seine Hände ein Stück nach oben, damit ich wieder sehen konnte.

»Sophie«, sagte meine Mutter mit ruhiger Stimme. »Es findet sich niemand, der den zwei kleinen Bonobos auf die Schnelle helfen kann. Patrice und Clément sind unterwegs und halten nach ihnen Ausschau, aber es sieht nicht gut aus.«

»Es tut mir so leid, Mom.«

Sie verbarg ihr Gesicht in den Händen. »Warum hast du das nur getan, Sophie?«

»Es tut mir leid, das hab ich jetzt schon tausendmal gesagt. Wie oft soll ich mich noch entschuldigen?«

»Seit zig Jahren kämpfe ich dafür, dass der Handel mit Bonobo-Jungen unterbunden und ihm die Grundlage entzogen wird. Und nach und nach sind die Händler tatsächlich aus Kinshasa verschwunden. Und jetzt kommst du und, zack, sind sie wieder zurück.«

Ich hob Ottos Hand, so dass es aussah, als würde er meiner Mutter zuwinken. »Aber mich hat sie dadurch gerettet!«, quiekte ich mit nachgemachter Affenstimme.

Noch in derselben Sekunde wusste ich, dass ich das nicht hätte tun sollen. Das Gesicht meiner Mutter färbte sich rot vor Zorn. Aber sie schluckte ihren Ärger hinunter und nahm mich stattdessen schweigend in den Arm. Eine ganze Weile hielt sie mich fest, so, wie sie ahnte, dass ich das jetzt brauchte. Dann flüsterte sie mir etwas ins Ohr, was sie wohl einfach loswerden musste: »Du weißt schon, Sophie, dass sie an die Jungtiere nur herankommen, wenn sie deren Familien töten, oder?«

Irgendwie hatte ich das zwar gewusst, aber gleichzeitig auch wieder nicht. Vor meinem inneren Auge sah ich den Horror, den Otto durchgemacht haben musste: die Erschießung seiner Mutter, während er sich an sie klammerte, ihre Schreie, ihr Blut an seinem Körper. Und dann das Abschlachten der restlichen Familienmitglieder, das Räuchern ihres Fleisches. Aber damit war das Grauen ja noch nicht vorbei: Mit den Bildern von seiner ermordeten Mutter im Kopf war Otto Hunderte von Kilometern auf dem Kongo-Fluss nach Kinshasa transportiert worden, wochenlang eingepfercht auf einem schmalen Kanu, im permanenten Kampf mit dem Seil um seine Hüfte.

Otto wand sich aus unserer Umarmung, schnappte nach Luft und setzte sich auf den Kopf meiner Mutter.

Ich hätte so gerne von ihr gehört, dass es nicht meine Schuld war, auch wenn ich genau wusste, dass es das war. Ich nahm ihre Hand.

»Ich weiß, dass wir eine sehr privilegierte Familie sind, Mom, dass ich mich glücklich schätzen kann, im Ausland auf die Highschool zu gehen und genug zu essen zu haben, wenn ich hier in Afrika bin. Und ich weiß auch, dass ich eine der wenigen Personen im Kongo bin, die einem Mann kurzerhand 60 Dollar in die Hand drücken kann, die eigentlich für Schulhefte gedacht waren.«

Aber so einfach wollte Mom mich nicht davonkommen lassen. »Wenn du dieser Mann wärst, Sophie, vollkommen besitzlos, ohne Arbeit, ohne Perspektive, was hättest du gemacht? Seine einzige Chance, die Familie zu ernähren, war doch, in den Dschungel zurückzukehren und weitere Bonobos umzubringen, um an die Äffchen ranzukommen und sie dir dann anzubieten. Für eine Summe, von der er fünf Monate leben kann. Ist doch absolut nachvollziehbar, dass er das getan hat.«

Das musste sie wohl einfach loswerden, und ich hatte an ihren Worten zu kauen.

»Ich hätte nicht anders gehandelt«, fuhr sie fort. »Wenn du am Verhungern wärst, würde ich so viele Bonobos umbringen wie nötig, um dir etwas zu essen kaufen zu können.«

Ich wusste, dass sie total aufgewühlt war wegen der zwei Äffchen und dass sie jetzt alles daransetzte, damit es mir genauso ging.

»Merkst du nicht, wie schlecht ich mich fühle, Mom? Du kannst dir doch denken, dass ich das so nicht gewollt habe.«

»Liebling, ich bin gerade wirklich aufgebracht. Bitte geh jetzt mit Otto nach oben und lass mich dieses Problem lösen.«

Ich nahm Otto von ihrem Kopf, drückte ihn an meine Brust und ließ meine Finger über seine Rippen hüpfen. Sofort fing er an zu glucksen. Seine erste Kitzelerfahrung hatte er vermutlich mit mir gemacht. Bei aller Traurigkeit und allem Frust erheiterte mich die Vorstellung irgendwie. Zumindest eine Sache in dieser grauenhaften Welt hatte sich zum Positiven gewendet: Otto hatte jemanden, der ihn kitzelte.

Aber Mom … puh, irgendwie hatte ich das dumpfe Gefühl, dass sie bei meinem Anblick von jetzt an immer ein bisschen enttäuscht sein würde. Und ich hatte keine Ahnung, wie ich das ändern konnte.

Fünf

In dieser Nacht schlief ich total schlecht. Vor allem, weil Otto alle naselang aufwachte, um zu essen. Am Morgen lagen die Beweise für seinen nächtlichen Heißhunger aufgestapelt neben dem Bett: Überbleibsel von acht Mangos, zwei Milchtüten, ein Riesenberg Erdnussschalen und ein kniehoher Haufen Zuckerrohrhülsen. Und das waren nur die, die ich ihm rechtzeitig aus dem Mund hatte ziehen können, denn am liebsten hätte er sie mit Stumpf und Stiel runtergeschluckt. Zuckerrohr und Erdnüsse lagen fast gleichauf in Ottos Gunst, aber letztlich schmeckten ihm die Nüsse doch noch einen Tick besser. Ich machte ihm immer die Schale ab und dann streifte er mit seinen Schneidezähnen noch die rötliche Umhüllung ab – die schmeckte ihm wahrscheinlich zu papierartig.

Bei Sonnenaufgang ging ich Zähne putzen, und als ich zurückkam, lag Otto, die Ärmchen und Beinchen ausgestreckt, in absolutem Tiefschlaf auf dem Bett. Kurz vor dem Morgengrauen hatte er sich noch ein paar Orangen reingezogen, deren Saft das Fell rund um seinen Mund verklebte. Ich setzte mich neben ihn und versuchte ihn aufzuwecken, aber er kroch nur schlaftrunken auf meinen Schoß, rollte sich dort zusammen und stieß hin und wieder einen kleinen Zitrusrülpser aus.

Als ich ihn irgendwann dann doch wach gekriegt und gebadet hatte, schlenderten wir in den vorderen Hof, wo die Mitarbeiter unter Patrice' Anleitung gerade dabei waren, ein paar Eisenkäfige von der Ladefläche eines Lastwagens zu hieven. Bonobo-Käfige.

»Was ist denn hier los?«, fragte ich und setzte Otto auf meine Hüfte, der mir sogleich einen spielerischen Klaps auf die Wange gab.

»Wir bereiten die Reise zum Auswilderungsgebiet vor. Vier weitere Bonobos werden uns verlassen.«

Die jüngste Errungenschaft meiner Mutter war, dass man ihr hoch oben im Norden eine einsam gelegene, bewaldete Insel mitten im Kongo-Fluss als Bonobo-Schutzgebiet überlassen hatte. Mitglieder eines in der Region beheimateten Stammes waren als Wildhüter engagiert worden. Dafür, dass sie die Bonobos vor Wilderern schützten, erhielten sie Gelder für eine Schule und eine Krankenstation. Das Projekt war ein voller Erfolg, und jetzt wollte meine Mutter offenbar vier weitere Bonobos zu den sechs bereits dort lebenden auswildern. Idealerweise würden alle verwaisten Affen einmal auf der Insel leben, im Kreise ihrer neuen Familien. Doch eigentlich war der Transport, der jetzt hier vorbereitet wurde, erst für die Zeit nach meiner Abreise in die USA geplant gewesen.

»Das liegt an der Auslastung des gecharterten Flugzeugs«, erklärte Patrice auf meine Frage hin. »Der Transport ist aber nur auf dem Luftweg möglich, weil es kaum Straßen in den Norden gibt. Ursprünglich hatten wir eine Maschine für nächsten Monat gebucht, doch aus irgendeinem Grund tritt das von der Regierung geplante Startverbot für nichtkommerzielle Flüge bereits morgen in Kraft, wahrscheinlich, damit mal wieder ordentlich Schmiergelder fließen können. Für uns heißt das: Entweder wir fliegen heute oder gar nicht.«

»Wo ist Mom?«, fragte ich.

»Sie ist mit den Pflegern im Gehege und bereitet die Tiere auf die Betäubung vor. Magst du hinübergehen?«

Ich war unschlüssig. Es war ja nicht so, dass wir uns gestern Abend richtig gestritten hätten, aber ich ahnte, dass Mom nicht so recht wusste, wie sie meinen Fehler und ihren Kummer auseinandersortieren sollte. Wahrscheinlich hatte ich einfach Angst, herauszufinden, wie es heute um ihre Laune bestellt war. Also wechselte ich schnell das Thema.

»Ich vermute, dass niemand den Mann mit den beiden Äffchen gefunden hat?«

Resigniert schüttelte Patrice den Kopf.

»Kann ich euch sonst irgendwie helfen?«

»Ja, du kannst dafür sorgen, dass Otto hier nicht herumturnt. Wir müssen die erwachsenen Bonobos für die Reise sedieren und für die Jungen kann der Anblick der Betäubungspistole traumatisch sein. Es erinnert sie an den Augenblick, wo sie ihre Mütter zum letzten Mal gesehen haben, und womöglich glauben sie dann, das Ganze würde sich wiederholen.«

Also spielten Otto und ich noch einmal unsere Version von Scrabble, allerdings war ich unkonzentriert und spähte immer wieder durch das Fenster in den Hof. Meine Mutter hielt die ausgewachsenen Affen im Arm und beruhigte sie, während sie langsam einschliefen. Ich musste an die Fotos denken, auf denen sie mich als Baby im Arm hielt. Nur dass es diesmal eben riesige behaarte Wesen waren. Als die Bonobos bewusstlos waren, verfrachteten die Männer sie in die Käfige und hievten diese auf die Ladefläche des Lastwagens, der sie zum Flughafen bringen würde. Meine Mutter überwachte das Manöver mit Argusaugen. Sobald einer der Männer mit einem Käfig irgendwo unsanft aneckte, rüffelte sie ihn lautstark. Als die Tiere sicher verstaut waren, traf es mich auf einmal wie ein Schlag: Die Mannschaft würde nach Norden fliegen und die Käfige dann mit Einbäumen den Kongo-Fluss hinauftransportieren. Im Schutzgebiet angekommen, würden Mom und die Tierpfleger die Bonobos an die neue Umgebung gewöhnen, überwachen, dass sie sich gut einlebten, und sich dann auf den Rückweg machen. Das letzte Mal hatte die Expedition mehrere Wochen gedauert. Und in zehn Tagen ging mein Rückflug nach Miami.

Zwar glaubte ich nicht ernsthaft, dass meine Mutter aufbrechen würde, ohne sich von mir zu verabschieden, trotzdem beschloss ich rauszugehen, um mich ein letztes Mal bei ihr zu entschuldigen. Für alle Fälle. Mitten im Dschungel würde ich sie nicht erreichen, weder telefonisch noch per Mail. Wenn ich sie jetzt nicht mehr sprach, würde ich so lange mit meinen Schuldgefühlen dasitzen, bis wir uns das nächste Mal wiedersahen.

Ich zögerte. Patrice hatte gesagt, Otto solle die sedierten Bonobos nicht sehen. Konnte ich es riskieren, ihn kurz alleine zu lassen? Eigentlich müsste er inzwischen genug Vertrauen zu mir haben. Ich setzte ihn also auf seinen Lieblingsstuhl, gab ihm ein Zeichen, ruhig auf mich zu warten, und bewegte mich langsam in Richtung Tür. Ein paar Sekunden lang starrte er mich neugierig an. Er fragte sich wohl, was das für ein neues Spiel war. Dann sauste er mir hinterher und klammerte sich an mein Bein. Leise summend setzte ich ihn zurück auf den Stuhl und bedeutete ihm mit der Hand, dass er dort bleiben solle. Doch nach wenigen Augenblicken war er wieder auf dem Boden und rannte mir nach. Schnell huschte ich durch die Tür und schlug sie ihm schweren Herzens vor der Nase zu.

Sofort sprang er von innen dagegen und fing herzzerreißend an zu weinen.

»Alles okay, mein Kleiner, ich bin gleich wieder da!«, rief ich, was ihn nur noch erbärmlicher schreien ließ.

Erschüttert von seiner Verzweiflung stand ich da, unfähig mich zu rühren. Ganz offensichtlich war er noch nicht so weit, dass er sich von mir trennen konnte. Meine Entscheidung war klar: Ich würde nicht rausgehen und mit meiner Mutter sprechen. Ich würde darauf verzichten, damit Otto nicht auf mich verzichten musste.

Ich öffnete die Tür. Eine Minute lang war Otto wie benommen, er kreischte vor Glück und kuschelte sich in meine Arme. Als hätte ich nicht existiert, während die Tür geschlossen war, und wäre jetzt wundersamerweise wieder auferstanden. Er schubberte sich eng an mich und stieß eine Serie aufgeregter Laute aus, die erst nach einer ganzen Weile in ein zufriedenes Glucksen übergingen.

»Sophie.«

Mit Otto auf dem Arm drehte ich mich um und sah meine Mutter am Ende des Gangs stehen, direkt neben der Eingangstür. »Hi, Mom.«

»Wir müssen vier Bonobos auswildern und überraschend jetzt schon aufbrechen, viel früher als gedacht«, sagte sie.

»Ich weiß, hat Patrice mir erzählt.«

Sie rieb sich die Stirn. »Liebling, es tut mir so leid, es fällt zeitlich so ungünstig, aber ich weiß, dass du es verstehst: Dies ist auf unbestimmte Zeit unsere letzte Chance, die Tiere auf die Insel umzusiedeln. Ein ganzes Jahr lang habe ich darauf hingearbeitet. Die vier Bonobos sind genau im richtigen Entwicklungsstadium für den Wechsel in die Wildnis. Wenn wir die Gelegenheit jetzt nicht ergreifen … wer weiß, wann all diese Faktoren das nächste Mal wieder so günstig zusammentreffen.«

Ihr Gesicht drückte zwei sehr unterschiedliche Emotionen aus: eine ehrliche, tiefe Traurigkeit darüber, mich während meiner kurzen Besuchszeit alleinzulassen, und gleichzeitig eine wilde Entschlossenheit, nicht allzu weich und mütterlich zu sein, damit ich meine Lektion lernte.

Und nicht zuletzt spiegelte sich darin auch die Last einer folgenschweren vergangenen Entscheidung: Damals, vor sechs Jahren, hatte mein Vater sie mit einer Engelsgeduld davon zu überzeugen versucht, dass es für uns alle gut wäre, nach Florida zu ziehen. Er müsse wegen seiner Arbeit in die USA, hatte er argumentiert, und ich könnte dort auf eine gute Highschool gehen. Woraufhin sie ihm an den Kopf geworfen hatte, dass sie das weltweit einzige Bonobo-Reservat wohl kaum gegründet habe, um es sich selbst zu überlassen. Ihr war vollkommen bewusst gewesen, dass diese Entscheidung eine jahrelange Trennung von uns bedeutete, aber sie war einfach nicht bereit gewesen ihr Lebensprojekt aufzugeben. So nannte sie es: ihr Lebensprojekt.

Vielleicht hätte ihre Ehe die Trennung sogar überstanden, wenn mein Dad in den Auseinandersetzungen mit Mom nicht sehr deutlich gespürt hätte, dass die Familie für sie immer nur zweitrangig sein würde.

Und jetzt hatten die Bonobos schon wieder Priorität gegenüber der Familie – gegenüber mir. Eine ungeheure Wut kochte in mir hoch, aber ich fand keine Worte, um den Dampf abzulassen.

Als könnte sie meine Gedanken lesen, sagte sie: »Wir hatten zwei wundervolle Monate, Sophie. Und nächste Woche fliegst du ja sowieso zurück. Patrice und Brunelle werden dafür sorgen, dass du gut zum Flughafen kommst.«

Ich murmelte: »Hab's verstanden. Tu, was du tun musst, ich komme schon zurecht.«

»Könntest du dir auch vorstellen, früher nach Miami zurückzufliegen?«

Der Vorschlag traf mich völlig unvorbereitet. Aber mein erstes Gefühl war: auf keinen Fall! Ich musste sie unbedingt davon abhalten, womöglich für mich umzubuchen. »Das ist nicht dein Ernst, oder? Dann müsstest du ja ein komplett neues Ticket zahlen.«

»Das wäre okay, Sophie, das würde ich tun.«

»Aber ich kann Otto doch noch nicht alleinlassen. Ich weiß,

die Ziehmütter sind alle großartig, aber er ist noch total auf mich fixiert, er würde eingehen vor Kummer, wenn ich ihn jetzt schon alleinließe.«

Sie seufzte und nickte. »Ich hab mir schon gedacht, dass du das sagen würdest. Aber vergiss nicht: Bald musst du ihn so oder so zurücklassen. Nutze also die Zeit, suche eine Ziehmutter für ihn aus und bereite die Übergabe vor. Évangéline könnte gut zu ihm passen. Du wirst sehen, er wird sich schneller eingewöhnen, als du es dir jetzt vorstellen kannst. Patrice und die Ziehmütter sind mit dem Prozedere vertraut. Für alle Fälle findest du die Telefonnummer deines Onkels und deiner Tante in meinem Adressbuch auf dem Schreibtisch. Und du weißt ja, dass dein Vater sich laufend nach dir erkundigen wird, entweder online oder über Patrice' Handy.«

»Ich weiß. Mach dir keine Sorgen um mich, Mom.«

»So, die Zeit drängt, ich muss zum Flughafen, Sophie.«

»Ja.«

Nach einer gefühlten Ewigkeit nahm sie meine Hand und streichelte Otto liebevoll über den Kopf. Ich drückte mich an sie, fühlte die Wärme ihres Körpers.

»Es tut mir so leid, Mom«, flüsterte ich.

Ich meinte damit die zwei kleinen Bonobos, aber letztlich auch, wahrscheinlich ganz unterschwellig, die Entscheidung meiner Mutter, im Kongo zu bleiben und die Familie aufzugeben.

»Ich weiß, dass es dir leidtut, Liebling«, seufzte sie und streichelte mir über den Kopf. »Und jetzt denk nicht mehr daran, okay? Ist alles gut.«

»Danke, Mom«, sagte ich. »Ich hab dich lieb.« Natürlich war ich auch sauer auf sie und enttäuscht von ihr, aber bei dem schlechten Gewissen, das mich plagte, war es mir im Augenblick wichtiger, getröstet zu werden, als Recht zu bekommen. Wir umarmten uns lange, aber nicht lange genug. Dann drehte sie sich um und im nächsten Moment war sie verschwunden.

In dieser Nacht konnte ich zwar einigermaßen schlafen, aber ich war schon weit vor dem Morgengrauen wach und sofort kreisten meine Gedanken um Mom, Otto und die beiden Affenjungen auf dem Fahrrad. Als es draußen hell wurde, nahm ich Otto mit zu einem kleinen Morgenspaziergang. Er liebte es, so früh draußen zu sein, weil um die Uhrzeit noch viele Vögel im Gras herumhüpften, denen er hinterherjagen konnte. Auf dem Rückweg sah ich Patrice auf einer Leiter neben dem Elektrozaun des Geheges stehen. Er reinigte die Solarmodule. Ich ließ Otto in seiner unnachahmlich tollpatschigen Art den Finken nachstellen und gesellte mich zu Patrice.

»Hallo Sophie, hallo Otto!«, rief dieser von seiner Leiter herunter.

Otto grunzte kurz zur Begrüßung, dann wandte er seine Aufmerksamkeit wieder den wirklich wichtigen Dingen zu.

»Patrice, was für einen Eindruck hattest du von meiner Mutter, als sie aufgebrochen ist? War sie in guter Stimmung?« Ich hatte noch nie besonders offen mit Patrice gesprochen, aber er und Brunelle waren jetzt die beiden Menschen, die mir hier am nächsten standen, und ich hatte das Bedürfnis, mit jemandem zu reden.

»Ja, Sophie«, lächelte er. »Warum fragst du?«

»Ach, nur so. Sie war sauer auf mich wegen der zwei kleinen Bonobos.«

»Sie hat eben ein großes Herz, das ist alles. Und keine Sorge, es wird schon alles gut gehen.«

Ich horchte auf. Patrice klang bedrückt.

»Was meinst du mit ›es wird schon alles gut gehen‹?«, fragte ich.

Er sah überrascht zu mir herunter. »Ich … ach, es tut mir leid, ich dachte, du wüsstest es bereits und würdest deshalb fragen …«

»Nein, was ist denn los?«

Patrice stieß einen Seufzer aus. »Kein Grund zur Beunruhigung, wirklich nicht.«

»Patrice! Nun sag schon.«

»Nachdem wir deine Mutter und ihre Fracht am Flughafen abgesetzt haben, wurden wir im Stadtzentrum angehalten. Die Straßen waren quasi menschenleer. Dafür gab es noch mehr falsche Polizisten als sonst. Und jede Menge UN-Fahrzeuge, die allerdings einfach nur so herumstanden. Ich kam mir plötzlich vor wie in der ersten Zeit nach der Jahrtausendwende.«

»Du glaubst, in Kinshasa könnte wieder gekämpft werden?« Es gab zwar immer noch massenhaft Kriminalität in den Straßen der Hauptstadt, aber kein gegenseitiges Bekriegen mehr. Das hatte in den letzten Jahren eher im Osten des Landes stattgefunden, mehr als 1000 Kilometer entfernt.

»Ich weiß es nicht. Gut möglich, dass wir uns da nur in etwas hineinsteigern.«

Aber Patrice war ganz und gar nicht der Typ, der sich schnell in etwas hineinsteigerte, und das beunruhigte mich noch mehr.

»Und was sollen wir jetzt tun?«, fragte ich.

Er zuckte seine mageren Schultern. »Nichts. Nur etwas wachsam bleiben.«

»Wird es Mom dort im Norden gut gehen?«, fragte ich.

»Ja«, antwortete Patrice, aber er klang geistesabwesend. »Falls es zum Krieg kommt, ist es sicherer, möglichst weit weg von der Hauptstadt zu sein.«

Ich stieß einen Seufzer der Erleichterung aus … und merkte erst einige Augenblicke später, dass nicht meine Mutter diejenige war, um die man sich Sorgen machen musste, sondern wir, die wir hiergeblieben waren.

TEIL ZWEI

Ein Land zerfällt

Eins

Das anschließende Wochenende war ein einziges Wechselbad der Gefühle für mich: Einerseits machte ich mir furchtbare Sorgen wegen der instabilen Lage im Land, andererseits freute ich mich riesig über Ottos Fortschritte. Langsam, aber sicher verwandelte er sich in einen richtig stattlichen Bonobo. Sein Zustand hatte sich schon seit einiger Zeit deutlich gebessert, doch jetzt sah er zum ersten Mal wirklich gesund aus. Die Ziehmütter zogen mich zwar immer noch mit meinem Affen-Ehemann auf, aber wenigstens konnten sie ihn jetzt nicht mehr als hässlich bezeichnen. Sein Fell war dichter geworden, wenn auch nicht gleichmäßig dicht, was ihm ein ziemlich punkiges Aussehen verlieh. Irgendwie gegen den Strich gebürstet. Doch das passte gut zu ihm, denn er hatte es faustdick hinter den Ohren, wie sich immer mehr herausstellte. Bei alledem wusste er aber, wann er aufhören musste: Wenn er zum Beispiel eine Zeitschrift geklaut, sie versteckt und sich lange genug über seinen Streich kaputtgelacht hatte, dann nahm er mich galant bei der Hand und zeigte mir das Versteck – mit seinem unwiderstehlichsten Lächeln und riesengroßen Augen. Zum Anbeißen.

Meine Mutter war kaum aufgebrochen, da infizierten Otto

und ich uns mit Amöben. Ich werde jetzt nicht im Detail erklären, woran wir das festgestellt haben, nur so viel: Es war reichlich gelblicher Durchfall mit im Spiel. Aber die Infektion war zum Glück nicht so schlimm, und da Otto weiterhin gut aß, war das Thema bereits am Montag abgehakt. Am selben Tag kamen *endlich* auch die Blutergebnisse aus dem Labor: Sie bescheinigten mir, dass mein kleiner Bonobo-Junge kerngesund war. Na ja, *mein* Bonobo war er nur noch wenige Tage – und so klein war er auch nicht mehr. Patrice hatte Otto am Anfang auf zwei Jahre geschätzt, aber inzwischen deutete einiges darauf hin, dass er deutlich älter war. Er war offenbar nur deshalb so klein, weil er nach seiner Gefangennahme schlecht ernährt worden war. Jetzt jedenfalls legte er so rasant an Gewicht zu, dass Patrice ihn auf dreieinhalb oder vier Jahre schätzte. Er war also eher ein Kind als ein Kleinkind.

Mittlerweile bewegte Otto sich auch erstaunlich geschickt. Auf den Füßen war er zwar nach wie vor tapsig und musste sich zwischen seinen torkelnden Schritten immer wieder an mir festhalten, aber sobald er in die Nähe eines Baumes, einer Regenrinne, eines Autos oder sonst etwas Bekletterbaren kam, war er ruckzuck oben. Ohne Rücksicht auf Verluste, wie ich neulich am Beispiel eines wackeligen Aktenschrankes feststellen musste. Während sich meine Vorstellung vom Raum auf links, rechts, vorne und hinten beschränkte, drehte sich bei Otto alles um oben. Er konnte urplötzlich aus meinem Arm verschwinden, und wenn ich mich nervös nach ihm umguckte, hörte ich irgendwann über mir ein verräterisches krächziges Lachen. Dann baumelte er zum Beispiel lässig mit einem Arm vom Flügel eines Deckenventilators und fuhr Karussell.

Allerdings war er immer noch nicht so weit, dass man ihn mit seinen Artgenossen hätte zusammenbringen können. Wenn ich mit ihm die Krippe besuchte, näherten sich die anderen Affenkinder neugierig, aber Otto klammerte sich an mich und jammerte so furchtbar, dass wir schnell wieder gingen. Wie ein Kind, das noch zu klein ist für den Kindergarten. Er war einfach noch nicht reif.

Mein Sozialleben beschränkte sich weitgehend auf das Videochatten mit Dad, das ich jedes Mal extrem genoss. Abgesehen davon hatte ich kaum Austausch, ich strich meist alleine mit Otto umher. Und so war es auch, als ich den Fremden begegnete. Wir waren gerade auf der überwucherten Zufahrtspiste zum Reservat unterwegs – wobei Otto ein paar Etagen über mir durch die Baumkronen sauste und sich mit schrillen Schreien darüber mokierte, dass ich so blöd war zu laufen. Er konnte sich minutenlang hoch oben durchs Blätterdach pflügen, doch sobald ihn etwas ängstigte – eine Schlange vor seiner Nase, ein knackender Zweig, ein Singvogel, der ihm ins Gesicht flog –, war er ruckzuck wieder auf meinem Arm und ließ sich trösten.

Rings um das Schutzgebiet gab es weit und breit keine größere Straße, deshalb war ich auch total erschrocken, als mir in einer Kurve plötzlich vier Typen mit verfilzten Dreadlocks und wild zusammengewürfelten Armee-Uniformen entgegenkamen.

Reflexhaft wich ich ein paar Schritte zurück. Mein Körper

stand unter Hochspannung, meine Haut fühlte sich an wie Gummi.

Einer der Männer hob die Hand. »*Zila, mundele.* Lauf nicht weg. Wir haben uns verirrt, wir brauchen jemanden, der uns den Weg zeigt.«

Ich hatte nicht die geringste Lust, ihnen den Weg zu zeigen. Ich wollte nichts wie weg. Sollte ich einfach losrennen? Aber dann würden sie mir wahrscheinlich folgen und das wollte ich noch weniger.

»Wo wollen Sie denn hin?«, fragte ich auf Französisch und verschränkte die Arme vor der Brust.

»Wohin führt dieser Weg?«, wollte der Typ wissen, der eben schon gesprochen hatte. »Wo kommst du her?« Er sprach Lingala, aber sein Akzent klang nach Suaheli. Kam er womöglich aus dem östlichen Kongo?

»Ich muss weiter«, sagte ich und wich noch ein paar Schritte zurück. Über mir hörte ich Äste knacken. Irgendwo da oben hockte Otto und beobachtete mich. Ich betete, dass er – wie eigentlich alle Bonobos – Fremden gegenüber zurückhaltend war. Wenn er nicht ausgerechnet jetzt auf meinen Arm kam, würden die Männer ihn vielleicht gar nicht bemerken.

»Warte, *mundele*«, sagte der Mann. »*Olobaka Français?* Wie heißt du?«

Ich hasste es, *mundele* genannt zu werden. Bis 1960, als der Kongo noch eine belgische Kolonie war, hatten die Belgier immer gesagt: »*suivez le modèle*« – »nehmt euch ein Beispiel an uns« –, wenn sie die Kongolesen dazu bringen wollten, irgendetwas in ihrem Sinne zu tun. *Suivez le modèle.* Der französische Begriff hatte sich im Lauf der Zeit immer mehr abgeschliffen, und heute wurde jeder Weiße *mundele* genannt – und damit gleichzeitig auch als hochnäsig bezeichnet. Es war total nervig: Obwohl mein Vater weiß war und meine Mutter schwarz, behandelte mich niemand so, als läge meine Hautfarbe irgendwo zwischen der meiner Eltern – was sie tut. Nein, ich war entweder die Kongolesin oder die *mundele*, je nachdem, wo ich mich gerade aufhielt.

»Ich muss jetzt wirklich weiter. Viel Glück«, wünschte ich.

Der Mann vor mir kam näher, die Hände ausgestreckt. »Gibt es hier in der Nähe eine Schule?«

»Eine Schule?«, fragte ich verwirrt. Irgendwie nahm das alles eine Richtung, die mir nicht gefiel. Ich beschloss einfach nicht zu antworten, egal wie er reagierte.

Die Männer verständigten sich kurz auf Suaheli und traten dann urplötzlich geschlossen auf mich zu. Ich wurde nervös, aber richtig Angst hatte ich nicht – schließlich war ich nur etwa hundert Meter vom Eingangstor des Reservats entfernt. Mit einem Sprint könnte ich mich dort in Sicherheit bringen. Aber dann sah ich, wie sich einer der Männer bückte und etwas aufhob, das neben einem Baum im Gras lag: ein Gewehr.

Und dann war auf einmal alles in Bewegung. Ich hörte ein lautes Krachen hoch oben im Geäst und kurz darauf stand Otto vor mir. Er hatte seine Arme hochgerissen, damit er größer und stärker aussah, und stürmte laut kreischend auf die Männer zu. Die sprangen zur Seite und flohen tatsächlich ein Stück den Weg hinunter, bevor sie realisierten, dass die angreifende Bestie nur einen halben Meter hoch war. Als die vier schließlich stehen blieben, verlor Otto die Nerven und stürzte Hals über Kopf zu mir zurück. Er hatte es so eilig, auf meinen Arm zu kommen, dass er mich fast umwarf. Von dort, aus sicherer Höhe, keifte er die Männer an, vergrub seinen Kopf dann kurz an meiner Brust, bevor er sie wieder anbrüllte und erneut an meiner Schulter Schutz suchte.

Drei der Typen fingen schallend an zu lachen, aber der vierte war kurz davor, die Fassung zu verlieren. Er zückte das Gewehr und richtete es auf uns. Als Otto die Waffe sah, jaulte er gequält auf, sprang von meinem Arm und stürmte erneut auf die Soldaten zu. Doch diesmal wichen sie keinen Zentimeter zurück. Und sie lachten auch nicht mehr. Kurz vor den Füßen der Kerle bremste er abrupt ab, schielte zu dem Bewaffneten hoch und rannte zurück zu mir.

Als auch der Typ mit der Waffe endlich merkte, dass Otto keine Bedrohung darstellte, ließ er das Gewehr sinken.

»Gehört der Affe dir?«, fragte er.

»Bitte verlassen Sie jetzt das Gelände«, sagte ich. Obwohl mein Herz vor Anspannung hämmerte, drehte ich mich auf dem Absatz um und ging so aufrecht und unbeirrt wie nur irgend möglich den Weg zurück. Nervös lauschte ich, ob die Typen mir folgten. Nichts. Otto starrte über meine Schulter und schimpfte. Jetzt, wo er sicher auf meinem Arm hockte, hatte er wieder Oberwasser.

Als ich endlich das Tor erreichte, riskierte ich einen Blick über die Schulter. Meine Beine zitterten und mir war schwindelig. Aber die Männer waren verschwunden.

Als ich Patrice von ihnen erzählte, nahm er Clément mit raus, um nach ihnen Ausschau zu halten, aber die Kerle waren wie vom Erdboden verschluckt. So wie ich sie beschrieben hatte, hielt Patrice sie für *kata-kata* – auf Lingala: cut-cut –, was ein regionaler Sammelbegriff war für abtrünnige Soldaten sowohl der kongolesischen als auch der ruandischen oder der sambischen Armee. Und da Politik im Kongo so ein undurchschaubares Chaos war, bezeichnete *kata-kata* eigentlich sogar sämtliche Leute, denen man besser nicht begegnen sollte. Viele der herumvagabundierenden Soldaten wussten selbst nicht mal genau, wer ihre Waffen eigentlich bezahlt hatte. Als Patrice bei der Erwähnung der Kata-Kata mein erschrockenes Gesicht sah, beruhigte er mich sofort. Doch abends bemerkte ich, dass er die Schlösser an sämtlichen Türen und Fenstern überprüfte.

Das Zusammensein mit Otto war für mich so lange unbeschwert gewesen, wie mein kleiner Bonobo nur für sich selbst stand. Aber jetzt sah ich, wann immer ich ihn anschaute, die zwei Affenkinder in ihrem Fahrradkäfig vor mir. Plötzlich stand Ottos Leben stellvertretend für das Leben dieser beiden kleinen Kerlchen. Und es stand für den Riesenfehler, den ich gemacht hatte.

Vielleicht fühlte ich mich deshalb so zu Pweto hingezogen, ebenso wie übrigens Otto.

Normalerweise blieben die erwachsenen Bonobos unter sich, irgendwo in der Tiefe ihres riesigen Geheges verborgen. Manchmal hörte ich zwar, wie sie einander riefen, vor allem abends, wenn sie sich schlafen legten, aber ich bekam sie selten zu Gesicht, eigentlich nur, wenn sich mal einer von ihnen zum Futtersuchen in die Nähe des Zaunes verirrte.

Bei Pweto war es anders. Er wurde alleine in einem Gehege gehalten, das entsprechend kleiner war als das Gemeinschaftsgehege. Weil er einen verkrüppelten Arm hatte, hielt er sich kaum oben in den Bäumen auf, sondern meist am Ufer des Baches, der sich durch sein Gehege schlängelte. In Sichtweite für jeden, der an seinem Zaun vorbeiging, hockte er da und starrte ins Wasser.

Irgendetwas Schreckliches musste ihm widerfahren sein: Ihm fehlte ein Ohr, er hatte ein Loch in der Wange und ein Arm baumelte kraftlos herunter. Während die anderen Bonobos ohne Unterlass herumtollten, bewegte er sich so gut wie gar nicht.

Aber Otto war fasziniert von ihm.

Gelegentlich setzten wir uns vor Pwetos Zaun, wo ich meine Ferienlektüre für die Schule durcharbeitete, während Otto den alten Bonobo anstarrte. Dessen schweigende Reglosigkeit behagte ihm offensichtlich mehr als das Gewusel und Gekreische in der Krippe. Ohne mein Knie loszulassen, forderte Otto Pweto dann irgendwann mit Rufen zum Spielen auf. Kam keine Reaktion, passierte es auch schon mal, dass er sich frustriert dem Zaun näherte und etwas energischer brüllte. Allerdings berührte Otto den Zaun nie, denn dass der verhext war, hatte sich ihm bei der ersten Berührung mit den Drähten ins Gedächtnis eingebrannt. Da war er mit einem Aufschrei, entsetzter Miene und hochstehendem Fell jäh zurückgewichen.

An diesem Nachmittag gesellte sich Brunelle in ihrer Pause zu uns.

»Pweto war mal unser lebhaftester Geselle«, bemerkte sie mit wehmütigem Blick auf den Bonobo.

»Was? Er ist nicht in diesem Zustand zu euch gekommen?«, fragte ich erstaunt.

»Nein, absolut nicht. Er war der beliebteste und attraktivste Bonobo im ganzen Gehege. Er verhielt sich immer vorbildlich, vor allem den jungen Damen gegenüber. Anfang letzten Jahres dann bekam eines der Weibchen Nachwuchs. Ebenfalls weiblich. Pweto war fasziniert von der Kleinen, ständig trug er sie auf seinem Rücken herum und schwang sich mit ihr von Ast zu Ast, um sie zum Lachen zu bringen. Sein Engagement brachte ihm viele Punkte in der Sippe ein – bis er es eines Tages zu toll trieb. Das Baby rutschte von seinem Rücken, knallte auf den Boden und starb. Und ab da hatte er die Pink Ladys gegen sich.«

»Die Pink Ladys?«

»Ja, so nennen wir sie. Bonobos sind matriarchalisch organisiert – das heißt, die Frauen haben das Sagen. Weil die Weibchen den ganzen Tag zusammen sind und sich gegenseitig bei der Aufzucht des Nachwuchses unterstützen, haben sie ein sehr enges Verhältnis zueinander. Gemeinsam sind sie stark, mächtiger sogar als die sehr viel größeren, kräftigeren Männchen. Wenn also eines der Männchen aus der Reihe tanzt, dann taucht die Pink-Ladys-Gang auf und bläst ihm den Marsch.«

»Das heißt also, dass Pweto von anderen Affen so zugerichtet wurde?«, fragte ich ungläubig. Bonobos wirkten immer so friedlich und entspannt. Nie hätte ich eine solche Brutalität bei ihnen für möglich gehalten.

»Das umgekommene Mädchen war die Tochter von Banalia, einer der Pink Ladys. Als sie ihr totes Kind sah, geriet sie außer sich vor Wut und attackierte Pweto – gefolgt von ihren Kumpaninnen. Und als Patrice und seine Leute mit Betäubungsgewehren erschienen, hatten sie Pweto schon fast getötet.«

»Der Arme«, sagte ich. »Dabei hat er es nicht absichtlich getan.«

»Wir haben ihn eine Weile von seinem Clan getrennt, und als es ihm langsam besser ging, haben wir versucht ihn wieder in das große Gehege einzugewöhnen. Aber sobald er auch nur in die Nähe der Weibchen kam, stürzten die sich wie die Furien auf ihn – als wäre der Unfall gerade eben erst passiert. Seitdem muss er separat gehalten werden.«

Otto und ich beobachteten Pweto bis zum Sonnenuntergang. Selbst auf Ottos gelegentliche schüchterne Grüße reagierte der Affe nicht. Nur ein einziges Mal drehte er sich nach uns um, aber seine Augen waren wie tot, sein Blick war vollkommen leer.

Schließlich ging ich mit Otto auf mein Zimmer, um noch vor dem Abendessen mit Dad zu chatten. Doch kaum war die Satellitenverbindung hergestellt, brach sie zusammen. Ich ging raus auf den Flur, in der Hoffnung, dort jemanden zu finden, der mir weiterhelfen könnte, aber das ganze Gebäude lag wie ausgestorben da. Erst nach einigem Suchen sah ich, wo sie alle steckten: Sie hatten sich um das Kurzwellenradio auf Moms Schreibtisch geschart.

»Ist etwas passiert?«, fragte ich, aber sofort zischte mir aus einem Dutzend Münder ein ungeduldiges »Pst« entgegen.

Das Radio knackte und rauschte, der Empfang war total wackelig.

»Warum schalten wir nicht den Fernseher ein?«, schlug ich vor, aber augenblicklich wurde ich wieder zur Ruhe gepfiffen. Neugierig versuchte sich Otto an einer Bonobo-Version von »Pst«.

Nach einer Weile konnte man endlich ein paar Worte verstehen: »... bestätigen, dass die Schüsse heute Nachmittag tatsächlich ... haben gesehen, wie der verunstaltete Leichnam von ... aus einem Regierungsgebäude transportiert wurde ... eventuell die Aktion der TLA, einer militanten Gruppe aus dem Osten, die mit Hutu-Gruppierungen in Ruanda und Burundi verbündet ist ... fliehen aus der Hauptstadt, wo es innerhalb der Armee zu Richtungskämpfen gekommen ist und ... diejenigen, die zu Hause sind, werden gebeten ihre Häuser nicht zu verlassen ...«

An dieser Stelle brach der Empfang für mehrere Sekunden ganz ab.

»Was ist passiert?«, flüsterte ich Marie-France zu, die neben mir saß.

Ihr Gesicht war ernst. Das war es schon immer gewesen, aber jetzt schien es fast, als hätte Marie-France es all die Jahre nur angespannt, um für diesen Augenblick gerüstet zu sein, wo im Kongo alles unausweichlich wieder zerfallen würde.

»Auf den Präsidenten ist ein Attentat verübt worden«, sagte sie.

»Ist er tot?«

Sie nickte beklommen.

Der Präsident ist tot? Ich war wie gelähmt vor Entsetzen. »Heißt das, dass jetzt der Vizepräsident an der Macht ist?«, brachte ich schließlich hervor.

»Nein«, antwortete Marie-France. »Zurzeit ist niemand an der Macht.«

Ich drückte Otto so fest an mich, dass er wimmernd protestierte.

»Ich versuch mal, ob ich den UN-Sender reinkriege.« Patrice fummelte am Drehknopf des Radios herum. Die Vereinten Nationen waren seit dem Kriegsausbruch in den 90er-Jahren im Kongo präsent und sendeten in Krisensituationen auf einer eigenen Radiofrequenz.

»Wir müssen uns mit meiner Mutter in Verbindung setzen«, sagte ich, doch niemand erwiderte etwas, jeder war in seiner persönlichen Schreckensvision gefangen. Aus dem Radio drangen nur Störgeräusche.

»Wir werden keinen Kontakt zu deiner Mutter kriegen«, sagte Clément schließlich leise. »Die Netze funktionieren nicht mehr. Außerdem wird sie gerade irgendwo auf dem Fluss unterwegs sein.«

»Dann muss ich meinen Vater in Miami anrufen«, sagte ich.

»Pst!«, zischte einer aus der Crew. Die Luft knisterte vor Anspannung. Klar, sie sorgten sich alle genauso um ihre Familien wie ich.

Patrice hatte endlich den UN-Kanal gefunden, der in französischer Sprache sendete. »… werden dringend aufgerufen in ihren Häusern zu bleiben. Solange noch keine stabile Übergangsregierung im Amt ist, sollte jeder Kontakt mit Angehörigen des Militärs und der Polizei oder mit Uniformierten, die sich als solche ausgeben, vermieden werden. Ich wiederhole: Mindestens 1000 Menschen, wahrscheinlich aber deutlich mehr, sind bereits bei Straßenkämpfen in der Hauptstadt ums Leben gekommen. Gegenangriffe von Regierungstreuen sind im Chaos geendet und haben zu einer weiteren Eskalation der Gewalt geführt. Von einem Aufenthalt auf den Straßen ist daher strikt abzuraten. Bleiben Sie ruhig und verhalten Sie sich besonnen und vorsichtig. Viele der bewaffneten Gruppen halten sich auf den Hauptstraßen auf. Sie machen einen unorganisierten Eindruck und es ist nicht klar, unter wessen Befehl sie stehen. Belgien und die USA haben bereits angekündigt ihre Bürger zu evakuieren, Frankreich wird dem Beispiel vermutlich folgen. Anweisungen diesbezüglich werden auf diesem Sender durchgegeben. Wir wiederholen diese Sendung, ausgestrahlt vom Hauptquartier der Vereinten Nationen in Kinshasa, bis neue Informationen vorliegen.«

Patrice drehte den Ton leiser.

»Was machen wir jetzt?«, fragte einer der Wildhüter.

»Wir bleiben, wo wir sind«, sagte Patrice. »Das habt ihr doch gehört. Die Sache wird sich genauso entwickeln wie schon einmal. Wir können nur hoffen, dass niemand in unsere Häuser eindringt und plündert. Aber wir sollten uns wirklich von den Straßen fernhalten, dort schwebt man in Lebensgefahr.«

»Überall kann man umgebracht werden, nicht nur auf den Straßen«, widersprach Évangéline.

»Wir bleiben jedenfalls hier. Hier sind wir sicher, niemand wird ein Bonobo-Reservat überfallen«, sagte Patrice.

»Vielleicht nicht gleich in den nächsten Tagen. Aber wenn es keine neue Regierung gibt und zehn Millionen Menschen in Kinshasa hungern? Habt ihr vergessen, wie es 1994 war? Da haben sich die Leute auf der Suche nach Essbarem als Erstes die Zootiere geschnappt. Wenn sich die Situation wieder so zuspitzt, werden sie sich auf unsere Bonobos stürzen wie auf eine Viehherde. Außerdem vermutet man sicher haufenweise US-Dollar von unseren ausländischen Geldgebern in unserem Safe.«

»So weit wird es nicht kommen«, versuchte Patrice sie zu beruhigen. »Diesmal nicht.«

Aber er konnte auch keine Gründe für seine Zuversicht nennen, und so wurde die Verzweiflung im Raum immer drückender. Vielleicht lag es auch an der Art, wie Patrice »diesmal« gesagt hatte. Die Demokratische Republik Kongo hatte eine derart lange Erfahrung mit Attentaten und Putschen, dass man sich unweigerlich fragte, durch welches Wunder das Land ausgerechnet diesmal gerettet werden sollte.

Da niemand es riskieren wollte, auf die Straße zu gehen, blieben wir alle über Nacht im Reservat. Die Ziehmütter legten sich zusammen mit den Bonobo-Kindern in der Krippe schlafen, die Wildhüter nahmen Kissen und Decken mit in den Schuppen, Otto und ich teilten mein kleines Zimmer mit

Émile, dem Koch, und Patrice und Clément campierten in Moms Büro. Die Rebellen mussten das Internet und die Mobilfunknetze außer Funktion gesetzt haben, denn es gelang uns nicht, nach draußen zu kommunizieren. Unser einziger Kontakt zur Außenwelt war das Kurzwellenradio. In der Nacht tappte ich mehrmals schlaftrunken ins Büro, nickte Patrice und Clément zu und kochte mir einen Kräutertee. Niemand redete, wir hockten nur da und lauschten den UN-Nachrichten, die wir bereits kannten. Dann ging ich eine Weile auf und ab, in der Hoffnung, müde zu werden. Otto, der die ganze Zeit auf meinem Arm saß, schien das schlaflose Durcheinander zu gefallen: Aufgekratzt schnatterte er auf die anderen Ruhelosen ein, denen wir im Flur begegneten.

Beim ersten Morgengrauen hockten Otto und ich auf der Stufe der Eingangstür und starrten in den Dschungel. Sehen konnte ich nichts, aber ich lauschte auf Schritte oder Motorengeräusche. Ich horchte, ob die vier Männer, die ich am Vortag gesehen hatte, vielleicht wiederkämen. Ich horchte auf Gewehrsalven aus dem nahen Dorf. Ich horchte auf erste Vorboten des Todes.

Gegen Mittag schrie Patrice, dass der UN-Sender Neuigkeiten bringe, und wir alle stürzten in Moms Büro.

Es war die Rede von einer Zunahme der Kämpfe im Norden und Osten, an den Grenzen zum Sudan, zu Ruanda und Burundi. Und in Kinshasa selbst. Es ging das Gerücht, dass aus Ruanda stammende Hutu für die Ermordung des Präsidenten verantwortlich seien. Darüber hinaus befürchtete man, dass der designierte Nachfolger bei den Kampfhandlungen ebenfalls ums Leben gekommen sei. Niemand aus den Reihen der TLA war vorgetreten, um das Ruder in die Hand zu nehmen, und so schien die Hauptstadt dem Chaos überlassen. Banken und Geschäfte wurden geplündert. Leichen verstopften die Straßen, vor allem die von Anhängern des toten Präsidenten und von Leuten, die aussahen wie Angehörige der Tutsi, jener ethnischen Gruppe, die historisch mit den Hutu verfeindet war. Da der Großteil der Reservatsmitarbeiter aus Tutsi-Familien stammte, war die Stimmung extrem gedrückt. Die Ziehmütter sorgten sich um ihre Kinder und Ehemänner in der Hauptstadt. Aber letztlich klammerten wir uns immer noch an die Hoffnung, dass man nicht in Gefahr war, solange man zu Hause blieb – auch wenn sie im Radio jetzt nichts dergleichen mehr sagten.

Die UN warnte die Bevölkerung, dass etliche der Morde mit sogenannten »stillen Waffen« begangen würden – also nicht mit klassischen Schusswaffen, sondern mit lautlos tötenden Werkzeugen wie Macheten, Äxten, Stöcken oder Messern. Am Ende der Nachrichten verkündete der Sprecher: »Alle US-Amerikaner und Bürger aus EU-Ländern, welche ein entsprechendes Kooperationsabkommen mit Belgien haben, werden heute Abend um zwanzig Uhr Ortszeit mit UN-Maschinen von Kinshasas Flughafen N'Djili aus dem Kongo ausgeflogen. Die entsprechenden Botschaften fordern ihre Bürger auf sich bis spätestens siebzehn Uhr am Flughafen einzufinden. Alle Bürger, die bei den Botschaften der USA, Belgiens oder Frankreichs registriert sind und außerhalb der

Stadtgrenzen Kinshasas wohnen, werden bis sechzehn Uhr von gepanzerten UN-Fahrzeugen abgeholt.«

»Dein Vater ist Amerikaner. Also bist du US-Bürgerin«, bemerkte Patrice.

Alle starrten mich an. Es fühlte sich schrecklich an, plötzlich die einzige Auserwählte zu sein, die Hilfe zu erwarten hatte, während der Rest der Crew hier festsaß.

»Ich bin mir sicher, dass sie euch auch abholen werden«, sagte ich.

Marie-France schnaubte verächtlich. »Wie bitte? Du glaubst, dass sie sechzig Millionen Kongolesen ausfliegen?«

Vielleicht um mir weitere Peinlichkeiten zu ersparen, führte mich Patrice hinaus auf den Flur. Otto klammerte sich an meinem Oberkörper fest, starrte dabei aber auf Patrice' Lippen und streckte seine Hand nach ihnen aus, als Patrice zu sprechen begann.

»Ich weiß, dass dir die Sache unangenehm ist, aber das können wir jetzt nicht ändern. Wir müssen sehen, dass wir dich irgendwie zum Flughafen bekommen. Die amerikanische Regierung will ihre Bürger außer Landes schaffen – und ich weiß hundertprozentig, dass deine Eltern das auch wollen. Die wollen dich in einem dieser UN-Flugzeuge sitzen sehen.«

Daran zweifelte ich keine Sekunde. Ich hätte gerne gefragt: »Und was ist mit dir und all den anderen hier?«, aber ich kannte die Antwort und sie machte mich traurig. Und noch eine zweite Frage lag mir auf der Zunge: »Was passiert mit Otto?«, doch auch hier kannte ich die Antwort. Und sie deprimierte mich noch mehr.

Alles, was ich an diesem Nachmittag tun konnte, war spazieren zu gehen. Immer an der Einzäunung des Geheges entlang. Oder um die Krippe herum, in der die Bonobo-Kinder selbstvergessen tobten. Oder vor dem Eingang auf und ab. Hauptsache, ich war in Bewegung. Denn wenn ich zur Ruhe kam, dann würde ich auf der Stelle zusammenbrechen, das wusste ich.

Das UN-Fahrzeug konnte jeden Moment kommen. Und ich würde als Einzige einsteigen und davonbrausen. Man würde mich – rechtzeitig zum Schulstart – nach Miami zu Dad fliegen. Dad! Wie gerne hätte ich Dad jetzt angerufen!

Tief in mir drin machte ich mir zwar Sorgen um Mom, aber gleichzeitig war ich auch irgendwie beruhigt: In Kriegszeiten war es im Kongo – anders als in den einschlägigen Märchen – im Wald am sichersten. Jedenfalls sicherer als in den Dörfern und Städten. Die größten Überlebenschancen hatte man, wenn man sich versteckte, und das ging in der Wildnis einfach am besten. Mittlerweile war Mom wahrscheinlich vollkommen unbehelligt im entlegensten Teil des Dschungels angelangt und hatte unter Umständen noch nicht einmal mitbekommen, was passiert war. Vielleicht würde sie von der Sache sogar erst erfahren, wenn sie in die Zivilisation zurückkehrte.

Nein, um Mom sorgte ich mich nicht wirklich, dafür umso mehr um Otto. Der Moment, in dem ich ihn verlassen musste, stand unmittelbar bevor. Wenn der politische Erdrutsch vorbei wäre, würden die Ziehmütter ihn zwar in die Schar ihrer Schützlinge aufnehmen, aber ob ihm das reichte? Schließlich hatte ihn allein die enge Bindung zu mir am Leben gehalten.

Eine weitere Mutter zu verlieren würde er sicher nicht verkraften, zumal wir mit der Krippeneingewöhnung noch nicht mal begonnen hatten – und da hatte ich unbedingt dabei sein wollen! Wenn ich ihn jedoch jetzt Hals über Kopf verließ, würde er jeglichen Lebensmut verlieren. Wenn ich mich jetzt in Sicherheit brachte, würde das ganz klar auf Ottos Kosten gehen.

Ich musste wieder an die zwei kleinen Bonobos auf dem Fahrradgepäckträger denken. Wollte ich Otto wirklich auch noch im Stich lassen?

Zwei

Am Nachmittag kam der weiße UN-Transporter den Zufahrtsweg heraufgerumpelt. Otto und ich saßen bereits auf der Stufe vor der Eingangstür. Als Moms Mitarbeiter das Motorengeräusch hörten, kamen sie allesamt angerannt. Ihre Mienen waren schwer zu deuten: Es war wohl eine Mischung aus Erleichterung, Neid und Resignation. Situationen wie diese waren ihnen nur allzu vertraut, die hatten sie in den vergangenen zwanzig Jahren diverse Male erlebt. Und immer hatte es einige wenige Menschen gegeben, die gerettet worden waren. Aber viele eben nicht.

Als jetzt das UN-Fahrzeug vorfuhr, gab es von ihrer Seite kein Geschrei, kein Flehen und kein Betteln, ebenfalls mitgenommen zu werden. Zwei Soldaten in Tarnuniform und hellblauer Splitterschutzweste stiegen aus und ein anderer stellte sich vor sie hin, ein schlanker Typ mit einem blauen Käppi, das schnittig und fesch auf seinem Kopf saß, gleichzeitig aber auch ein bisschen schmuddelig wirkte. Als er den Mund aufmachte, stellte ich fest, dass er einen italienischen Akzent hatte. Wie die Eltern meines Dads. Unwillkürlich berührte ich meine silberne Halskette.

»Bist du Sophie Biyoya-Ciardulli?«, fragte er. »Dein Vater

hat in unserem Hauptquartier angerufen und uns informiert, dass du hier bist.«

Ich nickte.

»Du darfst ein Gepäckstück mitnehmen.«

Ich deutete auf die große Reisetasche neben mir. Ich hatte nicht nur meine Klamotten, sondern auch etwas zu essen reingestopft, da ich davon ausging, dass auf einem UN-Evakuierungsflug wohl kaum Bordmahlzeiten serviert würden.

Der Käppi-Träger zögerte einen Moment, so als würde er im Geiste sein Protokollbuch durchgehen, um sich zu vergewissern, wie er mit dieser speziellen Situation umzugehen hatte.

»Was ist das für ein Affe auf deiner Schulter?«, fragte er schließlich.

»Ein Menschenaffe. Ein Bonobo«, sagte ich langsam. Ich hatte mir die Worte längst zurechtgelegt. »Es ist eine bedrohte Art, deshalb weiß ich, dass man sie legal nicht außer Landes bringen darf, aber dieser hier ist so schwach, dass er sofort sterben würde, wenn er von mir getrennt würde. Das Beste für ihn wäre, wenn ich ihn mitnähme. Ich würde ihn dann einem Zoo übergeben …« Hier versagte meine Stimme. Es bestand nicht die geringste Chance, dass sie mir erlauben würden Otto mitzunehmen, das war mir klar. Ich hatte diesen Vorstoß nur aus lauter Verzweiflung unternommen.

Der UN-Soldat ließ mich einen Moment weinen. »Es tut mir leid, aber du kannst ihn nicht mitnehmen, unter keinen Umständen. Der muss hierbleiben.«

Patrice trat einen Schritt vor. »Wir kümmern uns um ihn,

Sophie, keine Sorge«, sagte er und streckte seine Arme nach Otto aus, der diese jedoch sofort wegstieß, seine Zähne bleckte und sich enger an mich klammerte.

»Otto«, sagte ich, blickte ihn durch einen Schleier von Tränen an und streichelte seinen kleinen Kopf mit den drahtigen Haaren. »Du musst jetzt brav sein und hierbleiben. Sie werden gut für dich sorgen. Bald ist das alles vorbei und dann komme ich wieder ...«

Ottos Ärmchen begannen zu zittern, so fest klammerte er sich an mich. Ich zog an seiner Hand, um ihn von mir zu lösen, und jedes Mal wenn ich dachte, ich hätte einen oder zwei Finger gelockert, krallte er sich irgendwo anders fest.

»Patrice, kannst du mir mal helfen?«, fragte ich.

Nur mit vereinten Kräften konnten Patrice und ein Wildhüter Otto von mir trennen. Dabei stieß er die ganze Zeit gellende Schreie aus und reckte seine Arme nach mir. Als er sah, dass ich keine Anstalten machte, ihn zurückzunehmen, versuchte er verzweifelt sich von Patrice freizustrampeln und biss ihn schließlich so kräftig in den Unterarm, dass es blutete. Aber Patrice ließ ihn nicht los.

»Wir müssen aufbrechen«, sagte der UN-Soldat. »Wir haben auf dem Weg zum Flughafen noch andere Leute einzusammeln.«

»Ich kann nicht mitkommen«, brachte ich mit tränenerstickter Stimme hervor.

»Schau mal«, sagte der Mann, »deine Eltern werden sich große Sorgen machen. Sie müssen sich jetzt darauf verlassen können, dass du vernünftig bist.«

»Geh jetzt, Sophie«, rief Patrice. »Je schneller du es hinter dich bringst, desto einfacher wird es für Otto.«

Das überzeugte mich. Ich kletterte in den Transporter.

Drinnen saßen lauter verängstigte Weiße. Ihre Nervosität zeigte mir, wie ernst die Lage in der Hauptstadt wirklich war. Ich fand noch einen freien Platz und ließ mich darauf nieder.

Sobald der Typ mit dem Käppi eingestiegen war, setzte sich der Transporter in Bewegung, rollte rückwärts den Zufahrtsweg hinunter bis zu einer etwas breiteren Stelle, wo er wenden konnte. Ein älterer Mann neben mir griff mitfühlend nach meiner Hand.

Aber ich hatte keinen Blick für ihn, ich konnte nur aus dem Seitenfenster starren.

Patrice hatte Mühe, Otto festzuhalten, der erbärmlich schrie und mit Händen und Füßen strampelte. Mir schnürte es die Kehle zu, als ich sah, wie er kämpfte. Ich entzog dem alten Mann meine Hand, beugte mich vor und ließ meinen Kopf zwischen meine Knie sinken, um nichts mehr zu sehen und zu hören. Aber Otto kreischte jetzt noch durchdringender und der Gedanke, nicht noch einen letzten Blick auf ihn werfen zu können, machte mich fix und fertig, deshalb hob ich den Kopf und schielte doch wieder aus dem Fenster.

Gerade in dem Augenblick befreite sich Otto mit einer letzten Windung aus Patrice' Armen, sprang auf den Kiesweg und stürzte auf das UN-Fahrzeug zu. Im Nu stand er so dicht vor dem Wagen, dass ich ihn von meinem Sitzplatz aus nicht mehr sehen konnte.

Jeden Moment konnte er unter die Räder geraten.

»Stopp!«, schrie ich. »Halten Sie an!«

Eine Mutter, die ihre zwei Kinder im Arm hielt, protestierte, dass wir uns eine Verzögerung nicht leisten könnten und dass wir riskierten unseren Flug zu verpassen. Der UN-Soldat nickte und blickte mich bekümmert an.

»Es tut mir leid, aber wir müssen los. Und es ist nur ein Tier. Wir können nicht anhalten.«

»Aber Sie werden ihn überfahren!« Meine Stimme überschlug sich. Und dann drückte ich die Seitentür auf und sprang samt meiner Reisetasche raus, was nicht schwer war, da wir sehr langsam fuhren. Durch die offene Tür blickte ich zurück ins Innere des Wagens, während dieser weiterrollte.

»Tut mir leid«, rief ich den Insassen zu. »Ich heiße Sophie Biyoya-Ciardulli. Können Sie meinen Vater kontaktieren, sobald Sie außer Landes sind, und ihm sagen, dass es mir gut geht und dass ich ihn anrufen werde, wenn das alles hier vorbei ist?«

Doch sie waren alle so verdutzt, dass sie gar nicht so schnell antworten konnten. Und dann zog einer von ihnen auch schon die Tür zu.

Im selben Moment entdeckte ich Otto. Er hatte sich auf die Motorhaube geworfen, klammerte sich am Kühlergrill fest und starrte panisch quiekend auf den Boden, der unter dem Auto verschwand. Ich rief ihn und augenblicklich warf er sein Köpfchen herum. Als er mich sah, ließ er die Metallstäbe los, plumpste auf den Kies, wich im letzten Moment dem Vorderrad aus und stürzte sich dann mit einem Riesensatz in meine Arme.

Patrice schlug vor Entsetzen die Hand vor den Mund. »Was machst du denn da?«, rief er. »Du gehörst in den Wagen!«

»Nein, ich bleibe hier!«, sagte ich und redete mir verzweifelt ein, dass es die richtige Entscheidung war.

Doch plötzlich hielt der Transporter an.

Der Käppi-Träger sprang heraus und rannte auf mich zu. »Hey, junge Dame«, rief er, »du bist minderjährig und wir werden dich hier rausbringen – notfalls auch gegen deinen Willen.«

Da warf ich mir meine Reisetasche über die Schulter und sprintete los, wobei Otto immer wieder unsanft gegen meine Brust prallte.

»Sophie!«, brüllte Patrice. »Bleib stehen!«

Ich hastete am Verwaltungsgebäude entlang, konzentrierte mich ganz darauf, schnell zu sein und Otto in Sicherheit zu bringen, verschwendete keinen einzigen Gedanken an die Richtung, die ich einschlug. Erst als ich an der Krippe vorbei war, wagte ich einen Blick über die Schulter.

Die UN-Soldaten rannten uns hinterher.

Also ließ ich die Reisetasche fallen – um ihnen ein Hindernis in den Weg zu werfen und selber schneller zu sein. Hinter der Krippe ragte der hohe Elektrozaun des Geheges auf, dem ich kopflos folgte. Aber der Zaun würde bald in Richtung Tümpel abbiegen und dann säße ich in der Falle, dann bräuchten mich die Blauhelme nur noch einzusammeln. Weit würde ich hier nicht kommen.

Es sei denn …

Weiter vorne, verborgen von Palmwedeln, war der Schalter

für das Eingangstor des Geheges in den Stamm eines Baumes eingelassen. Wenn man einen Code eintippte, ging der Strom für ein paar Sekunden aus, gerade lange genug, um durch das Tor zu schlüpfen. Zum Verlassen des Geheges musste man denselben Code dann auf der anderen Seite des Zaunes eingeben. Ich zog die Palmwedel beiseite, die das Tastendisplay verdeckten, und tippte die Zahlenkombination ein. Sofort brach das vertraute Summen des Zaunes ab. Ich öffnete das Maschendrahttor, huschte ins Gehege und zog das Tor hinter mir zu.

Kurz darauf setzte der Summton wieder ein. Die Blauhelme würden einen Moment brauchen, um den Code von Patrice zu bekommen. Zeit genug für mich, ein Versteck zu suchen.

Otto und ich hasteten durchs Unterholz.

Immer tiefer hinein ins Gehege.

Zu den Bonobos.

TEIL DREI

Im Gehege

Eins

Schon nach wenigen Metern verschluckte uns der Dschungel. Ich musste das Tempo drosseln und mir mühsam einen Weg durch das Gewirr von Lianen und Ästen bahnen, die wie riesige Tentakeln durch die Luft fingerten, um im fruchtbaren Boden Wurzeln zu schlagen. Ich schob gigantische Farnblätter zur Seite und zwängte mich durch die frei werdende Lücke, bevor die Blätter wieder zurückpeitschten. Dem armen Otto schlugen sie immer wieder ins Gesicht, aber er war hart im Nehmen, ein echter Bonobo eben.

Nach wenigen Minuten hielt ich an und lauschte. Keine Verfolgungsgeräusche, kein Knacken im Unterholz, nichts. Sie waren offenbar umgekehrt – und wir in Sicherheit.

Was genau genommen bedeutete, dass wir alles andere als sicher waren. Ich hatte mich entschieden in einem Land zu bleiben, das geradewegs in einen Bürgerkrieg taumelte. Und fürs Erste saß ich in einem riesigen Gehege mit wilden Tieren fest. Mit Tieren, die einen stattlichen Kerl wie Pweto um ein Haar getötet hätten. Erst in diesem Moment wurde mir die Ungeheuerlichkeit meiner leichtsinnigen, völlig unüberlegten Aktion klar.

Junge Bonobos waren lieb und schelmisch, aber erwachsene

waren andere Kaliber. Die einzige Person, die das Gehege unbehelligt betreten konnte, war meine Mutter. Selbst Patrice hatte immer ein paar Helfer mit Betäubungspistolen dabei, die ihm Rückendeckung gaben.

Der Boden war total schlammig. Meiner Hose zuliebe blieb ich deshalb einfach stehen, wiegte Otto im Arm und summte ihm beruhigend ins Ohr. Irgendwo aus der Ferne hörte ich die Schreie der Affen, die bei der Futtersuche zusammenarbeiteten. Ich lauschte, ob sich Geräusche näherten, entweder von den Blauhelmen oder von den Bonobos, aber alles war ruhig. Na ja, so ruhig, wie es im Dschungel sein konnte, wo permanent Vögel kreischten und Insekten zirpten – ein völlig durchgeknallter Chor, ohne Chorleiter und ohne Noten.

Nach ein paar Minuten quengelte Otto, weil er von meinem Arm runterwollte. Ich ließ ihn los und sofort machte er sich daran, das Dickicht um uns herum zu erkunden. Er pulte Stücke morscher Rinde von einem Baumstamm und war entzückt über die Käfer und Raupen, die er darunter entdeckte. Irgendeiner rätselhaften Bonobo-Logik folgend zerdrückte er manche davon zwischen den Fingern, während er sich andere in den Mund schob.

Ich wusste, dass meine Gedanken nicht zur Ruhe kommen würden, solange ich keine Ahnung hatte, was auf der anderen Seite des Zaunes vor sich ging. Von einem Baum aus würde ich wahrscheinlich erkennen können, ob der UN-Transporter weggefahren war. In unmittelbarer Nähe stand ein knorriges Exemplar mit vielen ausladenden Ästen und rauer, moosbewachsener Rinde, an der meine Füße Halt finden könnten. Außerdem war der Baum dicht belaubt und würde mich notfalls vor Blicken schützen. Obwohl ich völlig aus der Übung war – ich war seit Jahren auf keinen Baum mehr geklettert – machte ich mich an den Aufstieg.

Anfangs blieb Otto unten sitzen und rief mir hinterher. Ich hatte schon Sorge, dass er mir nicht folgen und stattdessen wimmern würde, so dass ich wieder runterklettern und ihn holen müsste. Aber dann legte er plötzlich los und war ruckzuck auf meiner Höhe. Als er die Baumkrone erreichte, lehnte er sich lässig zurück und wartete auf mich. Schnaufend und mit schmerzenden Armen hangelte ich mich schließlich auf den obersten Ast. Meine Haut war von einer feinen grünen Schicht überzogen und winzige Ameisen krabbelten auf mir herum. So gut es ging streifte ich sie ab, dann stemmte ich meine Füße in eine Astgabel und ließ den Blick schweifen.

Der Zufahrtsweg lag verlassen da, auf dem weißen Kies waren nur noch vage zwei braune Reifenspuren zu erkennen. Der UN-Transporter war weg. Jetzt konnte ich nur hoffen, dass sich die Insassen an meinen Namen erinnern und meinen Vater verständigen würden.

Auf einmal stieg mir ein Geruch in die Nase: Qualm. Ich schnellte herum und sah Rauchsäulen über dem nahe gelegenen Dorf aufsteigen. Der Rauch war ölig schwarz, stank seltsam süßlich und kräuselte sich über den Häusern.

Das Dorf brannte.

Durch das dichte Blattwerk hindurch erspähte ich außer den Rauchsäulen auch ein paar Männer, jeder mit einer anderen zusammengestückelten Uniform, die einen eher in Grün-, die anderen in Grau- und wieder andere in Blautönen. Sie streiften durch die Straßen und mussten dabei immer wieder über irgendwelche Hindernisse hinwegsteigen, vielleicht Kleiderhaufen oder so etwas.

Nein, o Gott, das waren keine Kleider! Das waren Leichen!

Halb gelähmt vor Entsetzen kniff ich die Augen zusammen, um besser sehen zu können. Die Männer trugen Messer oder Macheten und durchkämmten offenbar die verlassenen Häuser, bevor sie sie in Brand steckten. Einer von ihnen hatte ein brennendes Strohbüschel in der Hand, das er von Haus zu Haus trug.

Ohne mich darum zu kümmern, ob ich meine Arme und Beine aufschürfte, rutschte ich den Stamm hinunter. Ich musste Patrice und die anderen warnen, dass die Plünderer sich vielleicht als Nächstes das Reservat vornahmen.

Jetzt wurde also doch in nächster Nähe gekämpft und ich Idiotin hatte das rettende UN-Fahrzeug davonfahren lassen!

Sobald ich wieder Boden unter den Füßen hatte, kämpfte ich mich zurück in Richtung Tor. Otto hatte sich in Jockey-Manier auf meinen Rücken geworfen. Plötzlich knallte es laut. Ein Schuss. Wie angewurzelt blieb ich stehen. Dann eine ganze Salve von Schüssen, direkt auf der anderen Seite des Zaunes.

Schlagartig wurde mir bewusst, dass ich eingeschlossen war hinter diesem unpassierbaren Drahtgeflecht. Wie in einer Gefängniszelle. Verdammt, wie sollte ich hier rauskommen? Ich hetzte weiter, blieb dann aber abrupt stehen: Otto saß nicht mehr auf meinem Rücken. Die Schüsse mussten ihn derart erschreckt haben, dass er geflüchtet war. Schließlich entdeckte ich ihn: zitternd unter einem Busch hockend. Ich krabbelte auf allen vieren zu ihm und nahm ihn in den Arm. Er schlotterte so sehr, dass ich mich instinktiv zu ihm auf den schlammigen Boden legte, mich fast über ihm zusammenrollte, als wäre er ein kostbarer Funken in einer Feuerstelle, der nicht erlöschen durfte.

Vom Verwaltungsgebäude her hörte man erneut Schüsse, wieder eine ganze Salve. Und dann ein anderes Geräusch: eine Art dumpfen, feuchten Schlag, gefolgt von einem Huschen.

Und dann fingen die Schreie an, lang gezogen, gellend, panisch, durchsetzt vom Keuchen angestrengten, mühsamen Rennens. Einige Schreie jedoch wurden fast unmittelbar abgewürgt. Otto bebte jetzt geradezu neben mir. Ich schützte ihn mit meinem Körper, streichelte ihn und sang ihm leise irgendwelche Nonsensliedchen ins Ohr – während meine Gedanken panisch hin und her jagten.

Ich erkannte Brunelles Schreie, dann brüllte ein Mann sie an, ihre Stimmen wurden leiser, dann wieder lauter, man hörte schnelle Schritte, dann einen Aufprall und dann wieder einen Schrei, der jäh verstummte. Ich war zu weit weg vom Zaun, um irgendetwas erkennen zu können – und zum Glück auch um selbst gesehen zu werden –, aber ich hörte alles.

Mittlerweile mussten die Rebellen bis zur Krippe vorgedrungen sein, ich hörte die trappelnden Schritte und die spitzen Schreie der fliehenden Bonobo-Kinder. Und als ich den Kopf hob, konnte ich sehen, wie Äste und Zweige auf der anderen Seite des Geländes hin- und herpeitschten, als die jungen Affen in Richtung Wald flohen. Dorthin würden sie es hoffentlich schaffen, wenn sie sich schon nicht ins Gehege retten konnten. Vielleicht waren die Rebellen ja zu beschäftigt, um die Äffchen rechtzeitig zu bemerken.

Aber womit waren sie beschäftigt? Mit Töten!

Ich kauerte mit Otto im Morast, den fauligen Geruch des Bodens in der Nase, die Geräusche der brutalen Wüterei in den Ohren, und vor meinem geistigen Auge eine nicht enden wollende Reihe von Bildern. Tief in mir hörte ich dazu die Stimmen der Menschen, die mir mit der Zeit ans Herz gewachsen waren – Stimmen, die dort drüben für immer verstummten. Und dann hörte ich nur noch das unbekannte Suaheli der Milizionäre, gelegentliche Gewehrsalven, begleitet von schallendem Gelächter, und schließlich Wühlen und Rascheln, als offensichtlich das Plündern begann.

Dabei wiegte ich die ganze Zeit das Fellbündel mit dem rasenden Puls in meinen Armen und betete, dass dessen kleines Herz den Schock aushalten, dass ich Otto nicht auch noch verlieren würde.

Als ich auf einmal unbekannte Stimmen ganz in der Nähe hörte, wachte ich aus meiner Lähmung auf. Konnten mich die Kerle von dort, wo sie jetzt standen, sehen? Ich hörte ein scharfes Surrgeräusch, dann einen Aufschrei, schließlich ein weiteres Surren. Die Kata-Kata hatten offenbar den Elektrozaun entdeckt. Vorsichtig richtete ich mich über Otto auf, der flach atmend auf der Seite liegen blieb. Er drehte seinen Kopf, so dass sein Blick meinen traf. Seine sanften braunen Augen waren so riesengroß aufgerissen, wie ich es noch nie gesehen hatte. Als ich Otto hochhob, wickelte er erst das eine, dann das andere Ärmchen um mich. Ich setzte ihn auf meine Knie und blies ihm kräftig Luft ins Gesicht und auf den Bauch – ein verzweifelter Versuch, ihm vorzugaukeln, dass alles in Ordnung sei. Aber er lächelte nicht. Er starrte mich nur an und suchte in meinem Blick etwas, das ihn beruhigen könnte.

Immer wenn ein Kata-Kata irgendetwas brüllte, kreischte Otto und verbarg sein Gesicht. O Gott, wenn er weiterhin so einen Krach machte, würden die Rebellen noch merken, dass sich Affen im Gehege befanden. Uns blieb nichts anderes übrig, als tiefer in den Dschungel des Geheges vorzudringen.

Mit jedem Schritt, mit dem wir uns weiter von der menschlichen Welt entfernten, pochte das Blut stärker in meinen Ohren. Otto, der sich offenbar etwas gefasst hatte, schwang sich von Ast zu Ast, während ich mich durchs Unterholz schlug. Ich achtete darauf, kräftig aufzustampfen, um Wespen, Vipern und Tausendfüßler zu verscheuchen. Eine Dosis Insekten- oder Schlangengift hätte mir jetzt gerade noch gefehlt – obwohl ich den Biss vermutlich gar nicht gespürt hätte, denn Schmerz war plötzlich völlig nebensächlich geworden. Nach allem, was ich soeben erlebt hatte, fühlte ich mich innerlich wie betäubt.

So verängstigt, wie die Bonobos bei den ersten Schüssen gekreischt hatten, waren sie wahrscheinlich bis ans andere Ende des Geheges geflüchtet. Es war also unwahrscheinlich, plötzlich einem von ihnen über den Weg zu laufen – was mir bei allem Respekt vor den ausgewachsenen Tieren trotzdem tausendmal lieber gewesen wäre als eine Begegnung mit einem Kata-Kata. Ich versuchte meine Gedanken zu sammeln. Ein paar Stunden würde ich wohl in dem Gehege bleiben müssen. Aber sobald die Männer weg waren, würde ich – trotz des grauenerregenden Anblicks, der mich dort vermutlich erwartete – notgedrungen zum Verwaltungsgebäude zurückmüssen, dort so viel Proviant wie möglich einstecken und mich dann mit Otto auf den Weg machen, wohin auch immer ... Ob ich mich nach Kinshasa hineinwagen und zum Haus meiner Tante durchschlagen konnte?

Aber so weit durfte ich noch nicht denken. Ich musste mich ganz auf das Hier und Jetzt konzentrieren, sonst würde ich draufgehen.

Da, aufpassen, der Ast.

Drübersteigen.

Achtung, da rechts sieht man den Zaun. Umkehren.

Otto bei mir zu haben, für den ich sorgen musste, half mir. Hätte ich mich nur um mich selbst kümmern müssen, wäre ich wahrscheinlich zusammengeklappt. Aber so hatte ich eine Aufgabe und eine Verantwortung: Ich musste Otto beschützen und an einen sicheren Ort bringen. Mein eigenes Überleben würde sich dann schon daraus ergeben. Und wie um mir zu demonstrieren, dass doch eigentlich alles ganz normal sei, beugte sich Otto auf seinem Ast vor und pinkelte in hohem Bogen hinunter.

Im Grunde war ich mir ziemlich sicher, dass der Elektrozaun die Kata-Kata vom Gehege fernhalten würde. Zumindest für eine gewisse Zeit. Mom hatte den Zaun erst vor einem Jahr verstärken lassen, nachdem sie festgestellt hatte, dass eine der

Nachtwachen Teile davon herausgeknipst hatte, um sie auf dem Altmetallmarkt zu verhökern. Jetzt war der Zaun mindestens sechs Meter hoch und mit zusätzlichen Solarmodulen bestückt. Die elektrische Spannung in den Drähten war stark genug, um einen Elefanten umzuhauen. Und ich ging davon aus, dass ein Zaun, der Bonobos davon abhielt, nach draußen zu klettern, ebenso gut Menschen davon abhielt, nach drinnen zu klettern.

Sobald man sich ein paar Wochen im Kongo aufhielt, legte man sich automatisch eine dicke Haut gegen Insekten zu. Trotzdem – so völlig ohne Vorkehrungen durchs Dschungeldickicht zu irren, war fast mehr, als ich ertragen konnte: Sobald ich auf dem unebenen Boden ausrutschte und gegen einen Strauch oder einen Baumstumpf stolperte, stieß ich auf Lebewesen, die in jedem Zoo für Aufsehen gesorgt hätten: kakerlakengroße Ameisen, Fangheuschrecken von den Ausmaßen einer Languste, Hundertfüßer mit Scheren, die locker ein Lineal hätten durchsäbeln können. Alle paar Schritte blieb ich stehen, um das Krabbelzeug abzuschütteln, und schaute dann hoch zu Otto, der das Insektenproblem dadurch löste, dass er die Viecher einfach auffraß.

Nach einer Weile gelangten wir zu einer lichteren Stelle, die ein schräg gekippter Baum geschaffen hatte. Im Schutz des Stammes fegte ich eine kleine Fläche frei, wischte mir den Dreck von den Händen und setzte mich. Otto sauste aus den Baumwipfeln herunter, kreiselte eine Weile um den Stamm des gekippten Baumes und ließ sich schließlich auf meinen Schoß plumpsen. Sofort reckte er seine Ärmchen hoch, ein untrügliches Signal, dass er das Flugzeugspiel spielen wollte. Ich tat ihm den Gefallen, behielt die Umgebung dabei jedoch ängstlich im Blick.

Obwohl Otto immer noch federleicht war, knickten meine Arme während unseres Spielchens irgendwann ein und Otto fiel herunter. Zwar war er im Nu wieder auf den Beinen, doch da er auf dem Kopf gelandet war, sah er mich eine Weile verwirrt an. Ich flüsterte immer wieder, dass es mir leidtue, und presste ihn an mich. Ich zitterte am ganzen Körper. Zu lange hatte ich meine Anspannung unterdrückt – und jetzt kam sie mit einem Schlag heraus. Ich konnte nicht einmal mehr richtig sehen, alles verschwamm vor meinen Augen und ich begann zu schwanken.

»Ich hab dich so lieb, mein Kleiner, ich hab dich so wahnsinnig lieb«, wisperte ich. Obwohl ich zu Otto sprach, meinte ich damit auch meine Eltern. Ich vermisste sie so. Das Gefühl des Verlustes war sogar noch stärker als vor sechs Jahren, als ich mich von meinem kongolesischen Zuhause und von meiner Mutter hatte verabschieden müssen. Ich musste an den Schmerz und den seltsamen Ausdruck von Überraschung in ihrem Gesicht denken, als ich tatsächlich das Flugzeug bestieg. Wir beide hatten damals etwas verloren – etwas, das wir nie wiederbekommen hatten. Sie war nicht mehr die wichtigste Person in meinem Leben, sie rückte nach der Scheidung meiner Eltern in den Hintergrund. »Ich brauche dich«, flüsterte ich. »O Gott, ich hoffe so sehr, dass es dir gut geht.«

Eine andere Erinnerung schob sich vor mein inneres Auge, eine der ersten meines Lebens: Dad hatte darauf bestanden, dass ich im vornehmen Gombe-Distrikt zur Vorschule ging. Als Mom mich das erste Mal dort absetzte, brüllte ich wie am Spieß und flehte sie an, mich nicht alleinzulassen. Irgendwann fuhr sie dann aber doch und nach einer Weile hörte ich tatsächlich auf zu weinen. Als der Erzieher uns ein paar Stunden später nach draußen brachte – ich ging bereits Arm in Arm mit zwei neuen Freundinnen –, entdeckte ich meine Mutter am Zaun. Sie hatte den ganzen Tag dort gestanden, um mich, falls ich in ihre Richtung blickte, per Augenkontakt zu trösten und zu stärken.

Jetzt war sie in dem entlegenen Auswilderungsgebiet, hörte womöglich gerade von den Übergriffen und machte sich aus der Ferne furchtbare Sorgen um mich. Und auch mein Vater in Miami würde beim Aufwachen einen Riesenschock bekommen – und sich dann sofort ans Telefon klemmen und jeden anrufen, den er kannte. Komisch, obwohl ich wahrscheinlich diejenige war, die in der größten Gefahr schwebte, sorgte ich mich um meine Eltern. Ich hätte ihnen so gerne mitgeteilt, dass ich am Leben war. Und sie gebeten zu kommen, um mich zu retten.

Da spürte ich, wie mir eine Hand über den Kopf strich. Otto hatte sich auf meinem Schoß aufgerichtet und schaute mich an. Er blickte mir tiefer und intensiver in die Augen, als es je irgendein Mensch getan hatte – forschend, direkt und ohne jede Verlegenheit. Dann lenkte ihn plötzlich eine Ameise in meinen Haaren ab und er wandte mir seine Aufmerksamkeit erst wieder zu, als die zappelnden Insektenbeinchen zwischen seinen Zähnen knirschten.

Diese kleine Kreatur, die mich so sehr brauchte, kümmerte sich also auch um mich. Ich legte meinen Kopf auf meine Knie und ließ mich von Otto streicheln.

Bis ich plötzlich spürte, dass wir nicht alleine waren.

Zwei

Ich blickte auf und sah nicht weit von uns drei ausgewachsene Bonobos stehen. Sie waren extrem muskulös und wirkten fast so groß wie ein erwachsener Mensch. Das männliche Tier, das etwas weiter vorne stand, hatte gepflegtes, glänzendes schwarzes Fell und war noch ziemlich jung, altersmäßig wahrscheinlich zwischen den beiden weiblichen Affen im Hintergrund und Otto, also eine Art Teenager. Er stand aufrecht da und schien sich nicht recht zwischen einer Grußgeste und ängstlich-nervösem Zähneblecken entscheiden zu können.

Um so harmlos wie möglich zu wirken, senkte ich unterwürfig den Kopf und legte meine Hände mit den Handflächen nach oben auf den Boden. Otto vergrub sein Gesicht an meiner Brust. Alles, was ich von ihm sehen konnte, war ein Büschel drahtiger schwarzer Haare und ein paar Finger seiner intakten Hand, die sich in mein T-Shirt krallten. Ich hörte den Sekundenzeiger meiner Uhr ticken. Mein Atem vermischte sich mit dem von Otto, während ich wie erstarrt in meiner sitzenden Position verharrte und darauf wartete, was die Bonobos mit mir zu tun gedachten. Zu gern hätte ich hervorgelinst, aber ich traute mich nicht, den Kopf zu heben, aus Angst, sie könnten das als aggressive Geste missdeuten.

Plötzlich spürte ich eine Berührung an meinem Knie, erst am einen, dann am anderen. Klammergriffe, die sehr viel kräftiger waren als die von Otto. Meine Oberschenkel spannten sich an. Ich hob den Kopf und sah das junge Männchen auf meinen Beinen stehen. Es roch ziemlich streng und hatte unfassbar lange Zehen, die sich um meine Oberschenkel krallten, als wäre ich ein Ast. Ich hatte keine Ahnung, ob das ein Angriff war, bis ich Finger auf meiner Kopfhaut spürte. Er lauste mich! Ein eindeutiges Zeichen von Wohlwollen.

Allerdings rammte mich das Gewicht des Bonobos, das für seine Artgenossen sicherlich kein Problem darstellte, fast in den Boden. Meine Knie sackten nach unten, woraufhin er ins Straucheln geriet. Dann fühlte ich ein Kitzeln auf der Stirn: Mit zwei langen Fingern hob er meine Haare hoch, um mir in die Augen zu blicken. Schnell schloss ich sie, damit er wusste, dass ich ihm seinen Platz in der Rangfolge nicht streitig machen wollte. Das hatte ich gerade erst in einem Buch gelesen. Auch Otto sah ihn nicht an, sondern steckte seinen Kopf unter mein T-Shirt.

Wie lange würde der schwere Kerl wohl noch auf meinen Knien sitzen? Plötzlich spürte ich noch mehr Hände auf meinem Kopf. Auch die zwei älteren Äffinnen lausten mich jetzt. Wahrscheinlich wollten sie dieses merkwürdige und nahezu unbehaarte Weibchen, das in ihr Revier eingedrungen war, ergründen. Als ich die Augen öffnete, stellte ich fest, dass sich nicht das geringste bisschen Zuneigung in ihren Mienen spiegelte – nur bloße Neugierde. Aber das war völlig okay. Mit bloßer Neugierde konnte ich leben.

Endlich erhob sich der Teenager-Affe von meinen Knien. Er riss einen jungen Trieb ab, der aus dem verrottenden Baumstamm spross, und pulte die Rinde ab, um an das grüne Mark heranzukommen. Die beiden Weibchen gesellten sich zu ihm, schnappten sich ebenfalls Triebe und knabberten herzhaft daran herum. Sie hatten etwas zu fressen entdeckt – und fanden das verrückte haarlose Weibchen plötzlich total uninteressant.

Um mich ein bisschen zu integrieren, beschloss ich es auch mal mit dem Abschälen junger Triebe zu versuchen, aber ich bekam nicht einen Millimeter der blöden Rinde ab, weil mir der Stock immer wieder durch die nasse Handfläche rutschte. Der männliche Bonobo schaute mich entgeistert an, dann widmete er sich wieder seinem Snack. Und wie um mir meine Unfähigkeit unter die Nase zu reiben, schälte sich jetzt auch Otto profimäßig einen Trieb, mampfte ihn geräuschvoll auf und bot mir dann den ungenießbaren Rindenrest an.

Dankeschön, Otto, ganz lieb.

In diesem Moment kreischte eines der beiden Weibchen auf, die zwei übrigen Tiere antworteten und schon trollte sich das futtersuchende Trio davon.

Unversehens waren Otto und ich wieder allein. Ich kauerte mich unter den schrägen Baumstamm. Jetzt, wo die Anspannung wich, fühlte sich mein Körper nur noch an wie Pudding. Ich küsste Otto auf den Kopf und drückte ihn fest an mich. Wahrscheinlich hatten mich die drei Affen deshalb nicht attackiert, weil ich ein Mädchen bin. Jedenfalls sagte Mom immer, dass Bonobos mit Männern ruppiger umgingen als mit Frauen. Eigentlich kein Wunder, wenn man bedachte, was Männer ihnen alles angetan hatten. Mir selbst ging es nach dem, was ich von jenseits des Zaunes alles mitanhören musste, übrigens nicht anders: Ich verspürte nicht die geringste Lust, jemals in meinem Leben noch mal einem Menschenmann zu begegnen.

In dem Maße, in dem mein Adrenalinpegel sank, machte sich ein unerwartetes Gefühl in mir breit: Einsamkeit. Es war eigentlich ganz schön gewesen, ein bisschen Affen-Gesellschaft zu haben.

Als die Sonne unterging, saßen Otto und ich immer noch unverändert da. Ich hatte gehofft das Gehege vor Anbruch der Dunkelheit verlassen zu können, aber am späten Nachmittag hatte ich noch weitere Gewehrsalven aus der Richtung des Verwaltungsgebäudes gehört. Die Kata-Kata waren also immer noch da. Und auf einmal durchschoss mich der Gedanke, dass sie womöglich gar nicht verschwinden würden. Vielleicht waren das ja irgendwelche Abtrünnigen ohne Befehlshaber und ohne Sold, die in dem soliden Gebäude einfach ihr Lager aufgeschlagen hatten? Wenn ich zu einer Bande Gesetzloser gehören würde, die, aus dem Osten kommend, weit über 1000 Kilometer zurückgelegt hatten, würde ich dann nicht auch erst mal die Füße hochlegen und eine Weile hierbleiben, im Schutz der Mauern, wo es reichlich Vorräte gab und nebenan die Felder, die man einfach abernten konnte, denn die Bauern hatte man ja umgebracht? Sollten die Kerle tatsächlich bleiben, würde ich hier festsitzen – bis zum Ende des Krieges. Wann auch immer das sein mochte.

Ich musste umdisponieren. Am besten, ich wartete den Einbruch der Nacht ab, um hier rauszukommen. Im Schutz der Dunkelheit könnte ich vielleicht ungesehen am Gebäude vorbeihuschen und dann mit Otto abhauen. Entweder nach Kinshasa hinein oder, wenn die Straße zu gefährlich aussah, irgendwo anders hin, Hauptsache weg von den Milizionären.

Aber als es wirklich Nacht war, kühl und stockfinster, so dass man die Hand vor Augen nicht sehen konnte und überall im Dschungel unbekannte Laute ertönten, brachte ich einfach den Mut nicht auf, meinen Plan in die Tat umzusetzen. Dort, wo ich hockte, fühlte ich mich fast sicher. Dagegen mochte ich gar nicht an all die giftigen und bezahnten Tiere denken, auf die ich treten würde, wenn ich mich blind vorantastete. Oder an den feindseligen Blick irgendeines aggressiven Affen, der wie aus dem Nichts vor mir auftauchte. Otto und ich kletterten also hinauf zum höchsten Punkt des umgestürzten Baumes und machten es uns dort bequem. Ein bisschen Restwärme des Tages hing noch im Gehölz unter uns. Otto war zu verängstigt, um schlafen zu können, er wimmerte bloß und tapste auf meinem Körper herum. Außerdem hatte er bestimmt ebenso großen Hunger wie ich, jetzt, wo sich das Chaos der letzten Stunden langsam legte. An Einschlafen war auch bei mir nicht zu denken.

Selbst im August, mitten in der Trockenzeit, waren die Nächte kühl und feucht. Ich stopfte mein T-Shirt in die Hose, vergrub meine Hände unter den Achselhöhlen und lehnte mich zurück. Am wärmsten war mir dort, wo Otto auf mir saß.

Mein Gedankenkarussell begann sich zu drehen und mein Atem ging immer gehetzter statt ruhiger. Was würde mit mir passieren? Das UN-Flugzeug war längst abgeflogen. Und Brunelle, Patrice, Marie-France und all die anderen … sie waren entweder geflohen oder tot. Meine Mutter war viele hundert Kilometer entfernt, und Dad sogar noch weiter. Selbst wenn Otto und ich hier rauskämen, wie weit würden wir kommen? Jetzt, wo die Regierung gestürzt war, würden scharenweise Rebellen- und Söldnertrupps durchs Land ziehen. Nein, ich würde hierbleiben müssen, bei den Bonobos. Falls die mich am Leben ließen …

Mein Gedankenkarussell nahm immer mehr Fahrt auf. O Gott, wie konnte man gleichzeitig so panisch und so erschöpft sein?

Irgendwann musste es mir dann aber doch gelungen sein, das Kitzeln der Insekten auf meiner Haut und die auf mich herabfallenden Blätter zu ignorieren und einzuschlafen. Jedenfalls wachte ich von einem lauten Krachen und dem Tageslicht auf, das mir in die Augen schien. Im Nu saß ich aufrecht, während meine Hände automatisch auf meinem Bauch nach Otto tasteten. Er war weg. Ich sprang auf.

Die Bonobos waren wieder da.

Diesmal waren sie mindestens zu zehnt, und alle starrten mich an. Die Äffin ganz vorne erkannte ich von meinem ersten Vormittag in der Krippe wieder: Anastasia, die Königin. Sie bog ein kleines Bäumchen um, als wollte sie sich eine besonders schmackhafte Frucht von der Spitze pflücken, riss dann jedoch unvermittelt den gesamten Strauch mit Stumpf und Stiel aus und fuchtelte damit kreischend in meine Richtung. Und nicht eine Sekunde ließ sie mich dabei aus den Augen.

Ich wiederholte meine Geste von gestern, machte mich klein und senkte unterwürfig den Kopf. Doch meine Augen schossen umher. Wo war Otto? Schließlich entdeckte ich ihn nicht weit von uns. Er hockte da, nestelte an seinen Händen herum und gab die Art von Klagelaut von sich, die bedeutete: Komm her und nimm mich auf den Arm. Jetzt konnte ich es mir nicht mehr leisten, die Unterwürfige zu spielen. Nicht jetzt, wo Otto so hilflos war. Ich hatte keine Wahl – ich richtete mich zu voller Größe auf, was nicht leicht war auf dem rutschigen, bemoosten Stamm.

Sofort wurde Anastasia noch aufgeregter, fuchtelte mit ihrer Waffe herum und blaffte mich an. Ihre Bewegungen waren unglaublich kraftvoll – sie schwenkte das belaubte Bäumchen, als wäre es ein Streichholz.

Und dann sauste sie auf mich zu.

Beim Anblick der Körpermasse, die sich mir da entgegenwälzte, sprang ich von meinem Stamm und raste los. Anastasia rumpelte hinter mir her. Doch ich schaffte es bis zu Otto und warf mich schützend über ihn. Wir rollten zusammen in den Morast und knallten gegen einen Baum. Otto ächzte, als die Luft aus ihm herausgepresst wurde. Ich rechnete damit, jede Sekunde Anastasias Gewicht auf mir zu spüren, ihre Zähne in meiner Schulter oder ihre Riesenhände an meinen Beinen. Aber nichts passierte. Schließlich wagte ich aufzublicken.

Anastasia hatte das Bäumchen fallen lassen und starrte uns an. Die übrigen Bonobos – wahrscheinlich die aggressiven Pink Ladys, von denen Brunelle mir erzählt hatte – flankierten sie. Anastasia atmete laut schnaufend. Ihre Haltung mir gegenüber schien sich von Feindseligkeit zu bloßem Misstrauen gewandelt zu haben, und dieser Wandel hatte irgendwie mit Otto zu tun. Die Tatsache, dass ich ein Bonobo-Junges beschützte und dadurch irgendwie ein bisschen war wie sie, hatte die Chemie zwischen uns offenbar verändert.

Ein weiteres Weibchen, das auf dem Kopf fast kahl war, näherte sich mir. Sie schaute sich nach allen Richtungen um, streckte dann trotz ihrer Nervosität eine zögernde Hand nach mir aus und tätschelte mich zweimal. Dann legte sie sich auf den Boden und starrte mich an. Ich hatte keine Ahnung, was ich jetzt tun sollte. Wie um es mir zu zeigen, setzte sich Anastasia auf das Weibchen drauf und rieb ihren Körper an ihrem, wobei sie mich nicht aus den Augen ließ. Bonobos wird nachgesagt, dass sie permanent Sex haben, aber das hier war nicht erotisch gemeint. Es schien eher eine Art zu sein, guten Willen zu bezeugen und Spannung abzubauen. Aber das ging mir dann doch etwas zu weit, also setzte ich mich einfach hin.

Das Männchen, das ganz in der Nähe abwartete, kannte ich ebenfalls: Es war der Teenager, der gestern auf meinen Beinen gestanden hatte. Während sich die Weibchen alle untereinander begrüßten, schoss er los und imitierte Anastasias Auftritt von vorhin. Bei ihm sah es allerdings nicht ganz so dramatisch aus, denn statt mit einem Baumschößling fuchtelte er mit einem Blatt herum. Dann stürzte er blaffend auf mich zu. Als er sah, dass ich nicht im Mindesten beeindruckt war, verlor er die Geduld und ließ sich schwer zu Boden fallen. Dann trat er seufzend nach dem Blatt, das ihn so mies im Stich gelassen hatte. Als dieses endlich zu Boden getrudelt war, lächelte er mich unerwartet freudig an, offenbar stolz auf das, was er erreicht hatte.

Ich musste ebenfalls lächeln. Großer Fehler! Denn in dem Moment, wo ich meine Zähne zeigte, war die Spannung sofort wieder da. Die Bonobos gaben sich gegenseitig Rückendeckung, stampften auf dem Boden herum und Anastasia stürmte erneut auf mich zu. Ich ließ mich zu Boden fallen und rollte mich zusammen, wobei ich mich vergewisserte, dass Otto unter mir lag und ich ihn mit meinem Körper schützte. Wir lagen ganz still da. Da presste Anastasia ihre Lippen auf meine Schläfe und brüllte, dass es mir in den Ohren dröhnte. Ich hielt meine Augen fest zugepresst. Sie beugte sich mit ihrem ganzen Gewicht über mich und dann spürte ich plötzlich einen höllischen Schmerz im Unterarm. Als sie sich schließlich trollte, hörte man zunächst noch lautes Krachen und Peitschen, schließlich nur noch leises Rascheln.

Ich öffnete die Augen erst, als ich ganz sicher war, dass Otto und ich wieder alleine waren. Der Abdruck einer beeindruckenden Zahnreihe zierte meinen Arm. Zwei der Bissstellen füllten sich unter der Haut bereits mit Blut. Otto stupste den anschwellenden Bluterguss mit dem Finger an und jaulte. Seine Berührung tat weh und deshalb schüttelte ich seine

Hand ab. Sofort schlang er sich wieder auf bewährte Weise um meinen Oberkörper.

Der Bluterguss würde riesig werden, aber wirklich schlimm war die Wunde nicht. Hätte Anastasia mir ernsthaft wehtun wollen, hätte sie das leicht gekonnt. Ja, sie hätte mich sogar töten können. Aber sie hatte mich nur verwarnt.

Sie hatte mich am Leben gelassen.

Und jetzt waren Otto und ich wieder alleine.

Erst als mein Herzschlag sich langsam beruhigte, merkte ich, wie durstig ich war. Und je durstiger ich wurde, umso verlockender sah ich ein riesiges Glas Mineralwasser mit klirrenden Eiswürfeln vor meinem inneren Auge.

Freitagabends war meine Familie früher immer zum Belgischen Kulturzentrum gegangen, wo Mom und Dad sich gerne mit den übrigen Gästen unterhielten. Ich verkrümelte mich meist mit meinem aktuellen Schmöker unter den nächsten Strohschirm. Dort konnte ich nicht nur ungestört lesen, sondern auch – halb verborgen hinter den Palmfasern und meinem Buch – Mom und Dad beobachten.

Meine Mutter besaß eine Ausstrahlung, die bewirkte, dass Leute sich in ihrer Gegenwart automatisch wohlfühlten und den Eindruck hatten, man würde sich schon seit Jahren kennen. Mein Vater war das krasse Gegenteil: Er blieb eher introvertiert und zurückhaltend. Dafür hatte er die Gabe, sich still und ruhig auf sein Gegenüber zu konzentrieren. Er war einfach jemand, der zuhören konnte. Ich liebte diese Freitagabende, weil ich in die fiktiven Welten meiner Romane abtauchen und gleichzeitig feststellen konnte, wie gut sich meine

Eltern in der wirklichen Welt ergänzten. Und ich liebte diese Abende, weil die Kellnerin mir einen erfrischenden Sprudel nach dem anderen brachte.

Jetzt, in diesem Augenblick, war das Einzige, woran ich denken konnte, der leicht bittere Geschmack der zerplatzenden Kohlensäurebläschen auf meiner Zunge, das Knistern der Eiswürfel und das vor Kälte beschlagene Glas, an dem das Kondenswasser herunterperlte.

O Gott, wenn *ich* schon einen solchen Durst hatte, wie mochte es dann Otto ergehen, der es gewohnt war, alle paar Stunden Milch zu bekommen?

Da erinnerte ich mich daran, dass es in der Mitte des Geheges einen Tümpel gab, und ich beschloss ihn zu suchen, mit Otto auf meinem unverletzten Arm.

Nach einer Weile kam das Wasserloch tatsächlich in Sicht und sofort raste Otto zum Ufer und trank gierig aus der hohlen Hand. Die Brühe war trübe und sah ekelerregend aus. Nach massenhaft Krankheitskeimen. Aber als ich sie in meinen gewölbten Handflächen hielt, hätte sie glatt als starker Tee durchgehen können. Also probierte ich einen Schluck. Schmeckte erdig. Zögernd nahm ich einen zweiten Schluck und dann kannte ich kein Halten mehr. Ich trank und trank und trank, ließ mich regelrecht volllaufen. Und erst als wir unseren Durst gestillt hatten und erschöpft im Gras lagen, kamen die Bedenken zurück: Moms Mitarbeiter hatten zwar immer sehr auf die Gesundheit der Bonobos geachtet, trotzdem war es riskant, aus derselben Wasserquelle zu trinken wie sie. Im Kongo gab es haufenweise Krankheiten, die man durch verseuchtes Wasser bekam, und tausend verschiedene Arten, sich einen fiesen Durchfall einzufangen, die Haupttodesursache bei kongolesischen Kindern. Als ich klein war, hatten wir sogar das Zahnputzwasser abgekocht. Hätte ich etwas Jod dabeigehabt, hätte ich es zum Desinfizieren benutzt, aber das hatte ich nicht. Fürs Erste blieb uns also gar nichts anderes übrig, als die Brühe zu trinken, wenn wir nicht dehydrieren wollten.

Leider war das Wasser nicht unsere einzige Sorge: Wir mussten uns langsam auch um etwas zu essen kümmern. Und diese jungen grünen Triebe kamen schon mal nicht in Frage, die kriegte ich einfach nicht abgeschält.

Die Bonobos im Gehege waren den ganzen Tag mit Nahrungssuche beschäftigt, allerdings wohl eher aus einem Instinkt heraus als aus Notwendigkeit: Denn ihre Hauptnahrungsquelle waren die Massen von Obst, die Moms Crew auf dem Markt kaufte und jeden Morgen ins Gehege schüttete. Moms Crew ... Sie waren nun vermutlich alle tot oder geflohen und die Bauern aus dem Dorf waren *ganz sicher* umgebracht worden. Es würde also keinen Obstnachschub mehr geben.

Und inzwischen hörte mein Magen gar nicht mehr auf zu knurren.

Meine Gedanken wanderten zu der Reisetasche, die ich für den UN-Flug gepackt und als Stolperhindernis für die Blauhelme hatte fallen lassen. Ich hatte darin meine letzten amerikanischen Müsliriegel, einen Liter Quellwasser, etwas Milchpulver für Otto – falls ich ihn hätte mitnehmen dürfen –, einen Stapel Klamotten, Kontaktlinsen, einen pinkfarbenen Damenrasierer, Schlaftabletten, amerikanische Tampons und kongolesische Damenbinden eingepackt. Und sicher noch mehr Dinge, an die ich mich jetzt nicht erinnerte.

Wenn ich etwas essen wollte, musste ich zurück zu meiner Reisetasche.

Doch die lag auf der anderen Seite des Elektrozauns.

Drei

Zwei im Hof der Krippe. Zwei beim Schuppen. Vier auf der Eingangstreppe.

Das waren die Rebellen.

Einer vor der Krippe. Sieben beim Schuppen. Zwei auf der Treppe.

Das waren die Toten.

Brunelle sah ich als Erste. Mit gespreizten Beinen lag ihre Leiche halb in einem Wassergraben. Ich erkannte sie an ihren Kleidern, denn von dort, wo ich stand, konnte ich nicht ausmachen, ob sie noch einen Kopf hatte oder nicht. Nein, wahrscheinlich nicht, bei der riesigen Blutlache rund um ihren Hals.

Nicht ohnmächtig werden.

Die Nerven bewahren.

Nicht schreien.

Bloß nicht in Panik geraten.

Keine unbedachte Bewegung machen.

Indem ich mir im Geiste mantramäßig Anweisungen gab und mich ganz auf Otto konzentrierte, versuchte ich mich zu beruhigen. Ich hatte ihn unter mein T-Shirt gesteckt, um ihm den Anblick zu ersparen und ihn nah an meinem Herzen zu tragen. Ich hätte ihn nicht alleine zurücklassen können, wollte aber auch nicht, dass er mitbekam, was sich hier abgespielt hatte.

Die Rebellen hatten das Sofa aus dem Büro meiner Mutter auf die hintere Rasenfläche geschleppt. Limoflaschen, Papierfetzen und Essensabfälle lagen ringsum verstreut auf dem Boden. Einer der Rebellen, eigentlich noch ein Kind, sicher nicht viel älter als zehn, hatte sich die Uniform eines Wildhüters übergestreift und einfach die Ärmel hochgekrempelt. Er hockte mit zwei anderen Rebellen auf der Treppe und rauchte. Ein anderer, mit einem Patronengurt über der nackten Brust, ging in der Nähe auf und ab.

Sie alle trugen Macheten. Zwei von ihnen hatten sich mit ausgefransten Schnüren rostige Maschinengewehre über die Schulter gehängt.

Verborgen hinter dichtem Laub beobachtete ich sie eine Weile. Sie bewegten sich nicht, ja sie redeten nicht einmal miteinander. Sie hockten einfach nur da, rauchten und tranken. Ich hatte den Eindruck, dass sie lange Zeit unterwegs gewesen waren und sich jetzt für eine Pause niedergelassen hatten. Womöglich eine dauerhafte Pause.

Wenn das der Fall war, wie sollte ich dann jemals von hier wegkommen? Meine Optionen hatten sich deutlich verschlechtert: Meine Chance bestand plötzlich darin, hinter dem Elektrozaun zu warten, bis sich meine Eltern zu mir durchschlugen und mich hier rausholten. Allerdings löste das nicht die Frage, wie ich an meine Reisetasche und an etwas zu essen herankam.

Wenigstens lag das Gehegetor in tiefem Schatten, vielleicht konnte ich ja doch ungesehen hindurchgelangen? Zumal die Typen wahrscheinlich nicht mal wussten, dass es das Tor überhaupt gab. Andererseits: Wenn ich mich mehr als fünf Meter auf das Gebäude zubewegte, würde ich schon fast in ihrer Mitte stehen. Wenn sie mich dann schnappten, konnte ich wohl nur hoffen, dass sie mich möglichst schnell umbrachten.

Da entdeckte ich meine Reisetasche unter einem Baum. Der schwarze Nylonstoff war im Schatten des dichten Laubes kaum zu sehen, nur der Airline-Aufkleber stach deutlich hervor. Bis jetzt waren die Männer offenbar noch nicht über diesen Schatz gestolpert, aber das würde wohl nicht mehr lange dauern. Ich überlegte fieberhaft: Die Tasche lag nur ein paar Meter vom Tor entfernt. Selbst wenn mich die Kämpfer also sahen, könnte ich es schaffen, sie mir zu schnappen und zurückzuflitzen. Es sei denn, die Kerle zückten ihre Gewehre.

Nachdem ich Otto zur Beruhigung etwas vorgesummt hatte, näherte ich mich dem Stromschalter. Ich atmete ein paarmal tief durch, gab den Code ein und huschte durchs Tor. Dann blieb ich kurz stehen, bis ich das elektrische Summen wieder vernahm.

Niemand hatte mich bemerkt. Es war nur eine kurze Strecke, die ich zurücklegen musste, dafür war sie vom Sofa aus voll einsehbar.

Im Schutz der Bäume schlich ich vorwärts, so langsam, wie meine Nerven es erlaubten. Otto wand sich unter meinem T-Shirt, gab zum Glück aber keinen Mucks von sich. Stück für Stück arbeitete ich mich an mein Ziel heran, ließ die Kerle auf dem Sofa dabei keine Sekunde aus den Augen. Einer von ihnen drehte seinen Kopf in meine Richtung, zeigte aber keinerlei Reaktion. Jetzt, wo ich dichter dran war, erkannte ich ihn wieder. Es war einer der vier Typen, denen ich auf der Zufahrtsstraße begegnet war. Je näher ich der Tasche kam, desto näher kam ich auch ihm.

Nach einer gefühlten Ewigkeit hatte ich mein Ziel erreicht. Ich streckte einen Arm hinter dem Baumstamm hervor, umfasste den einen Tragegriff, schwang mir die Tasche über die Schulter und machte mich geduckt auf den Rückweg, jetzt voll und ganz auf das Tor konzentriert, bemüht die Männer auszublenden.

Da hörte ich plötzlich ein Stöhnen.

Zuerst dachte ich, es wäre Otto. Aber das Geräusch kam eher von der Krippe her. Einer der jungen Bonobos musste sich noch dort aufhalten!

Ich verharrte reglos, hin- und hergerissen: schnell zurück ins sichere Gehege huschen oder einen Umweg über die Krippe riskieren?

Jetzt verwandelte sich das Stöhnen in ein heiseres Schreien, wie nach lange erduldeter Qual. Es war das gleiche Schreien, das Otto damals ausgestoßen hatte, als er auf der staubigen Straße zum Verkauf angeboten worden war. Ein Schreien, wie ich es zuletzt von den zwei jungen Bonobos auf dem Gepäckträger gehört hatte.

Ich verfluchte meinen eigenen Leichtsinn, dann verbarg ich die Tasche hinter einem Busch neben dem Tor und schlich mich an der Mauer des Krippengeländes entlang. Von meinem

Beobachtungsposten vorhin wusste ich, dass die nächsten Rebellen direkt hinter der Mauer sitzen mussten. Deshalb blieb ich alle paar Meter stehen und lauschte, ob sie mich bemerkt hatten und womöglich aufsprangen. Doch bisher blieb alles ruhig.

Ganz hinten, am anderen Ende, lag die Leiche von Brunelle. Sie war nur noch ein toter Körper, eine Sache, keine Person mehr … Ich zwang mich den Gedanken auszublenden, sonst hätte ich keinen Schritt weiterlaufen können. Brunelle lag mit dem Gesicht nach unten. Teile ihres Körpers fehlten, aber mein Verstand weigerte sich zu registrieren, welche es waren. Das, was übrig war von ihr, war blutverkrustet, mit Ausnahme der Beine.

Einatmen.

Ausatmen.

Einatmen.

Ganz ruhig.

Neben der toten Ziehmutter hockte ein kleines Bonobo-Mädchen. Die Kleine jaulte, hob Brunelles leblose Hand hoch und tätschelte sich selbst damit. Dann ließ sie die Hand los, nur um erneut danach zu greifen und sich abermals zu streicheln. Ihr Bewegungsradius war allerdings begrenzt, denn ihr Handgelenk war mit einem Strick an einem Eisenstab festgebunden, der im Boden steckte.

Ich flüsterte etwas, irgendwelche unzusammenhängenden Worte, um das Äffchen auf mich aufmerksam zu machen. Als die Kleine sich nach mir umdrehte, erkannte ich sie: Es war Songololo, Anastasias Tochter, die in der Krippe aufgepäppelt wurde, weil ihre Mutter sie nicht annahm. Sie sah mich, wandte sich aber sofort wieder Brunelle zu. Ich gab ein leises Jaulen von mir, so affenähnlich wie möglich, und streckte ihr zum Gruß meine offene Handfläche entgegen. Aber sie nahm meine Hand nicht.

Da schlich ich mich näher heran und prüfte das Seil um Songololos Arm. Es saß so eng, dass das Handgelenk bereits blutig gescheuert war. Ich versuchte den Strick zu lösen, aber Songololo kreischte laut auf und ich ließ sofort los, damit die Soldaten nicht hellhörig wurden.

Aufgeschreckt krabbelte Otto unter meinem T-Shirt hervor, hüpfte auf den Boden und näherte sich der Kleinen. Eine Weile starrten sich die beiden an. Das Seil weckte Ottos Neugier und Songololo ließ es ihn eingehend untersuchen. Doch als Ottos Hände zu ihrem Handgelenk wanderten, entblößte sie drohend ihre Zähne. Augenblicklich zog sich Otto hinter meinen Rücken zurück und umklammerte Schutz suchend meine Waden.

Ich konnte nicht länger bleiben. Keine Sekunde. Jeden Moment konnte einer der Rebellen auftauchen – und ich hatte mich viel weiter vom Gehegetor entfernt als geplant. Aber ich konnte Songololo auch nicht hierlassen. Wer weiß, was sie mit ihr vorhatten? Sicher nichts Gutes, sonst hätten sie sie nicht festgebunden. Doch wie sollte ich sie losbinden, ohne dass sie schrie und die Soldaten aufscheuchte?

Ein paar Meter von Brunelles Leiche entfernt lag zusammengeknüllt ihr aufwendig gearbeiteter, leuchtend gelber Umhang, den ich immer bewundert hatte. Ich hob ihn auf und überlegte kurz, ob ich Brunelles Körper damit bedecken sollte. Doch dann würden die Milizen das Tuch wahrscheinlich mitnehmen, und das wollte ich nicht. Ich wollte es als Erinnerungsstück behalten. Vielleicht könnte es mir auch nützlich sein. Als ich den Umhang eilig vom Boden aufhob, fand ich darunter Brunelles Stoffbeutel. Auch den nahm ich an mich, für den Fall, dass ein paar persönliche Gegenstände darin waren, die ich den Angehörigen als Andenken geben könnte, falls es mir gelänge, sie ausfindig zu machen.

Otto und Songololo starrten mich mit großen Augen an, als ich die Eisenstange mit beiden Händen umfasste. Dann ging ich leicht in die Hocke, stützte meine Unterarme auf den Oberschenkeln ab, zog mit aller Kraft und hielt kurz darauf die komplette Stange in der Hand. Den Strick ließ ich erst einmal dran. Um den würde ich mich kümmern, sobald wir sicher im Gehege waren.

Auf dem Rückweg zum Zaun sprang Otto auf meinen Rücken und nahm seine geliebte Jockey-Position ein. Songololo ließ sich etwas widerstrebend hinterherziehen. Was wir wohl für einen Anblick boten: ich mit einem Äffchen auf dem Rücken und einem anderen, das an einer Stange hinter mir herzockelte.

Ich gab den Code ein und das Summen des Stroms brach augenblicklich ab.

Um die Reisetasche aufzuheben und über die Schulter zu werfen, musste ich die Eisenstange ablegen. Mit Otto und der Tasche passierte ich das Tor, und als ich mich umdrehte, um Songololo zu holen, sah ich, dass sie bereits folgte, die Stange hinter sich herziehend. Wir hatten es geschafft!

Aber der lange Eisenstab nicht. Er blieb quer in der Türöffnung stecken und verhakte sich. Songololo, jäh ausgebremst, zuckte zurück und schrie vor Schmerz auf, als der Strick in die blutige Scheuerstelle an ihrem Handgelenk schnitt. Wenige Sekunden später ertönten Rufe aus der Richtung des Gebäudes. Laute Männerstimmen. Ich ließ die Reisetasche fallen und packte die Stange. Auch Songololo zerrte jetzt daran, wie von Sinnen schreiend. Dabei zog sich die Leine straff, was es mir unmöglich machte, die Stange zu drehen, um sie durch die Türöffnung zu kriegen.

Zwei Männer mit umgehängten Macheten rannten auf uns zu. Ich hatte beide Hände an der Stange und fummelte immer noch damit herum, als ich mir einer weiteren Gefahr bewusst wurde: Jeden Moment konnte der Strom wieder durch den Zaun fließen. Und durch die Eisenstange. Geradewegs in mich hinein.

Ich war schon im Begriff, die Stange fallen zu lassen, unternahm dann aber doch noch einen letzten verzweifelten Versuch, sie freizukriegen. Ich zerrte und zog daran und plötzlich verbog die Stange den Torpfosten, passte dadurch auf einmal durch die Öffnung und ich fiel rückwärts mit ihr zu Boden, während gleichzeitig der Strom zu surren begann.

Die zwei Soldaten waren schon ganz nah – und das Tor stand noch offen.

Ich wusste, dass ich es jetzt, wo es unter Strom stand, nicht mehr anrühren durfte, deshalb suchten meine Augen fieberhaft nach einem Stock. Doch da lag keiner, nicht in Reichweite. Kurz entschlossen schleuderte ich meine Reisetasche gegen das Tor. In einem Funkenregen knallte sie gegen das Metall. Das Tor flog zu und die Soldaten waren ausgesperrt. Rasend vor Wut fuchtelten sie mit ihren Macheten herum und brüllten mich an. Hätten sie Gewehre gehabt wie ihre Kameraden, wäre ich wahrscheinlich längst tot gewesen. Allerdings konnte ich hinten am Hauptgebäude Bewegung erkennen. Die Männer mit den Schusswaffen waren also unterwegs. Hektisch zog ich die qualmende Tasche ins schützende Grün der ersten Bäume. Otto wurde auf meinem Rücken durchgeschüttelt, Songololo folgte uns mit der Stange. Sie trug sie jetzt, damit sie nicht mehr an ihrer Wunde zerrte. Und dann tauchten wir ein in die Schatten des Dschungels.

Vier

An diesem Mittag speisten wir wie die Könige. Na, jedenfalls wie Könige im Müsliriegel-Land. Die restlichen Riegel würde ich rationieren müssen, das war mir klar, aber jetzt wollten wir unseren Imbiss einfach nur genießen. Otto aß seinen Riegel zermatscht in Milch, ich meinen Zimtriegel so, wie er war. Das heißt, ich aß nicht einen, sondern gleich drei. In drei Minuten. Songololo sah uns aufmerksam beim Kauen zu, aber sie kam nicht näher. Als ich ihr den Strick vom Handgelenk entfernt hatte, hatte sie qualvoll geschrien und danach ein paar Minuten am Ufer des Tümpels gehockt, eine Hand im Wasser, den Blick nach unten gerichtet, und sich wie in Trance vor- und zurückgewiegt. Als Otto mit Essen fertig war, hockte er sich neben sie, so dicht, dass sich ihre Füße berührten. Dann nahm er vorsichtig ihre Hand und fuhr mit einem Finger über ihre Wunde. Sie jaulte kurz auf, tolerierte seine Zuwendung jedoch.

Als Otto zu mir zurückkehrte, zockelte Songololo hinter ihm her. Aus einer halben Wasserflasche, die vor Ewigkeiten jemand weggeworfen haben musste, bastelte ich eine improvisierte Tasse, aus der Songololo tatsächlich ein paar Müslikrümel aß und anschließend sogar Milch trank. Danach entfernte sie sich ein paar Meter, hockte sich hin und beobachtete uns.

Allerdings blieb sie nicht lange dort. Als ich wegdöste, hörte ich ein Knistern und saß im Nu kerzengerade da. Songololo hatte in meiner Tasche herumgewühlt, sich einige Müsliriegel und ein Paar Socken gegrapscht und rannte jetzt damit über die Lichtung. Ich sprang auf, obwohl ich wusste, dass sie längst über alle Berge sein würde, bevor ich auch nur in ihre Nähe kam. Wahrscheinlich suchte sie ihre Mutter.

Seit wir das Wasser aus dem Tümpel getrunken hatten, rumorte es in meinem Magen. Ich hatte keine Ahnung, wohin ich als Nächstes gehen sollte, ja, ich wusste nicht einmal, ob die Männer es geschafft hatten, mir zu folgen. Ich hatte mich den ganzen Nachmittag nicht vom Fleck gerührt, hatte auf jedes Geräusch gelauscht, auf jede mögliche Bedrohung. Und hatte festgestellt, dass es mindestens ebenso anstrengend war rumzusitzen wie in Bewegung zu sein.

Wir hockten auf einem großen Felsen neben der Wasserstelle, eingehüllt in die Kleider aus meiner Tasche, und beobachteten, wie es schnell dunkler wurde. Otto fand heraus, wie der Reißverschluss der Tasche funktionierte, zerrte den Pulli heraus, den ich mal in Florida gekauft hatte, und wickelte ihn um sich. Der Anblick dieses kleinen schwarzen Äffchens in dem flauschigen weißen Kaschmirteil war so absolut entzückend, dass ich einen Augenblick fast meine Angst vergaß. Das letzte Mal, als ich den Pulli trug, den Otto wahrscheinlich schon jetzt ruiniert hatte, war ich mit Freundinnen shoppen gewesen. Im Einkaufszentrum. Kaum zu glauben: Vor ein paar Monaten hatte ich mich tatsächlich noch in der Gastro-Meile einer Shoppingmall vor einem Teller Bourbon Chicken über farbige Jeans ereifern können. Und jetzt wünschte ich mir nichts sehnlicher, als auf einem Felsen etwas Schlaf zu finden, mit einem schnarchenden kleinen Affen neben mir.

Als am nächsten Morgen die Sonne aufging, machte ich mit Otto einen kleinen Spaziergang, um meine steifen Glieder zu lockern. Als wir zu dem Tümpel zurückkehrten, stand eine Handvoll Affen am anderen Ufer und trank. Anastasia, flankiert von den Pink Ladys, bildete das Zentrum des Grüppchens. Songololo musste sie während der Nacht aufgespürt haben, jedenfalls hielt sie sich dicht an der Seite ihrer Mutter, bemüht im rechten Moment einen kleinen Zipfel ihres Fells zu fassen zu bekommen. Hin und wieder schnauzte die Mutter ihre Tochter gereizt an. Dann sprang Songololo weg, nur um sich wieder zu nähern, sobald Anastasia sich beruhigt hatte.

Die Affen starrten mich eine Zeit lang an, wandten sich dann aber wieder ihrer Nahrungsaufnahme zu und kümmerten sich nicht weiter um mich. Otto spielte im Morast und warf Songololo ab und zu sehnsuchtsvolle Blicke zu. Ich hockte auf unserem Schlaffelsen und beobachtete die Bonobos bei der Futtersuche, während ich mir den Kopf darüber zerbrach, wie ich aus dieser Zwangslage herauskommen konnte. Die Müsliriegel würden bald aufgebraucht sein – ich musste dringend neue Nahrungsquellen auftun.

Ich versuchte genau zu erkennen und mir zu merken, was sich die Bonobos in den Mund steckten. Es waren hauptsächlich junge Triebe und gelegentlich auch die harten, violettgrünen Früchte bestimmter Bäume. Ein schon angegrauter

Bonobo hatte einen Stein bei sich, mit dem er Nüsse zerschmetterte. Manchmal gelang es ihm tatsächlich, die Schale zu öffnen und den Kern herauszuholen, aber meistens verursachte er nur Gemansche oder quetschte sich die Finger.

Anastasia watete durch den Tümpel, riss junge Triebe aus dem schlammigen Untergrund und aß sie. Songololo folgte ihr, bis ihr das Wasser über die Hüfte reichte. Dann fing sie an zu schreien, kletterte an ihrer Mutter hoch und klammerte sich an deren Kopf fest. Erstaunlicherweise duldete Anastasia diese Unverfrorenheit. Sie schlug nur nach ihrer Tochter, wenn diese ihr mit den Fingern in die Augen grapschte. Auf diese Weise gelangten sie an das Ufer, wo Otto und ich saßen. Songololo kletterte von ihrer Mutter herunter und gesellte sich zu uns, während Anastasia weiter nach Essbarem suchte.

Songololo quiekte und rieb ihren Körper an Otto, wie junge Bonobos es tun, wenn sie Angst haben und Rückversicherung brauchen. Und tatsächlich erwiderte Otto ihre Geste, etwas, das ich noch nie bei ihm gesehen hatte. Dann erklomm Songololo einen nahen Baum und quäkte Otto so lange an, bis er ihr folgte. Kurz darauf tobten die beiden in den Zweigen. Ich schaute ihnen zu und kam mir vor wie diese Mütter, die man immer auf Spielplätzen sieht: stolz und gleichzeitig ein bisschen einsam.

Anastasia begann Früchte von einem nahen Strauch zu pflücken. Mit unterwürfig gesenktem Blick schlug ich mich bis zu ihr durch, woraufhin sie sich geräuschvoll umdrehte und mir den Rücken zuwandte. Vorsichtig probierte ich eine der pflaumenförmigen Beeren. Sie schmeckten säuerlich, aber nicht schlecht. Ich steckte mir eine weitere in den Mund und formte dann eine Art Beutel aus meinem T-Shirt, um für Otto welche einzusammeln.

Ich rief ihn, für den Fall, dass er hungrig war, woraufhin er sich aufrichtete, kurz nach mir Ausschau hielt und sich gleich wieder Songololo widmete. Sie hockten auf einem niedrigen Ast und sprangen sich gegenseitig auf den Kopf, immer abwechselnd. Songololo ging dabei nicht gerade sanft vor, aber Otto stand ihr in nichts nach, obwohl er deutlich kleiner war. Schließlich parierte Otto sogar einen besonders ruppigen Tritt mit einem Schlag auf Songololos Ohr, der sie vom Ast fegte. Sie stürzte zu Boden und jaulte erschrocken auf.

Sofort kam Anastasia mit großen Schritten und wildem Geschnauze angerast. Erstaunt beobachtete Songololo ihre Mutter, die sich mit zwei kräftigen Klimmzügen auf Ottos Ast schwang. Der hatte sich bereits zusammengekauert, japsend vor Angst. Und noch bevor ich eingreifen konnte, hatte Anastasia ihn sich geschnappt und in den Fuß gebissen. Danach stieß sie ihn vom Baum und schaute ihm im Fallen hinterher.

Mit rudernden Ärmchen trudelte Otto durch die Luft, und ich war leider nicht rechtzeitig zur Stelle, um ihn aufzufangen. Er fiel geradewegs in einen Busch, wo er einen Moment reglos liegen blieb, bevor er benommen den Kopf hob und jammernd nach mir rief. Ich erreichte ihn im selben Moment wie Anastasia, die sich von ihrem Baum hatte plumpsen lassen. Panisch schnellte ich zu ihr herum. Sie hatte ihre Zähne entblößt und den einen Arm schon zum Schlag erhoben. Da zeigte auch ich ihr meine Zähne. Und bevor ich wusste, was ich tat, schubste ich sie. Sie machte einen verblüfften Ausfallschritt nach hinten, dann kreischte sie mir direkt ins Gesicht.

Erst in dem Moment ging mir auf, wie bescheuert ich war. Zwar war Anastasia wohl nicht größer als einen Meter zwanzig, aber sie war deutlich stärker als ich. Außerdem sah ich aus den Augenwinkeln, wie sich die anderen Weibchen näherten, um sie notfalls zu unterstützen. Bloß nicht mit den Pink Ladys anlegen, sagte ich mir. Ich ging augenblicklich in die Defensive, nahm Otto auf den Arm und wich langsam zurück. Da stieß ich mit der Ferse gegen den großen Felsen und drehte mich um.

Ich war umzingelt. Anastasia gab sich weiter kämpferisch, sie wirbelte mit Stöcken und Blättern herum und schleuderte Dreck durch die Luft und was sie sonst noch so grapschen konnte. Songololo stand ein paar Meter hinter ihr und schaute entsetzt zu – aber auch ein bisschen stolz auf den Tumult, den sie verursacht hatte.

Ein Hieb von Anastasia würde reichen, um Otto und mich zur Strecke zu bringen. Also legte ich schützend meinen Arm um ihn und wich noch weiter zurück. Aber im gleichen Tempo rückte Anastasia vor. Schließlich hatte ich meine Tasche und den Kleiderstapel erreicht, streckte eine Hand nach hinten aus und griff nach der Eisenstange. Ich holte weit aus und nahm Anastasias Schulter ins Visier. Angesichts der Drohung schrie sie empört auf. Eines der anderen Weibchen reckte sich, um an die Stange zu gelangen, aber ich schlug ihr auf die Hand. Kurz geriet sie ins Taumeln, dann zog sie sich ein Stück zurück. Ich hatte nicht fest zugeschlagen, aber die Härte und der Geruch des Metalls versetzten sie offenbar in Panik. Auch die anderen Weibchen wichen jetzt zurück. Nur Anastasia nicht. Die trat sogar noch einen Schritt näher und hangelte nach der Waffe – allerdings deutlich vorsichtiger. Zweimal schnellte ihre Hand vor und zweimal wich ich aus. Beim dritten Mal kam sie an den Stab heran und hebelte ihn mir aus der Hand. Er flog im hohen Bogen durch die Luft und klatschte in den Tümpel.

Aufgeregt kreischend wuselten die Bonobos durcheinander. Schließlich sammelten sie sich am Rand des Wasserlochs und schlugen mit ihren Händen nach den kreisförmigen Wellen. Anastasia, der plötzlich das Publikum abhandengekommen war, trat den Rückzug an.

Endlich konnte ich mich Otto zuwenden. Der hielt wimmernd seine Füßchen umklammert. Ich hob ihn hoch und versuchte seine Finger von den Füßen zu lösen, um die Bisswunde zu untersuchen, aber er wehrte sich und versuchte sich von meinem Arm herunterzustrampeln. Also setzte ich ihn sanft ab. Doch sobald er seine Beine belastete, verdrehte sich der verletzte Fuß und Otto sackte zusammen.

Die übrigen Bonobos waren weiterhin von dem Tümpel in Beschlag genommen, nur Songololo kam zu uns herüber. Sie berührte vorsichtig Ottos Fußgelenk und plötzlich löste er seine Hände und ließ die Wunde von ihr inspizieren. Ich verspürte eine merkwürdige Eifersucht. Sie hatte uns das Ganze doch eingebrockt! Ottos Fuß blutete nicht, aber er krümmte seine Zehen, konnte sie offenbar nicht strecken. Songololo zog an ihnen und seltsamerweise ließ Otto sie gewähren, obwohl er vor Schmerz das Gesicht verzerrte.

Jetzt starrten die beiden neugierig auf die Verletzung – und dann küsste Songololo doch tatsächlich Ottos Ferse!

Obwohl er immer noch Schmerzen haben musste, wimmerte er jetzt nicht mehr. Und nach ein paar Minuten gelang es ihm sogar, seine langen Zehen wieder zu strecken und loszustaksen. Schon bald würde er wohl wieder ganz normal herumturnen.

Inzwischen hatten die übrigen Bonobos ihr Interesse an dem rätselhaften Verschwinden der Eisenstange verloren und widmeten sich wieder der Futtersuche. Songololo kehrte zu ihrer Mutter zurück, aber als diese sich weigerte sie hochzunehmen, kam sie ein paar Schritte zurück in meine Richtung. Dann änderte sie abermals ihre Meinung, näherte sich wieder ihrer Mutter und kletterte sogar auf deren Rücken, von wo sie umgehend abgeschüttelt wurde. Doch die Kleine nahm einen zweiten Anlauf, diesmal erfolgreich. Da sah man es mal wieder: Es war nicht leicht, Tochter zu sein! Egal welcher Spezies man angehörte …

Gemeinsam mit den Bonobos suchte ich die Umgebung nach Essbarem ab, wobei ich mich von Anastasia fernhielt. Den größten Teil ihrer Nahrung fanden die Affen in den Bäumen, und da ich dort nicht so leicht hinaufkam, schloss ich mich zwei Tieren an, die den Waldboden absuchten: dem männlichen Teenager, dem ich zuallererst begegnet war, und dem etwas ängstlichen Weibchen. Als ich mich den beiden näherte, machten sie mir sofort Platz, damit ich mich zu ihnen gesellen konnte. Ich imitierte ihre Technik, grün-gelbe Stängel aus dem Boden zu ziehen, die äußere Schicht abzupellen und geräuschvoll das Innere zu schmatzen. Es schmeckte erstaunlich lecker, fast wie Schnittlauch. Verwirrt schaute ich meine neuen Gefährten an: Irgendetwas an ihrem Verhalten hatte sich geändert, und ich vermutete, dass es an der Metallstange lag, die ich so beherzt geschwungen hatte. Unbeabsichtigt hatte ich offenbar die Rangordnung der Truppe durcheinandergebracht.

Als die Bonobos die Lichtung schließlich verließen, wäre ich am liebsten mit Otto dageblieben. Aber der spielte schon wieder mit Songololo und ich hatte keine Ahnung, wie ich dieser aufkeimenden Freundschaft begegnen sollte. Also folgte ich der Affengruppe tiefer hinein in den Dschungel, wobei ich etwas zurückblieb und alles an essbaren Beeren und Trieben einsammelte, was ich inzwischen kannte. Nach einer Weile trennte sich Otto von Songololo und gesellte sich zu mir. Er imitierte meine Bewegungen und aß alles, was ich auch aß.

Als die Sonne am frühen Nachmittag am heißesten herunterbrannte, lümmelten sich die Bonobos im Gras und dösten. Als Anastasia sich hinlegte, versuchte Songololo sich neben ihr zusammenzurollen, wurde aber sofort verjagt. Nach weiteren vergeblichen Versuchen kam sie zu Otto herüber und rieb ihren Körper an seinem, um sich Trost zu holen. Dann machte sie es sich neben ihm bequem. Verwirrt blickte Otto mich an. Offensichtlich wusste er nicht, wie er sich verhalten sollte. Aber ich zuckte nur die Achseln. Sorry, Baby, das musst du schon selbst entscheiden.

Ich lehnte mich gegen einen Felsen und schloss die Augen.

Aber an Schlaf war nicht zu denken. Sosehr ich auch versuchte die Bilder zu verdrängen, meine Gedanken kehrten immer wieder zu den Leichen rund um das Verwaltungsgebäude zurück. Ob Moms Mitarbeiter leiden mussten, bevor sie starben? Würden die Rebellen die Toten irgendwann begraben? Oder würden sie sie einfach liegen und verwesen lassen?

Brunelles Stoffbeutel hing immer noch über meiner Schulter. Ich nahm ihn ab, legte ihn in meinen Schoß und starrte ihn an. Er roch nach ihr. Und nach Bonobos. Und nach Blut. Schließlich schaute ich hinein. Natürlich hatten die Rebellenkämpfer sämtliches Geld herausgenommen, aber es waren trotzdem noch einige wertvolle Gegenstände übrig: ein fast aufgebrauchter Lippenstift, an dessen Farbe auf Brunelles Lippen ich mich noch erinnerte, und ein Kugelschreiber, der an einem abgewetzten Spiralbuch klemmte. Das Buch enthielt seitenweise Notizen und Fotos, die an den Rand getackert waren. Die Bonobos. Ihre Namen und ihre persönlichen Entwicklungsgeschichten. Brunelle hatte sie beobachtet und aufgeschrieben, wann sie aßen und mit wem sie sich herumtrieben. Sie hatte nie etwas davon erwähnt, und dieses Engagement war auch gar nicht Teil ihres Jobs gewesen. Sie musste es aus reinem Interesse gemacht haben.

Ich entnahm den Notizen, dass der freundliche Teenager-Affe Mushie hieß. Das ängstliche und fast kahle Weibchen war Banalia. Und der Alte, der sich so tollpatschig beim Nüsseknacken anstellte und mitunter gegen Hindernisse prallte, war Ikwa.

Ich erkannte Anastasia auf einem Foto, das schon etliche

Jahre alt war, und plötzlich passte alles zusammen: Anastasia war der erste Bonobo gewesen, dem meine Mutter je begegnet war, aber es hatte noch Jahre gedauert, bis die Äffin in das Reservat kam. Irgendwelche Freunde der Familie hatten sie von einem Markt gerettet und beschlossen sie in ihrem Haus aufzuziehen. Anastasia hatte ihr eigenes Zimmer gehabt und darüber hinaus freien Zutritt zu allen anderen Räumen. Sie durfte sich sogar selbst Limonade aus dem Kühlschrank holen und die Toilette benutzen. Und jetzt erinnerte ich mich auch: Immer wenn ich als Kind zu Besuch war bei diesen Bekannten und bei ihnen auf die Toilette ging, musste ich danach die Tür offen lassen, damit Anastasia ins Bad konnte. Die kam nämlich mit Türknäufen nicht zurecht. Aber eines Tages war Anastasia nicht mehr niedlich gewesen, sondern nur noch stark. Und weil sie laufend Dinge kaputt machte, wurde sie aus dem Haus verbannt und draußen gehalten. Als Mom dann das Reservat eröffnete, konnte sie die Besitzer davon überzeugen, Anastasia lieber dort unterzubringen.

Jahrelang hatte Anastasia also keinen Kontakt zu Artgenossen gehabt. Und deshalb hatte sie in ihrer ersten Zeit im Reservat nur neben dem Zaun gehockt, gebrüllt und sich gefragt, warum man sie mit einer Horde stinkender Affen zusammengesperrt hatte. Aber irgendwann hatte auch sie angefangen sich einzugewöhnen und war Teil der Affengemeinschaft geworden.

Gut möglich, dass ihre Feindseligkeit mir gegenüber auf ihre intensive Erfahrung mit Menschen zurückzuführen war. Sie kannte sich aus mit Wesen wie mir: Menschen hatten sie bei sich aufgenommen, nur um sie irgendwann in einem Gehege wegzusperren. Also hatte sie alles drangesetzt, den Spieß umzudrehen. Mit Erfolg: Jetzt hatte sie das Sagen.

Ich las und las. Und fand immer mehr heraus über diesen Ort, den ich wohl langsam als mein vorübergehendes Zuhause betrachten konnte.

Fünf

Als es zu dämmern begann, stieß mein Futtersuchtrupp laute Schreie aus und steuerte auf die Mitte des riesigen eingezäunten Geländes zu. Zusammen mit Otto folgte ich in einigem Abstand, sorgfältig darauf bedacht, die Affen im Blick zu behalten. Hin und wieder gaben sie Orientierungslaute von sich, um niemanden aus der Gruppe zu verlieren. Auch Otto mischte sich zögerlich in die Kommunikation ein, aber so leise, dass garantiert nur ich ihn hören konnte. Schließlich stieß mein Grüppchen auf ein anderes, es gab ein großes Gejohle, Geschnattere, Schubbern und Reiben. Otto und ich hielten uns im Hintergrund, aber sobald die Neuankömmlinge uns erspähten, kamen sie angesaust, um uns zu begutachten. Mushie blieb in meiner Nähe und trat als eine Art Vermittler auf: Er rieb seinen Körper an Ottos und demonstrierte so, dass wir uns unseren Platz in der Gruppe verdient hatten. Da die Neuen meine Mutter bereits ab und zu im Gehege gesehen hatten und sich ohnehin mehr für die eigenen Artgenossen als für mich interessierten, nahmen sie meine Gegenwart relativ locker auf.

Nur Anastasia bekundete mehr Interesse für mich als für ihre Kollegen. Sie saß oben in einer Baumkrone und ließ mich nicht eine Sekunde aus den Augen – während Songololo zu ihren Füßen hockte und um Aufmerksamkeit bettelte. Vier Weibchen hatten sich auf die Äste rund um Anastasia verteilt, darunter die scheue Banalia. Das war wahrscheinlich die legendäre Pink-Lady-Combo.

Dadurch dass ich beobachtet hatte, wer wem das Fell pflegte, hatte ich eine Vorstellung von der Rangordnung der Gruppe gewonnen. Anastasia war eindeutig nur am Nehmen, Banalia nur am Geben. Mushie lauste grundsätzlich nur Weibchen, erhielt selbst aber keinerlei Zuwendung. Und da er seit dem Zusammenschluss mit der anderen Gruppe auch keine Anstalten mehr machte, mich zu lausen, konnte ich mir ausrechnen, dass ich in der Hierarchie immer noch ziemlich weit unten stand.

Hin und wieder kamen Bonobos zu Otto und mir herüber und hockten sich mit dem Rücken zu uns auf den Boden, um sich Streicheleinheiten abzuholen. Da ich mir nicht sicher war, wie ich mich verhalten sollte, beschränkte ich mich auf ein halbherziges Tätscheln, woraufhin sie ziemlich schnell empört abzogen.

Wenige Minuten bevor es dunkel wurde, begann es zu regnen, so plötzlich, dass ich kaum Zeit hatte, meine Sachen in den Stoffbeutel zu stopfen und ihn an einen Ast zu hängen, unter dem es einigermaßen trocken blieb. Hier im Niederkongo gehörte der August ja eigentlich zur Trockenzeit, in der oft monatelang kein Tropfen fiel. Aber jetzt schien es so, als hätte sich das Wetter den politischen Turbulenzen angepasst. Ich flüchtete mich an den geschütztesten Fleck, den ich finden konnte, umklammerte Otto und fragte mich, was ich jetzt tun sollte. Im Gebäude drüben war es natürlich schön trocken und warm, aber dort hockten die Kata-Kata. Und hier im Gehege gab es meines Wissens weder eine Höhle noch einen Felsüberhang, wo ich mich hätte unterstellen können.

Der Regen hatte sich inzwischen von einem leichten Nieseln in einen wahren Wolkenbruch verwandelt, er prasselte auf die Blätter und grub regelrechte Sturzbäche in den Waldboden. In null Komma nichts würde hier alles morastig sein. Wenn ich nicht schnell einen geschützten Schlafplatz fand und dafür sorgte, dass meine Schuhe und Strümpfe trocken blieben, würde ich mir ruckzuck eine Lungenentzündung holen – ohne Aussicht auf Medikamente und einen Arzt.

Also beobachtete ich wieder einmal, was die Bonobos taten: Die hatten sich in die Baumkronen zurückgezogen. Seufzend nahm auch ich einen Stamm in Angriff. Otto, der auf meinem Rücken hockte, griff gelegentlich nach einem Blatt oder Zweig und schaute fasziniert zu, wie das Wasser daran herunterperlte.

Als ich auf Mushies Höhe ankam, setzte ich mich auf einen Ast. Mushie hatte einen Zweig zu sich herangezogen, griff nach einem weiteren und verflocht die zwei biegsamen Enden geschickt miteinander, bevor er einen dritten Zweig heranzog und ihn an den beiden anderen befestigte. In nur wenigen Minuten baute er sich so eine elastische Plattform, die durch die darüber hängenden Zweige weitgehend regengeschützt war. Nur wenige Tropfen drangen überhaupt bis zu dieser Hängematte durch, und die wurden durch Blätter und Zweige sofort nach unten getrichtert. Ich war schwer beeindruckt: Mushie konnte es sich offenbar an jedem x-beliebigen Ort gemütlich machen, solange er nur genügend Zweige fand, die er miteinander verflechten konnte.

Aber okay, für einen Bonobo, ausgestattet mit ultralangen Armen und Greifzehen, war das vielleicht gar kein besonderes Kunststück. Bonobos hatten ja quasi vier Hände. Für mich hingegen, mit meinen zwei nahezu nutzlosen Füßen, war das Bauen eines Schlafnests ein einziger Albtraum. Hoch oben über dem Urwaldboden hielt ich mich schwankend an meinem Baumstamm fest und fummelte nach einem Ast. Als ich jedoch meine Hand nach einem zweiten ausstreckte, glitt mir der regenglatte erste aus den Fingern, ich landete wieder auf dem Hintern und wäre um ein Haar abgestürzt. Und so ging es weiter: Als ich mir einen neuen Zweig herangezogen hatte und endlich nach einem zweiten hangelte, rutschten mir gleich beide aus den Händen. Ich fluchte. Otto, neugierig geworden, kletterte von meinem Rücken und schwang sich hinüber zum Nachbarbaum, um einen besseren Blick auf mein Treiben zu haben.

Nach einer gefühlten Ewigkeit gelang es mir endlich, zwei Äste säuberlich miteinander zu verbinden. Zwar sahen sie nicht so aus, als würden sie das geringste Gewicht aushalten, aber es war ein Anfang. Jetzt brauchte ich nur noch einen dritten und idealerweise sogar einen vierten Ast, um die Fläche zu stabilisieren. Allerdings mussten diese Äste vom Nachbarbaum kommen. Mir blieb also nichts anderes übrig als runterzusteigen, nebenan wieder raufzuklettern und mich dann zu meinen zwei Ästen rüberzurecken – ohne das Gleichgewicht zu verlieren und abzustürzen. Das Ganze bei fieser Nässe und bis dahin sicher kompletter Dunkelheit.

Frustriert hangelte ich mich zu Boden. Otto begleitete mich. Auf der Suche nach ein bisschen Wärme drängte er sich mit seiner nassen Rückseite dicht an mich. Ich rieb ihm mit einer Hand das Fell, woraufhin er unter mein feuchtes Sweatshirt schlüpfte und sich zitternd an meinen kalten Bauch presste, während ich in übelster Stimmung über den Waldboden stolperte. Als ich kurz in das schwindende Licht aufblickte, sah ich, dass Mushie mich von seinem Schlafnest aus beobachtete. Und plötzlich wackelte der Baum und Mushie landete federnd neben mir. Ich zuckte zusammen und ganz in der Nähe kreischten ein paar Bonobos auf. Aber er hatte offenbar niemanden erschrecken wollen, er widmete sich sofort meinem Nest: löste den jämmerlichen Knoten, den ich zu Stande gebracht hatte, sprang dann behände hinüber zum Nachbarbaum und baute dort ruckzuck eine neue Hängematte. Diesmal verwendete er acht Äste und nicht drei wie für sein eigenes Nest. Vielleicht ahnte er, dass ich eine deutlich solidere Konstruktion brauchte als der Durchschnittsbonobo. Als er fertig war, schwang er sich – ohne mich noch eines Blickes zu würdigen – zu seiner eigenen Schlafstätte hinüber und legte sich hin.

Vorsichtig kletterte ich zu dem Lager hinauf, das er mir bereitet hatte. Es war total nervenaufreibend, so hoch über dem Waldboden zu hängen, aber immerhin: Das Schlafnest fühlte sich stabil an. Überraschend stabil. Fast wie eine gekaufte Hängematte.

Jetzt, wo wir dem Regen halbwegs entkommen waren, kroch Otto unter meinem Sweatshirt hervor und kuschelte sich neben mich. Das Prasseln der Regentropfen auf den breiten Blättern und die Gutenachtrufe der Bonobos klangen in der Geborgenheit des Schlafnestes nicht mehr erschreckend, sondern fast beruhigend. Ich trank ein bisschen Regenwasser, das ich in einem der Riesenblätter aufgefangen hatte. Es war herrlich erfrischend an den Lippen und wahrscheinlich um einiges gesünder als die Brühe aus dem Tümpel. Otto folgte meinem Beispiel. Für mich war dies alles völlig neu, für die Bonobos war es absolute Routine. Für sie war es ein Abend wie jeder andere. Doch selbst ich war hier, in meinem Bonobo-Nest mitten im Dschungel, kurz verleitet so zu tun, als hätte das Massaker auf dem Gelände nebenan niemals stattgefunden. Und als Ottos Atem schließlich gleichmäßiger wurde, machte auch ich mir Hoffnung, endlich mal wieder eine Nacht schlafen zu können.

Noch bevor ich richtig wach war, wusste ich, dass ich fiel. Und als ich die Augen aufriss, hörte ich auf ich selbst zu sein. Ich war nur noch Körper. Ein Sack Fleisch – kurz davor, in alle Richtungen zu zerstieben. Über mir kreischten Bonobos, Zweige peitschten gegen meinen Rücken und dann, als ich im Fallen trudelte, auch gegen mein Gesicht. Plötzlich schlug mein Bauch hart auf einem dicken Ast auf. Reflexartig streckte ich die Arme aus – und hing fest.

Ein stechender Schmerz in der Magengrube nahm mir die Luft. Ich war klatschnass und unter Schock. Alles, woran ich denken konnte, war, mich weiter an dem Ast festzuhalten. Dann wurde mir bewusst, dass ich mit genau jener Stelle auflag, an der sich Otto vor dem Einschlafen festgeklammert hatte. Panisch tastete ich unter meinen Bauch. Aber Otto war nicht zerquetscht. Otto war gar nicht da. Ich horchte, ob sein Schreien von irgendwo kam, aber ich hörte nichts.

Nach Atem ringend, schwang ich mühsam ein Bein über den Ast und versuchte mich zu orientieren. Es war mitten in der Nacht. Immer noch klatschten Regentropfen auf die Blätter und rannen meine Arme herunter. Nur mit Mühe konnte ich die Umrisse der schlafenden Bonobos um mich herum erkennen.

»Otto?«, rief ich.

Von weit unten hörte ich ein leises Stöhnen. Dann kam es näher und näher und schließlich schwang sich Otto auf meinen Ast und warf sich auf mich. Ich hielt ihn an mich gepresst und klammerte mich gleichzeitig an dem nassen Ast fest, wobei ich allmählich ein leichtes Brennen auf Armen und Beinen verspürte. Meine Nase schmerzte, als ich sie berührte. Trotzdem: Im Großen und Ganzen war alles in Ordnung mit mir, die Zweige, an denen ich vorbeigerauscht war, hatten mich nur von Kopf bis Fuß zerschrammt. Ich sah bestimmt umwerfend aus.

O Mann, war ich ein dilettantischer Bonobo! Ich war doch tatsächlich aus dem Schlafnest gefallen …

Langsam machte ich mich wieder an den Aufstieg, erklomm einen Ast nach dem anderen mit meinen quietschnassen Turnschuhen. Oben angekommen hangelte ich mich an Mushies Schlafnest vorbei, der lautstark vor sich hin schnarchte, und richtete mein eigenes. Die Äste, die er zusammengezurrt hatte, sahen immer noch stabil aus, die Konstruktion war unversehrt. Zwar war ich klitschnass und zerschrammt, aber nach der kräftezehrenden Kletterei jetzt wenigstens nicht mehr durchgefroren.

Nur leider war an Einschlafen nicht mehr zu denken. Ich hatte viel zu viel Angst, noch einmal runterzufallen. Ich starrte hinauf zu den Sternen und merkte, wie meine Gedanken immer träger wurden, während um mich herum die letzten Bonobos, die ich durch meinen Sturz aufgeweckt hatte, mit ihrem Gekreische aufhörten und wieder wegdösten.

Da bewegte sich etwas hoch über mir, und wie in einem grobkörnigen, unscharfen Amateurfilm sah ich, wie sich eine menschenähnliche Gestalt vor dem Mond abzeichnete. Anastasia.

Mit Entsetzen stellte ich fest, dass ihre Aufmerksamkeit ganz und gar auf mich gerichtet war. Und so starrten wir uns an – über fast zehn Meter Höhenunterschied hinweg. Dann sauste sie auf einmal durch die Luft, den Mund zu einem Schrei aufgerissen, mit weiß aufblitzenden Eckzähnen. Ihre Silhouette kam näher und näher, bis sie mit Gebrüll und einem gewaltigen Luftzug auf mir landete. Mein Schlafnest geriet ins Rutschen, ich hatte den Mund voller nasser Bonobo-Haare und mein Magen rutschte ebenfalls weg. Zwar löste sich das Ästegeflecht nicht auf, aber die elastischen Zweige schleuderten Otto im hohen Bogen fort von mir. Er krächzte, während wir alle drei in die Tiefe glitten. Aus den Augenwinkeln sah ich gerade noch, wie er einen Ast zu fassen bekam und sich daran festklammerte, während ich weiterfiel. Ungefähr eine Sekunde war ich noch in der Luft, dann schnitten mir scharfe Blätter ins Gesicht und ich versank keuchend in einem riesigen Dornengestrüpp.

Fast im selben Moment ertönte ein wütender Schrei und ich hörte Anastasia laut raschelnd wieder nach oben klettern.

Jetzt ergab das Ganze einen Sinn: Ich war gar nicht aus dem Schlafnest gefallen. Anastasia hatte mich rausgeworfen. Beide Male. Mühsam befreite ich mich aus den Dornen, bis ich schließlich mit blutenden, schmerzenden Knöcheln auf dem Waldboden stand. Ich rief nach Otto und er kam sofort angesprungen. Wir schlugen uns zu meiner durchnässten Reisetasche durch, aus der ich ein paar Shirts hervorzog, die ich als Matratzenersatz am Fuße eines Baumes auf dem matschigen Boden ausbreitete. Dann legte ich Otto auf meinen Bauch, um ihm den direkten Bodenkontakt zu ersparen, und wartete auf das Ende der Nacht.

Mir wurde bewusst, was ich angerichtet hatte: Ich hatte die Königin zum Krieg herausgefordert. Und man brauchte kein Hellseher zu sein, um zu wissen, wer verlieren würde.

Völlig durchnässt und steif wachte ich auf. Meine Nasenlöcher waren verstopft von getrocknetem Blut, und als ich mich aufsetzte, troff das Wasser nur so aus meiner Hose. Vorsichtig legte ich einen Finger auf meine Nase. Sie schien nicht gebrochen, aber es hatte wohl nicht viel dazu gefehlt. Ich versuchte mich in der Wasseroberfläche des Tümpels zu spiegeln, was bei der trüben Brühe nicht ganz einfach war. Immerhin konnte ich so viel erkennen, dass mein Gesicht blutunterlaufen und stark geprellt war. Ich musste jetzt höllisch aufpassen, dass Otto mit seinen neugierigen kleinen Fingern nicht in meinen Wunden herumpulte. Ihm selbst ging es allerdings auch nicht viel besser. Sein feuchtes Haar stand in alle Richtungen ab, er hinkte leicht von der gestrigen Bissverletzung und seine Nase schien ebenfalls verstopft zu sein, jedenfalls schnaufte er lautstark. Zum Glück hatte wenigstens der Regen aufgehört, aber es war noch immer bewölkt und es sah so aus, als würde der nächste Schauer nicht lange auf sich warten lassen. Puh, sehr viel mehr Nächte in dem kalten Morast würden wir wohl nicht überleben. Jedenfalls mein kleiner Schützling nicht.

Mit einem scharfkantigen Stein schälte ich eine Papaya und entfernte die Steine. Dann riss ich die Folie des vorletzten Müsliriegels auf, brach ihn in kleine Stücke und vermengte diese mit dem süßen Papayafleisch. Die gewölbte Schale der Frucht benutzte ich als Schüssel. Anschließend teilte ich den Brei zwischen Otto und mir auf. Zu trinken gab es teebraunes Wasser. Noch einmal durchwühlte ich meine Reisetasche nach trockenen Klamotten, denn obwohl es inzwischen schon ziemlich warm war, zitterte Otto am ganzen Körper. Ich fand eine Strickjacke, die zwar nicht trocken, aber immerhin nur klamm war, und wickelte Otto darin ein. Sie war so groß, dass sie einen kleinen Strickwall rund um seine Füße bildete.

Nachdem sie den nächtlichen Dauerregen überstanden hatten, sahen die Bonobos aus, als wollten sie den Tag einfach durchschlafen. Sie lagen auf der Lichtung herum wie feuchte

Handtücher, die man zum Trocknen ausgebreitet hatte. Als der Regen am Nachmittag schließlich wieder einsetzte, war er fast noch stärker als in der Nacht. Einige der Affen kletterten zurück in ihre Nester, aber die meisten kauerten sich einfach nur zusammen und hielten sich zum Schutz riesige Elefantenohrblätter über den Kopf. Otto und ich saßen unter meinem Regencape. Banalia umklammerte ihren Blattstiel so verkrampft, dass er abknickte und das Wasser sich mit einem Schwall über sie ergoss. Laut schimpfend suchte sie sich ein neues Blatt, doch schon nach kurzer Zeit wiederholte sich das Missgeschick. Am Ende kam sie zu uns herüber und versuchte mir mein Regencape wegzureißen. Als sie merkte, dass ich es festhielt, gab sie auf und quetschte sich stattdessen zu uns.

Anastasia hatte sich in sicherer Distanz niedergelassen. Sie hielt das Blatt so, dass das Wasser direkt auf Songolos Kopf platschte, die zitternd auf ihrem Schoß kauerte. Sobald Songololo versuchte dem Wasserschwall auszuweichen, rückte Anastasia hinterher, so dass ihre Tochter erneut geduscht wurde. Anastasia tat schlicht so, als hätte sie kein Kind auf dem Schoß – was Songololo schier zur Verzweiflung brachte.

Ich musste an ein Buch aus der Bibliothek meiner Mutter denken, in dem ich kürzlich gelesen hatte. Darin wurden Experimente beschrieben, die ein amerikanischer Forscher in den 50er-Jahren mit Menschenaffen gemacht hatte. Er hatte Babys von ihren Müttern getrennt und ihnen als Ersatz künstliche Affenskulpturen angeboten. Eine davon war aus Draht modelliert und mit einem Futterspender verbunden, während eine andere aus kuscheligem Stoff bestand, aber kein Futter gab. Ausnahmslos alle Affenbabys hatten die Stoffmutter gewählt, obwohl dies den Verzicht auf Nahrung bedeutete. Danach ist der Forscher noch einen Schritt weiter gegangen: Er installierte eine Vorrichtung im Inneren der Stoffmutter, die sie nach den Affenbabys treten ließ. Immer wenn die Kleinen einen Tritt abbekamen, stoben sie angstvoll davon, näherten sich jedoch sofort wieder an und versuchten mit allen Mitteln die Liebe der Mutter zurückzugewinnen. Sie schäkerten und kosten und gaben sich alle erdenkliche Mühe, brav zu sein, auf die Gefahr hin, erneut verscheucht zu werden. Sie verzichteten sogar auf das Spielen mit ihren Altersgenossen, sie konzentrierten einfach all ihre Energie darauf, ihre artifizielle Mutter gnädig zu stimmen.

Wenn ich Songololo beobachtete, fiel mir das alles wieder ein. Die Kleine hätte Gründe genug gehabt, sich ihre Mutter, die sie konsequent ignorierte oder schikanierte, ein für alle Mal abzuschminken, doch sie war wie besessen von der Idee, Anastasias Zuneigung zu gewinnen. Bestimmt nicht ohne Grund war Songololo von allen Affenkindern das unsicherste. Und jetzt war sie die Einzige, die immer noch nass geregnet wurde. Doch schließlich gab auch sie auf, kletterte von Anastasias Schoß und kauerte sich in der Nässe zusammen.

Banalia schien großen Gefallen an Otto zu finden. Träge kraulte sie sein Fell, während sie mit uns unter dem Regencape hockte. Nach einer Weile legte ich, als kleinen Test, den schlummernden Otto in Banalias Schoß. Sie quiekte auf und schaute in einer Mischung aus Verwirrung und Entzücken auf ihn hinunter. Als hätte ich ihr einen Rührkuchen vor die Nase gestellt. Kurzfristig von Otto befreit gab ich der zitternden Songololo ein Zeichen, sich zu uns zu gesellen. Sie blickte mich mit großen Augen an und schielte dann zu Anastasia hinüber. Dabei öffnete und schloss sie ihren Mund, ohne jedoch einen Laut von sich zu geben. Songololo war in einem Zustand völliger Verzweiflung. Also ließ ich Banalia alleine mit Otto unter dem Regencape zurück und kroch zu Songololo hinüber. Sofort schoss Anastasia mir einen Blick zu, wandte sich dann aber wieder ab. Trotzdem spürte ich ihre Aufmerksamkeit. Ich kam ziemlich nah an sie heran, so nah, dass das Regenwasser, das von ihrem großen Blatt abperlte, gegen meinen Knöchel spritzte.

Songololo zuckte überrascht zusammen, als ich ihr meine Hand auf den Rücken legte. Dann breitete ich meine Arme für sie aus, woraufhin sie Anastasia anschaute, dann wieder mich, schließlich langsam zu mir kroch und sich unter meinem Sweatshirt vergrub. Mit klopfendem Herzen wartete ich auf Anastasias Reaktion. Aber die stieß nur einen tiefen Seufzer aus und kehrte mir den Rücken zu, woraufhin ich zu Otto und Banalia zurückkroch.

Als ich mich neben die beiden hockte, kam Mushie angesprungen und gesellte sich ebenfalls zu uns. Langsam wurde es ganz schön eng unter meinem Cape. Auch der alte Ikwa schlenderte jetzt neugierig herüber. Und als er sah, dass es keinen Platz mehr gab unter unserem Regendach, hockte er sich mit seinem Elefantenohrblatt direkt neben uns.

Das Schlafnest, das Mushie mir an diesem Abend baute, lag deutlich näher an seinem eigenen und an denen von Banalia und Ikwa. Ich teilte es mit Songololo und Otto. Und wann immer mein Blick zu Anastasia hinüberwanderte, sah ich im Licht des Mondes, wie sie mich anstarrte.

Sechs

Jeden Morgen kletterte ich auf den höchsten Baum, den ich erklimmen konnte, um zu spähen, ob die Kata-Kata noch da waren. Nach nunmehr zehn Tagen war mir diese Übung fast zur Routine geworden. Meist lag das gleiche Grüppchen Männer dösend in der Sonne. Aber manchmal nahm ihre Zahl auch zu, dann sah ich Rebellen auf den Fensterbrettern lümmeln, auf dem Dach liegen oder gegen die bemalte Wand des Krippenhofes pinkeln. Manchmal grölten sie so laut, dass ich sie hören konnte. Sie sprachen Suaheli oder irgendeine andere Sprache, die ich nicht verstand. Eines Tages kam ein Lastwagen den Zufahrtsweg hinaufgerumpelt und fuhr nicht wieder weg. Wenn sich tatsächlich die ganze Region im Kriegszustand befand, dann gab es wahrscheinlich nirgends mehr Benzin.

An einem anderen Tag beobachtete ich, wie sich die Kerle mit irgendeinem schmutzig-braunen Gebräu betranken und zum Elektrozaun wankten, von wo sie lauthals und mit irre flackernden Blicken Beschimpfungen auf Lingala in meine Richtung schickten. Ich hatte die ganze Zeit aufgepasst, mich nicht in der Nähe des Zaunes sehen zu lassen, und zeigte mich jetzt natürlich erst recht nicht. Also verlegten sie sich darauf, nach den Bonobos zu brüllen. »Hey, Tiere, her mit eurem

Fleisch!« Sie kriegten sich gar nicht mehr ein und grölten ihren Spruch in Dauerschleife. Als würden die Affen Lingala verstehen. Auf Lingala sind das Wort für »Tier« und die Pluralform von »Fleisch« identisch. *Banyama, banyama, pesa biso nyama, nyama!* Die Worte hämmerten sich mir in den Kopf. *Banyama, banyama, pesa biso nyama, nyama!*

Mit einiger Schadenfreude stellte ich fest, dass die Rebellen total ausgemergelt waren, während den Bonobos die Belagerung ihres Reservats nicht im Geringsten anzusehen war. Doch meine Freude über den ausgezehrten Zustand der Kämpfer verging mir, als mir eines Morgens ein ekelhaft süßlicher Rauch in die Nase stieg und ich begriff, dass sie die Leichen verbrannten. Da wünschte ich wirklich, dass sie allesamt, bis zum letzten Mann, verhungern würden.

Solange die Rebellen vor Ort waren, hatte ich im Grunde nur eine Option: inmitten der Bonobo-Schar auf Hilfe zu warten. Hier waren wir einigermaßen sicher. Der Elektrozaun summte vor sich hin und die Bonobos mieden die vordere Gehegehälfte. Sie erinnerten sich offenbar sehr genau an die Schüsse.

Anscheinend war die Stromzufuhr zum Hauptgebäude unterbrochen und das Benzin für den Generator aufgebraucht, denn ich sah dort nachts nie irgendwelche Lichter. Die Rebellen hockten genauso im Dunkeln wie ich. Der Strom für den Elektrozaun war zum Glück nicht betroffen, denn der wurde ja von Solarmodulen erzeugt. Ich konnte nur beten, dass sie die Anlage nicht zerstörten.

Ich war mir sicher, dass Dad, sobald er erfahren hatte, dass ich nicht in dem Evakuierungsflugzeug saß, alle Hebel in Bewegung gesetzt hatte, um mich hier rauszuholen. Falls die Rebellen allerdings den Flughafen kontrollierten und die UN-Soldaten aus dem Land vertrieben hatten, dann konnte auch er nichts für mich tun. Außer abzuwarten, bis sich die Lage entschärfte. Vielleicht ging Dad aber auch davon aus, dass ich längst tot war – oder in der Hand der Rebellen. Aber ihm eine Nachricht zukommen zu lassen war wohl ziemlich aussichtslos. Nein, mir blieb nichts anderes übrig als mich im Gehege zu verbergen, bis irgendjemand kam und die Kata-Kata in die Flucht trieb.

Zumindest sah es inzwischen so aus, als bräuchte ich mich um das Essensthema nicht mehr zu sorgen. Es gab mehr Nahrung im Gehege, als ich gedacht hätte. Jedes Mal wenn sich eine Futterquelle dem Ende zuneigte, entdeckten die Bonobos eine andere. Am liebsten mochten sie Früchte, aber wenn die alle abgepflückt waren, stiegen sie auf Blätter um, die sie sorgfältig auswählten, bevor sie sie mampften. Allerdings musste man wesentlich mehr Grünzeug zu sich nehmen als Obst, um sich einigermaßen satt zu fühlen. In solchen Zeiten war die Futtersuche dann keine Sache von ein paar Stunden, sondern ein Ganztagsprogramm, an dem sich selbst die allerjüngsten Äffchen beteiligen mussten.

Mom hatte mir mal erklärt, wie sehr der Nahrungsreichtum im Süden des Kongo-Flusses das friedliche Zusammenleben der Bonobos begünstigte. Der Fluss ist so ungeheuer breit und so schwer zu überqueren, dass er das Land quasi in zwei Hälften teilt. Während die Bonobos ausschließlich südlich des

Flusses vorkommen, leben nördlich davon die Schimpansen und Gorillas. Und da die sehr viel größeren Gorillas den Schimpansen nur einen Bruchteil der Nahrungsmenge übrig lassen, die einem Bonobo im Süden zur Verfügung steht, müssen die Schimpansen hart für ihr Überleben kämpfen. Was teilweise sogar dazu führt, dass sie sich gegenseitig auffressen. Im Vergleich dazu war es eine wahre Freude, meinen Bonobos bei ihren Spielen und der Fellpflege zuzusehen, die sie nicht mal unterbrachen, um ihre grünen Blätter zu mampfen. Ich war richtig stolz auf sie. Freundlichkeit war wohl tatsächlich ein Luxus, den man sich nur mit vollem Magen erlauben konnte.

Während meiner zweiten Woche im Gehege wurden die Brotfrüchte reif, riesige kürbisartige grüne Kugeln, die täglich schwerer an ihren Zweigen hingen und schließlich von den Bäumen fielen. Sie waren fast so groß wie ein Bonobo-Baby, weshalb ein paar dieser Früchte als Mahlzeit für die komplette Affengruppe reichten. Nach ein paar Tagen lagen schon mehr von den Kugeln auf dem Boden, als wir essen konnten. Die Schale war zu lederig, als dass man einfach hätte hineinbeißen können, also benutzte der alte Ikwa wieder seinen scharfkantigen Stein, um die Früchte aufzuhacken. Ich suchte mir ein ähnliches Werkzeug, aber da ich nicht so kräftig war wie Ikwa, benutzte ich meinen Stein eher wie ein Messer als wie einen Hammer. Und tatsächlich klappte das Schälen besser als das Zerschmettern. Nach und nach schleppten jedenfalls immer mehr Bonobos ihre Früchte an und ließen sie vor meinen Füßen fallen. Ich schabte die Schale ab und gab ihnen die Kugeln zurück. Zum Dank rieben sie sich ein wenig an mir und legten sich dann genüsslich schmatzend ins Gras. Die Luft war gesättigt von einem süßlichen Geruch und wurde gelegentlich durchschnitten von spitzen Schreien aus klebrigen Mündern. Einfach göttlich fand ich den Anblick des muskulösen Mushies, der mit offenem Mund auf dem Rücken lag, während Songololo kleine Häppchen zwischen seinen Zähnen hervorklaubte und sich zufrieden in den Mund stopfte.

Für die Futtersuche zerstreuten wir uns in kleinen Gruppen und kamen erst abends wieder zusammen. Da ich im Schlafnestbauen immer noch eine absolute Null war, erledigte Mushie das treuherzig für mich, bevor er sich um seinen eigenen Schlafplatz kümmerte. Obwohl Anastasia mich seit jener Regennacht nicht mehr angegriffen hatte, hielt ich mich grundsätzlich so lange wach, bis ich sicher war, dass sie schlief. Seit wir ihretwegen auf dem nassen Waldboden hatten schlafen müssen, quälte sich Otto nämlich mit einem trockenen Husten herum und das wollte ich nicht noch mal riskieren. Obwohl – seit Songololo zu mir übergelaufen war, hatten sich die Dinge eigentlich ziemlich entspannt. Ja, wenn man die Bonobo-Gruppe während dieser üppigen Erntezeit beobachtet hätte, wäre man überhaupt nicht auf die Idee gekommen, dass es so etwas wie eine Königin oder die Pink Ladys gab. Das strenge Matriarchat zeigte sich offenbar nur in Zeiten von Stress. Stress, wie ich ihn verursacht hatte, als ich plötzlich im Gehege aufgetaucht war. In solchen Momenten der Anspannung musste man offenbar schon mal damit rechnen, dass einem mitten in der Nacht ein regennasser, haariger Bonobo entgegenflog.

Ich ertappte mich dabei, dass ich immer öfter die Gesellschaft des alten Ikwa suchte. Ich hatte keine Ahnung, ob er tatsächlich schon so alt war, denn eigentlich sah er noch ganz kräftig aus. Es lag wohl einfach nur daran, dass er silberne Barthaare unter dem Kinn hatte und ein wässriges, blau-graues Auge. Die Weibchen umgarnten ihn scharenweise und forderten ihn zum Knutschen auf, aber er ignorierte sie völlig und fixierte stattdessen den Horizont. Bei Sonnenuntergang saß ich gerne neben ihm, hoch oben auf einem Baum, wo man das goldene und purpurfarbene Licht am längsten sehen und dabei herrlich mit den Beinen schaukeln konnte.

Je selbstständiger Otto wurde, desto mehr Zeit hatte ich, auch die übrigen Vertreter der Sippe kennenzulernen. Zwar kam Otto immer noch in regelmäßigen Abständen zu mir, um sich seine Streicheleinheiten abzuholen, aber zwischen seinen Besuchen streifte er mit Songololo und den anderen Jungtieren umher und tobte. Von ihnen lernte er ein Spiel, über das sich alle königlich amüsierten – außer mir. Mir blieb jedes Mal das Herz stehen vor Schreck. Die Äffchen kletterten auf den höchsten Baum, den sie finden konnten, posierten dort eine Weile, stachelten sich gegenseitig an und stürzten sich dann in die Tiefe, um erst im allerletzten Moment, kurz vor dem Aufprall, nach einem rettenden Ast zu greifen. Otto kam jedes Mal stolz zu mir gerannt, hustete kurz seinen trockenen Husten und lachte einmal heiser auf, dann turnte er mit seinen Kumpels wieder den Baum hinauf und startete in die nächste Runde. *Vergiss nicht, dass du nur acht Finger hast und nicht zehn,* hätte ich ihm am liebsten hinterhergerufen.

Inzwischen war mir klar geworden, dass Mushie unglücklich in Anastasia verliebt war. Doch während diese sehr empfänglich war für die Aufmerksamkeiten anderer Männchen und Weibchen, hätte sie Mushie nicht mal die Uhrzeit verraten, wenn er höflich danach gefragt hätte. Offensichtlich war der Umgang mit ihm für sie nicht standesgemäß.

Aber das hielt Mushie trotzdem nicht davon ab, es immer wieder bei ihr zu versuchen. Jetzt zum Beispiel sauste er im Kreis um sie herum, bis er vor Erschöpfung zu Boden fiel. Kurz darauf tauchte er plötzlich hinter ihr auf und schüttete ihr einen Haufen Blätter über den Kopf, und als sie ihn anschnauzte, ergriff er überrascht die Flucht. Kaum zurück, streckte er seine Hand aus, um ihre Handfläche zu streicheln, und fing sich einen Klaps auf die Finger ein. Schließlich gab er auf und warf sich ihr zu Füßen, den Kopf abgewandt vor lauter Kummer. Doch sie würdigte ihn noch immer keines Blickes. Langsam und zögerlich streckte er seine Arme in ihre Richtung aus. Seine Hand landete direkt auf ihrem Oberschenkel, und als nichts passierte, fuhr er todesmutig auch noch die Finger aus und kraulte gedankenverloren ihr Fell. Daraufhin rückte sie ein paar Zentimeter zur Seite, außer Reichweite. Jetzt lag Mushie einfach nur noch da und starrte seine Angebetete an. Die wiederum stand auf, trollte sich in den Dschungel und blickte ihn von dort aus an. Wohl zum Zeichen, dass er ihr folgen sollte.

Als Mushie zurückkehrte, war er in so strahlender Laune, dass sich die anderen Affen sofort um ihn scharten, um zu sehen, was passiert war. Aber er gab sein Geheimnis nicht preis, sondern legte sich nur glückselig ins Gras. Ikwa und ich hatten den Beginn dieser Liebesaffäre von unserem Hochsitz im Baum beobachtet. Aber die anderen jungen Männchen ließen Mushie nicht in Ruhe. Wie raufustige Halbstarke verwickelten sie ihn in eine scherzhafte Rempelei, die bald in ein allgemeines Wrestling überging. Sie waren alle so mit Schubsen und Herumspringen beschäftigt, dass Mushie nicht merkte, wie er geradewegs auf den Zaun zurollte. Ich stieß einen warnenden Schrei aus, aber er konnte nicht mehr bremsen und rutschte direkt in das Drahtgeflecht. Doch nichts passierte.

Der Strom war abgeschaltet!

TEIL VIER

Was von der Außenwelt noch übrig ist …

Eins

Ich hatte keine Ahnung, warum kein Strom mehr durch den Zaun floss. Vielleicht hatten es die Kata-Kata, um an Fleisch heranzukommen, irgendwie geschafft, den Saft abzudrehen. Vielleicht hatte es aber auch so etwas wie einen Kurzschluss gegeben, als die reguläre Stromversorgung zusammengebrochen war. Oder die Solarmodule hatten an den vergangenen bewölkten Tagen nicht genügend Strom produziert. Und da sie keinen Reservestrom über die landesweiten Starkstromkabel mehr bekamen, hatten sie ihren Geist aufgegeben.

Was auch immer die Ursache war: Der Zaun bot mir keinen Schutz mehr.

Falls allerdings nicht die Kata-Kata hinter dem Stromausfall steckten, blieb mir vielleicht noch etwas Zeit. Die Rebellen hatten den Zaun ganz zu Anfang getestet, sich dabei diverse Stromstöße geholt und seitdem lieber Abstand gehalten. Das Problem war nur: Wenn sie nicht ganz blöd waren, mussten sie, sobald sie sich dem Zaun näherten, merken, dass das Summen aufgehört hatte.

Mein erster Gedanke war einfach abzuwarten. Selbst wenn es den Typen gelingen sollte, ins Gehege einzudringen, könnte ich mich nach Bonobo-Art oben in den Baumkronen verstecken. Das eingezäunte Gebiet war schließlich groß genug. Allerdings wäre ich wohl selbst in den Wipfeln nicht vor Gewehrkugeln sicher – die vielen Bonobo-Waisen um mich herum waren trauriger Beweis dafür. Es gab nur ein einziges Tor im Zaun. Höchstwahrscheinlich würden die Männer dort jemanden mit einer Machete postieren, um mögliche Ausreißer abzufangen, während die anderen im Inneren des Geheges auf Jagd gingen. Immer enger würden sie uns einkreisen, bis es kein Entkommen mehr gab. Dann würden sie die erwachsenen Bonobos abschlachten und essen und die jungen als Haustiere behalten oder verkaufen. Und mit mir würden sie wer weiß was machen. Ich zwang mich, nicht darüber nachzudenken.

Vielleicht war es also doch besser zu fliehen, bevor die Kämpfer den Stromausfall bemerkten? Eigentlich mussten sie ihre Aufmerksamkeit ja auf den vorderen Bereich des Reservats, auf die Zufahrtsstraße, konzentrieren, schließlich war es durchaus denkbar, dass andere Rebellengruppen von dort angriffen oder offizielle Einheiten anrückten. Hingegen würden sie wohl kaum damit rechnen, dass irgendjemand von der Rückseite her auftauchte. Schon gar nicht ein Mädchen mit einem Affen.

Einen Augenblick lang glaubte ich, es sei am schlauesten, gleich jetzt in der Nacht abzuhauen. Allerdings verdeckten Wolken den Mond und es war so stockfinster, dass man die eigene Hand vor Augen nicht sehen konnte. Wie sollte ich es da aus dem Gehege schaffen, ohne mir die Beine zu brechen? Oder mich am Hauptgebäude vorbeistehlen und heil den Zufahrtsweg hinunterkommen? Nein, besser, ich wartete bis zum Morgengrauen, zumal die Rebellen offenbar ziemliche Langschläfer waren und sich immer erst gegen Mittag draußen blicken ließen.

Zum Glück wusste ich, wie man in Kriegszeiten die Hauptstraßen mied. Jedes Kind wusste das. Zwar hatte ich noch keinen genauen Plan, wie es weitergehen sollte, aber in die Hauptstadt zu gelangen konnte nicht allzu schwierig sein, eine Sache von höchstens zwei Tagen. Kinshasa lag nur dreißig Kilometer entfernt, und zwar westlich von hier. Otto und ich bräuchten uns also einfach nur von der Morgensonne wegzubewegen. Wir würden Waldpfaden oder ausgetrockneten Bachbetten folgen und essen, was wir am Wegesrand fanden. Zwar war die Hauptstadt der Schauplatz des Präsidentenattentats und anderer Morde gewesen, das war mir klar, aber gleichzeitig würde dort bestimmt auch als Erstes die Sicherheit wiederhergestellt – sofern genügend UN-Soldaten im Land waren. Außerdem wohnte meine Tante dort, bei der ich Unterschlupf zu finden hoffte. Am liebsten wäre ich natürlich direkt zum Haus meiner Mutter gegangen, aber das war, weil es leer stand, wahrscheinlich längst geplündert worden.

In dieser Nacht schlief ich kaum. Immer wieder ging ich im Geiste meinen Plan für den frühen Morgen durch. Als es endlich dämmerte, rüttelte ich Otto wach, der sich schlaftrunken aufrichtete und geräuschvoll den Schleim hochzog, der sich in seinem Hals angesammelt hatte. Ich hatte mir angewöhnt nachts Socken über die Hände zu ziehen, um Insektenbisse und Hautausschläge zu reduzieren, und als ich sie jetzt abstreifte, wischte ich Otto damit die Nase ab. Er gähnte, kuschelte sich wieder an mich und nickte sofort wieder ein. Perfekt, dachte ich, besser du verschläfst das alles hier.

Ich versuchte mich mit ihm aus dem Nest zu schälen, ohne Songololo aufzuwecken. Aber das wäre schon in einem normalen Bett kaum möglich gewesen, also erst recht nicht in dieser improvisierten Hängematte, die bei der kleinsten Bewegung schaukelte. Entsprechend war Songololo in null Komma nichts hellwach und spähte Otto und mir mit weit aufgerissenen Augen über den Rand der Astkonstruktion hinterher.

Bleib oben, bitte bleib oben, flehte ich, während ich mich immer weiter hinunterhangelte. Am Fuß des Baumes streifte ich die fast leere Reisetasche von dem Ast, an dem ich sie aufgehängt hatte, warf sie mir über die Schulter – und stellte fest, dass Songololo bereits neben mir stand. Sie rang die Hände, spähte immer wieder zu Anastasia hoch und schaute dann wieder mich an. Sie hatte zwei Mütter, eine echte und eine Ersatzmutter. Und sie entschied sich für die Ersatzmutter.

Jetzt waren wir also zu dritt. Ich war hin- und hergerissen. Einerseits war das Risiko, entdeckt zu werden, zu dritt natürlich größer als zu zweit. Andererseits hätte ich ein extrem schlechtes Gewissen gehabt, die Kleine bei den Kata-Kata zurückzulassen.

Wir bahnten uns einen Weg durch den Dschungel, der bereits von einem blassen Licht erhellt wurde. Otto schlief auf meinem Rücken und Songololo lief neben mir her, ihre Hand in meiner. Meine Brust wurde eng und beklommen. Im ersten Moment dachte ich, das wäre Angst, aber dann wurde mir klar, dass ich Schuldgefühle hatte. Quälende Schuldgefühle. Die schlummernden Bonobos über mir waren zum Tode verurteilt. Aber was konnte ich tun? Ich hatte ja selbst keine große Hoffnung, lebend hier rauszukommen, Otto und Songololo schmälerten die Chancen noch mehr – und mit dreißig Affen im Gefolge wären sie gleich null. Nicht, dass sie mir bis Kinshasa gefolgt wären: Bonobos sind keine Rudeltiere, man kann sie nicht einfach im Pulk irgendwo hinführen – außer bis zur nächsten, mit duftenden Blättern bestückten Lichtung. Aber angenommen, sie entschlossen sich aus irgendeiner Laune heraus doch mich in die Stadt zu begleiten, was sollte ich dort mit ihnen anstellen? Mit ihnen durch die zerstörten Straßen schlendern und auf freundliche Reaktionen hoffen?

Nein, ich hatte mein Möglichstes für sie getan. Jetzt ging es nicht anders: Ich musste die Gruppe zurücklassen, wenn Otto, Songololo und ich mit dem Leben davonkommen wollten. Ich würde lange daran zu schlucken haben, das war mir klar, aber irgendwann würde ich darüber hinwegkommen.

Wir passierten den Tümpel und den umgestürzten Baum, auf dem Otto und ich unsere erste Nacht verbracht hatten. Und schließlich erreichten wir das Tor. Ich spähte durch die Drähte. Das Gelände schien verlassen zu sein und auch hinter den Fenstern des Gebäudes bewegte sich nichts. Offenbar schliefen alle.

Erleichtert kniete ich mich hin, um den Code einzugeben, und bekam fast eine Panikattacke, als das Tastenfeld nicht funktionierte. Dann fiel mir ein: Wie sollte es auch, es gibt ja keinen Strom.

Vorsichtig zog ich am Tor. Es ließ sich problemlos öffnen. Gott sei Dank. Ich mied das Krippengebäude, dessen Wandbilder dort, wo die Rebellen die Leichen verbrannt hatten, von teerartigen schwarzen Flecken überzogen waren. Stattdessen nahm ich den Pfad in die andere Richtung, am Verwaltungsgebäude entlang. Zum ersten Mal seit dem Überfall sah ich es von nahem: Aus der Hintertür quoll Abfall, die eine Wand war mit Einschusslöchern übersät und in den Rasen waren große schwarze Kreise eingekokelt. Dort hatten die Männer offenbar – aus Gründen, die nur sie selber kannten – Autoreifen verbrannt.

Einige der Fensterscheiben waren zerborsten oder fehlten ganz. Aus Sorge um Songololos Füße schwang ich sie an einem Arm über die Glasscherben hinweg, die über den ganzen Rasen verteilt lagen. Da die Szenerie so gespenstisch und beängstigend war, wimmerte die Kleine ohne Unterlass – aber im Flüsterton, als wüsste sie, dass sie sich ruhig verhalten musste. Ich drückte ihre Hand, während wir uns vorsichtig vorantasteten.

Als wir die Vorderseite des Hauses erreichten, tappten wir auf dem Grasstreifen neben der Auffahrt weiter, um den knirschenden Kies zu vermeiden. Wir waren gerade an der Stelle angekommen, an der das UN-Fahrzeug gehalten hatte, als ich hinter uns etwas rascheln hörte. Wie erstarrt blieb ich stehen.

Songololo drehte sich als Erste um – und schrie laut auf: An der Hausecke stand Anastasia. Sie war ihrer Tochter gefolgt.

Noch einmal kreischte Songololo auf, dann rannte sie zu ihrer Mutter, kletterte auf deren Rücken und wickelte die Arme um ihren Hals. Anastasia rührte sich nicht vom Fleck. Sie fixierte mich mit starrem Blick, dann schnappte sie sich einen an der Hauswand lehnenden Rechen und begann den Müll zu einem sauberen Haufen zusammenzuharken. Ganz offensichtlich imitierte sie die Gärtner, die sie oft beobachtet hatte. Kein Wunder, sie hatte in ihrem Leben mehr Zeit mit Menschen als mit ihren Artgenossen verbracht. Und Gartenarbeit schien ihr offenbar das geeignete Mittel, um Stress abzubauen. Immer und immer wieder harkte sie die gleiche Stelle und schaute mich dabei unverwandt an.

Songololos Jubelschreie waren ohrenbetäubend gewesen. Und obwohl die Rebellen inzwischen wohl an nächtliches Affengekreische gewöhnt waren, würden sie es kaum von dieser Gebäudeseite erwarten. Wir mussten auf der Stelle verschwinden.

Ich hielt Otto fest an mich gedrückt und ging weiter in Richtung Zufahrtsweg. Wieder raschelte es hinter mir und dann hörte ich den Kies knirschen. Aber ich verbot mir mich umzudrehen und ging schnurstracks weiter. Fein, dachte ich nur, dann komm halt mit.

Aber irgendetwas stimmte nicht. Irgendetwas war anders. Es waren zu viele Schrittgeräusche für einen einzigen Affen.

Also drehte ich mich doch um. Und ich hatte Recht: Es war nicht nur Anastasia mit ihrer Tochter auf dem Rücken, die da hinter mir herkam. Auf der vorderen Rasenfläche zeichneten sich diverse dunkle Schatten ab. Blitzschnell reimte ich mir zusammen, was passiert war: Songololo war mir gefolgt, Anastasia war ihrer Tochter gefolgt, Mushie war seiner Angebeteten gefolgt und gleichzeitig war Banalia ihrer Königin gefolgt, wie es sich für eine ehrerbietige Pink Lady gehörte. Und der alte, fast blinde Ikwa, der sich dem Gruppenzwang nicht entziehen konnte, war ebenfalls hinterhergezockelt. Insgesamt zählte ich fünf Bonobos im Gras.

Sie begrüßten sich lautstark, schnatterten aufgeregt und rieben sich aneinander, um ihre Angst vor der ungewohnten Umgebung zu vertreiben. Während ich mit Otto weiterschlich, beobachtete ich sie noch eine ganze Weile. Im ersten Moment war ich erleichtert, dass sie nicht mehr im Gehege waren, aber schon in der nächsten Sekunde hämmerte mir ein anderer Gedanke durch den Kopf, verdrängte alles andere: Jetzt sind wir verloren, wir sind verloren, wir sind verloren.

Irgendwann ließ ich das Schleichen sein und fing an zu rennen, blindlings den Weg hinunter, mit Otto auf dem Rücken. Ich hoffte, dass Anastasia mir weiterhin folgen würde, aber das tat sie nicht, jetzt, wo ich ihre Tochter nicht mehr bei mir hatte. Was bedeutete, dass auch die anderen Affen sitzen blieben.

Falls die Kata-Kata jetzt aufwachten und aus dem Fenster sahen, würden sie ein Grüppchen Bonobos, vertieft in die Fellpflege, auf dem Vorrasen sitzen sehen, und zwar keine fünf Meter entfernt – in perfekter Schießstanddistanz.

»Na los, kommt schon! Bewegt euch!«, rief ich verzweifelt und wedelte mit den Händen.

Die Bonobos hielten inne und starrten mich an, weshalb sie dem Haus den Rücken zukehrten, als im ersten Stock ein Fenster aufgerissen und ein Gewehrlauf herausgeschoben wurde.

»Nein!«, brüllte ich. »Setzt euch in Bewegung! Na los!«

Jetzt fing auch der Mann hinter dem Gewehr an zu brüllen und weitere Fenster wurden aufgestoßen.

Dann erhellte plötzlich ein Blitz die Szenerie und alles, was ich denken konnte, war: Warum fotografieren die jetzt? Aber dann sah ich, wie sich Banalia umdrehte, anmutig, mit einem abgespreizten Bein, fast wie eine Ballerina – nur dass ihr Kopf offen war und dass eine Wolke roten Nebels ihn umgab. Und dann lag sie auf einmal am Boden und zuckte, und ich wusste, dass sie tot war.

Der Schuss und die Schreie der Bonobos – ich hörte alles gleichzeitig. Eben noch vollkommen entspannt, waren die Affen plötzlich pure Energie: Wie schwarze Blitze flogen sie über die freie Fläche und verschwanden in den Bäumen. Nur Otto war wie versteinert. Fassungslos hing er auf meinem Rücken, bleischwer vor Entsetzen. Die überlebenden Bonobos waren verschwunden. Nur Otto und ich standen noch da, im Visier der Männer in den Fenstern.

Reflexhaft stürzte ich zwischen die Bäume, die das Gelände umstanden. Die Bonobos flüchteten ein paar Etagen über uns, auf Höhe der Baumkronen, sie waren schon weit voraus. Vereinzelt konnte ich noch Zweige wackeln sehen. Blätter peitschten mir ins Gesicht, Spinnennetze blieben an mir kleben und dicke Vögel stoben erschrocken auf, als ich durchs Unterholz preschte. Ich hatte keine Zeit zu überlegen, wo ich hinrennen sollte. Kurzerhand watete ich ein Bachbett entlang, Wasser und Schlamm gingen mir bis über die Knie. Als ich für ein paar Sekunden den Boden unter den Füßen verlor, kreischte Otto panisch auf, aber ich hatte schnell wieder Halt, kletterte ans Ufer und hastete weiter durch den Dschungel.

Ich kam viel langsamer voran als die Bonobos, aber nach ein paar Minuten panischer Flucht machten sie eine Pause. Anastasia und Mushie hockten hoch oben im Geäst und behielten die Gruppe wachsam im Auge. Als sie uns sahen, feuerten sie uns an ihnen zu folgen. Ein paarmal verlor ich sie aus dem Blick, aber dann sah ich etwas Schwarzes zwischen den Bäumen herumfliegen und war wieder auf Kurs. Wie nicht anders zu erwarten, war der erste Bonobo, zu dem ich aufschloss, Ikwa. Er war deutlich langsamer als seine Gefährten, und so zerfiel die Truppe schon bald in zwei Teile: Anastasia, Mushie und Songololo waren oben im Blätterdach unterwegs und lagen weit vorn, Ikwa, Otto und ich bewegten uns auf dem Boden und kamen nur mühsam hinterher.

Gewehrschüsse waren seit unserer panischen Flucht nicht mehr gefallen. Auch Verfolgungsgeräusche hörte man keine. Ich vermutete, dass die Kata-Kata das offene Gehegetor entdeckt und sich auf die dort verbliebenen Bonobos gestürzt hatten. Mit fatalem Ausgang für die Tiere, da war ich mir sicher. Menschenaffen waren zwar von Natur aus vorsichtig, aber durch die Arbeit meiner Mutter betrachteten diese Bonobos Menschen als Verbündete. Ich verdrängte die Vorstellung, wie sie von ihren Bäumen heruntersprangen, um die Gäste in ihrem Gehege zu inspizieren – so wie sie es damals mit mir gemacht hatten. Ich verdrängte die Vorstellung, wie sie mit ausgestreckten Armen, auf Nahrung hoffend, angerannt kamen … und von Macheten empfangen wurden.

Dass Banalia tot war, hatte ich mit eigenen Augen gesehen. Wahrscheinlich aßen sie sie gerade oder räucherten ihren Körper, um das Fleisch später zu verkaufen. Ich war wie gelähmt bei dem Gedanken. Das war fast Kannibalismus, denn die DNA dieses Fleisches stimmte ja zu fast 99 Prozent mit der menschlichen DNA überein. Aber klar – die Männer hatten Hunger.

Es war ein makabrer Trost, dass das Abschlachten der restlichen Bonobos die Kata-Kata eine Weile beschäftigen und uns einen Vorsprung verschaffen würde. Ich fühlte mich elend deswegen, war innerlich aber gleichzeitig wie abwesend und abgestumpft. Ich hielt es einfach nicht aus, immerfort solche Bilder im Kopf zu haben. Ich hielt es nicht aus, in Gedanken andauernd bei Ottos getöteter Familie zu sein oder bei den zwei Bonobo-Babys, die sich mit ihren Händchen an die Gitterstäbe des Fahrradkäfigs klammerten. Ganz zu schweigen von den hingemordeten Menschen … Ich musste diese Bilder einfach verdrängen.

Jetzt, wo die unmittelbare Gefahr vorbei war, hielt Anastasia inne und widmete sich der Nahrungsaufnahme, denn das Waldstück, in dem vielleicht noch nie ein Bonobo herumgestreift war, hing voller Früchte. Die übrigen Affen folgten ihrem Beispiel. Die Aufregung war ihnen anzusehen, sie zitterten, und als sie sich schließlich lausten und kraulten, hielten sie immer wieder aufgeschreckt inne. Aber trotz des Stresses hatte jeder von ihnen am Ende doch einen vollen Magen. Otto rutschte von meinem Rücken und begann ebenfalls nach Futter zu suchen. Er folgte Mushie und kam nach einer Weile zurück, um mich zu einem Papayabaum zu führen. Ich öffnete eine der Früchte mit einem Stein, gab Otto die eine Hälfte, behielt die andere selbst und setzte mich zum Essen auf einen Felsen. Als sich Songololo zu uns gesellte, öffnete ich ihr ebenfalls eine Papaya, und was sie davon nicht aß, wanderte weiter zu Ikwa.

Es musste inzwischen früher Nachmittag sein, aber ich hatte das Gefühl, als würden wir schon ewig hier sitzen. Nach dem frühmorgendlichen Albtraum, den wir durchlebt hatten, war es einfach wunderbar, sich den Magen mit Papaya vollzuschlagen, im Gras zu liegen und einfach in die Luft zu starren. Solange wir nicht verfolgt wurden.

Die Bonobos gingen bei der Futtersuche mit einer Unbeirrbarkeit vor, die mich neidisch machte. Hatten sie die Ereignisse tatsächlich schon komplett verdrängt? War es für sie so, als wäre überhaupt nichts passiert? Nein, das konnte ich mir nun doch nicht vorstellen. Außerdem fasste sich Ikwa immer wieder an dieselbe Stelle am Rücken, dabei war dort weder ein Insektenstich noch eine Schorfwunde oder sonst etwas zu sehen. Und Mushie hatte sich von einem zart-höflichen Verehrer Anastasias zu einem richtigen Draufgänger verwandelt, er machte Handstand, ließ sich auf sie kippen und kreischte sich die Seele aus dem Leib, wenn sie ihn entnervt wegscheuchte. Und im Nu begann er das Spielchen von neuem. Nein, es war eindeutig: Auch für die Bonobos war dieser Tag alles andere als normal.

Den ganzen Nachmittag über ließ ich Otto nicht aus den Augen. Sobald er sich ein paar Schritte entfernte, rief ich ihn und er kam angesprungen, den Mund voller Gras. Dann hielt ich ihn eine Weile fest, wiegte ihn in meinen Armen und versuchte nicht an Banalia zu denken und daran, wie die Wucht des Kopfschusses sie regelrecht herumgewirbelt hatte.

Zwei

Die Routine der vergangenen Tage war nun völlig durcheinander und so vergaß Mushie mir ein Schlafnest für die Nacht zu bauen, weshalb ich mich mit Otto auf dem nächstgelegenen freien Plätzchen zusammenrollte: auf einem flachen, bemoosten Stein, der zum Glück trocken war, weil es seit Tagen nicht geregnet hatte. Als Unterlage benutzte ich meine ausgeleerte Reisetasche und Brunelles Umhang. Von einem Zirpen direkt neben meinem Ohr wurde ich am Morgen wach, und als ich mich aufsetzte, hüpfte eine Riesenschar Grillen in großen Sätzen davon. Otto rächte sich für den Krach, indem er zwei der Hüpfer einfing und sich in den Mund stopfte.

Ich stand auf, gähnte, streifte die Socken von den Händen und stülpte die Reisetasche um. Eine weitere Horde Grillen und zwei fette Raupen fielen heraus. Dann schüttelte ich meine wenigen Kleider aus, für den Fall, dass sich dort Schlangen oder Tausendfüßler eingenistet hatten, packte sie zurück in die Tasche und warf mir diese über die Schulter. Als ich meine Füße in die Turnschuhe zwängte, rümpfte ich meine immer noch lädierte Nase: Die Schuhe stanken entsetzlich. Wenn Füße Geschmacksnerven hätten, hätte ich mich jetzt übergeben müssen. Aber es waren nicht nur die Turnschuhe, die stanken. Alle meine Klamotten waren total schmuddelig und muffig. Na, wenigstens fielen sie noch nicht auseinander. Insgesamt jedoch waren meine Besitztümer eher bescheiden: Neben den Kleidern enthielt meine Reisetasche nur noch das Plastikröhrchen mit den Schlaftabletten, die ich für den Flug eingepackt hatte, einen Liter Tümpelwasser und eine Handvoll gesammelter Nüsse.

Ich beobachtete, auf welcher Seite zwischen den Bäumen die Sonne aufging, und visierte dann die entgegengesetzte Richtung an. Da Kinshasa eine ausufernde Zehn-Millionen-Stadt war, würden wir, wenn wir uns westwärts hielten, schon irgendwo auf den Stadtrand stoßen. Und sollten wir durch Zufall zu weit nördlich abdriften, kämen wir zum Kongo-Fluss, dem wir dann einfach flussabwärts folgen müssten.

Die Bonobos schliefen noch. Anastasia und Mushie hatten sich Nester sehr weit oben in den Bäumen gebaut. Songololo, mal wieder zurückgewiesen von ihrer Mutter, hatte sich in Ikwas Nest geflüchtet. Ich hörte sie darin herumrascheln und leise fiepen, aber Ikwa schnarchte ungerührt weiter.

Es tat mir weh, das Quartett hier zurückzulassen, aber ich hatte keine andere Wahl: Bonobos laufen keine weiten Strecken am Stück, und genau das stand Otto und mir bevor. Außerdem hatten die vier nun ganz gute Chancen, sich alleine durchzuschlagen. Sie waren den Kata-Kata entkommen und hockten in einem Dschungel voller Futter. Mit etwas Glück überlebten sie, bis Mom und ich wiederkamen, sie suchten und zum Reservat zurückbrachten. Falls es das dann noch gab.

Ich schlüpfte mit den Armen durch die Griffe der Reisetasche, so dass ich sie wie einen Rucksack tragen konnte. Otto machte es sich oben drauf gemütlich, er steckte sogar seine Füße durch die Griffe – ein Jockey in Steigbügeln. Die Luft roch frisch und erdig, und in dem klaren Morgenlicht fühlte ich tatsächlich so etwas wie Glück. Oder zumindest Hoffnung. Ich wusste, dass der Tag strapaziös und zäh werden würde, aber wenn frühmorgens noch so viele Stunden unverbraucht und frisch vor einem lagen, hatte man wenigstens das Gefühl, genügend Zeit zu haben, um alles zu bewältigen.

»Ich werde dich vermissen, Songololo«, flüsterte ich und machte mich auf den Weg.

Aber so leicht ließ mich das kleine Affen-Mädchen nicht davonkommen. Obwohl ich extrem leise war, bemerkte Songololo unseren Aufbruch, kletterte aus Ikwas Nest und stand im Nu neben mir. Davon wachte Ikwa auf und sofort hörte man seinen schrillen Suchruf.

In dem Moment vernahm ich plötzlich ein Zischen und roch chemischen Qualm. Ein Schuss aus einem Luftgewehr, fast lautlos. Ich wusste, dass Jäger am liebsten morgens und abends auf Bonobo-Jagd gingen, weil die Affen dann in Gruppen zusammen waren und ihren Aufenthaltsort durch laute Rufe verrieten. Aber da es in dieser Region üblicherweise gar keine Bonobos gab, war es wenig wahrscheinlich, dass sich Buschfleischjäger hierher verirrt hatten. Trotzdem hatte ich den Schuss und den Rückstoß eines Gewehres gehört und die Munition gerochen. Und jetzt hörte ich Songololo, Anastasia und Mushie panisch kreischen. Nur Ikwa blieb ruhig, er ließ seinen Blick schweifen und schnupperte in die Luft.

Ich ging hinter einem Baum in Deckung. Da ich allerdings keine Ahnung hatte, aus welcher Richtung der Schuss gekommen war, war es gut möglich, dass ich mich, anstatt mich zu verstecken, geradewegs in die Schusslinie stellte. Aber hinter den Stamm zu springen war das Erste und Einzige, was mir einfiel. Ich zog Otto von meinem Rücken herunter, hielt ihn vor mich und suchte ihn nach Verletzungen ab. Nichts. Mit schreckgeweiteten Augen schaute er mich an, fiepend vor Angst.

Ich spähte um den Baumstamm herum, um zu sehen, wie es den anderen Affen ging. Keiner von ihnen blutete. Der Unbekannte hatte nicht getroffen.

Während ich hektisch herauszufinden versuchte, wo er sich befand, ertönte ein neuer Knall.

Wieder verfehlte der Schütze sein Ziel. Dafür sah ich ihn nun. Er kauerte hinter einem Busch, in Richtung des Reservats. Es war einer der Kata-Kata: der Mann, der Otto damals auf dem Zufahrtsweg ein Gewehr an den Kopf gehalten hatte. Jetzt ballerte er wild drauflos. Auf der einen Seite des Gewehrs verschwand ratternd die Munitionskette, auf der anderen Seite ploppten heiße Patronenhülsen heraus. Er zielte auf Ikwa und dann auf Anastasia. Schreiend und mit gebleckten Zähnen flüchteten sich beide wieder in ihre Nester. Nur dem ungünstigen Schusswinkel des Mannes und der Höhe der Nester war es zu verdanken, dass nichts passierte.

Da fiel plötzlich mit einem Wahnsinnsgebrüll ein dunkles Etwas vom Baum und warf den Jäger um. Im Nu war das schwarze Wesen wieder auf den Beinen, aber ich brauchte eine

Weile, um zu erkennen, dass es sich um einen Bonobo handelte: Pweto. Wie eine Keule schwang er seinen kaputten Arm, spannte seine kräftigen Schultermuskeln an und stürzte sich erneut auf den am Boden liegenden Mann. Ich sah, wie sich das Fleisch von Pwetos deformierter Wange teilte, als er laut knurrend eine Reihe schwärzlich-gelber Backenzähne entblößte.

Der Schütze richtete seine Flinte auf Pweto. Der Gewehrlauf zitterte, solche Angst hatte der Mann.

Doch Pweto wich nicht zurück. Er griff auch nicht mehr an. Er hatte offenbar nicht vor, dem Mann etwas zu tun, wollte aber auch keinen Rückzieher machen.

Mir lief es eiskalt über den Rücken, während ich Otto schützend an meine Brust drückte ... und auf den Schuss wartete.

Der Mann blinzelte durchs Zielfernrohr, visierte Pwetos Gebiss an, machte dann völlig unvermittelt kehrt und türmte durchs Unterholz. Die Bonobos, die noch immer in ihren Nestern kauerten, hörten gar nicht mehr auf zu schreien, Otto und ich glotzten Pweto an.

Der stand völlig reglos an seinem Fleck und starrte dem Kerl hinterher. Sein verkrüppelter Arm baumelte halb im Morast, seine Brust hob und senkte sich von der Anstrengung. Zögernd setzte ich Otto auf dem Boden ab.

Da sprang Anastasia schimpfend von ihrem Baum und schleuderte Pweto mit aller Kraft zu Boden. Der rollte durch die Bäume und stieß, als er endlich wieder auf die Füße kam, einen gequälten Schrei aus.

Wutentbrannt raste Anastasia hin und her, schlug mit der

Faust gegen Baumstämme, riss junge Triebe ab und schleuderte sie in die Luft. Sofort kam Mushie angerannt und machte ihr die Raserei ergeben nach, woraufhin Pweto geduckt in die Büsche schlich und verschwand.

Ich wünschte, ich hätte Anastasia klarmachen können, dass Pweto uns alle durch seine beherzte Attacke gerettet hatte und dass es an der Zeit war, ihm endlich zu verzeihen. Aber so schlau Bonobos auch waren – eine solche Folgerung überstieg ihre geistigen Fähigkeiten, entsprach schlicht nicht den Kategorien, in denen sie dachten. Nein, der Knackpunkt war einfach, dass die Panik Anastasia einen Riesenstoß Adrenalin versetzt hatte, der sich nach der Flucht des Jägers nun an Pweto entladen hatte.

Immerhin hatten sich Anastasia und Mushie nach einer Weile so weit beruhigt, dass sie ihre Körper aneinanderreiben konnten, um die Spannung vollends abzubauen. Ikwa und Songololo gesellten sich zu mir und Otto, wir setzten uns zu viert auf einen Baumstumpf und betrachteten einen Ameisenhaufen in der Nähe. Ich hatte keine Ahnung, was meinen Gefährten durch den Kopf ging, ich jedenfalls konnte nur an Pweto denken.

Er musste sich irgendwie aus seinem Einzelgehege befreit und im Dschungel versteckt haben – vielleicht schon während des Überfalls der Rebellen, vielleicht aber auch erst nach dem Stromausfall. Und als er uns dann aufbrechen sah, war er uns gefolgt, wobei seine Angst vor Anastasia offenbar so groß war, dass er nicht gewagt hatte sich zu zeigen. Die Nacht hatte er wahrscheinlich irgendwo auf halber Strecke zwischen unserem

Schlafplatz und dem Reservat verbracht, weshalb er als Einziger den Mann mit dem Gewehr hatte kommen sehen. Vielleicht hatte Pweto zuvor schon die Rebellen im Reservat angegriffen. Vielleicht war er sogar der Grund, warum die Kata-Kata im Haus geblieben waren und vom oberen Stockwerk aus geballert hatten, anstatt auszuschwärmen und uns zu verfolgen.

Jetzt, wo die Aufregung vorbei war, übernahm Ikwa wieder seine Rolle als alter weiser Mann an meiner Seite und legte seine verschwitzte Hand in meine. Songololo schlang ihre Arme um meine Hüfte und schielte nervös nach ihrer Mutter, die zwar immer noch aufgebracht war, aber doch schon wieder mit Mushie flirten konnte. Nein, unbemerkt würden Otto und ich uns in absehbarer Zeit kaum davonstehlen können.

Ich musste es anders anstellen: Ich durfte keinen Hehl aus meinen Absichten machen, musste einfach wie selbstverständlich aufbrechen. Also setzte ich die Reisetasche wieder rucksackmäßig auf, wobei Songololos ausgestreckte Ärmchen ziemlich hinderlich waren, und wartete, dass Otto obendrauf Platz nahm. Als ich im Begriff war loszulaufen, spürte ich, wie sich abermals eine Hand in meine schob. Ikwa. Mit meiner freien Hand versuchte ich Songololo von meiner Hüfte zu lösen, woraufhin sie tatsächlich hinuntersprang, aber nur um sich meine Hand zu schnappen. Eifrig lief sie neben mir her und ließ sich auch nicht mehr abschütteln. So viel also zu meinem Plan eines geregelten Aufbruchs: Ich hatte jetzt einen Bonobo an jeder Hand und einen auf dem Rücken.

Als ich mich daraufhin einfach hinsetzte, hockten sich auch Songololo und Ikwa augenblicklich auf den Boden. Erst nach einer Weile ließen sie mich los und Songololo machte sich auf zu ihrer Mutter, während Ikwa sich ins Gras legte. Ich wartete etwa zehn Minuten ab, dann stand ich auf. Ikwa starrte mich mit durchdringendem Blick an, so als ahnte er meinen bevorstehenden Verrat. In seinen Augen, das eine teebraun, das andere milchig weiß, beide umrahmt von buschigen silbernen Haaren, lag eine unsagbare Traurigkeit. Woher wusste er, dass Otto und ich nicht nur mal eben schnell zum Futtersuchen aufbrachen?

Als wir losgingen, folgte Ikwa uns, was mich nicht wunderte. Doch nach ein paar Metern lief er gegen einen Baumstamm, den er mit seinem blinden Auge übersehen hatte. Stolpernd kam er wieder auf die Füße und musste sich neu orientieren. Erst als Otto einen Laut von sich gab, machte Ikwa uns ausfindig und kam in unsere Richtung.

O Gott, konnte ich ihn wirklich hier zurücklassen? Ihn und die anderen?

Ja, mir blieb nichts anderes übrig. Ich war auf dem Weg zurück in die Zivilisation. Sie hatten weit größere Überlebenschancen, wenn sie sich hier alleine durchschlugen.

Bitte, bleibt hier, hätte ich Ikwa am liebsten beschworen. *Wartet hier auf uns. Es ist nur zu eurem Besten.*

Aber das hier waren keine wilden Affen, sie waren bei Menschen aufgewachsen. Und ich hatte sie aus ihrer vertrauten kleinen Welt herausgerissen und in eine völlig neue Umgebung geworfen, in eine Welt, in der sich bewaffnete Jäger herumtrieben – solche, die schon ihre Mütter getötet hatten.

Als ich meinen Weg durch den Dschungel schließlich fortsetzte, blieb Ikwa dicht an meiner Seite. Hinter uns knackte und krachte es: Aha, Songololo folgte uns. Und hoch über uns hörte ich Anastasia und Mushie miteinander schnattern. Auch sie turnten hinterher.

Jetzt konnte ich nur noch hoffen, dass wir irgendwann in den nächsten Stunden an einen Ort kamen, der meinen Begleitern so gut gefiel, dass sie einfach blieben.

So schnell, wie es die dichte Vegetation erlaubte, arbeitete ich mich westwärts, Kilometer um Kilometer. Und nach einer Weile glaubte ich sogar, ich hätte meine Eskorte abgeschüttelt. Songololo hatte sich schon vor einiger Zeit zu ihrer Mutter in den Baumkronen gesellt; seitdem waren Otto und ich allein. Schließlich legten wir eine Pause ein, um ein paar Mangostücke hinunterzuschlingen, waren aber fast mehr damit beschäftigt, die dicken Fliegen totzuklatschen, die uns augenblicklich umschwirrten. Sicherheitshalber füllte ich noch meine Wasserflasche in einem nahen Bach, obwohl ich hoffte mit dem Saft der Früchte auszukommen und kein Wasser von außerhalb des Reservats trinken zu müssen. Da hörte ich plötzlich nahendes Bonobo-Geschrei, und bevor ich mich versah, schwang sich die Vierergruppe wieder zu uns herab, stürzte zum Bach, um zu trinken, und pflückte eifrig Mangos.

Wir waren bereits etliche Kilometer gelaufen – um ein Vielfaches mehr, als Bonobos normalerweise zurücklegen. Dieses Verhalten war also völlig untypisch für sie. Aber es waren ja auch außergewöhnliche Umstände. Umstände, die sie offenbar dazu bewegten, eine Ausnahme zu machen für ihre Anführerin. Und die Anführerin war jetzt ganz eindeutig ich.

Drei

An diesem Nachmittag liefen wir noch ein ganzes Stück weiter durch das satte Dschungelgrün. So lange, bis der Wald lichter wurde und schließlich ganz aufhörte. Anastasia und Mushie gesellten sich zu mir an den Rand eines Maniokfeldes. Die niedrigen, krautigen Pflanzen mit den stärkehaltigen Knollen werden im gesamten Kongo angebaut und bewahren Jahr für Jahr Millionen Menschen vor dem Hungertod. Zurzeit arbeitete niemand auf dem Feld, und dem wuchernden Unkraut nach zu urteilen hatte das die ganzen letzten Wochen keiner mehr getan. Die Bonobos schienen von dem plötzlichen Umgebungswechsel verunsichert und blieben am Feldrand stehen, und als ich mit Otto die Plantage betrat, riefen sie hinter uns her. Songololo folgte uns einige Schritte, bevor der Mut sie verließ und sie schreiend zu ihrer Mutter zurückrannte.

Ich zog ein paar Maniokknollen aus dem Boden, klopfte die Erdklumpen ab und steckte sie in meine Reisetasche. Um die Knollen zu rösten, bräuchte ich Feuer, aber bis dahin könnte ich wenigstens die Blätter essen. Zwar war die Vorstellung, noch länger von blähendem Grünzeug zu leben, das nicht richtig satt machte, total unattraktiv, aber wer wusste schon, was noch alles auf mich zukam …

Knollen rupfend überquerte ich das Feld, während Otto von meinem Rücken aus zuschaute, heftig schaukelnd von dem ständigen Auf und Ab. Alle paar Meter blieb ich stehen und suchte den Horizont nach Anzeichen menschlichen Lebens ab. Nach einer Weile sah ich, wie sich die Bonobos vom Waldrand lösten und uns folgten. Hinter dem Feld verlief ein Pfad, der ein weiteres verlassenes, ebenso zugewuchertes Plantagengelände säumte. Es schien so, als sei hier ein ganzes Dorf ausgelöscht worden. Einzig die dunklen Umrisse der ehemaligen Hütten auf dem Boden sowie wachsartige, pechschwarze Kreise im Gras und ein paar Mauerreste waren noch zu sehen. Sonst nichts: kein Stück Hausrat, nicht ein einziger Lehmtopf, auch keine Leichen.

Sämtliche Gebäude im Umkreis waren niedergebrannt, mit Ausnahme einer einfachen, nur halb versengten Strohhütte. Sie lag dicht am Dschungelrand, und als ich hinging, um sie zu inspizieren – in der Hoffnung, dort einen Kochtopf, ein Feuerzeug oder sonst etwas Nützliches zu finden –, begleiteten mich die Affen. Mushie und Anastasia nahmen sich das Dach vor, während Ikwa mir half den Müll zu durchwühlen, der sich rund um die Holzpfähle angesammelt hatte.

Leider fand ich nichts Brauchbares. Dafür kam ich ins Grübeln: Über dem Gelände hing eine gespenstische Stille – ganz offensichtlich war es schon länger verwaist. Das ehemalige Dorf war nur durch schmale Pfade mit dem Dschungel verbunden gewesen, nicht durch Straßen. Das hieß, dass jetzt, nachdem die Bewohner den Ort verlassen hatten, wohl kaum noch jemand hier vorbeikommen würde. Selbst den Rebellen konnte dieser Ort, der nur noch aus verdorrten Maniokfeldern bestand, keine strategischen Vorteile bringen. Gleichzeitig war das Gelände mit seiner einen noch halbwegs stehenden Hütte so markant, dass ich es später, nach dem Krieg, gut wiederfinden könnte.

Kurz: Es war ein fast idealer Platz, um die Bonobos zurückzulassen.

Nur: Wie sollte ich das anstellen? Sobald Otto und ich aufbrachen, würde Songololo sich uns anschließen, Anastasia würde ihrer Tochter folgen und Mushie und Ikwa würden Anastasia hinterherlaufen. Ich musste sie irgendwie davon abhalten, mitzukommen, aber selbst wenn mir irgendein Trick einfiele, wie sollten sie sich auf eigene Faust ernähren? Wie sollten sie hier selbstständig überleben, wo sie das außerhalb des Dschungels doch nie gelernt hatten?

Ich zog die Schlaftabletten aus meiner Tasche, schüttelte sie aus dem Röhrchen wie Spielwürfel aus einem Würfelbecher und verteilte sie auf einem flachen Felsen. Mit ihrer angeborenen Neugierde drängten sich die Bonobos im Nu um mich und stupsten die Pillen mit ihren Fingern an. Es dauerte nicht lange, da hatte Mushie sich eine geschnappt und in den Mund gestopft. Hätte ich mich nicht blitzschnell über die restlichen Tabletten geworfen, hätte er sie alle aufgefuttert.

Dabei war Songololo diejenige, die betäubt werden musste. Allerdings war ich mir nicht sicher, wie viel sie wog. So um die 18 Kilo, schätzte ich. Und da die Pillen ursprünglich für mich gedacht waren, musste ich ihr … o Gott, wie viele geben … eine Zweisiebtel-Tablette? Es gelang mir tatsächlich, den

Winkel zu berechnen, in dem ich die Pille zerteilen musste – dabei war ich im Geometrieunterricht immer eine absolute Null gewesen. Ich reichte Songololo den Tablettenkrümel, aber die schaute nur meine Hand an, küsste sie und schlug den Krümel dann zu Boden, wo er rosa leuchtend liegen blieb.

Am Ende schaffte ich es mit einem letzten Müsliriegelbröckchen. Ich stopfte das Medikament hinein und gab Songololo den Brösel. Die kriegte sich gar nicht mehr ein vor Freude, zerkaute ihn tatsächlich und leckte sich am Ende sogar die Finger ab. Als die übrigen Bonobos sich oben in die Bäume zurückzogen, blieb sie am Boden zurück und lehnte ihr Köpfchen benommen gegen mein Knie. Es dauerte nicht lange, da schlief nicht nur sie: Auch Mushie kletterte von seinem Baum, legte sich neben sie und schnarchte. Höchst verwirrt über dieses Verhalten ließen sich Anastasia und Ikwa neben den beiden Schlafenden nieder. Anastasia stupste ihre Tochter an, zog mit den Fingern deren Augenlider hoch und bewirkte doch nur, dass sich Songololo seufzend zur Seite rollte und die Arme über ihr Gesicht legte – so wie ich an verschlafenen Samstagmorgen.

Ganz klar: Anastasia sorgte sich um Songololo. Sie sprang auf, umkreiste ihre Tochter und ließ sich dann wieder neben ihr nieder. Ich hätte ihr gerne erklärt, dass es Songololo bald wieder gut gehen würde, aber ich sagte nichts, sondern bewegte mich nur zu Ikwas blinder Seite hinüber, nahm Otto auf den Arm und schlich mich davon, ohne mich zu verabschieden – das wollte ich nicht riskieren. Hastig überquerte ich die verlassenen Äcker, und als die Dämmerung einsetzte, die im

Kongo ja nur wenige Minuten dauert, waren Otto und ich bereits allein.

Dann machte ich mich an die Arbeit: Ich sammelte etwas Dachstroh zusammen, das von einer eingestürzten Hütte übrig geblieben war, legte ein paar meiner Kleider darüber und formte eine Matratze daraus. Ich hatte das Bett, das erstaunlich gemütlich aussah, kaum gerichtet, da fiel ich in eine Art schwarzes Loch. Mich fröstelte und vor lauter Einsamkeit tat mir alles weh: Ich vermisste meine Affenfamilie!

Ich ließ mich mit Otto auf die Matratze fallen, setzte ihn mir auf den Schoß und kitzelte ihn einmal kräftig durch. Am Anfang sträubte er sich und blickte sich unruhig nach seinen Gefährten um. Aber schließlich gab er seinen Widerstand auf und sein raues Kichern erwärmte für einige Minuten mein Herz. Immerhin hatten wir uns noch! Ich spitzte die Lippen, blies Otto gegen die Fußsohlen und machte laute Pupsgeräusche, woraufhin er sein heiseres Krächzen ausstieß und schon bald völlig atemlos war, ein Zeichen, dass er sich köstlich amüsierte. Als ich aufhörte, warf er mir seine Ärmchen um den Hals: *Bitte weitermachen!* Also kitzelte ich und kitzelte, obwohl es mittlerweile stockdunkel war und ich den kleinen Affenkörper nur noch ertasten konnte. Als ich keine Lust mehr hatte, ging Otto dazu über, mit meinen Schnürsenkeln zu spielen. Egal, ich wollte die Schuhe eh während des Schlafens anlassen, als Schutz vor Insektenstichen, da konnte ich sie genauso gut erst am Morgen zubinden. Ich hatte den Gedanken noch nicht zu Ende gedacht, da schlief ich ein – mit Otto zu meinen Füßen.

Als ich am Morgen aufwachte, wollte ich uns ein paar Maniokblätter zum Frühstück servieren, doch als ich aufstand, merkte ich, dass mit meinen Füßen etwas nicht stimmte. Ein Blick nach unten zeigte, dass Otto nicht nur Schnürsenkellösen gespielt, sondern auch versucht hatte sie wieder zuzubinden – nur dass er das über Kreuz getan hatte. Es sah nach einem einzigen wilden Wirrwarr aus.

Nachdem ich die Senkel wieder auseinandersortiert, zugeschnürt und uns einen kleinen Blätter-Imbiss bereitet hatte, orientierte ich mich kurz anhand des Sonnenstandes, dann setzten wir unseren Weg Richtung Kinshasa fort. Ich hatte Durst und meine Zunge fühlte sich an, als würde sie sich aus trockenen und feuchten Abschnitten gleichermaßen zusammensetzen – wie der Boden eines Tümpels, der bis auf ein paar Pfützen verdunstet ist. Aber es war mir zu riskant, das Bachwasser aus meiner Flasche zu trinken, das wollte ich nur im absoluten Notfall tun.

Wir durchquerten ein dichtes Waldgebiet. Nach ein paar Stunden lichtete sich der Dschungel wieder, bis er schließlich an einem Feld endete. Auch hier wurde Maniok angepflanzt, doch dieses Feld war wesentlich besser in Schuss. Derjenige, der es bestellte, war sicher erst kürzlich hier gewesen und somit höchstwahrscheinlich noch am Leben.

Von einem Bauern würde wohl kaum Gefahr ausgehen? Ich musste es riskieren. Ich wollte ihn ausfindig machen, um ihn nach der Lage im Land zu befragen. Ich stülpte mein Regencape über Otto, in der Hoffnung, dass man ihn für eine Tüte, Tasche oder Ähnliches halten würde. Otto liebte es, geborgen unter der warmen Schicht zu hocken, und gab zufriedene Grunzer von sich.

Ich überquerte das Maniokfeld, aus dem kreischend grellgrüne Papageien aufstoben. Ich war noch nicht auf der anderen Seite angekommen, da trat aus einer strohgedeckten Hütte eine alte Frau und beobachtete mich. Dann verschwand sie wieder in ihrer Behausung, nur um wenig später mit einem Jungen aufzutauchen, der nicht älter als neun oder zehn sein konnte und sich verschlafen die Augen rieb. Die Alte verschanzte sich mit finsterem Blick hinter ihm, ja sie schob ihn mit den Armen richtiggehend vor sich her. Er war noch ein Kind, aber er war ihr ganzer Schutz.

Als ich näher trat, wischte sich die Frau die Hände an ihrem schmutzigen Kleid ab und machte dann eine scheuchende Bewegung in meine Richtung. Und nachdem sie dem Jungen etwas ins Ohr geflüstert hatte, begann auch er mich mit den Händen zu verjagen.

»Ich brauche eure Hilfe«, rief ich auf Lingala und streckte ihnen meine Handflächen entgegen, zum Zeichen, dass ich nichts Böses im Sinn hatte. Die gleiche Geste, die auch die Bonobos machten. »Bitte.«

Auf meinem Rücken begann Otto sich zu regen und ich betete, dass er die Klappe halten würde.

Je näher ich den beiden kam, desto aufgeregter wurde die Frau. »Ich will nichts von euch«, sagte ich. »Nur ein paar Informationen.«

»Was willst du wissen?«, rief der Junge.

Ich trat noch einen Schritt näher.

»Bleib stehen«, kreischte er. »Sofort.«

Ich gehorchte.

»Was willst du wissen?«, wiederholte er.

»Was hier passiert ist …«, antwortete ich.

Der Junge beriet sich kurz mit der alten Frau. »Wie meinst du das?«, fragte er dann.

»Ich war einen Monat weg. Was ist in der Zwischenzeit hier geschehen?«

»Sie haben meine Eltern und meine Schwester umgebracht«, sagte der Junge, aber die Alte versuchte ihn mit einem wütenden »Psst« zum Schweigen zu bringen.

»Sie denkt, du seist eine Hexe«, fügte er hinzu.

»Bin ich nicht«, antwortete ich schnell. Auf dem Land konnte es einem schnell mal passieren, für eine Hexe gehalten zu werden. Und diese sogenannten Hexen überlebten meist nicht lange.

»Sie entführen Kinder«, erklärte der Junge. »Was bedeutet, dass sie Hexen bei sich haben müssen.«

»Wer sind ›sie‹?«

»Die Kämpfer.«

»Ist es denn in der Hauptstadt sicher?«

Wieder beriet sich der Junge mit der alten Frau. »Das wissen wir nicht.«

»Könnte ich einen Tag lang hierbleiben?«, bat ich, aber die Alte schüttelte wild den Kopf.

»Wie komme ich denn am besten nach Kinshasa?«

Die Frau deutete in die Richtung, in die ich unterwegs gewesen war. Zumindest die stimmte also.

»Du kannst so viel Maniokknollen mitnehmen, wie du tragen kannst«, bot der Junge an, während die Frau bereits den geflochtenen Strohvorhang vor der Tür zuzog.

Anfangs wunderte ich mich ein bisschen, warum sie mir ihr Essen, ihre Lebensgrundlage mitgeben wollten, aber dann verstand ich: Es gab gar nicht mehr genug Leute, um all das, was auf dem Feld wuchs, aufzuessen …

Ich leerte meine Flasche und füllte sie mit frischem, klarem Wasser aus dem Brunnen. Anschließend tranken Otto und ich in großen Zügen direkt von der Pumpe, ließen uns richtig volllaufen. Und dann machten wir uns auf den Weg, zurück quer über das Feld. Nach einer Weile stießen wir auf eine verlassene Straße, die ich fast mit einem Freudenschrei begrüßt hätte. Es war die N 1 nach Kinshasa, die Straße, auf der ich vor vielen Wochen Otto begegnet war.

Die Straße war zwar der schnellste Weg in die Hauptstadt, aber auch der gefährlichste. Wenn ich hier den falschen Leuten begegnete, dann konnte alles Mögliche passieren.

Otto wurde mir langsam zu schwer auf dem Rücken, meine Nackenpartie fühlte sich an, als bestünde sie aus Drahtseilen. Also setzte ich ihn ab und wir liefen eine Weile Hand in Hand weiter. Bei seinen kleinen Schritten kamen wir zwar deutlich langsamer voran, aber das tat meinem schmerzenden Rücken ganz gut. Immer wieder schaute ich nervös zurück über die Schulter und spähte dann wieder mit zusammengekniffenen Augen nach vorne – so oft und so hektisch, dass Otto mich irgendwann imitierte.

Die Schottersteine machten seinen Füßen zu schaffen, weshalb er nach einer Weile einfach stehen blieb und sich weigerte auch nur einen Schritt weiterzugehen. Stattdessen bedachte er mich mit seinem herzzerreißendsten »Warum-tust-du-uns-das-alles-an«-Blick. Zwar fiel mir das Laufen auch nicht leicht, denn meine Füße waren blasenübersät von den dauerfeuchten Turnschuhen, trotzdem setzte ich mir Otto wieder auf den schmerzenden Rücken.

Wir waren kaum losgelaufen, als ich am Horizont eine Staubwolke entdeckte. Mit einem Satz war ich im Dschungel, wo ich mich, nur ein paar Meter von der Straße entfernt, hinter einem dichten Dornengestrüpp verbarg. Der Staub wurde von einem Lastwagen aufgewirbelt, der extrem langsam fuhr. Als er näher kam, sah ich, dass sich auf der Ladefläche eine Horde Männer mit nackten Oberkörpern, Gewehren und Macheten drängte. Den Grund für das langsame Tempo erkannte ich wenig später auch: Der Wagen wurde von einer nicht minder großen Schar Männer geschoben. Ihm war wohl entweder der Sprit ausgegangen oder er war kaputt – und trotzdem waren die Männer nicht bereit ihn stehen zu lassen.

Von den vier Typen, die sich in der Fahrerkabine aneinanderquetschten, sah man ebenfalls die nackten Schultern, aber sie hatten allesamt Abendkleider übergestreift. Einer von ihnen trug eine hellgrüne Perücke. Ich hatte davon gehört, dass die Kämpfer sich gerne die schicken Kleider der Frauen anzogen, die sie getötet hatten, um furchterregender oder irgendwie magischer zu wirken. Die Typen in dem Lastwagen hätten wahrscheinlich sogar witzig ausgesehen, hätten sie nicht so brutale Gesichter und finstere Mienen gehabt. Ich stieß einen

Seufzer der Erleichterung aus, als sie an uns vorbeirollten. Nicht auszudenken, was passiert wäre, wenn sie mich in meinem Versteck erspäht hätten oder wenn Otto gekreischt hätte ... Aber das war zum Glück nicht passiert und es brachte überhaupt nichts, sich nachträglich vor Angst in die Hose zu machen. Trotzdem: Die Tatsache, dass marodierende Banden noch immer durch die Gegend streiften und völlig ungehindert auf der wichtigsten Straße des Landes verkehrten, verhieß nichts Gutes für Kinshasa.

Nach einer Weile trat ich zurück auf die Straße und animierte Otto auf eigenen Füßen weiterzulaufen. So gingen wir ein kurzes Stück, bis die N 1 eine scharfe Biegung machte und ich plötzlich, nicht weit entfernt, einen Uniformierten erblickte. Groß, schlank und mit einem Knüppel neben sich saß er an einen Baum gelehnt da, doch sobald er mich sah, sprang er auf. Wie erstarrt blieb ich stehen. Natürlich hätte ich wieder in den Dschungel flüchten können, aber was, wenn er mir folgte? Griff er mich hingegen hier an, auf offener Straße, hatte ich immerhin noch die Chance, dass vielleicht eine barmherzige Seele vorbeikam.

Genau an dieser Stelle bog eine Seitenstraße ab, und obwohl ich keinen blassen Schimmer hatte, wohin sie führte, nahm ich strauchelnd die Abzweigung. Den protestierenden Otto nahm ich sicherheitshalber wieder auf den Arm. Als ich einen Blick über die Schulter riskierte, sah ich, dass der Soldat uns folgte. Er hatte den Abstand sogar deutlich verringert. Ich ging schneller, fing an zu laufen. Über meine Schulter hinweg blaffte Otto unseren Verfolger an und ich legte ihm eine

Hand auf den Hinterkopf, um ihn zu beruhigen. Auf der anderen Straßenseite tauchte in diesem Moment ein Schild aus Sperrholz auf, das an einer Metallstange in der Erde steckte. »SIDA« stand in großen roten Buchstaben darauf, die französische Bezeichnung für Aids.

Mich überlief es eiskalt bei dem Wort, trotzdem verlangsamte ich meinen Schritt nicht. Als ich mich wieder umblickte, stand der Soldat wie angewurzelt vor dem Schild und starrte mir nach. Aids war ein solches Schreckgespenst hierzulande, dass ein simples Holzschild ausreichte, um mir den Kerl vom Hals zu halten. Wer weiß, vielleicht dachte er tatsächlich, dass es ausreichte, in ein verseuchtes Gebiet hineinzulaufen, um sich mit Aids zu infizieren. Das war natürlich absoluter Blödsinn, trotzdem war auch mir etwas mulmig zu Mute – denn in was ich hier gerade hineinlief, wusste ich natürlich auch nicht. Na, schlimmer als einem Soldaten in einer völlig ausgestorbenen Gegend in die Hände zu fallen, konnte es kaum sein.

Hinter der nächsten Biegung lag ein heruntergekommenes Kolonialgebäude. Es hatte zwei Stockwerke und war weiß getüncht, doch die Farbe blätterte überall ab. Das Blechdach war zigfach in allen möglichen verblichenen Rottönen geflickt. Durch die vielen sperrangelweit offen stehenden Türen konnte ich im Inneren Schatten sehen, die sich bewegten. Nervös blieb ich am Rand des Hofs stehen, unschlüssig, ob ich näher treten sollte oder nicht. War ich jetzt, wo der Soldat mir nicht mehr folgte, in Sicherheit? Oder war eher das Gegenteil der Fall?

Meine Füße taten weh und mir war schwindelig von dem ganzen Stress und den kargen Mahlzeiten. Was hätte ich jetzt für ein richtiges Essen gegeben, dafür, auf einem Stuhl zu verschnaufen oder in einem richtigen Bett zu schlafen! Vorsichtig wickelte ich mein Regencape um Otto und trat beherzt ein paar Schritte vor. In der Eingangstür tauchte ein alter, erschöpft aussehender Mann auf. Sein Gewicht lastete fast ausschließlich auf einem Bein, wahrscheinlich das Resultat einer frühen Kinderlähmung.

»Vorsicht, hier gibt es Aids«, warnte er.

»Ich verstehe nicht, was Sie meinen. Haben Sie Aids?« *So what?*, dachte ich.

Er musterte meine dreckigen Klamotten, meine ausgemergelte Gestalt und das hin und her rutschende Bündel auf meinem Rücken.

»Willst du reinkommen?«, fragte er schließlich.

Irgendetwas in seinem Gesicht, vielleicht dieser erschöpfte, müde Ausdruck, flößte mir Vertrauen ein. Trotzdem war ich noch nicht so weit, ihm blindlings nach drinnen zu folgen.

»Was soll das Schild da an der Straße?«, fragte ich, ohne mich vom Fleck zu rühren.

Der Mann lächelte und ein Anflug von Stolz lag plötzlich auf seinem Gesicht.

»Das hält uns am Leben, denn es schreckt die Rebellen ab. Aids ist das Einzige, wovor sie Angst haben.«

Ich hatte aus dem Inneren des Hauses ein Flüstern gehört, doch als ich mich jetzt der Tür näherte, verstummte es. An der einen Wand des Raumes, den ich betrat, lehnte etwa ein Dutzend kleiner Jungs. Ich schätzte sie auf drei bis neun Jahre, und sie sahen allesamt geschwächt aus. Einige von ihnen hatten aufgeblähte Bäuche, andere lagen bereits halb auf dem Boden und hatten nicht mal mehr die Kraft, mich anzuschauen. Während ich sie musterte, begann einer von ihnen keuchend und rasselnd zu husten. Er bedeckte den Mund mit den Händen und blickte mich fast schuldbewusst, mit weit aufgerissenen Augen an.

»Hallo«, grüßte ich, doch ich bekam keine Antwort. Dafür folgten mir ihre Blicke, als ich den Raum durchquerte. Der alte Mann führte mich zu einer Veranda auf der Rückseite des Hauses und bot mir eine Kelle voll Kräutertee aus einem gusseisernen Topf an. Als wir uns gesetzt hatten, strampelte sich Otto aus dem Regencape frei und kuschelte sich in meinen Schoß. Der Mann betrachtete ihn lange, dann rührte er weiter in seinem Tee.

»Wir sind Schule und Aids-Klinik zugleich und das hier sind meine Schüler«, erklärte er. »Die Rebellen sind ganz scharf darauf, Kindersoldaten zu rekrutieren, um ihre Reihen aufzufüllen. Sie lassen die Jungen aufeinander los und diejenigen von ihnen, die bereit sind ihre Freunde zu Tode zu prügeln, die nehmen sie als Soldaten auf. Auch die Rebellen waren mal Jungen wie diese hier. Aber da ich nicht wollte, dass sie meine Jungs mitnehmen, habe ich, bevor die Gegend zum Kampfgebiet wurde, das Aids-Schild aufgestellt.«

»Was ist mit ihren Familien?«, fragte ich. »Oder sind sie alle Waisen?«

Er schüttelte den Kopf. »Wir sind ein Internat. Die Schüler kommen alle aus Kinshasa. Aber nicht ein einziges Elternpaar hat es seit dem Ausbruch der Unruhen bis hierher geschafft.«

»Also ist es in Kinshasa …«

»Die Rebellen strömen aus dem Osten hierher, täglich rücken mehrere Tausend an. Sie haben alles geplündert. Die Straßen sind mit Leichen gepflastert. Zumindest ist es das, was man so hört.«

»Und der Flughafen?« Ich traute mich kaum die Frage zu stellen.

»Die Rebellen haben es diesmal ganz schlau angestellt«, erklärte der Lehrer mit finsterer Miene. »Sie haben sich den Flughafen als Allererstes vorgenommen und Löcher in die Start- und Landebahn gebombt. Jetzt kann niemand mehr einfliegen. Sie wollen ihre eigene Regierung durchdrücken, bevor die Vereinten Nationen – oder wer immer zu helfen bereit ist – auch nur einen Fuß ins Land setzen.«

»Und sie töten alle, die den Präsidenten unterstützt haben?«

»Ja. Sie sind davon überzeugt, dass er den Kongo verraten hat und ein Verbündeter des Westens war, eine Marionette amerikanischer Minengesellschaften.«

Ich horchte auf. Auch Dad hatte im Kongo für eine solche Minengesellschaft gearbeitet. »Hm, und als Regierungstreue, als Unterstützer des Präsidenten sehen die Rebellen wahrscheinlich die Tutsi an, oder?«

Der Mann nickte grimmig. »Ja, jeden, der aussieht wie ein Tutsi oder wie ein Ausländer. Und wie man hört, sind sie sehr effektiv im Aufspüren von ihnen.«

»O Gott, ich sehe sowohl wie eine Tutsi als auch wie eine Ausländerin aus«, stammelte ich benommen.

»Wo kommst du gerade her?«, fragte der Lehrer. Er schien des Kriegsthemas überdrüssig zu sein.

Aus Höflichkeit trank ich einen großen Schluck Tee, obwohl sich mir schon beim Geruch der feuchten Blätter fast der Magen umdrehte. Was ich jetzt gebraucht hätte, waren Brot oder Fleisch. Alles, nur nicht noch mehr Grünzeug. Um mich von meiner Übelkeit abzulenken, begann ich meine Geschichte zu erzählen.

Otto kletterte währenddessen von meinem Schoß und machte sich selbstständig. Als er den Hof überquerte, rutschte er auf einem feuchten Stück Baumrinde aus, sprang entrüstet auf, stampfte auf dem trügerischen Rindenteil herum und beschnüffelte dann den Ring aus verrußten Steinen, auf dem der Mann den Teekessel erhitzt hatte. Als er auf die Veranda zurückkehrte, blieb er wie angewurzelt stehen. Zwei der Jungs waren herausgetreten und starrten ihn fasziniert an. Augenblicklich verkroch er sich hinter meinen Beinen, aber zurück auf meinen Schoß wollte er dann doch nicht, dazu war er zu neugierig. Als sich die Jungs schüchtern näherten, machte Otto ein paar Schritte auf sie zu, setzte sich dann auf den Boden und beobachtete sie. Jetzt setzten sich die Jungs ebenfalls und schauten, woraufhin Otto sich erhob, was wiederum die Jungs auf die Beine brachte. So ging das eine ganze Weile – setzen, aufstehen, setzen, aufstehen: ein höfliches beiderseitiges Werben um Sympathie. Und nach ein paar Minuten begann Otto dann mit der Fellpflege bei den Jungs, die furchtbar kicherten, als er ihnen mit seinen Fingern durch die Haare wuselte.

Ich war noch immer dabei, meine Geschichte zu erzählen, doch der Lehrer unterbrach mich: »Dieses Geräusch ist einfach zu schön. Seit Wochen habe ich hier kein Lachen mehr gehört. Entschuldige, ich hab dich unterbrochen – bitte erzähle weiter.«

»Was soll ich Ihrer Meinung nach tun?« Alleine diese Frage zu stellen hatte etwas Befreiendes. Es war einfach total erleichternd, endlich mal nicht alles alleine entscheiden zu müssen. »Haben Sie ein Telefon oder einen Computer?«

Der Lehrer schüttelte den Kopf. »Oben im ersten Stock habe ich ein Handy, aber die Rebellen haben den Netzempfang gestört.« Er machte eine Pause und kratzte sich nachdenklich am Kopf. »Versteh es nicht falsch, du kannst natürlich so lange bleiben, wie du willst, aber ich glaube nicht, dass das besonders klug wäre. Wie du siehst, haben wir kaum etwas zu essen, und ich weiß auch nicht, wie lange das Aids-Schild die vorbeiziehenden Soldaten noch abschreckt.«

Da erklärte ich ihm den Weg zu dem verlassenen Maniokfeld und er bedankte sich für den Tipp. »Obwohl ich nicht riskieren möchte dorthin zu gehen, denn dann müsste ich die Jungs alleine lassen. Aber mal sehen, vielleicht schicke ich morgen zwei von den Älteren dorthin. Und um deine Frage zu beantworten: Die Rebellen versuchen nicht nur Chaos zu stiften und alles zu zerstören, sie wollen auch eine neue Regierung installieren. Die übelste Region ist nicht länger die ganz im Osten. Nein, sie liegt genau hier, in unmittelbarer Nähe der Hauptstadt. Du solltest von hier verschwinden, allein hast du vielleicht eine Chance. Aber du solltest es so schnell wie möglich tun, wenn du mich fragst, und den Affen hierlassen.«

Ich rieb mir die Stirn. »Nein, das kommt leider nicht in Frage. Wohin sollte ich denn Ihrer Meinung nach gehen?«

»Die Straßen sind in einem so schlechten Zustand, dass es für die Rebellen nicht ganz einfach ist, sich durchs Land zu bewegen – es sei denn, sie kommen irgendwie an Flugbenzin heran. Das bedeutet, dass sich der Umsturz ausschließlich in den Städten und Dörfern abspielt, in denen sie zufällig vorbeikommen. Die ländlichen Regionen haben noch nie besonders viel von den Regierungen des Landes mitbekommen, das war auch unter der alten Regierung nicht anders. Wahrscheinlich geht das Leben dort weiter, als wäre nichts geschehen. Gut möglich, dass es dort noch Menschen gibt, die gar nicht wissen, dass wir keine belgische Kolonie mehr sind. Oder solche, die noch nicht mal mitgekriegt haben, dass wir überhaupt je belgisch waren. Ja, wenn du mich fragst, ist es in jeder der abgelegenen, rückständigen Gegenden sicherer als hier, im Zentrum des Umsturzes.«

Umsturz – gleich zweimal hatte der Lehrer das Wort benutzt. Eine neue, bedeutungsschwere Bezeichnung für all das, was hier passierte.

Otto und die kleinen Jungen waren inzwischen im Hof. Er kreischte auf, als einer seiner neuen Spielkameraden ihn etwas härter anfasste, dann startete er einen Gegenangriff, indem er einen Handstand machte und sich rücklings in den Jungen hineinfallen ließ. Der ging lachend zu Boden, woraufhin Otto sein zufriedenes heiseres Glucksen ausstieß, einmal tief in den

Matsch neben sich griff und dem Jungen eine Ladung an den Schenkel klatschte.

Ich schaute ihnen zu, war mit den Gedanken aber weit weg – gut 600 Kilometer entfernt.

»Ich glaube, ich weiß jetzt, wohin ich gehe«, bemerkte ich. »Ich kenne jemanden, der sich auf einer Insel mitten im Kongo-Fluss aufhält. Weit entfernt von jeglicher Zivilisation. Einen abgelegeneren Ort gibt es nicht.«

Überrascht blickte der Mann auf. »Wen kennst du da?«

»Meine Mutter.«

Vier Tage blieb ich in der Schule. Während der Lehrer auf die kleineren Jungen aufpasste, schlugen Otto und ich uns mit den zwei Ältesten zu dem Maniokfeld durch und ernteten Knollen. Wir schleppten sie in knarzenden Kisten aus Bambus- und Lianengeflecht zurück, die der Lehrer hinter der Klinik-Schule aufbewahrte. Tatsächlich kam so ein hübscher Maniokvorrat zusammen.

Die Feuerstelle des alten Mannes war ein wahrer Segen, ich hätte nie gedacht, dass Maniok so lecker schmecken könnte. Wir rösteten ihn zusammen mit Knollen wilden Knoblauchs, aßen dazu das Fleisch einer Waldantilope, die dem Mann in eine seiner aufgestellten Fallen gegangen war, und tranken frisches Brunnenwasser: meine erste halbwegs ausgewogene Mahlzeit seit Wochen. Schon am zweiten oder dritten Tag arbeiteten mein Magen und mein Darm wieder normal und ich fühlte mich nicht mehr so aufgebläht wie während der Grünzeug-Diät. Otto probierte ebenfalls von dem Antilopenfleisch, was mich ziemlich überraschte, denn ich hatte Bonobos bislang für Vegetarier gehalten. Aber vielleicht lag es auch einfach an den Umständen, die ja nicht nur für mich, sondern auch für Otto außergewöhnlich waren. Er genoss es sichtlich, mit mir in einem Bett zu schlafen, und wurde nach ein paar Tagen sogar seinen hartnäckigen Husten los.

In einem stillen Moment dachte ich, dass der Kongo vielleicht sogar eines jener Länder war, in denen man in Kriegszeiten besser über die Runden kommen konnte als in vielen anderen Ländern. Da der Lehrer es sich normalerweise nicht leisten konnte, auf den Märkten Lebensmittel zu kaufen, besaß er einen eigenen kleinen Acker und Fallen, um Wildtiere zu fangen. Und Wasser holte er sich aus seinem Brunnen, denn natürlich hatte keine Regierung den Bau von Wasserleitungen bis hierher veranlasst. Ich versuchte mir vorzustellen, wie die Leute in Miami mit einer solchen Notlage klarkämen, aber das war völlig undenkbar.

Es war einfach herrlich, morgens im Bett liegen zu bleiben und Otto beim Spielen mit den Jungs zuzuhören. Ich musste dabei oft an Songololo denken und fragte mich, ob ich die übrigen Bonobos ebenfalls herholen sollte. Als ich mit den zwei größeren Jungen zu dem Maniokfeld gegangen war, hatte ich mich extra von der Stelle ferngehalten, wo ich die Affen zurückgelassen hatte, denn ich wollte, dass der Ort geheim blieb und dass auch die Affen mich nicht sahen. Aber ich hatte meinen Blick immer wieder suchend über den Waldrand schweifen lassen. Von weitem hatte ich einmal sogar kurz Mushie und Ikwa gesehen, die sich auf der gerodeten Fläche vor der halb abgebrannten Hütte lausten. Ich vermisste sie so! Und sorgte mich so um sie!

Aber letztlich waren sie auf dem verlassenen Dorfgelände, wo sicher keine Menschenseele vorbeikam, besser aufgehoben. Zwar schien es mir ziemlich unwahrscheinlich, dass der Lehrer und seine Schützlinge sich irgendwann daranmachen würden, Bonobos zu essen – dafür behandelten sie Otto viel zu ehrfurchtsvoll –, aber wer wusste schon, was passierte, wenn sich die Situation noch verschlimmerte und sie längere Zeit Hunger litten? Außerdem standen hier überall Tierfallen herum. Die waren zwar für Antilopen gedacht, aber trotzdem: Mom hatte im Reservat schon öfter Bonobos mit abgequetschten Gliedmaßen aufgenommen – alles Fallenopfer.

Am Morgen des vierten Tages verkündete ich dem alten Lehrer, dass ich aufbrechen würde. Er seufzte, versuchte aber nicht mich zum Bleiben zu überreden, sondern half mir Flaschen mit Brunnenwasser in meiner Tasche zu verstauen sowie geröstete, knoblauchgespickte Maniokstücke, die er in Maniokblätter eingewickelt hatte. Am Ende war meine Tasche so schwer, dass ich auf der Eingangsstufe stehen blieb und überlegte, ob ich nicht irgendetwas wieder auspacken sollte. Natürlich konnte ich eine oder zwei Wasserflaschen hierlassen, aber dann müsste ich wieder aus dubiosen Bächen trinken und darauf wollte ich es nicht ankommen lassen. Bislang hatten Otto und ich einfach Glück gehabt, dass wir nicht krank geworden waren. Der alte Lehrer bemerkte mein Zögern.

»Komm mal mit, ich möchte dir etwas zeigen.«

Er führte mich um die Hausecke und zog eine Abdeckplane

von etwas weg. An der Wand lehnte ein Fahrrad. Kein einfaches Fahrrad, sondern eines mit Hilfsmotor. Okay, der Motor war so klein, dass er aussah, als könnte er gerade mal die Pumpe für ein Goldfischaquarium betreiben, aber immerhin – es war eine zusätzliche Antriebsquelle.

»Mit dem Ding bin ich immer hierher zur Schule gefahren«, erklärte der Alte. »Und da ich ohne die Jungs natürlich nicht wegkann, möchte ich, dass du es nimmst.«

»Im Ernst?«, fragte ich. »Und Sie sind ganz sicher, dass Sie es nicht brauchen?«

Er schüttelte den Kopf. »Das ist das Mindeste, was ich für dich tun kann. Der Maniokvorrat, den du uns besorgt hast, wird uns noch eine ganze Weile ernähren.«

Er rüttelte an dem Gefährt und man hörte es im Benzintank schwappen. »Wahrscheinlich ist er noch zu einem Drittel gefüllt. Sehr weit wirst du damit nicht kommen, aber bis zum Fluss sollte es reichen. Vielleicht kannst du dort einen Fischer dazu bringen, dich in seiner Piroge mit flussaufwärts zu nehmen. Du könntest ihm das Mofa als Bezahlung anbieten, das müsste gerade so reichen.«

»Ich bin wirklich sprachlos«, sagte ich. »Ich weiß gar nicht, wie ich Ihnen danken soll.«

»Erzähle von uns, wenn du Hilfe findest«, antwortete er. »Und dann kommt ihr her und holt die Jungs hier raus – oder bringt uns wenigstens antiretrovirale Medikamente vorbei.«

Ich nickte feierlich. »Versprochen.«

»Ich habe oben noch eine kleine Holzkiste«, sagte der

Mann. »Die könnte ich auf dem Gepäckträger festschnallen. Für Otto …«

»Nein!«, unterbrach ich ihn. »Nein, danke. Der klammert sich an mir fest.«

Der Lehrer sah mich an, er schien tief in Gedanken versunken. »Die Menschen kommen zuerst, Sophie. Zuerst die Menschen. Danach kannst du dich um Otto kümmern.«

Ich dankte dem Mann, schnallte mir meine Reisetasche auf den Rücken und stieg auf das Mofa. Otto saß auf meinem Kopf und hielt sich fest, indem er seine Hände auf meine Stirn patschte. Er schnalzte den Jungs zu, die sich zum Abschied in einer Reihe vor dem Eingang aufgestellt hatten. Eines der jüngeren Kinder rannte weinend zu uns und streichelte Ottos Fuß. Als es schließlich zur Seite trat, ließ ich den kleinen Motor an – und wäre vor Schreck fast vom Sattel geflogen: Das Ding spotzte in einer irrsinnigen Lautstärke, war aber gleichzeitig total langsam. Ich hatte das Gefühl, auf einem Rasenmäher zu sitzen.

Wir knatterten über das Gras, während sich die Jungs lauthals von uns verabschiedeten. Otto machte all der Lärm Angst, er wickelte sich geradezu um meinen Kopf. Um überhaupt etwas sehen zu können, musste ich seine langen Zehen von meinen Augen wegschieben. Schließlich tuckerten wir los, erst zu dem Aids-Schild … und dann hinaus in die Welt hinter dem Schild.

Vier

Die größte Herausforderung würde sein, heil aus der Umgebung von Kinshasa rauszukommen. Wobei ich die Begegnung mit Rebellen wohl am ehesten vermeiden konnte, wenn ich mich bis zum Kongo-Fluss an die schmalen Wege und Pfade hielt, die die Dörfer miteinander verbanden. Das Praktische an dem Mofa war, dass ich den Fluss innerhalb eines halben Tages erreichen konnte. Der Nachteil daran war, dass der unglaubliche Knattermotor mein Kommen schon von weitem ankündigte.

Als ich zu der Stelle kam, wo ich den Soldaten mit dem Knüppel gesehen hatte, stellte ich den Motor ab, setzte Otto auf den Sattel und schob das Mofa. Die Luft war trocken und heiß und ich spürte, wie sich Kopfschmerzen hinter meiner Stirn zusammenballten. Der Horizont flimmerte und es war nicht leicht, irgendetwas in der Ferne zu erkennen. Trotzdem hatte ich den Eindruck, dass die Straße – soweit ich sie überblicken konnte – menschenleer war.

»Bist du bereit, Otto?«, fragte ich, während ich ihn hochhob und wieder aufs Mofa stieg. Otto klammerte sich an meine Brust und ich warf den Motor an. Diesmal zuckte mein Äffchen kaum noch zusammen – es wurde wirklich mit jeder Erfahrung zäher und tougher. Schlagartig übertönte das Knattern unter uns die gesamte Geräuschkulisse des Dschungels, das Gezirpe der Insekten, das Kreischen der Vögel, alles.

Mein vorrangiges Gefühl beim Fahren war Angst. Aber es war keine diffuse Angst, sondern eine lebensnotwendige. Eine Angst, die mich bis in die Fingerspitzen wachsam machte, meine Sinne schärfte, mich dazu brachte, mich ganz aufs Überleben zu konzentrieren. Und als ich am späten Nachmittag endlich von meinem Gefährt abstieg, war das Zittern in meinen Armen und Beinen von dem permanenten Gerüttel eigentlich der einzige Hinweis darauf, wie viel Zeit seit meinem Aufbruch am Morgen vergangen war. An die zurückgelegte Strecke, die durchfahrene Landschaft hatte ich nicht die geringste Erinnerung.

Erst als der Weg auf eine stillgelegte Eisenbahnstrecke stieß und dann parallel zur Flughafenstraße weiterverlief, kam ich langsam wieder zu mir. Durch das Gebüsch sah ich Menschen in nicht mal zehn Meter Entfernung. Scharen von Menschen. Ich stieg vom Mofa. Es war eine endlose, träge Schlange von Frauen, Kindern und vereinzelten Männern, die in ihren besten Kleidern durch den Staub schlurften. Alle schleppten sich mit irgendetwas ab: Einige Frauen balancierten wuchtige, mit Nylonbändern verschnürte Stoffballen auf dem Kopf, etliche Kinder trugen riesige verbeulte Plastikkanister, solche, in die man normalerweise Benzin oder Chemikalien abfüllt. Sie waren alle auf dem Weg zum Flughafen. Aber was erhofften sie sich dort? Das Rollfeld war doch zerbombt. Als Antwort auf die Frage fiel mir nur eine weitere

Frage ein: Was sollten sie sonst tun? Woran sollten sie ihre Hoffnung sonst hängen? Mir selbst ging es ja nicht anders.

Wahrscheinlich hatten sie sich deshalb so schick angezogen, weil sie ihre Chance, an Bord eines Flugzeuges gelassen zu werden, vergrößern wollten. Da war zum Beispiel eine Mutter mit einem atemberaubenden rot-grünen Wickelrock und zwei Söhnen, die fast in ihren Anzügen ertranken, mit Schulterpolstern, die auf Höhe der Ellbogen schlackerten. Ich beobachtete den elegant und gleichzeitig schmutzig und elend wirkenden Flüchtlingstross eine Weile und fragte mich, ob ich mich einreihen sollte.

Vielleicht gab es am Flughafen ja doch Hoffnung auf Rettung, irgendeine Fluchtmöglichkeit, von der die Leute erfahren hatten? Ich könnte mich zu den Vorbeiziehenden gesellen und sie fragen, was sie vorhatten. Doch was sollte ich mit Otto machen? Für mich war Otto ein Gefährte, den ich um nichts in der Welt missen wollte, für die Flüchtlinge wäre er eine willkommene Mahlzeit. Also blieben wir außer Sichtweite sitzen, aßen von den kalten, öligen Maniokknollen und schließlich sogar von den schleimigen Blättern, in die sie eingewickelt waren, und ich überlegte, wie es weitergehen konnte. Natürlich könnte ich Otto wieder unter meinem Regencape verbergen. Aber was, wenn sie ihn trotzdem entdeckten? Was, wenn die Meute ihn mir entriss, um ihn zu essen? Oder zu verkaufen? Ihn oder das Mofa? Es hatte zwar nicht mehr viel Benzin im Tank, aber das würde die Leute wohl kaum davon abhalten, es mir wegzunehmen. Ich hatte ganz einfach mehr zu verlieren als sie. Ich war nicht so wie sie. Noch nicht.

Also wartete ich eine kleine Lücke im Flüchtlingsstrom ab und kam dann blitzschnell mit Otto aus der Deckung. Ein Dutzend Menschen blieb stehen und starrte verblüfft auf das Mädchen, das da mit einem Mofa aus der Wildnis hervorbrach, sehr viel hellhäutiger war als sie selbst und bei strahlender Nachmittagssonne ein unförmiges Regencape trug. Ich versuchte möglichst freundlich zu lächeln, wobei ich den direkten Augenkontakt mied, und deutete auf die andere Straßenseite. Während ich das Mofa durch die riesigen Pfützen und Schlaglöcher zerrte, begann Otto unter dem Cape wie wild zu zappeln. Die Leute machten keine Anstalten, mir zu helfen. Als ich schon halb drüben war, trat mir ein älterer Junge in den Weg:

»*Bonjour*, Weiße, wo willst du hin?«

Ich antwortete nicht, ging einfach stur weiter geradeaus.

»Hey, hast du mich nicht gehört, Weiße? Ich hab dich gefragt, wo du hinwillst.«

Ich war nur noch fünf Meter oder so von der anderen Straßenseite entfernt. Vier. Drei.

»Da geht's nicht zum Flughafen«, meldete sich eine andere Stimme.

Und im Nu war ich von einer Menschentraube umringt. Ich wagte nicht aufzublicken, um zu schauen, wie viele es waren, aber es waren viele: Ich fühlte mich total umzingelt. Nur direkt vor mir stand niemand, da gab es noch eine Lücke.

»Wenn du zum Fluss willst, nützt dir das Gefährt da nichts«, meldete sich ein Mann zu Wort. »Dann kannst du es genauso gut mir geben!«

Jetzt schloss sich auch die Lücke vor mir. Aber ich wollte mich nicht aufhalten lassen, ich drängte einfach weiter, trat auf Füße, rempelte gegen Schultern und entschuldigte mich die ganze Zeit nach allen Seiten. Die Leute um mich herum waren keine Rebellen, sondern Flüchtlinge, deshalb traten die meisten auch sofort höflich ein paar Schritte zurück. Trotzdem betatschten mich immer noch massenhaft Hände und plötzlich wurde aus dem Gezupfe an meinem Regencape ein Gezerre und ich fiel auf den Rücken – mit meinem gesamten Gewicht auf Otto. Ich hörte ihn aufschreien und spürte, wie er unter der Regenfolie strampelte und sich schließlich unter mir hervorarbeitete. Das Mofa wurde mir noch in derselben Sekunde entrissen und verschwand in der Menge. Dann kehrten unter lautem Geschrei die vielen Hände zurück und grapschten nach Otto. Ich versuchte aufzustehen, rutschte aber aus und sah, wie an Otto gezerrt und gezogen wurde. Und plötzlich spürte ich seine Finger, die sich eben noch an mich geklammert hatten, nicht mehr in meiner Hand. In seinen Augen stand das blanke Entsetzen – und das war das Letzte, was ich von ihm sah, denn im nächsten Moment schob sich die Menge zwischen ihn und mich.

Ich stürzte in die Richtung, in die er verschwunden war, und wie durch ein Wunder hielt ich seine dreifingrige Hand plötzlich wieder in meiner. Ich umfasste sein Handgelenk, während er alles daransetzte, meines zu umklammern. Doch die Kräfte, die an uns zerrten, wurden immer stärker und dann sah ich auf einmal, wer da so zog: der Jugendliche, der mich als »Weiße« bezeichnet hatte. Endlich fand ich meine Sprache wieder:

»Warum willst du ihn mir wegnehmen?«

Doch der Junge antwortete nicht. Es war offensichtlich, dass er gar nichts mehr besaß, nicht das kleinste bisschen, und dass er sich jetzt einfach nahm, was sich bot.

Da schob sich plötzlich eine Frau zwischen uns, beschimpfte den Jungen auf Lingala und drohte ihm mit erhobenem Zeigefinger, bis er Otto tatsächlich losließ. Der presste sich sofort panisch schreiend an mich. Die Frau und ihre drei kleinen Töchter stellten sich Arm in Arm schützend um uns, sogar das jüngste Mädchen machte mit. Im selben Moment baute sich eine Gruppe junger Männer provozierend vor uns auf, aber gleichzeitig traten weitere Frauen hinzu, und schließlich war mein weiblicher Beistand so groß, dass sich die Männer verzogen. Damit war ich die Angreifer zwar fürs Erste los, aber nicht die unzähligen Schaulustigen. Wo ich auch hinguckte, überall waren Menschen. Der kleine Frauenkreis mochte mich zwar schützen, aber es war völlig unmöglich, aus diesem Kreis herauszutreten. Ich drückte Otto fest an mich.

Lautstark und mit ausladenden Handbewegungen versuchte die Mutter die Leute weiterzuscheuchen, aber die rührten sich nicht vom Fleck. Schließlich drängte sie unseren kleinen Kreis einfach an den Straßenrand – auf dieselbe Straßenseite, von der ich gestartet war. Ich war also keinen Zentimeter vorangekommen. Die jüngste Tochter fand es urkomisch, wie wir uns als Menschenkreis fortbewegten, sie kicherte wie verrückt und ihre Augen tanzten immer wieder zu Otto.

Jetzt, wo wir an den Rand gerückt waren, setzten sich die meisten Frauen aus dem Flüchtlingsstrom wieder in Bewegung. Weiter in Richtung Flughafen. Die Mutter, die mir geholfen hatte, löste sich aus der Umklammerung ihrer Töchter und musterte mich von Kopf bis Fuß.

»Alles in Ordnung mit dir? Hat dich jemand verletzt?«

»Nein, alles okay.«

»Du bist keine Kongolesin.«

»Doch, bin ich«, sagte ich.

»Aber du kannst hier doch raus.« Sie tippte vielsagend auf meinen nackten Arm. »Bei der Haut. Die UNO ist doch hier. Die Blauhelme können dich doch rausbringen!« Sie hatte kräftige, dralle Arme und trug ein leuchtend gelbes Kleid. Sie hatte etwas von meiner Mutter. Ich spürte einen Stich im Herzen. Bitte, sag mir, was ich tun soll, flehte ich im Stillen.

»Wo sind die UN-Soldaten?«, fragte ich.

»Nicht am Flughafen. Du solltest nicht mit diesem Tross hier weiterlaufen, wenn du nicht unbedingt musst. Die Blauhelme haben die Hauptstadt verlassen, dafür haben sie ganz in der Nähe einen Stützpunkt errichtet, um den Weißen zu helfen. Sie haben eine Waldfläche gerodet, als Landeplatz für ihre blauen Hubschrauber. Heute Morgen ist einer gelandet, wir haben ihn gehört. Uns werden sie dort nicht hinlassen, aber dich schon. Soll ich dir helfen dorthin zu kommen?«

Ich nickte mit feuchten Augen.

Die Frau winkte drei Männer aus dem Flüchtlingsstrom herbei.

»Bringen Sie bitte dieses Mädchen zum UN-Stützpunkt.«

Die drei starrten sie belämmert und widerstrebend an, aber doch deutlich eingeschüchtert von ihrem energischen Auftreten.

»Könnten Sie mich nicht vielleicht selbst bringen?«, fragte ich sie.

Die Frau warf einen unschlüssigen Blick auf ihre drei Töchter. Die Jüngste, die sicher nicht älter war als acht, fragte:

»Wie heißt dein Affe?«

»Otto. Momentan ist er total verängstigt und verstört, aber unter normalen Umständen würde er gern mit dir spielen.«

Otto presste sich an mich, so fest, dass keine Briefmarke zwischen uns gepasst hätte. Als wollte er in meinem Brustkorb verschwinden. Das kleine Mädchen streckte die Hand aus und tätschelte Ottos Fuß, woraufhin sich auch die Ältere traute ihn zu kraulen.

»Okay«, sagte ihre Mutter, »dann bringen wir dich.«

Erleichtert wollten die Männer ihren Weg in Richtung Flughafen fortsetzen.

»Hey, stopp, meine Herren, haben Sie mich nicht verstanden?«, pfiff die Frau sie zurück. »Wir brauchen Sie. Sie müssen uns zum UN-Stützpunkt begleiten.«

Unglaublich, diese weibliche Energie! Genau wie meine Mutter. Und auch ein bisschen wie die Pink Ladys. Ich fühlte mich auf einmal so glücklich und zugleich so unendlich traurig, dass es mich fast auseinanderriss.

Die Männer eskortierten uns lustlos durch die glotzende Menschenmenge. Genau wie die Frau gesagt hatte, zweigte nach einer Weile ein kleiner Pfad ab, an dessen Ende ein Blauhelmsoldat postiert war. Auf halbem Weg blieben die Mutter und ihre drei Töchter stehen.

»Wir sind dort nicht willkommen«, erklärte sie. »Wir haben es schon probiert. Aber um dich werden sie sich kümmern, du solltest jetzt gehen.«

»Wirklich, ich weiß gar nicht, wie ich Ihnen danken soll«, sagte ich.

»Bitte sie uns nicht zu vergessen. Meine Familie und viele andere werden ab jetzt auf dem Flughafengelände leben.«

Mit einem Schaudern dachte ich an den Flughafen von Kinshasa mit seinen dunklen, unbeleuchteten Gängen und der Halle aus Stahl. Die Frau und die drei Mädchen nannten mir nacheinander ihre Namen.

»Viel Glück«, wünschten sie mir.

Ich hatte keine Ahnung, was ich mir von den UN-Soldaten erhoffte. Auf jeden Fall würden sie mir wohl ein paar Informationen geben können und etwas zu essen und zu trinken. Die Mutter und ihre Töchter jedoch hatten noch einen weiten Weg vor sich – und keinerlei Proviant.

»Hier, das können Sie sicher gebrauchen«, sagte ich und reichte ihr die Reisetasche, die längst nicht mehr so prall war wie am Morgen, aber immer noch etwas Maniok und Trinkwasser enthielt.

Die Mutter protestierte nicht. Sie nahm die Tasche und war schon wieder auf dem Rückweg zur Flughafenstraße. Die jüngste Tochter blickte sich im Gehen noch einmal nach Otto um, dann waren alle vier wieder in dem Flüchtlingsstrom verschwunden.

Otto und ich gingen weiter bis zu dem Maschendrahtzaun am Ende des Pfades. Sofort senkte der wachhabende Soldat seine Waffe, um uns damit den Weg zu versperren. Der Gewehrlauf bohrte sich in meinen Arm.

»*Bonjour, Monsieur*«, grüßte ich. »Ich heiße Sophie Biyoya-Ciardulli. Ich stand auf der Liste derjenigen, die ausgeflogen werden sollten.«

»Du … standest … auf … der … Liste?«, wiederholte der Soldat mühsam, der offenbar nicht sonderlich gut Französisch verstand. Also wiederholte ich meinen Satz auf Englisch, worauf der Mann einen langen Seufzer ausstieß.

»Großer Gott, die Evakuierung hat schon vor Wochen stattgefunden.«

Intuitiv ahnte ich, dass ich mit einer Lüge eher durchkommen würde. »Ich wurde festgehalten und kam nicht rechtzeitig frei, deshalb ist das UN-Fahrzeug ohne mich losgefahren. Und dann habe ich ewig gebraucht, um mich hierher durchzuschlagen.«

»Ich habe sehr klare Anweisungen«, entgegnete der Soldat. »Und ich werde dir leider nichts anderes sagen können als allen anderen, die schon hier waren: Solange das Flüchtlingshilfswerk nicht vor Ort ist, können wir dir leider nicht helfen. Wir haben nur einen einzigen Hubschrauber und tausend Dinge, die wir damit erledigen müssen. Es tut mir leid, aber wir haben darin schlicht keinen Platz für dich.«

»Was soll ich also tun?«, fragte ich. Dass man mich einfach wegschicken würde, hatte ich nicht erwartet – nicht nach dem, was die hilfsbereite Mutter mir eben erzählt hatte. Unwillkürlich musste ich an meinen Proviant denken, an das letzte bisschen Essen und Trinken, das ich gerade verschenkt hatte. Die drei kleinen Mädchen hatten das Essen zwar auch bitter nötig, klar, aber was war mit mir …?

»Schließ dich den Flüchtlingen an, geh zum Flughafen, versuch es dort«, riet der Soldat und wedelte mich mit der Hand weg.

»Aber ich bin Amerikanerin«, wandte ich ein. »Zählt das gar nicht?«

»Nein«, sagte er rundheraus. »Jetzt nicht mehr.«

Ich konnte nicht fassen, was ich hörte. Ich war auf mich alleine gestellt! Voll und ganz! Dass es so kommen würde, hatte ich im Grunde meines Herzens nicht geglaubt. Nicht ernsthaft. Bis zu diesem Moment war ich davon ausgegangen, dass, falls es richtig schlimm würde, schon irgendjemand kommen und mich hier rausholen würde. Doch das war ein Trugschluss gewesen.

»Aber … das geht nicht … Vom Flughafen kommt man nicht mehr weg. Man kommt … überhaupt nicht mehr weg«, stammelte ich und ließ mich vor dem Mann im Gras nieder. Otto kletterte von meinem Rücken, stellte sich neben mich und hielt meine Hand. Ängstlich fiepend starrte er den Mann an. Wahrscheinlich fragte er sich, was passiert war, dass ich so verzweifelt reagierte.

»Nun geh schon!«, schnauzte der Typ, während er einen nervösen Blick auf Otto warf.

»Ist gut«, sagte ich, wischte mir die Tränen aus den Augen und wollte aufstehen, aber meine Beine gehorchten mir nicht, auch nicht, als ich es ein zweites Mal versuchte. Otto kroch auf meinen Schoß und trommelte mit seinen kleinen Fäusten so heftig gegen meine Brust, dass ich laut aufschrie. Keine Ahnung, warum er das tat, wahrscheinlich wusste er es selbst nicht.

In diesem Moment wurde ein zweiter Soldat auf uns aufmerksam, kam zu uns herüber und sagte etwas zu seinem Kameraden, das ich nicht verstehen konnte.

»Aber sieh sie dir doch an, sie ist schwarz, ganz eindeutig«, antwortete dieser.

Doch sein Kamerad öffnete bereits ein kleines Tor in dem Maschendrahtzaun und winkte mich hindurch.

»Schauen wir mal, ob wir nicht doch irgendwie helfen können«, sagte er und legte mir eine Hand auf die Schulter, zog sie jedoch blitzschnell zurück, als Otto ihm die Zähne zeigte.

»Darf er mich begleiten?«, fragte ich.

»Das ist ein Bonobo, stimmt's?«, fragte der zweite Soldat und wechselte einen unschlüssigen Blick mit seinem Kameraden.

»Noch ein Bonobo?«, fragte dieser. Dann zuckte er resigniert die Achseln. »Ach, warum nicht.«

Ich hätte ihn gerne gefragt, auf was er da anspielte, aber in diesem Moment rief der zweite Soldat nach einem Kollegen und wir setzten uns in Bewegung. Wir umrundeten den Hubschrauber und steuerten auf zwei provisorische Büros zu, die aussahen wie weiße Schiffscontainer. An der Stirnseite eines jeden Containers surrte ein benzinbetriebener Generator, vor den Fenstern hing der Kasten mit der Klimaanlage. Auf der

Frontseite prangten die Buchstaben »MONUSCO«, das Kürzel für die Mission der Vereinten Nationen in der Demokratischen Republik Kongo. Der herbeigerufene Kollege öffnete die Tür des einen Containers und geleitete mich die zwei Stufen hoch ins Innere.

Draußen war es heiß, grellbunt und chaotisch gewesen, hier drinnen hatte man das Gefühl, sich in einem frisch herausgeschlagenen, scharfkantigen Eisblock zu befinden. Die Klimaanlage arbeitete auf vollen Touren und erzeugte einen solchen Luftzug, dass die Papiere auf dem Schreibtisch flatterten. Otto und ich setzten uns auf einen der Stühle, während der Mann hinter den Schreibtisch trat und irgendetwas in einem Hefter überprüfte. Die einzige Dekoration an der schneeweißen Wand war eine große Landkarte von Zentralafrika. Auf dem Schreibtisch standen zwei kleine Flaggen, die blaue der Vereinten Nationen und eine andere, die ich nicht kannte. Vielleicht die des Landes, aus dem der Typ kam. Er sah südamerikanisch aus.

Eine Minute verstrich. Ich war heilfroh, dass ich dem Sog der Menschenmenge entkommen war, und gleichzeitig total nervös, denn ich hatte keine Ahnung, was ich dem Mann sagen sollte, wenn er aufblickte. Die Blauhelme hatten mir ja schon einmal erzählt, dass sie Otto nicht aus dem Land fliegen durften. Aber vielleicht konnten sie ja jetzt, angesichts der zugespitzten Lage, eine Ausnahme machen? Und wenn nicht? Zum ersten Mal schoss mir der Gedanke durch den Kopf, dass ich ohne Otto ausreisen musste. Im Grunde sehnte ich mich geradezu danach, von jemandem befohlen zu bekommen das

Land auf der Stelle zu verlassen. Ich sehnte mich danach, dass ein vernünftig denkender Erwachsener mir die Entscheidung abnahm. Dass er Otto wegführte und mein Leben rettete. Es würde das Beste sein, was mir passieren könnte. Und zugleich das Allerschlimmste.

Endlich hob der Mann seinen Blick. »Du bist also die Amerikanerin, die sich kurz vor der Evakuierung verkrümelt hat.«

Für einen Moment verschlug es mir die Sprache. »Äh … ja … Ich heiße Sophie Biyoya-Ciardulli. Ciardulli ist der Name meines Vaters. Er ist Amerikaner. Ich hoffe … Na ja, ich hoffe, dass Sie uns irgendwie hier rauskriegen … Er lebt in Miami. Also, mein Dad.«

»Ich weiß. Mein Name ist Hector Carrizo und ich würde jetzt auch gerne nach Miami fliegen. Aber hier sind die Mayi-Mayi am Ruder, das hast du ja vielleicht mitbekommen.«

»Ich dachte, es wären die Kata-Kata.«

»Hm, die kenne ich nicht. Aber egal, such dir welche aus. Kann sein, dass die Kata-Kata auch mitmischen. Oder die LRA. Wer auch immer. Wenn die Band erst mal spielt, strömen auf einmal alle in die Bar, verstehst du, was ich meine? Ich will dir kurz erklären, was wir für dich tun können und was nicht. Aber zuallererst: Hast du irgendwelche Papiere bei dir? Deinen Pass? Irgendetwas?«

Ich schüttelte den Kopf.

Hector lächelte. »Und der Affe?« Er schaute zu Otto. »Hast du deinen Pass dabei?«

»Nein, auch nicht.«

»Na okay, ich höre, du sprichst amerikanisches Englisch,

das reicht mir als Beweis. Wie auch immer, die kleine weiße Kiste, in der wir hier sitzen, dürfte wohl der letzte Überrest der Zivilisation im Kongo sein. Die Hauptstadt ist am Boden, da läuft nichts mehr. Nur die französische und die belgische Botschaft sind noch offen, aber wer weiß, wie lange noch. Und die einzigen UNO-Truppen, die wir zur Verfügung haben, sind die rund 20 000 Soldaten, die eh schon zur Friedenssicherung hier waren. Verstärkung ist nicht durchgekommen, völlig unmöglich. Die Aufständischen gehen mit einer außerordentlichen Brutalität vor. Wir sind nur deshalb noch am Leben, weil die Rebellen alte Gewehre und Macheten haben und wir reaktive Panzerbüchsen.«

Ich hatte keine Ahnung, was reaktive Panzerbüchsen waren, wollte aber auch nicht fragen. Ich spürte, dass dieser Hector Carrizo mir schon mehr erzählt hatte, als nötig gewesen wäre. Wahrscheinlich hatte er sich einfach mal Luft machen wollen, weil er mit seinen Männern nicht darüber sprechen mochte.

»Sieh mal«, fuhr er fort, »du bist ja offensichtlich ein intelligentes Mädchen. Wenn ich sage, dass Hilfe nicht ins Land kommt, dann liegt das zum Teil an logistischen Schwierigkeiten. So ist zum Beispiel das Rollfeld bombardiert worden. Das heißt jedoch nicht, dass der Westen keine Hubschrauber schicken könnte, wenn er wollte. Oder Schiffe über den Kongo-Fluss. Wenn der Westen dem Ganzen hier ein Ende setzen wollte, dann könnte er das. Aber es gibt keine zwingende Notwendigkeit dafür. Vielleicht verschieben sich die Kräfteverhältnisse an der Spitze des Staates ja gerade? Und vielleicht haben die westlichen Mächte sogar daran mitgewirkt? Vielleicht hatte der Präsident gerade begonnen die Unmengen an Bodenschätzen, die den Kongo jährlich verlassen, zu begrenzen. Und die westlichen Kräfte hoffen jetzt, dass die Rebellen jemanden an die Macht bringen, dem ausländische Investitionen willkommen sind und der im Gegenzug gerne Handelskonzessionen, Schürfrechte und so weiter vergibt. Gut möglich, dass der Kongo, nur damit die Menschen der restlichen Welt billig an Bodenschätze und Elektronikzeug herankommen, wieder vollkommen abhängig vom Ausland wird. Aber was verstehe ich schon davon? Ich bin eine kleine, unbedeutende Nummer in alledem, genau wie du auch. Mit dem Unterschied, dass ich eine Waffe trage und du nicht. Netter Affe, den du da hast, ein wirklich nettes Kerlchen. Wie heißt du noch gleich?«

»Sophie Biyoya-Ciardulli.«

»Einen Pass hast du also nicht bei dir, hm?«

»Nein«, wiederholte ich. »Aber ich bin bei der US-Botschaft registriert. Haben Sie vielleicht die Liste?«

»Wie ich schon sagte, ich werde dich auch so aufnehmen, aber mit Ausweisnummer wäre es einfacher.« Er blätterte sich durch einen riesigen Zettelwust, der von einem Klemmbrett zusammengehalten wurde, und nahm sich schließlich ein zweites Klemmbrett vor. »Geburtsdatum?«

Ich nannte es ihm.

»Sophie Biyoya-Ciardulli«, murmelte er und klopfte sich gegen die Lippen, während er weiter seine Zettel durchforstete. »Sophie Biyoya-Ciardulli … ach ja! Sieht so aus, als hätten wir eine Nachricht für dich. Von deiner Mutter.«

Die Klimaanlage surrte und klickte, während mein Gehirn ins Straucheln geriet. »Wie bitte, was? Wo ist sie? Geht es ihr gut?«

»Es geht ihr … Ich bin sicher, dass es ihr … Um ehrlich zu sein, ich habe keine Ahnung, wie es ihr geht. Lass mich kurz die Nachricht suchen, dann klärt sich die Angelegenheit.« Er öffnete das Papierfach unter dem Klemmbrett und wühlte darin herum, bis er schließlich einen blassblauen Zettel mit einer maschinengeschriebenen Notiz hervorzog. Er brauchte einige Zeit, um die Nachricht zu überfliegen. Ich ließ sein Gesicht keine Sekunde aus den Augen, versuchte fieberhaft von seiner Miene Rückschlüsse auf den Inhalt der Nachricht zu ziehen. Nur mit Mühe widerstand ich dem Drang, ihm das Blatt aus der Hand zu reißen.

»Die Nachricht ist offenbar in der Woche direkt nach dem Attentat hier eingetroffen. Also vor einem Monat. Als die Botschaft evakuiert wurde, ist der Brief an uns weitergeleitet worden.«

Endlich reichte er mir den Zettel.

Meine liebe Sophie,
am Tag nach unserem Aufbruch hörten wir von den Ereignissen. Dabei weiß ich nicht einmal, ob die Gerüchte wirklich stimmen. Vielleicht erweist sich ja alles als glimpflich. Ich hoffe es. Aber solange sich die Lage nicht beruhigt hat, ist es zu riskant, auf dem Fluss zurückzureisen. Uns bleibt also nichts anderes übrig, als uns weiter zum Auswilderungsgebiet durchzuschlagen. Ich werde den Dorfbewohnern von Ikwa alle paar Tage eine Nachricht hinterlassen kön-

nen. Wenn also jemand flussabwärts zu euch kommt, solltest du davon ausgehen, dass er eine Nachricht für dich dabei hat. Anders weiß ich nicht, wie ich mit dir in Kontakt bleiben soll. Ich möchte nicht, dass du dir Sorgen um mich machst. Glaub mir, wenn es irgendwie möglich wäre, würde ich auf der Stelle zu dir zurückkehren.
Jeder hier, den ich frage, versichert mir, dass die Hauptstadt zurzeit der sicherste Ort sei, an dem man sich aufhalten kann. Wie immer in solchen Situationen. Das tröstet mich etwas. Patrice und die Ziehmütter werden sich gut um dich kümmern, da bin ich mir sicher. Bitte befolge in jedem Fall ihre Anweisungen, hörst du? Außerdem wird dein Vater sicher die ganze Zeit mit dir in Verbindung sein.
Du glaubst gar nicht, wie sehr ich dich liebe. Pass auf dich auf, und wenn das alles hier vorbei ist und ich zurück bin, dann kriegst du den dicksten Kuss von mir, den ich dir je gegeben habe. Und wie gesagt: Sorge dich nicht um mich, okay? Sobald sich die Lage etwas entspannt, mache ich mich auf den Rückweg.

Alles erdenklich Liebe!
Deine Mutter

Carrizo beobachtete mich beim Lesen. »Der Brief ist zwar schon ein paar Wochen alt, aber ich bin sicher, dass es ihr immer noch gut geht.«

Ich nickte.

»Sie wird erleichtert sein, wenn sie erfährt, dass du hier bist und dass wir dich außer Landes bringen. Sobald wir eine Verbindung nach Mbandaka herstellen können, werden wir sie benachrichtigen, dass du in Sicherheit bist. Versprochen.«

»Danke«, murmelte ich wie betäubt. »Heißt das denn, dass es momentan keine Verbindung nach Mbandaka gibt? Ich dachte, dort oben im Norden sei es sicherer.«

Er schüttelte den Kopf, klatschte dann geschäftig in die Hände und zuckte mit den Achseln. Er hatte es offenbar eilig, das Thema zu wechseln. »Wie wäre es, wenn *du* mir jetzt mal etwas erzählst? Zum Beispiel, was es mit diesem Affen auf sich hat?«

»Er ist … Entschuldigung, ich muss mich kurz sammeln.« Ich legte meinen Kopf in die Hände. Ich konnte jetzt nicht über Otto sprechen, nicht in meinem Zustand. Nicht, wenn so viel von meinen Worten abhing. Falls Mom noch lebte, war sie in dem Auswilderungsgebiet … Ich hatte geglaubt, die Abgeschiedenheit der Gegend würde sie schützen, aber sie war in der Nähe von Mbandaka. Und Mbandaka gehörte selbst in Friedenszeiten zu den gefährlichsten Städten des Kongos. Und jetzt hatten nicht einmal die Vereinten Nationen Kontakt dorthin – zu einer Stadt, in der immerhin fast eine Million Menschen lebten. Das ganze Gebiet schien mir auf einmal wie ein riesiger weißer Fleck auf der Landkarte. Und in der Funkstille rund um Mbandaka schienen haufenweise Dämonen zu lauern.

Otto merkte sehr genau, wenn man über ihn redete. Die Arme um meinen Hals geschlungen drehte er den Kopf, um den Mann hinter dem Schreibtisch ins Visier zu nehmen. Ich rieb mir die Tränen aus den Augen.

»Entschuldigung, jetzt geht's wieder. Also, Otto ist ein Bonobo. Ich weiß nicht, ob sie von denen schon mal gehört haben. Sie gehören zur Gattung der Schimpansen und gelten als bedroht.« Ich hoffte, dass das Wort »bedroht« einige Wirkung zeigte. Vielleicht gab es ja ein UN-Mandat, das automatisch umgesetzt wurde, sobald man die Bezeichnung »bedrohte Tierart« in den Mund nahm. Vielleicht würden die Männer um uns herum alles stehen und liegen lassen und zusehen, dass sie Otto und mich in Sicherheit brächten.

»Da kann er ja von Glück sagen, dass er noch nicht im Kochtopf gelandet ist«, bemerkte Carrizo mit einem skeptischen Blick auf Otto.

Okay, das Zauberwort hatte nicht funktioniert. »Können Sie irgendetwas unternehmen, um ihm zu helfen?«

Der Typ lachte. »Einem Affen helfen? Nein. Meine Männer fahren vollen Einsatz, um so viele *Menschen* wie möglich vor dem Morden hier zu retten. Da ist für Tiere nun wirklich keine Kapazität mehr. Man könnte auch sagen: Wir haben leider gerade kein Affenfutter da. Nee, also wirklich, noch einem können wir echt nicht helfen.«

»Noch einem was?«

Er sah mich zweifelnd an. »Ich dachte, man hätte dir bereits von den anderen erzählt? Ein halb verhungerter Mann mit einem Fahrrad kam neulich hier vorbei. Der hatte zwei Affen in einem Käfig auf dem Gepäckträger.«

»Ein Typ auf einem Fahrrad hat Ihnen zwei Bonobos vorbeigebracht?«

Hector Carrizo blinzelte Otto zu. »Ja. Er muss sich gedacht haben, dass wir die Einzigen sind, die sich mit so einem Luxus wie Tierschutz befassen können. Die beiden sahen diesem hier übrigens ziemlich ähnlich. Nur dass sie weniger gesund wirkten. Sie waren viel zotteliger, heruntergekommener.« Er verzog die Lippen, als wäre ihm gerade etwas eingefallen, etwas, das er fast vergessen hätte.

»Wo sind die beiden Bonobos jetzt?«

Er tippte mit seinem Stift gegen die Schreibtischkante, wo lauter kleine blaue Punkte zurückblieben. Es war nicht schwer zu erraten, was sich hinter seiner Stirn abspielte. Als würde ein Newsticker über einen Bildschirm laufen. *Shit, da habe ich wohl einen Riesenfehler begangen, ich Trottel. Die junge Dame in meiner Obhut wird langsam zum Problem.*

»Es sind Affen«, sagte er ruhig. »Tiere.«

»Was wollen Sie damit sagen?«, fragte ich mit klopfendem Herzen.

»Wir haben sie dem Händler abgenommen. Aber da wir, wie gesagt, nicht mal genügend Mittel haben, um uns um die Menschen zu kümmern, haben wir sie wieder freigelassen.«

»Sie haben sie direkt hier, in unmittelbarer Nähe des Flughafens, freigelassen? Zwischen all den Menschenmassen?«

Carrizo seufzte und man konnte förmlich dabei zusehen, wie ich weiter in seiner Achtung sank. »Wäre es dir etwa lieber gewesen, der Buschfleischhändler hätte sie behalten?«

Mir wurde klar, dass ich mich hätte zurückhalten sollen: Otto und ich waren schließlich auf den guten Willen des Mannes angewiesen. Ich konnte mir nicht erlauben ihn zu verärgern. »Sie haben Recht«, pflichtete ich ihm bei. »Was hätten Sie sonst auch tun sollen?« Und in gewisser Weise konnte ich seine Entscheidung tatsächlich nachvollziehen. Trotzdem schmerzte sie mich.

Er nickte und zuckte die Achseln. »Ja, was hätte ich sonst tun sollen?«

»Tja«, sagte ich, »und was soll *ich* Ihrer Meinung nach jetzt tun?«

»Die Sache sieht so aus: Jeden Abend lasse ich den Hubschrauber über die Grenze hinüber nach Brazzaville fliegen, um Vorräte zu holen. Heute Abend könntest du mitfliegen. Der Krieg ist zum Glück noch nicht ins Nachbarland übergeschwappt. Wir könnten dich dort an einer der Botschaften absetzen und du könntest dann von dort aus weiterfliegen. Du hast erwähnt, dass du irgendwo noch Verwandtschaft hast, außer deiner Mutter?«

»Mein Vater lebt in Miami.«

Er nickte. »Ja, stimmt, Miami. Puh, dort ist es heiß, *hace calor.* Okay, dann ist ja alles geregelt.« Er stand auf und rückte sein Pistolenholster zurecht. »Ist es für dich in Ordnung, hier noch ein paar Stunden bis zum Abflug auszuharren?«

Ich nickte und Carrizo ging zur Tür des Containers.

»In der untersten Schublade des Aktenschranks findest du ein paar Vorräte, und das Wasser in dem Krug auf meinem Schreibtisch ist keimfrei, das ist mit Jod versetzt. Die Plastikbecher sind noch unbenutzt. Bediene dich einfach.« Er hielt kurz inne, die Hand schon auf der Türklinke. »Um noch mal auf den Punkt zurückzukommen, über den wir eingangs sprachen … Wir befinden uns in einem der reichsten Länder der Erde – was Bodenschätze anbelangt. Einige ganz besondere Metalle, die für die Herstellung von Elektronikprodukten benötigt werden, finden sich nur hier. Das, was ungenutzt im kongolesischen Boden schlummert, ist mehr wert als das Bruttoinlandsprodukt der USA und der EU zusammen. Deshalb stellt sich die Frage: Wie konnte es einem Haufen zerlumpter ruandischer Söldner gelingen, die Regierung der Demokratischen Republik Kongo zu stürzen? Natürlich nur mit Hilfe reicher Freunde. Ruanda ist der größte Exporteur von Coltan, Diamanten und Gold – und zwar, ohne irgendeinen dieser Bodenschätze selbst zu besitzen. Aber Ruanda ist nun einmal der Nachbarstaat des Kongo. Kannst du mir folgen?«

»Also geht es gar nicht um die Tutsi, sondern um den Zugang zu den Minen? Die Rebellen haben Investoren hinter sich, für die sie den Zugang zu den Bodenschätzen erkämpfen?«

»Richtig. Gleichzeitig versklaven die Rebellen die Menschen, die sie überfallen, und bekommen so direkt ihre Minenarbeiter. Die Milliarden von Dollar, die sie auf diese Weise verdienen, investieren sie umgehend in neue Waffen, mit denen sie dann noch mehr Menschen terrorisieren können.«

Ich seufzte. »Sie wollen also andeuten, dass dieser Krieg nicht so schnell enden wird ...«

Hector Carrizo nickte. »Ich fürchte es. Und du kannst von Glück sagen, dass du jetzt hier bist.« Er öffnete die Tür und sofort drang ein Riesenschwall schwülheißer Luft in den Container. »Ich bin übrigens sicher, dass es den zwei Äffchen, die wir freigelassen haben, gut geht. Ebenso wie es auch deinem gut gehen wird. Hier gibt's jede Menge schöne Bäume in der Nähe.«

Bei seinen Worten krampfte sich mir der Magen zusammen. »Ich hatte gehofft, dass Otto mit mir kommen könnte.«

»Auf keinen Fall. Das würde gegen sämtliche Vorschriften verstoßen. Außerdem wird es in dem Hubschrauber nicht einen freien Quadratzentimeter mehr geben.«

»Otto braucht keinen Platz, er könnte bei mir auf dem Schoß sitzen«, flehte ich. »Bonobos sind eine extrem gefährdete Tierart, ich kann ihn einfach nicht hierlassen.«

»Ein Grund mehr, ihn nicht mitzunehmen. Bedrohte Tierarten über Landesgrenzen zu schmuggeln ist illegal.«

»Auch in Kriegszeiten? Bitte, ich werde alles tun …«

»Es gibt Millionen von notleidenden Menschen in diesem Land. Tu dir selbst einen Gefallen und sorge dich um diese Menschen statt um den Affen. Der kommt schon zurecht. Klar, anfangs wird er sich vielleicht ein bisschen einsam fühlen, aber schon nach kurzer Zeit wird er wieder ganz in seinem Element sein. Pass auf, dass er hier drinnen nichts anfasst, ja? Ich bin bald wieder für dich da.« Hector Carrizo verließ das Büro. Als er die Tür hinter sich zuknallte, bebte der ganze Container.

Otto erhob sich und betatschte neugierig den Türgriff. Dann wippte er in der Mitte des Raumes auf seinen Beinchen hin und her und blickte zu mir auf. Er war in den letzten Tagen so vielen neuen Leuten begegnet und hatte so viele Dinge erlebt, dass er wahrscheinlich vollkommen überfordert war von der Situation. Ich breitete meine Arme aus und er kletterte an mir hoch und drückte sich an mich. Ich hatte in diesem Augenblick nur einen Wunsch: dass wir einfach ein paar

Tage in diesem sauberen kleinen Blechkasten bleiben könnten, eng aneinandergekuschelt, mit Essen und Trinken versorgt und vor Krankheiten und Waffen geschützt.

Aber das war leider nicht möglich, denn in ein paar Stunden würde Carrizo zurückkommen und uns trennen. Er würde Otto im Dschungel aussetzen. In diesem schmalen, von hungernden Flüchtlingen umlagerten grünen Dreieck zwischen Straße und Fluss.

Ich versuchte mir die beiden kleinen Bonobos vorzustellen, die die UN-Soldaten bereits ausgesetzt hatten. Vor nicht allzu langer Zeit hätte ich darauf getippt, dass sie Hals über Kopf weggelaufen wären, aber seit ich erlebt hatte, wie schnell sich Anastasia, Ikwa und Mushie an mich gewöhnt hatten, wusste ich, dass Bonobos auf die Hilfe freundlicher Menschen vertrauten, wenn sich ihr Leben urplötzlich radikal veränderte.

Die zwei Äffchen hatten mehrere Wochen bei dem Buschfleischhändler gelebt. Sie hatten nicht gelernt sich selbstständig zu ernähren. Wo konnten sie also schon groß hingelaufen sein? Die Antwort lag auf der Hand: nirgendwohin. Sie waren mit Sicherheit genau dort hocken geblieben, wo man sie ausgesetzt hatte.

Ich öffnete die Tür des Containers und stand auf der Schwelle zwischen der klimatisierten, sanft beleuchteten, vernunftgesteuerten westlichen Welt und dem unkontrollierbaren kongolesischen Bürgerkriegschaos. Zwei Soldaten mit Holzkisten in den Händen eilten zum Helikopter und etwas weiter entfernt hörte ich heftiges Geschimpfe auf Lingala: Der Wachposten am Zaun redete geduldig auf ein paar ältere

Männer ein, die einen endlosen Wortschwall auf ihn abließen und dabei völlig unbeeindruckt an seinem Sturmfeuergewehr rüttelten. Der Radius der Zivilisation erschien mir auf einmal verschwindend klein – eine winzige Fläche, die immer weiter zu schrumpfen schien und von nichts als einem luftigen Drahtzaun umgeben war.

Ich schnappte mir den Wasserkrug vom Schreibtisch. Wenn die zwei kleinen Bonobos tatsächlich noch in der Nähe waren, dann hatten sie sicher Durst. Und ich hatte noch ein paar Stunden Zeit, um mich um sie zu kümmern. Mit Otto auf dem Rücken trat ich aus dem Container und ließ die Tür hinter mir ins Schloss fallen.

In einem möglichst großen Bogen huschte ich um die Blauhelmsoldaten herum zum anderen Ende des Geländes. Dort lag ein Haufen Müll und dahinter fing unmittelbar der Dschungel an. Wir wagten uns bis zu der Stelle vor, wo die Lichtung in dichtes Gestrüpp überging. Weil das Vorankommen dort schwierig war, setzte ich Otto auf dem Boden ab und spähte erst einmal in das undurchdringliche Grün. Otto nahm unterdessen den Müllhaufen unter die Lupe und spielte mit einem öligen Stück Pappe. Als ich ihn ausschimpfte, stampfte er verärgert auf dem Boden herum, drehte eine schnelle Runde auf der freien Fläche und ließ sich schließlich erschöpft zu meinen Füßen fallen. Ich hielt ihm den Wasserkrug hin, seine Händchen umklammerten den Gefäßrand, er trank ein paar müde Schlucke und plumpste dann wieder zu Boden, den Rücken an meinen gelehnt. Ein paar Minuten blieb er so sitzen, dann erregte irgendetwas seine Aufmerksamkeit. Er gab ein kleines Schnalzen von sich und lief zum Rand des Dickichts. Dort blieb er aufgeregt stehen und wartete darauf, dass ich ihm folgte. Dabei schaute er mich an, als sei ich die letzte Idiotin, die nicht den offensichtlichsten Wink versteht.

Wir mussten nicht weit gehen, um die beiden zu finden. Sie lagen im Schutz eines umgestürzten Stammes, der schräg an einem anderen Baum lehnte: zwei eng umschlungene, wahnsinnig kleine leblose schwarze Körper. Zusammen waren sie nicht einmal so groß wie Otto. Ihr Fell war von Wunden übersät und über ihnen schwirrten Fliegen, die sich immer wieder in ihren Augenhöhlen niederließen.

Otto begann zu schreien, kämpfte sich zu den zwei Kadavern hindurch und kam dann zurück zu mir, nur um gleich wieder zu verschwinden. Ich versuchte ihn beschwichtigend festzuhalten, sobald er sich mir näherte, aber er wuselte sofort wieder los, kreischte die zwei Affenkörper aggressiv an und trat nach ihnen. Vielleicht war das sein Versuch, mich vor den mitleiderregenden toten Kreaturen zu beschützen.

»Stopp, Otto«, sagte ich mit tränenerstickter Stimme. »Lass sie in Ruhe.«

Das kleinere der beiden Äffchen hatte ein breites Gesicht, war aber völlig mager. Seine Rippen zeichneten sich wie dünne Bleistifte unter der Haut ab und es trug noch immer den ausgefransten grünen Nylonstrick um die Hüfte. Mir war nur allzu bewusst, dass ich schuld war an seinem Tod, aber in diesem Moment verspürte ich nur eines: eine Riesenwut auf die UN-Friedenshüter. Sie hatten sich nicht einmal die Mühe gemacht, den Strick abzunehmen, als sie die Bonobo-Äffchen aussetzten. Die Taille des Kleinen war mit Blasen übersät, deren eitrige Flüssigkeit mit den Fransen des Stricks verklebt war.

Inzwischen hatte sich Otto etwas beruhigt. Er versuchte jetzt sogar das kleinere Bonobokind zum Leben zu erwecken. Neben ihm liegend schnatterte er es an und blies ihm Luft auf den Mund. Er tat alles, um eine Reaktion von ihm zu bekommen. Ich machte mich unterdessen an dem Knoten des zerfransten Seils zu schaffen, der sich tatsächlich nach einer Weile lockerte, so dass ich die Schlinge aufziehen konnte. Ringförmig, wie eine aufgesprungene Handschelle, lag der Strick jetzt unter dem kleinen Körper. Doch als ich versuchte ihn darunter hervorzuziehen, stellte ich fest, dass das nicht ging. Das eine Ende des Seils war um die winzige geballte Faust geschlungen. In seinen letzten Lebensminuten hatte das Kleine sich daran festgeklammert und es sich an die Wange gedrückt – wie ein Schlafender sein Kopfkissen. Das Seil war offensichtlich sein Ein und Alles gewesen.

Schließlich verlor Otto das Interesse an dem Bonobokind, schlang seine Arme um meinen Hals und bellte wütend das größere der beiden an. Dann setzte er sich auf meinen Schoß und trommelte mir mit seinen Fäusten gegen die Brust. Offenbar wollte er meine ungeteilte Aufmerksamkeit, doch das konnte ich in diesem Moment nicht ertragen. In meiner Trauer und Verzweiflung reagierte ich völlig gereizt auf Otto und seine blöde Eifersucht. Unsanft riss ich ihn von meinem Schoß und stieß ihn weg nach hinten, wo ich ihn auf dem Boden aufprallen hörte. Er gab einen verdutzten Laut von sich und war im Nu wieder auf meinem Schoß, um mich wütend anzublaffen.

»Stopp, Otto, bitte hör auf«, sagte ich. Da entdeckte er die Tränen in meinen Augen und pikste erstaunt seine Finger in meine feuchten Augenwinkel. Jetzt, wo er sah, dass die toten Bonobos nicht mehr all meine Aufmerksamkeit in Anspruch nahmen, beruhigte er sich.

Ich küsste ihn auf die Wange und drückte ihn an mich. Drückte ihn so fest und so abrupt, dass er aufjaulte. Da lockerte ich meine Umarmung. Von den zwei kleinen Kadavern vor mir wanderten meine Gedanken weiter zu all den obdachlosen Flüchtlingen, die auf der Flughafenstraße vorbeizogen, zu Moms toten Mitarbeitern und zu den vielleicht noch größeren Katastrophen in diesem Land und auf der ganzen Welt, von denen man jetzt noch nichts ahnte. Das flauschige Kerlchen auf meinem Arm war zwar keine Antwort auf all das, was mir im Kopf herumschwirrte, aber es machte zumindest die Frage überflüssig, wie man bei all diesem Elend überhaupt noch weitermachen konnte. Der Schutz von Ottos Leben, seine Unversehrtheit waren für mich jetzt Maßstab und Orientierungspunkt.

Als ich auf die gerodete Fläche zurücktrat und mir dabei die verweinten Augen rieb, wusste ich nur eines: Ich würde Otto nicht alleine hier zurücklassen.

Prüfend klopfte ich kurz darauf an die Fensterscheibe des Bürocontainers und war erleichtert, als sich niemand zeigte. Mit Otto, der sich jetzt an meinen Beinen festklammerte, trat ich ein und öffnete den Aktenschrank. Darin lagen jede Menge in Folie eingeschweißte Proviantportionen, aber ich suchte vor allem nach Jod, denn irgendwo musste es doch einen Vorrat von dem Zeug geben, mit dem Carrizo das Wasser in dem Krug desinfiziert hatte. Und tatsächlich – im untersten Schubfach entdeckte ich dunkle Plastikfläschchen mit Jod, auf denen die Dosierungsanweisung zum Wasserreinigen gleich draufgedruckt war. Ich blickte mich nach einem Behältnis um und fand eine Plastikeinkaufstüte, die den Papierkorb auskleidete. Ich zog sie aus dem Korb, kippte dessen Inhalt einfach unter den Schreibtisch und füllte die Tüte mit Proviant und einem Jodfläschchen. Dann knotete ich sie an meiner Gürtelschlaufe fest – für den Fall, dass ich den UN-Stützpunkt rennend verlassen musste.

Ich hätte gerne noch kurz einen Computer benutzt, aber es war keiner zu sehen. Es gab nicht einmal ein Telefon. Wahrscheinlich hatte Carrizo ein Satellitentelefon, das er ständig bei sich trug. Auf einen Block, der auf dem Schreibtisch lag, schrieb ich, dass ich leider gehen müsse, und hinterließ die E-Mail-Adresse und Telefonnummer meines Vaters, damit Carrizo ihm mitteilen konnte, dass es mir gut ging. Dann öffnete ich vorsichtig die Containertür und trat hinaus in den stickigen, lärmigen Nachmittag. Das hektische Treiben, das auf dem Stützpunkt herrschte, kam mir sehr entgegen. Ich schlich mich in Richtung Zaun. Hector Carrizo verfrachtete gerade irgendwelche Kisten in die Ladeluke des Hubschraubers. Gut möglich, dass er mich tatsächlich nicht bemerkte, möglich aber auch, dass er mich aus dem Augenwinkel wahrnahm und froh war, dass er so mir nichts, dir nichts eine Verantwortung loswurde. Ich lächelte dem Wachposten am Zaun zu und erklärte, dass ich mal kurz in die Büsche austreten müsse und gleich zurück sei. Er sah so aus, als wollte er mich anschnauzen, doch dann wurde seine Aufmerksamkeit von einem Schwung neu ankommender Flüchtlinge abgelenkt. Schnell schlüpfte ich mit Otto an ihm vorbei durchs Tor. Wir waren draußen.

Fünf

Mein Plan, wie es weitergehen sollte, war ziemlich simpel, und trotzdem flößte er mir Angst ein. Ich hatte vor, den Kongo-Fluss bis kurz vor Mbandaka hinaufzufahren und mich dann an der Stadt vorbei bis zu dem Auswilderungsgebiet durchzuschlagen, in dem Mom sich aufhielt. Da der UN-Stützpunkt an der Straße zum Flughafen lag, wusste ich, dass ich mich im Norden Kinshasas befinden musste, ungefähr einen Kilometer vom Fluss entfernt. Wenn ich also schnurstracks in Richtung der untergehenden Sonne lief, müsste ich es vor Einbruch der Dunkelheit eigentlich bis zum Ufer schaffen. Ich löste die Plastiktüte von meinem Gürtel, knotete sie an eine der hinteren Gürtelschlaufen, holte ein paarmal tief Luft und machte mich mit Otto auf den Weg.

Schon nach wenigen Metern verwandelte sich der harte Boden in Sumpf und Morast, in dem ich knöcheltief versank. Nichts Neues für meine leidgeprüften Turnschuhe, die schon seit Wochen verdreckt und feucht waren. Als mir der Schlamm jedoch bis zum Knie ging, wurde mir langsam klar, dass ich ein neues Reich des Schreckens betreten hatte: das von fleischfressenden Fischen. Und Schlangen. Kobras hielten sich nämlich mit Vorliebe im Feuchten auf, ich hatte sie schon oft mit ihren breiten, abgeflachten Köpfen aus dem dichten Grün von Wasserhyazinthen hervorschießen sehen. Da ich aber nur langsam vorankam, würden mich die Schlangen wohl rechtzeitig hören und Reißaus nehmen. Hoffte ich jedenfalls. Als es jedoch dämmerte, war ich mir da nicht mehr so sicher. Otto umging das Problem, indem er sich elastisch durch die über uns hängende Vegetation schwang. Für mich war das leider keine Option: Die Schilfgewächse und Sumpfbäume waren nicht stabil genug, um mein Gewicht zu tragen. Na ja, und an akrobatischem Talent fehlte es mir auch. Deshalb war Otto mir in kürzester Zeit weit voraus und wartete mit ängstlich hochgezogenen Lippen oben in einem Baumwipfel auf mich.

Aber es fiel mir zunehmend schwer, mit ihm Schritt zu halten, denn das Wasser wurde immer tiefer. Meine Hose war schon bis zu den Oberschenkeln nass und ich fragte mich, wie weit sich der Sumpfgürtel noch hinzog und bis wohin ich noch versinken würde, bevor ich die Uferböschung erreichte. Ich wusste, dass an dem Flussabschnitt nördlich von Kinshasa viele Fischer mit ihren Einbäumen ablegten, die nach einem Markttag in der Hauptstadt in ihre Dörfer zurückkehrten. Wenn ich mich auf direktem Weg zum Ufer durchschlug, müsste ich eigentlich mitten unter ihnen landen. Vorausgesetzt, die Fischer brachten ihren Fisch überhaupt noch nach Kinshasa.

Der Kongo-Fluss war ein so gewaltiger Strom, dass ich fast den Eindruck hatte, mich der Meeresküste zu nähern. Während ich mich noch durch den gigantischen Sumpfgürtel kämpfte, umkreisten mich plötzlich Seevögel und Reiher, und hin und wieder wurde die trübe Wasseroberfläche von den stacheligen Rückenflossen seltsamer Fischarten durchteilt, von denen etliche wissenschaftlich wahrscheinlich noch gar nicht erfasst waren.

Als die Sonne unterging, watete ich immer noch durch hüfthohes Wasser. Ich blickte mich um und steuerte dann auf einen Streifen festes Land zu, hinter dem man den majestätischen Fluss erahnen konnte. Otto war längst dort angekommen und kreischte mir entgegen.

Mit dem Mond als einziger Lichtquelle konnte ich außer dem gelegentlichen Aufblitzen einer weißen Schaumkrone nichts sehen. Sonst war alles finster, und auf die finsterste Stelle, dort, wo kein Wasser das Mondlicht reflektierte, hielt ich jetzt zu. Dort wartete Otto.

Als ich schon ziemlich nahe dran war an dieser Stelle, ertönte über mir in der Luft plötzlich ein Schrei und dann legten sich zwei warme Arme um meinen Kopf. Eine Bonobo-Mutter wäre wohl in der Lage gewesen, sich ihren Sohn blitzschnell zu greifen und ihn festzuhalten, aber mich riss dieser Schwung nach hinten, ich verlor den Boden unter den Füßen und Otto flog mit wild rudernden Armen in den Sumpf. Für einen Moment waren wir beide kopfüber unter Wasser. Ich stieß mich von dem schleimigen Grund ab, wobei meine Hände tief im Morast versanken, doch schließlich kam ich wieder auf die Füße. Bonobos können nicht schwimmen, und als ich Otto endlich zu fassen bekam und an mich zog, zitterte er am ganzen Leib und schrie vor Angst. Ich wollte nichts wie raus aus dem Nassen, trotzdem blieb ich noch eine Weile im hüfthohen Wasser stehen und drückte Otto an mich. Erst als er sich einigermaßen beruhigt hatte, arbeiteten wir uns mühsam auf die dunkle Stelle zu, die festen Boden unter den Füßen versprach.

Auf allen vieren kroch ich auf den Sandstreifen und ließ mich auf etwas Weiches fallen, das wie ein Blätterhaufen aussah. Kleine unsichtbare Tierchen huschten zu allen Seiten davon. Otto sackte keuchend auf meine Brust und dann lagen wir einfach nur da und starrten mit leerem Blick in den Sternenhimmel. Die Plastiktüte mit dem Proviant drückte sich als nasser Klumpen in meinen Rücken, doch ich brachte nicht mehr die Energie auf, sie loszuknoten.

Ich schlief unruhig, wachte immer wieder auf und schmiegte mich zitternd vor Kälte an Ottos nasses Fell. Als schließlich die Sonne aufging, war sie sofort heiß und ich fühlte mich im Nu wie gebraten. Meine Lippen waren so trocken, dass sie zusammenklebten. Ich rollte Otto von mir herunter, richtete mich erschöpft auf, fummelte den Wasserbehälter aus der Plastiktüte und trank einen gierigen Schluck. Die Tüte selbst war halb voll Wasser, die folienverpackten UN-Proviantpäckchen schwappten darin herum. Ich ließ das Wasser herauslaufen und befestigte die Tüte erneut an meinem Gürtel. Sobald ich Otto wachgerüttelt hatte, sprang er zur Wasserkante und schlürfte von der Sumpfbrühe. Ich kam gar nicht so schnell dazu, ihm desinfiziertes Wasser zu geben. Aber na ja, er hatte wahrscheinlich einen wesentlich robusteren Magen als ich.

Kaum hatten wir unseren Durst gestillt, da begann es mich

wie verrückt zu jucken. Jetzt erst sah ich, dass ich auf einer Art Liane geschlafen hatte und dass meine Haut an allen unbedeckten Stellen von einem roten Ausschlag überzogen war. Der Juckreiz war nicht auszuhalten, ich konnte einfach nicht anders als kratzen. Wie verrückt kratzen. Doch dadurch wurde es nur schlimmer. Ich schob mein eines Hosenbein hoch und stellte erleichtert fest, dass der Ausschlag noch nicht das Bein hinaufgewandert war. Dafür klebte eine Art schwarzes Blatt an meiner Wade. Ich versuchte es abzustreifen, aber es saß fest.

Es war gar kein Blatt.

Es war ein Blutegel.

Ich stupste ihn an, in der Hoffnung, dass er seine Blutmahlzeit beendet hatte und abfallen würde. Aber er rührte sich nicht. Zwar ließ er sich in der Mitte etwas anheben, aber die Ränder saugten sich umso fester. Ich wusste natürlich, dass man abwarten musste, bis ein Blutegel vollgesogen war und von alleine abfiel. Aber es kostete schon einiges an Beherrschung, einfach tatenlos zuzusehen, wie ich ausgesaugt wurde. Angeekelt ließ ich das Hosenbein wieder herunter.

Dann durchfuhr mich der Gedanke, dass, wo ein Egel Nahrung fand, womöglich noch mehr von der Sorte saßen. Doch ich widerstand dem Impuls, mir T-Shirt und Hose vom Leib zu reißen und nachzusehen. Es würde eh nichts ändern, mir würde auch bei weiteren Exemplaren nichts anderes übrig bleiben als zu warten. Sicherheitshalber fuhr ich mir mit dem Finger über mein Gesicht und den Hals. Dort klebte zum Glück keiner. Auch in meinen Ohren nicht. Dann untersuchte ich Otto, der sofort zufrieden gluckste, als ich in seinem Fell herumstöberte. Er hatte zwei, auf jeder Pobacke einen. Sofort zog er an den Egeln, aber als der eine von ihnen plötzlich blutig war, kreischte er auf und flüchtete auf meinen Arm. Ich kitzelte ihn eine Runde und tatsächlich schien er die Egel nach einer Weile zu vergessen. Jedenfalls fläzte er sich schon bald wieder übermütig auf dem Boden, genau dort, wo sich die Blutsauger über uns hergemacht hatten. Ich öffnete Ottos Mund und schaute ihm in den Hals. Das war die größte Gefahr: dass sich dort ein Egel mit Blut füllte und so dick wurde, dass man erstickte. In dem Fall blieb einem nichts anderes übrig als ihn aufzuschneiden und das Blut, das er gesaugt hatte, hinunterzuschlucken. Aber nein, Otto hatte zum Glück keinen Egel in der Mundhöhle.

Ich versuchte meine immer stärker juckende Haut zu kühlen, indem ich Schlamm auf die Handgelenke und Knöchel schmierte. Den Juckreiz linderte es zwar nicht, aber wenigstens konnte ich jetzt nicht mehr ungehindert kratzen. Otto dagegen schien überhaupt nichts zu spüren. Vielleicht war seine Haut durch das dichte Fell besser geschützt. So wie er einfach in jeder Hinsicht besser ausgestattet war für diesen Trip als ich.

Während ich frustriert dasaß und wartete, dass die Blutegel ihre Mahlzeit beendet hatten, dachte ich an Anastasia, Mushie, Ikwa und Songololo, die sich hoffentlich einigermaßen durchschlugen. Unwillkürlich musste ich lächeln. Und dann dachte ich an die anderen Bonobos im Reservat, an die Affenmütter und ihre noch kahlen Babys mit den riesigen Augen, die sich an ihren Bäuchen festklammerten, und ich hoffte von ganzem Herzen, dass es auch ihnen gut ging. Dass ihnen wie durch ein Wunder nichts zugestoßen war.

Schließlich riss ich mich aus meinen Gedanken. Wenn ich mich jetzt nicht mit aller Kraft dem Hier und Jetzt widmete, würden wir nicht weit kommen. Das Flussufer war noch etwa zwanzig Meter entfernt. Dort musste ich uns auf einem der vorbeifahrenden Boote eine Mitfahrgelegenheit stromaufwärts organisieren.

Das Dickicht wurde immer struppiger und undurchdringlicher, je näher wir dem Ufer kamen, jeder einzelne Schritt war extrem mühsam. Dass wir dann auch noch einen Nilwaran aufscheuchten, eine scharfzahnige Rieseneidechse, gab mir fast den Rest. Dabei war es nicht mal eines dieser Monsterexemplare von mehr als einem Meter Länge und es verschwand auch blitzartig Richtung Ufer und glitt ins Wasser. Trotzdem …

Der Kongo ist ein unglaublich langer Fluss, der zweitlängste der Welt, aber seine Breite ist fast noch beeindruckender. Von da, wo ich stand, konnte ich das andere Ufer nicht erkennen, ich sah nur Wasser und Himmel. Normalerweise waren massenhaft Boote auf dem Fluss unterwegs – schließlich war er, da es kaum geteerte Straßen gab, eine der Hauptverkehrsadern des Landes. Doch hier, wo ich mich befand, war kein Boot zu sehen. Aber etwas weiter stromabwärts konnte ich Stimmen hören, Stimmen von Fischern, die sich zwar leider entfernten, mir aber Hoffnung machten, dass vielleicht doch hin und wieder jemand vorbeikam. Ich ließ mich an einer nicht ganz so zugewucherten Stelle nieder und wartete auf Boote aus der entgegengesetzten Richtung.

Nach ein oder zwei Stunden spürte ich, wie etwas Schweres auf meine Socke fiel. Als ich erschrocken aufsprang, rollte ein praller Blutegel in den Matsch und wand sich träge davon. Ich schüttelte meine Klamotten aus, aber es folgten keine weiteren Egel. Erleichtert setzte ich mich und wartete weiter. Kurz darauf tauchte ein Boot auf, ein massiver Einbaum, der sich stromabwärts treiben ließ. An mehreren Gestellen war Fisch zum Trocknen aufgehängt, eines der Gestelle glitzerte sogar noch vor Nässe. Ein winziger Vogel musste sich sein Nest hinter einem dieser Ständer gebaut haben, denn ich sah ihn immer wieder hinein- und herausschwirren. Ich folgte dem Boot mit dem Blick, bis es um die Flussbiegung verschwand.

Der nächste Einbaum fuhr flussaufwärts, deutlich langsamer als der vorige. Ich beschloss ihn eine Weile zu beobachten, bevor ich auf mich aufmerksam machte. Wenn ich mich den falschen Leuten zu erkennen gab, hatte ich in diesem Dickicht schlechte Karten. Und tatsächlich hatte ich bei dem Mann, der in dem Boot saß, ein komisches Gefühl. Sein Einbaum war vollkommen leer, was an sich nicht erstaunlich war, wenn man vom Markt in Kinshasa zurückkehrte. Gegen den Markt sprach jedoch, dass der Typ nicht ein einziges Trockengestell und keinerlei Kanister oder Kisten an Bord hatte. Irgendwie sah er gar nicht nach einem Fischer aus. Und seine verschlossene Miene gab auch keinerlei Auskunft darüber, was er sonst sein könnte. Also ließ ich ihn vorbeifahren.

Ein paar Stunden später kam ein weiterer Einbaum vorbei. Ein alter Mann hockte darin, mit schlohweißem Haar, das ihm wie ein Häubchen Schlagsahne auf dem Kopf saß. Stromaufwärts zu staken war ein hartes Stück Arbeit, trotzdem kam der Alte gut voran. Und als ich ihn auch noch singen hörte, beschloss ich aus meiner Deckung zu kommen. Ein alter Mann, der im Kampf gegen die Strömung singt, wirkt vertrauenswürdig, fand ich. Und dazu noch ein Lied, das ich schon seit Ewigkeiten kannte: »Uélé Moliba Makasi«. Bereits als kleines Kind hatte ich es geliebt.

Olélé olélé moliba makasi.
Luka luka …
Oya! Oya!
Yakara a.
Oya! Oya!
Konguidja a.
Oya! Oya!

Olélé olélé, die Strömung ist sehr stark.
Paddel, paddel …
Los! Los!
Du Tapferer.
Los! Los!
Du Großzügiger.
Los! Los!

»*Monsieur!*«

Erschrocken blickte der Mann auf. Als er mich sah, hörte er auf zu staken und ließ den Einbaum treiben. Nur einmal, als die Strömung ihn zurückzog, tauchte er die Stange schnell wieder ins Wasser. Es war nicht zu übersehen, dass er sich fragte, ob er dem schmuddeligen hellhäutigen Mädchen mit dem nervösen Affen auf dem Arm überhaupt antworten sollte.

»*Mbote*«, sagte er schließlich. »Was machst du hier am Fluss, Tochter?«

»Ich bin auf der Flucht. Ich brauche Ihre Hilfe. Bis wohin fahren Sie heute?«

Er schüttelte den Kopf. »Ich kann niemanden mitnehmen. Nirgendwohin. Die Strömung ist zu stark, und ich bin alleine. Ist das dein Bonobo?«

Der Fischer konnte also einen Bonobo von einem Schimpansen unterscheiden! Auch das war ermutigend. Jetzt wünschte ich mir noch sehnlicher, dass er uns mitnahm.

»Ja«, sagte ich. »Und? Können Sie uns helfen?«

Er kaute hingebungsvoll auf seiner Lippe herum, fast wie auf einem Streifen Trockenfisch, aber vielleicht spürte er das überhaupt nicht, denn er war vorne völlig zahnlos. »Bis morgen will ich nach Mambutu kommen. Dorthin kann ich dich mitnehmen. Ich mach dir einen günstigen Preis.«

»Wie viel?«

»Du gibst mir den Affen dafür.«

Augenblicklich verließ mich meine Zuversicht. »Nein, den gebe ich nicht her.«

»Hast du denn Geld?«

Ich überlegte kurz, ob ich lügen sollte, entschied mich dann jedoch dagegen. Nicht dass es Otto am Ende noch das Leben kostete, wenn der Mann mir auf die Schliche kam.

»Nein, ich habe kein Geld dabei, aber ich werde Sie bezahlen, sobald ich meine Mutter gefunden habe. Sie wird Ihnen US-Dollar geben.«

»Ich brauche das Geld aber jetzt«, beharrte er, doch er steuerte den Einbaum bereits aufs Ufer zu. Ein großer Händler und Feilscher war er offenbar nicht – was ihn mir noch sympathischer machte.

»Ist Mambutu Ihre Endstation?«, wollte ich wissen.

»Nein. Ich bin erst in einem Monat zu Hause. In Lulonga.«

Wahnsinn! Besser ging es gar nicht. Das war sogar noch etwas weiter als das Auswilderungsgebiet. »Ich muss in die Gegend hinter Mbandaka. Fünfzig Dollar zahle ich Ihnen dafür«, bot ich an. Das war eine riesige Summe für diesen Mann, sicher ein halber Jahreslohn.

»Aber du hast mir doch gerade gesagt, dass du keine fünfzig Dollar hast.«

»Ich werde sie mir besorgen und Ihnen dann geben.«

»Und was, wenn du sie mir am Ende, nachdem ich dich mühsam den Fluss hinauftransportiert habe, nicht gibst?«

Ich wünschte, ich könnte meine Kreditwürdigkeit irgendwie beweisen. Und dann fiel mir ein, dass ich tatsächlich etwas dabeihatte: die silberne Halskette, die Dad mir geschenkt hatte. Ich trug sie immer, Tag und Nacht, aber in den letzten Wochen, so ganz ohne Spiegel, hatte ich sie vergessen. Ich öffnete den Verschluss und hielt sie ihm entgegen. »Glauben Sie mir jetzt? Schmuck, der so verarbeitet ist wie der hier, findet man im Kongo nicht.«

Der Blick, mit dem er mich ansah, verriet alles: Hätte ich eine dunklere Haut, hätte er Nein gesagt. Da ich aber heller war als er, traute er mir und hielt alles für möglich.

»Silber ist nicht viel wert. Aber gut, ich akzeptiere die Kette als Pfand, bis du mir die fünfzig Dollar gibst. Allerdings brauche ich deine Hilfe beim Staken. Die Strömung ist sehr stark. Schon für einen alleine ist es mühsam. Und jetzt sind wir zu dritt.«

»Klar, ich helfe«, versicherte ich. »Außerdem ist Otto leicht, der fällt gar nicht ins Gewicht.«

Jetzt steuerte der alte Mann seinen Einbaum endgültig ans Ufer. Ich ließ die Kette in seine Hand gleiten, er steckte sie sofort ein und half uns dann in das schaukelnde Boot. Otto fiepte aufgeregt und klammerte sich an mich. Ich setzte ihn auf dem Holzboden ab, kniete mich hin und ergriff die lange Stake auf meiner Seite. Deren Holz war dunkel und glänzend von den vielen Händen, die sie in all den Jahren umfasst hatten.

»Du tauchst auf der rechten Seite ein«, wies mich der Mann an, »ich auf der linken.«

Ich hatte keine Ahnung, wie das Staken funktionierte, aber ich nickte.

Er stieß uns vom Ufer ab, und sobald wir im offenen Wasser waren, versuchte ich mein Glück. Otto umklammerte den Bootsrand und äugte skeptisch über Bord. Das Wasser versetzte ihn derart in Panik, dass er wie der Blitz auf meinen Rücken kletterte und verängstigt in mein Ohr fiepte. Mit Otto auf den Schultern war das Hantieren mit der langen Holzstange zwar deutlich schwerer, aber ich wusste, dass Otto es einfach nirgendwo anders auf dem schaukelnden Boot aushalten würde.

»Wie heißen Sie?«, fragte ich den Mann, während ich die Holzstange ungeschickt ins Wasser klatschte.

»Wello. Und du?«

»Sophie.«

»Hübscher Name«, sagte er. Das klang in keiner Weise aufdringlich, sondern eher so, als würden wir über jemand ganz anderen sprechen. Ich lächelte und betrachtete ihn. Er sah lustig aus mit seinen irrsinnig breiten Schultern, seinen kräftigen Handgelenken und den freundlichen Augen unter den buschigen grauen Brauen. Trotz seines Vorschlags, Otto als Bezahlung zu nehmen – wahrscheinlich mit dem Hintergedanken, ihn zu essen –, fand ich Wello sehr in Ordnung.

Ich war den Kongo-Fluss erst ein- oder zweimal hinaufgefahren, und das nur zum Vergnügen, um Freunde auf dem Land zu besuchen. Beim Staken stellte ich mich deshalb nicht sonderlich geschickt an. Das fiel offenbar auch Wello auf, jedenfalls sagte er mir nach einer Weile, dass ich besser aufhören solle. Ich war kurz etwas gekränkt, legte dann aber dankbar die Stange ab und rieb meine brennenden Hände, an denen sich bereits Blasen zeigten. Erschöpft lehnte ich mich zurück und sofort krabbelte Otto auf meinen Bauch, froh endlich Ganzkörperkontakt zu haben.

Das Boot war großartig: Es war aus einem einzigen riesigen Baumstamm gefertigt, sicher länger als fünf Meter, und lag total solide und schwer im Wasser. Unter meinem Rücken spürte ich die Furchen und Rillen, die Wello und die Männer seines Dorfes beim Aushöhlen in das Holz geschlagen hatten. Als die Sonne unterging, lag ich immer noch da, um mich herum die Bootswände und über mir der Himmel von der Farbe eines unergründlichen Tümpels. Wir stakten jetzt im seichten Uferbereich und Wello erklärte, dass wir, sobald es vollständig dunkel wäre, an die Böschung heranfahren würden. Doch es schien einfach nicht ganz dunkel zu werden, denn als die Sonne verschwunden war, kam immer wieder der Mond zwischen den dicken, tief hängenden Wolken hervor und beleuchtete sie mit seinem blassen Licht. In dieser Nacht herrschte ein Halbdunkel.

Ich lauschte auf das Schwappen der Wellen gegen den hölzernen Rumpf und auf Ottos leises Schnarchen an meinem Hals. Seine Nase war wieder verstopft, allerdings nicht so schlimm wie vor ein paar Wochen. Ich konnte einfach nicht schlafen. Nicht einmal die Augen schließen konnte ich. Ich hatte das Gefühl, mit Otto unter dem weiten Himmel alleine zu sein, denn das Boot war so lang, dass ich Wello hinten im Heck kaum wahrnahm. Gut möglich, dass andere Pirogen an uns vorbeiglitten, aber falls ja, dann hatten sie kein Licht und machten kein Geräusch. Das Wasser und das Ufer waren jetzt samtig dunkel. Und die Sterne standen still über uns, während wir unter ihnen hindurchglitten. Nur als sich Wolken wie eine feine Kohlenstaubschicht vor sie schoben, schienen sie zu pulsieren. So hatte ich sie noch nie gesehen.

Meine Haut kribbelte und glühte, als hätten sich seit meiner letzten Dusche vor ein paar Wochen Heerscharen von Mikroorganismen darauf angesiedelt. Immer noch hatte ich den Drang, mich überall zu kratzen, obwohl der Ausschlag abgeklungen war. Wahrscheinlich war der Juckreiz reine Einbildung. Was hätte ich jetzt für frische Kleidung gegeben! Ich ging den Inhalt der Reisetasche durch, die ich nicht mehr besaß, nahm im Geiste die einzelnen Sachen heraus und breitete sie auf dem großen flauschigen Teppich in unserem Wohnzimmer in Miami aus. Die hellblaue Bluse mit dem rosafarbenen Band, das durch den Kragen gefädelt war. Die gut eingecremten Mokassins. Die kreischend bunt gestreiften Socken, über die sich meine Freunde immer so amüsierten. Die weiße Kaschmir-Strickjacke, die zwar völlig ungeeignet war für den Kongo, die ich aber trotzdem eingesteckt hatte, um ein bisschen vor Mom anzugeben. Erst hatte Otto sie zu seinem Lieblingsteil erkoren und jetzt diente sie vermutlich einem der drei Mädchen, die mit ihrer Mutter am Flughafen schliefen, als Decke. Vorausgesetzt, sie hatten es überhaupt bis dorthin geschafft.

Ich streichelte Ottos Bäuchlein. Ich wusste inzwischen, dass ich, wenn er schlief, auf keinen Fall seine Beine oder seinen Kopf berühren durfte, weil er dann sofort aufwachte. Eine kleine Bauchmassage hingegen ließ ihn im Schlaf wohlig grunzen.

Es war seltsam, aber ich vermisste meine Klamotten. Ich vermisste sie wirklich. Nicht in dem Sinne, dass ich einfach nur traurig war sie nicht mehr anziehen zu können – das war ich auch. Nein, ich vermisste sie, wie ich meine Klassenkameraden vermisste. Ich wollte meine Kaschmirjacke nicht einfach nur wiederhaben, ich hatte richtiggehend Schuldgefühle ihr gegenüber, weil ich sie so durch den Dreck gezogen und dann einfach weggegeben hatte. Aber vielleicht war ich auch einfach nur müde – und das schlechte Gewissen meinen Kleidern gegenüber stand für etwas ganz anderes: für meine generelle Angst und Anspannung und vor allem für diese nagenden Schuldgefühle gegenüber den zwei schwarzen Fellknäueln, die sich noch im Tod umklammert hielten. Es war schon verrückt, wie man simplen, leblosen Dingen hinterhertrauern konnte, wenn man Menschen verloren hatte, die einem nahestanden. Ich musste an das kleine Mädchen denken, von dem ich mich vor dem UN-Stützpunkt verabschiedet hatte und das so fasziniert gewesen war von Otto. Die Mutter hätte mir ihre Tochter mit Kusshand mitgegeben, wenn klar gewesen wäre, dass Moms Auswilderungsinsel Sicherheit bedeutet hätte. Und natürlich hätte ich die Kleine ebenso gut mitnehmen können wie Otto. Wäre das nicht sogar vernünftiger gewesen? War es nicht sogar meine Pflicht, mich zuerst für die Menschen einzusetzen?

Wahrscheinlich schon, aber es entsprach nun einmal nicht meinem Bauchgefühl. Ich liebte Otto – und vor dem Hintergrund erschienen mir alle anderen Überlegungen nebensächlich. Seit dem Moment, wo er unter meiner Obhut stand, hatte ich einfach alles Menschenmögliche getan, um sein Leben zu schützen. Ich war mir des menschlichen Leids um mich herum sehr wohl bewusst, trotzdem wollte und konnte ich keine persönliche Tragödienskala aufstellen, auf der manche Dinge als schlimmer eingestuft wurden als andere – und auf der die Hilfe, die einem Bonobo zuteilwurde, weniger zählte als die Hilfe an einem Menschen.

Ich wickelte eines der UN-Proviantpäckchen aus der Folie und beäugte den Inhalt im Mondlicht: ein Teebeutel, eine Wasserreinigungstablette, ein paar Zuckertütchen, eine Dose Thunfisch, eine Dose Chili con Carne, eine Schachtel Kekse, ein Feuchttuch und etwas Verbandszeug. Ich öffnete die Kekspackung und glaubte meinen Augen nicht zu trauen: Es war dieselbe Kekssorte, die wir in der Schulkantine hatten. American Cookies im Kongo! Danke, liebe Vereinten Nationen! Ich steckte mir sofort einen Keks in den Mund und mampfte. Komisch, normalerweise liebte ich dieses leichte Muskatnuss- und Zuckerrübenaroma. Aber jetzt schmeckten die Dinger einfach nur klebrig süß und irgendwie künstlich. Vielleicht kam mir das aber auch nur so vor, weil ich mich gerade heillos überfordert fühlte und meine Emotionen mich überwältigten. Ich wickelte die andere Kekshälfte zurück in die Folie, um sie Otto zu geben, wenn er aufwachte.

»Wello«, rief ich. »Wollen Sie einen Keks?«

Er grunzte irgendetwas, das sich im Flappen der Wellen wie ein »Nein« anhörte.

»Otto«, flüsterte ich, löste seine Ärmchen von meinem Hals und richtete ihn leicht auf, in der Hoffnung, dass er kurz aufwachte, damit ich ihm für einen kleinen Moment in die Augen schauen könnte. Aber er war offenbar viel zu erschöpft. Er schlief wie ein Stein.

Sechs

Schließlich zogen wir das Boot doch noch ans Ufer und verbrachten eine ruhige Nacht an Land. Ich bot Wello von unserem UNO-Proviant an und er teilte seine Decke mit uns. Er sagte nicht viel mehr als »hier entlang«, »da rüber« und »Gute Nacht«. Wahrscheinlich war er todmüde. Doch auch am nächsten Morgen zeigte er sich nicht gesprächiger. Wortlos erhob er sich und nahm im Einbaum Platz. Otto und ich beeilten uns hinterherzukommen und uns im Boot zu installieren, bevor Wello ablegte.

Nach einer Weile erkundigte ich mich nach der Lage in der Hauptstadt, aber er antwortete nicht. Erst einige Stunden später, als ich ein paar hilflose Stakversuche machte, fing er aus heiterem Himmel an zu reden.

»Eigentlich sind wir doch in der Überzahl. Deshalb hätte ich nicht gedacht, dass es so schlimm kommen würde.«

Ich richtete mich kerzengerade auf. »Was?«

»In Kinshasa. Die Situation dort ist wirklich katastrophal. Ich konnte meinen Fisch nur den Mayi-Mayi verkaufen, obwohl ich das gar nicht wollte, wirklich nicht. Aber andere Kunden gab es nicht. Niemand dort traut sich mehr aus dem Haus. Ich hatte sehr viele Freunde in Kinshasa.

Aber solange der Krieg andauert, fahre ich da nicht mehr hin.«

»Was glauben Sie? Wird der Krieg lange dauern?«

Aber Wello hüllte sich wieder in Schweigen. Man hörte nur das schmatzende Geräusch, das seine Holzstake machte, wenn er sie aus dem schlammigen Flussboden zog.

Wir kamen an verschiedenen Dörfern vorüber, gingen aber nicht an Land. Wenn die Dorfbewohner etwas zu verkaufen hatten, kamen sie ans Ufer gerannt und präsentierten uns ihre Waren mit ausgestreckten Armen. Oft waren es gängige Fischarten wie Buntbarsch, manchmal aber auch riesige unbekannte Viecher mit beeindruckenden Zähnen und herunterhängenden Barteln, an denen noch der Schlamm des Flussbodens klebte. Schnecken wurden auf großen Blättern feilgeboten und Honig, der so frisch war, dass noch Bienen darin schwammen. Es gab auch dicke dunkle Klumpen geräucherten Buschfleisches, bei denen man nicht ansatzweise erkennen konnte, von welchem Tier sie stammten. Wello wickelte den Handel direkt vom Boot aus ab. Er war voll beladen mit Fisch nach Kinshasa gefahren und von dort lediglich mit drei Beuteln Salz und einem großen Block Seife zurückgekehrt. Das Salz wollte er für sich selbst behalten, aber von der Seife schnitt er jetzt einzelne Stücke ab, um sie gegen Lebensmittel zu tauschen. Beim Abmessen der Seifenstücke ließ er sich viel Zeit. Mit finsterer Miene wog er die blassrosa Scheiben in der Hand, bevor er sie feilschend anbot.

Aus Angst vor Überfällen fuhren wir mit unseren Einkäufen dann immer erst ein Stück stromaufwärts, bevor wir uns an einer uneinsehbaren Stelle ins Schilf zurückzogen und aßen. Das Abendessen bestand meist aus den undefinierbaren Sachen, die wir von den Dörflern kauften, während es morgens und mittags stets lappiges Maniokbrot und Fisch in Bananenblättern gab.

Wello kaufte viel mehr Essen, als wir brauchten, und irgendwann begriff ich auch, warum: Es konnte mitunter Tage dauern, bis das nächste Dorf auftauchte. Wir lebten sparsam, aber nicht allzu schlecht. Zu jeder Fischmahlzeit schnitt Wello ein paar dunkelgrüne Blätter, dick wie Pappe, aus dem Uferdickicht heraus. Otto verschmähte den Fisch, aber er liebte die Schnecken, die ich ihm von den Blättern sammelte. Er stopfte sie sich als Ganzes in den Mund, zerbiss die Häuser mit seinen scharfen Zähnen und schmatzte die schleimigen Körper mit offenem Mund herunter, so dass man dem ekligen Vorgang live und in Farbe beiwohnen konnte.

Am liebsten stand Otto vorne am Bug, wo er die Arme zu beiden Seiten herunterbaumeln und durchs Wasser gleiten ließ. Und wenn ihm das langweilig wurde, hockte er sich auf den Boden des Einbaums, den Rücken gegen den Rumpf gelehnt, und schaute mir beim Staken zu.

Ich hatte tatsächlich gelernt mit der Holzstange umzugehen – man musste eher mit der unteren Hand ziehen als mit der oberen drücken – und konnte Wello häufiger mal ablösen. Jetzt verstand ich auch, woher er seinen kräftig gebauten Oberkörper hatte. Wahrscheinlich würde ich nach einiger Zeit auch so aussehen.

Wello erzählte, dass er in Friedenszeiten normalerweise mit einem Außenbordmotor fuhr, den er am Heck befestigte. Aber schon kurz nach Kriegsausbruch war ihm das Benzin ausgegangen und er hatte noch keinen Nachschub auftreiben können. Also war er gezwungen sich wieder auf die gute alte Art fortzubewegen, so wie es die Menschen seit Jahrhunderten auf diesem Fluss taten: in Ufernähe stakend. Wello hoffte allerdings seinen Einbaum irgendwann an eine der Motorfähren anhängen zu können, die normalerweise auf dem Fluss verkehrten. Doch bislang hatten wir noch kein einziges dieser Boote gesehen – ein weiterer Hinweis darauf, dass es nirgends mehr Benzin gab. Wello beschwerte sich darüber, aber ich war insgeheim erleichtert. Hätte es Benzin gegeben, hätten die Rebellen sich all die kleinen Lastkähne unter den Nagel gerissen, um den Fluss zu kontrollieren oder vom Wasser aus die Ufersiedlungen zu überfallen. Ohne Benzin kamen wir zwar nur langsam voran, aber mir machte das nichts aus. Hauptsache, ich kam überhaupt lebend dort an, wo ich hinwollte – und wo Mom hoffentlich auf mich wartete.

Eines Morgens mehrten sich endlich die Anzeichen, dass wir uns Mbandaka näherten. Dort, wo das Flussufer sumpfig wurde und man gar nicht mehr richtig unterscheiden konnte, wo das Wasser aufhörte und das Land anfing, waren ein paar Pirogen vertäut.

»Ich fahre jetzt rechts den Ruki-Fluss hinauf«, erklärte mir Wello. »Hier trennen sich unsere Wege. Wenn du an der Stadt vorbei bist, wirst du sehen, dass sich der Fluss abermals teilt. Dort musst du dich ebenfalls rechts halten, den kleineren

Flussarm entlang. Wenn du in Ikwa ankommst – nicht in dem großen Dorf Ikwa, das liegt ziemlich weit entfernt, sondern in dem kleineren Ikwa, das aber nicht ganz so leicht zu finden ist –, kannst du dich nach dem Weg zu diesem Schutzgebiet erkundigen.«

»Haben Sie einen Tipp, wie ich sicher durch die Umgebung von Mbandaka komme?«, fragte ich.

»Geh möglichst jedem aus dem Weg«, empfahl Wello.

Er nannte mir den Namen seines Dorfes und sagte, ich solle das Geld an den Dorfobersten schicken, der würde es ihm dann geben. Und falls ich es vergaß, wäre es auch nicht so schlimm, versicherte er, nach dem Krieg würde er das Reservat meiner Mutter schon ausfindig machen. Dann sollte ich ihm noch die E-Mail-Adresse meines Vaters buchstabieren. Falls er irgendwo vorbeikäme, wo es Internetanschluss gab, würde er meinem Vater mitteilen, dass ich am Leben war. Feierlich, als würde er einen Zauberspruch aufsagen, wiederholte Wello die Buchstaben, die ich ihm nannte. Dann stakten wir zum Ufer, verabschiedeten uns voneinander – und schon fuhr er weiter. Otto und ich standen allein auf der Böschung, Hand in Hand.

Verunsichert starrte Otto zu mir hoch. Ich drückte ihm beruhigend die Hand und zog ihn auf meinen Rücken.

»Keine Angst«, murmelte ich. »Wir kommen da schon heil durch.«

TEIL FÜNF

Unter Rebellen

Eins

Fast zwei Wochen war ich mit Wello auf dem Fluss unterwegs gewesen. Kein Wunder, dass er mir jetzt, nach unserem raschen Abschied, schmerzlich fehlte. Das Kinn auf die Knie gestützt, kauerte ich mich erst mal zusammen, direkt auf dem heißen, harten Boden der geschützten kleinen Bucht, in der er uns abgesetzt hatte. Ich versuchte Kraft und Mut zu sammeln. Otto dachte sich währenddessen ein neues Spiel aus: Er bohrte seine Finger in den staubigen Boden, bog den Kopf zurück, rieselte sich den Staub übers Gesicht und leckte ihn, soweit er ihn mit der Zunge erreichen konnte, ab. Schon nach kurzer Zeit war sein gesamtes Gesicht hellbraun und seine rosafarbene Zunge der einzige nicht verdreckte Fleck.

Außer den Booten, die vor uns im Wasser dümpelten, war von unserem Standort aus noch nichts von Mbandaka zu erkennen. Aber der Eindruck trog, das wusste ich: Die Stadt war ganz in der Nähe – eine Stadt im Kriegszustand. Und um zu Mom zu gelangen, musste ich irgendwie an ihr vorbei. Nur dass ich nie zuvor in Mbandaka gewesen war und nicht die geringste Ahnung hatte, wie weit man außen um die Stadt herumgehen musste, um ihr nicht zu nahe zu kommen.

Während ich mir den Kopf zerbrach, wie ich vorgehen

sollte, kletterte Otto auf meinen Schoß, hob meine Arme hoch und legte sie dann um seinen Körper. Er schmiegte sich an mich, um sich zu beruhigen, schürzte die Lippen und zeigte seine kleinen spitzen Zähne, wenn ich ihn anpustete. Als ihn das Spielchen langweilte, kletterte er wieder herunter und verschwand im Gebüsch.

»Geh nicht so weit weg«, sagte ich, oder vielmehr: dachte ich. In Wirklichkeit verhielt ich mich schon fast affenmäßig, bewegte ruckartig meinen Kopf und machte ein grummelndes Geräusch.

Normalerweise wäre ich sitzen geblieben und hätte auf Otto gewartet, aber ich war so aufgewühlt und orientierungslos, dass ich ihm kurzerhand ins Dickicht folgte. Ich fand ihn auf einem der unteren Äste eines Baumes sitzend, wo er vergnügt hin- und herschaukelte. Er war so versunken in sein Spiel, dass er die grellgrüne Gottesanbeterin gar nicht bemerkte, die über seine Fingerknöchel krabbelte. Als er mich sah, ließ er sich zu Boden fallen und streckte mir die Ärmchen entgegen. Doch meine Oberarme waren vom Staken noch so erschöpft, dass ich ihn kaum hochbekam.

Und sowieso strampelte Otto sich augenblicklich wieder frei, nur um, kaum zurück auf dem Boden, die Arme erneut auszustrecken, um hochgehoben werden. Seltsam. Als wüsste er selbst nicht recht, was er wollte. Das konnte natürlich viele Gründe haben: Vielleicht hatte ihm die Enge auf dem Boot zu schaffen gemacht, vielleicht verunsicherte ihn aber auch die unbekannte Stadt, deren Nähe er spürte.

Nach dem, was Wello mir erzählt hatte, lag Mbandaka nur

auf der einen Flussseite, erstreckte sich dafür aber über einige Kilometer. Bebaute Flächen wechselten sich offenbar immer wieder mit Dschungelgebieten ab, und das ganze Durcheinander wurde von ein paar breiten Straßen zusammengehalten. Ich könnte mich natürlich außen herum durch den Dschungel schlagen, aber das würde mich sicher etliche Tage kosten. Außerdem wäre das Risiko zu groß, dass ich mich verirrte, denn ich müsste mich vom Fluss entfernen. Vielleicht sollte ich mich also doch lieber so nah wie möglich an die Stadt herantasten und mich dann irgendwie hindurchmogeln. Am einfachsten wäre es natürlich, weiter dem Ufer zu folgen, doch dort wäre ich zu vielen Blicken ausgesetzt. Also glitt ich, mit Otto auf dem Rücken, tiefer ins Gebüsch. Der Waldboden war überzogen von Ameisenstraßen, ein wimmelndes Labyrinth, durch das ich hindurchtappte. Als mir das Ausweichen einmal nicht gelang, hatte ich sofort ein Wahnsinnskribbeln am Knöchel. Hektisch riss ich meinen zerschlissenen Turnschuh vom Fuß und schlug ihn gegen einen Baumstamm, woraufhin jede Menge fette Ameisen herausfielen. Um ebenfalls ein paar Ameisen abzubekommen, imitierte Otto mich und klatschte seine flache Hand gegen den Nachbarbaum. Ich begutachtete meinen Knöchel: mindestens fünf Bisse, die tagelang pulsieren und sich zu fetten Eiterblasen auswachsen würden. Na, großartig, das fing ja gut an!

Halt suchend lehnte ich mich an einen Baumstamm und untersuchte meinen stinkenden, nassen Turnschuh. Ameisenfrei. Also schlüpfte ich mit meinem schmuddeligen Strumpf wieder hinein, wartete, bis Otto seinen Lieblingsplatz auf meinem Rücken eingenommen hatte, und stapfte weiter. Nach einer Weile kamen wir zu ein paar Strohhütten, die kreisförmig angeordnet waren. Sie sahen zwar intakt aus, schienen aber verlassen. Wir schlichen zwischen ihnen hindurch, bis wir am anderen Ende zu einem verwaisten Telefonkartenstand kamen: Der bunte Sonnenschirm stand noch aufgespannt da, die Karten waren alle weggeplündert. Ich spürte Ottos nervösen, heißen Atem im Nacken und huschte weiter, jetzt sicherheitshalber auf der Rückseite der Häuser, die sich an die Hütten anschlossen. Und alle paar Meter hielt ich vorsichtig Ausschau nach Menschen.

Wir kamen an weiteren Gebäuden vorbei – Hütten, Holzbaracken und verschiedenen Läden, von denen die Farbe abblätterte –, sie alle schienen verlassen zu sein. Was war die Ursache für diese gespenstische Stille? Hatten die Rebellen sämtliche Bewohner getötet? Das konnte ich einfach nicht glauben, alles in mir sperrte sich gegen diese Vorstellung. Aber was auch immer der Grund war: Hier war niemand. Weit und breit nicht.

Dachte ich zumindest.

Denn plötzlich hörte ich doch etwas: ein Rascheln und Knacken. Ich schnellte herum zu dem gegenüberliegenden Haus – und blickte direkt in zwei rostige Gewehrläufe, die aus einem der scheibenlosen Fenster ragten. Reflexhaft ließ ich mich zu Boden fallen und kroch hinter eine halb verfallene Mauer. Otto quiekte auf meinem Rücken. Eine Weile kauerte ich nur da und lauschte, ob jemand auf mich zukam. Nichts. Also riskierte ich einen Blick über die Mauerkante und sah zwei Mädchen, das eine in meinem Alter, das andere etwas älter. Sie hatten harte, verschlossene Mienen und umklammerten ihre Gewehre mit zitternden Händen. Als sie mich erspähten, senkte die Ältere ihre Waffe und krächzte: »Hast du Wasser?«

Im ersten Impuls schüttelte ich den Kopf, eingeschüchtert durch die Gewehre. Aber dann sah ich ihren glanzlosen, trüben Blick und ihre rissigen, aufgesprungenen Lippen. Die zwei waren das, was man hier *bapfuye buhagazi* nannte, wandelnde Leichen. Ich hatte noch eine halbe Flasche mit jodiertem Wasser. Die zog ich aus meiner zerfledderten Plastiktüte, hielt dabei meine freie Hand hoch, um zu zeigen, dass ich unbewaffnet war, und näherte mich langsam. Die Ältere der beiden nahm die Flasche und reichte sie ihrer Schwester, die sie fast leer trank. Nur einen kleinen Schluck ließ sie übrig.

»Die Flasche brauche ich aber wieder«, sagte ich.

Widerstrebend reichte die Ältere sie mir, nachdem sie den letzten Tropfen ausgetrunken hatte. Ich räusperte mich und fragte, wie ich am sichersten ans andere Ende der Stadt käme.

Die Ältere drehte den Kopf in meine Richtung, ohne mich direkt anzuschauen.

»Sie haben alle Arbeitsfähigen zur Goldmine im Osten gekarrt. Unsere Eltern mussten mit in den Dschungel kommen, um Diamanten zu suchen. Und alle, die nicht arbeiten konnten, sind tot.«

Ich war wie gelähmt vor Entsetzen. Was für ein Albtraum! Und jetzt kam auch noch ich vorbei und behelligte die beiden mit meinen Problemen! Aber was blieb mir anderes übrig? Ich war auf ihre Hilfe angewiesen.

»Ich muss weiter nach Osten, ich suche meine Mutter«, erklärte ich. »Könnt ihr mir helfen?«

Die beiden zogen sich ein paar Schritte zurück, um nicht gesehen zu werden, winkten mich zu sich und erzählten mir von einem Jägerpfad, der von einer bestimmten Stelle der Stadt aus bis zu einem Flussoberlauf führte. Wenn ich durch den Fluss watete, würde ich auf einen Bach stoßen, an dem entlang ich bis nach Ikwa kommen konnte, dem Dorf, das dem Bonobo-Auswilderungsgebiet am nächsten lag.

Ich bedankte und verabschiedete mich und lief dann geduckt im Schatten der Häuser die Straße entlang. Die Plastikflasche hüpfte leer und leicht in der Tüte. Ich hatte zwei neue Ziele: zu dem Jägerpfad zu gelangen und mich mit frischem Wasser zu versorgen.

Der Pfad begann tatsächlich genau an der Stelle, die mir die Mädchen beschrieben hatten: zwischen der verlassenen Hütte des Friseurs und einem Haufen verkohlter Bettrahmen aus einem geplünderten Möbelgeschäft. Ich folgte dem Weg, bis ein Bach ihn kreuzte. Dort kniete ich mich hin und füllte meine Flasche auf. Doch als ich sie gegen das Sonnenlicht hielt, sah ich, dass das Wasser schlammig war und voller merkwürdiger kleiner Partikel. Egal, ich gab ein paar Tropfen Jod hinein, bis es sich lila färbte, und hoffte das Beste. Puh, schmeckte wie flüssiger Seeigel. Otto lehnte strikt ab davon zu trinken, also nahm ich noch einen großen Schluck, bog seinen Kopf zurück und spie ihm das Wasser in den Mund. Zum Glück spuckte er es nicht aus, sondern gluckerte es hinunter.

Wieder einmal waren wir jetzt im Regenwald, aber wenigstens hatten wir einen Pfad vor uns, auf dem ich Ameisenstraßen, Schlangen und Blutegel rechtzeitig sehen und ihnen ausweichen konnte – wenn es schon kein Entrinnen vor Fliegen und Stechmücken gab.

Doch je weiter ich ging, desto schmaler, zugewachsener und offensichtlich unbenutzter wurde der Pfad. Irgendwann war er so überwuchert, dass man ihn nur noch an vereinzelten abgebrochenen Zweigen und platt getretenen Blättern erkennen konnte. Mühsam hangelte ich mich von einem Hinweis zum nächsten, doch als das Sonnenlicht schwand, war es nahezu unmöglich, sich zurechtzufinden. Also beschloss ich einen Schlafplatz für die Nacht zu suchen. Für den Fall, dass ich am nächsten Morgen orientierungslos aufwachte, ritzte ich einen Pfeil in einen Baumstamm, der in die Richtung wies, in die ich weitermusste. Ich entdeckte eine grasbewachsene, ameisenfreie Stelle und machte es mir dort bequem. Schön wäre es gewesen, wenn ich uns ein Nest in einem Baum hätte bauen können, doch das hatte ich nie richtig gelernt. Blieb nur zu hoffen, dass wir auch so irgendwie einschlafen würden.

Als ich mich ins Gras legte, hockte Otto sich auf meinen Bauch und sah mich aufmerksam an. Er schien leicht beleidigt zu sein, als könnte er es nicht glauben, dass ich uns keinen besseren Schlafplatz organisiert hatte. Ich ließ ihn ein paar Hopser auf meinem Bauch machen, aber er wandte sich ab und blickte suchend in die Bäume hinauf. Ich seufzte und betrachtete sein formvollendetes kleines Ohr, seine glatte flache Nase, seine runzeligen Brauen über den nachdenklichen Augen. *Ich brauche dich, Otto.* Ich sehnte mich so danach, ihm Ruhe, Zufriedenheit und Heiterkeit bieten zu können, dass ich eine extra Kitzelrunde einläutete und ihm ausgiebig gegen seinen Bauch pustete, woraufhin sich seine Miene sofort etwas aufhellte und er sich an mich drückte.

Doch kurz darauf wurde Otto bereits von der Müdigkeit übermannt. Matt streckte er sich auf mir aus.

Während mein Bonobo in meinen Armen schnarchte, beobachtete ich, wie die fremde Welt um mich herum in Dunkelheit versank. Die Luft war schwer und dick vor lauter Feuchtigkeit, die alles durchzog, klamm machte. Es regnete zwar nie, doch es war auch nie trocken. Und weil es nie trocken war, wurde nichts je wieder frisch und sauber. Mein weißes T-Shirt leuchtete zwar noch im Dämmerlicht, aber es war wie ein modernes Kunstwerk gesprenkelt mit Schimmel- und Stockflecken in allen Schattierungen.

Behutsam schob ich Otto etwas tiefer, so dass ich mich aufsetzen und im allerletzten Dämmerlicht meine Vorräte überprüfen konnte. Als ich die Plastiktüte öffnete und alles an haltbarer Nahrung herausholte, was ich während der Bootsfahrt zusammengehamstert hatte – ein paar Nüsse, ein paar harte Beeren und ein paar Streifen Trockenfisch –, hörte ich, wie schwere Tropfen auf die Blätter über uns klatschten. Als hätten meine Regengedanken die Schleusen dort oben geöffnet. Das Unwetter im Reservat war schon merkwürdig genug gewesen. Aber ein weiterer Regenschauer mitten im August?

Dann fiel mir schlagartig ein, dass wir gar nicht mehr August hatten. Es musste längst September sein. Oder sogar schon Oktober? Nein, das dann doch nicht … Hatte die Schule schon vor so langer Zeit wieder angefangen? Ging das Leben in Amerika seinen ganz normalen Lauf, während ich mich hier vor Milizionären versteckte? Hatte ich es womöglich schon in die Morgenansprache des Direktors geschafft? *Tja, liebe Schülerinnen und Schüler, dann gibt es dieses Jahr wohl keine Schulhefte mit grünen Elefantenaufdrucken.*

Der erste fette Tropfen fiel durchs Blätterdach und klatschte gegen Ottos Stirn. Sofort war er hellwach und kreischte empört. Als er von mir herunterhüpfte, gruben sich seine knochigen Füßchen so tief in meinen Brustkorb, dass es mir kurz den Atem nahm. Er führte einen kleinen Freudentanz auf, äugte dann nach oben in die Blätter und kletterte auf einen Baum. Kurz darauf ließ er sich wieder herunterfallen, blickte mich prüfend an und verschwand erneut nach oben. Dabei hielt er sich mit den Beinen am Stamm fest, während seine Ärmchen aufgeregt ruderten.

»Otto, entspann dich«, rief ich.

Das Pladdern ging weiter, aber komischerweise wurde ich nicht nass. Gleichzeitig stob von unten, vom Boden, Dreck auf. Das Prasselgeräusch hörte sich an wie eine Gewehrsalve. Ich inspizierte einen der Einschlagskrater und entdeckte im Inneren eine fette, sich windende Raupe. Sie regneten inzwischen zu Tausenden herab. Otto sauste umher, grapschte sich die dicken Raupen und stopfte sie sich in den Mund. Sie mussten die ganze Zeit in den Bäumen gehangen haben und fielen jetzt, durch irgendein Wunder der Natur, alle gleichzeitig herunter.

Otto schlug sich den Magen voll und ließ sich dann zufrieden gegen mich sacken. Träge hob er eine weitere Raupe vom Boden auf, hielt sie zwischen Daumen und Zeigefinger und legte seine Hand dann auf meine Brust. Das Tier zuckte zwischen seinen Fingern. Otto sah zu mir auf und wandte seinen Blick dann ab. Seine Hand mit der Raupe ruhte immer noch auf meiner Brust. Da begriff ich, dass er mir etwas zu essen anbot. Dass er sein Essen mit mir teilen wollte.

Mit spitzen Fingern hob ich die Raupe hoch. Konnte man das Ding essen, wenn man kein Bonobo war? Ach was, ich schob alle Bedenken beiseite und steckte die Raupe in den Mund. Sie kaute sich wie ein Würstchen und schmeckte nach aufgeschäumter Erde und Gras. Ich aß gleich noch eine.

Dann hockten Otto und ich da und starrten in den fast nachtschwarzen Dschungel – wie zwei, die die Sportnachrichten gucken und dabei, ohne auf ihre Finger zu schauen, Chips aus der Tüte mampfen. Wobei unsere Chips eben Raupen waren. Als man die Hand vor Augen nicht mehr sehen konnte, fegten wir die letzten Exemplare von unserem Grasflecken und legten uns hin. Zwar spürte ich noch, wie sich winzige Fliegen auf mir niederließen, und ich hörte Stechmücken an meinem Ohr sirren, doch ich kümmerte mich nicht mehr darum. Ein Mückenstich bedeutete Juckreiz, das war's. Und falls ich tatsächlich Malaria bekam, dann würde es sich erst in ein, zwei Wochen bemerkbar machen, so lange würde es mir also noch gut gehen. Hektisch nach den Mücken zu schlagen, wie ich es sonst immer tat, würde mich nur vom Schlafen abhalten. Und das konnte ich mir nicht leisten, denn morgen musste ich es bis hinter Mbandaka schaffen. Dafür brauchte ich all meine Energie.

Langsam wurden meine Gedanken unzusammenhängender und ich spürte, wie ich immer schwerer und schläfriger wurde. Wäre bloß Otto nicht so auf mir herumgeturnt. Jetzt setzte er sich sogar auf mein Gesicht und zog mir an den Ohren. Und als ich ihn seinerseits am Ohr wegzuzerren versuchte, tat er so, als spürte er nichts. Mir blieb nichts anderes übrig, als ihn wegzuschubsen. Mein schlechtes Gewissen hielt sich in Grenzen: Seine richtige Mutter hätte ihn weitaus ruppiger in die Schranken verwiesen. Da er nicht sofort wiederkam, dachte ich, dass er vielleicht noch ein kleines Raupendessert zu sich nahm. Ich gönnte es ihm – solange er mich nicht aufweckte, wenn er zurückkam und sich an mich kuschelte …

Zwei

Es war noch dunkel, als ich aufwachte. Um mich herum Geraschel und Grillengezirpe. Ich setzte mich auf und wischte mir mit dem Handrücken übers Gesicht. Irgendetwas fühlte sich falsch an.

Mit den Händen tastete ich meine nähere Umgebung ab und flüsterte Ottos Namen. Aber außer dem Dauergezirpe war nichts zu hören.

Erneut rief ich nach Otto, immer und immer wieder. Und jedes Mal wurde meine Stimme lauter. Bis ich irgendwann schrie. Aber dann merkte ich, wie verletzlich ich mich selber damit machte, und hielt mich zurück. Wartete und lauschte auf einen Laut meines Schützlings. Doch da kam nichts.

Am liebsten wäre ich sofort losgestürmt, um ihn zu suchen. Aber ich konnte keine zwei Meter weit sehen, deshalb drehte ich mich wie ein Kreisel um mich selbst und rief seinen Namen in alle Richtungen.

Keine Antwort.

O Gott, ich würde warten müssen.

Je stärker seine Abwesenheit in mein Bewusstsein drang, umso seltener rief ich nach ihm. Schließlich tat ich es nur noch alle paar Minuten. In den verzweifelten Momenten dazwischen hockte ich in meinem kleinen Kokon aus Dunkelheit. Mit Einsamkeit hatte ich immer etwas Langsames und Leeres verbunden, eine Art träge Bewegung auf etwas Ozeanähnlichem. Doch jetzt traf mich die Einsamkeit wie ein schneller, harter Schlag. Ich brauchte Otto! Er war momentan die einzige Konstante in meinem Leben! Entsprechend brachte mich sein Verschwinden völlig durcheinander. Vor lauter Verzweiflung und Sorge brach ich in Tränen aus. »Bitte, Otto!«, flüsterte ich. War er abgehauen, weil ich ihn von mir geschubst hatte? Das konnte ich mir einfach nicht vorstellen: Beim Spielen liebte er es doch auch, wenn es mal etwas rüder zuging. Oder war er noch einmal losgezogen, um Raupen zu sammeln, und hatte sich verirrt? War womöglich ein ausgehungerter Soldat oder ein Einwohner Mbandakas des Weges gekommen und hatte ihn mitgenommen? Aber dann wäre ich doch aufgewacht!

Eine gefühlte Ewigkeit saß ich wie versteinert da, vollkommen verstört, und murmelte Ottos Namen. Hätte ich nur ein winziges Fiepen von ihm gehört, einen einzigen hauchzarten Laut – die Welt wäre gleich wieder viel lichter gewesen. Aber ich hörte nichts. Und so blieb es dunkel. Stockdunkel. Ich musste also bis zum Sonnenaufgang warten – darauf, dass es auf normale Weise hell wurde.

Endlich sah man einen sehr blassen, grünlich-blauen Lichtstreif am Horizont – wie die Unterseite eines Blütenblatts. Doch der reichte noch nicht, um irgendetwas zu erkennen. Ich wartete also weiter. Dann färbte sich der Himmel langsam gräulich und erste Umrisse zeichneten sich ab. Mein Schlafplatz sah immer noch genauso aus wie am Abend zuvor, auch meine Tüte hing noch an dem Zweig und der Pfeil, den ich in den Baumstamm geritzt hatte, glänzte feucht.

»Otto!«, schrie ich. Ich ging den Weg ein Stück zurück, in Richtung des Stadtrandes von Mbandaka, denn wenn Otto sich tatsächlich verirrt hatte, dann hatte er sicherlich versucht sich an etwas Vertrautem zu orientieren. Ich hoffte ein paar zerkaute Raupenreste zu finden – doch Fehlanzeige. Ich entdeckte nicht den kleinsten Hinweis darauf, dass Otto vorbeigehuscht war. Auf dem Rückweg zum Schlafplatz stellte ich mir vor, wie er mich dort in seiner Lieblingsposition erwartete: auf dem Rücken liegend, einen Fuß in der Hand. Aber der Grasflecken war leer. Also packte ich meine verstreuten Vorräte zurück in die Tüte und knotete diese wieder an meine Gürtelschlaufe.

Die Vegetation zu beiden Seiten des Pfades wirkte absolut undurchdringlich. So wie ich Otto kannte (obwohl: Wie gut kannte ich ihn eigentlich, wenn ich dieses Unglück nicht vorhergesehen hatte?), würde er es vorziehen, auf dem Pfad zu laufen. Also blieb auch ich dort.

Plötzlich nahm ich aus dem Augenwinkel wahr, wie sich etwas Größeres zwischen den Bäumen bewegte. Wie erstarrt blieb ich stehen und rief Ottos Namen. Keine Antwort. Es war allerdings auch keine Bonobo-typische Bewegung gewesen, sondern eher ein Huschen oder Wieseln, wie von einem Reptil, das ins Farnkraut flüchtete. Wenn ich doch nur mehr sehen könnte! Aber in diesem Zwielicht fühlte ich mich total hilflos und tapsig. Zum Glück ging die Sonne in diesen Breiten genauso schnell auf, wie sie unterging – es würde also nicht mehr lange dauern, bis es taghell war und ich schneller vorankäme.

Wo ich auch hinsah, überall huschten kleine Tiere herum. Wieder rief ich nach Otto.

Und diesmal war mir, als würde ich durch das Blättergeraschel hindurch einen Bonobo-Laut hören!

Ich hastete in Richtung des Geräuschs, stolperte über Wurzeln und Unebenheiten im Boden und kroch auf allen vieren weiter. Meine Fingerknöchel gruben sich tief in den Morast. Jetzt waren die Rufe schon deutlicher zu hören. Ganz unverkennbar: Es war das schrille, pulsierende Wimmern, das Otto ausstieß, wenn er in Not war.

Der Pfad verjüngte sich noch weiter, bis er von einem Dickicht regelrecht zugewuchert wurde. Mühsam zwängte ich mich hindurch – und sah Otto auf der anderen Seite des Gestrüpps zwischen zwei Bäumen hängen. Sein Fußgelenk steckte in einer engen Seilschlaufe fest: eine Falle! In einer Höhe von fast drei Metern baumelte mein kleiner Bonobo in der Luft, kreiselte hin und her. Und bei jeder Umdrehung knarzte das aus einer Liane geflochtene Seil.

Ich rief Ottos Namen und noch im selben Moment sah ich aus dem Augenwinkel einen schwarzen Umriss losrennen und ins Gestrüpp brechen. Es war also doch kein Reptil gewesen, sondern ein Bonobo. Ein wildes Bonobo-Weibchen mit einem Kleinen auf dem Rücken.

Jetzt sah Otto mich und fing noch lauter an zu schreien. Er ruckelte und zuckte an seinem Seil, dann streckte er einen

Arm nach oben und versuchte die Fußschlinge zu fassen zu bekommen. Aber es gelang ihm nicht und er ließ die Arme wieder resigniert hängen. Ich hatte keine Ahnung, wie lange er dort oben schon baumelte. Sein Fuß hatte sich jedenfalls schon lila verfärbt und war dick angeschwollen und seine Augen waren blutunterlaufen, als wären massenhaft kleine Äderchen geplatzt.

»Oje, Otto, mein Süßer. Keine Sorge, ich hol dich da runter.«

Aber wie? Selbst wenn ich mich noch so reckte und streckte, ich würde nicht an ihn heranreichen. Mir blieb also nichts anderes übrig, als zu klettern. In Bonobo-Manier. Ohne auch nur eine Sekunde weiter nachzudenken, grub ich meine Fingerkuppen in die Vertiefungen der Rinde und zog mich hoch. Ast für Ast. Als ich schließlich oben war und an dem straff gespannten Seil zog, vibrierte es wie eine Gitarrenseite. Ich hatte gehofft Otto hochziehen zu können, aber die Liane war viel zu rutschig, ich bekam sie einfach nicht richtig zu fassen.

Also streckte ich den Kopf vor, hieb meine Zähne in die Fasern und wollte gerade anfangen sie durchzunagen, als ich plötzlich Stimmen hörte. Ich erstarrte. Zwei Menschen, die sich leise und kurz angebunden miteinander unterhielten. Ich hätte alles und jeden um mich herum ausgeblendet, nur um Otto freizukriegen. Aber wenn sie mich jetzt schnappten, könnte ich nichts mehr tun, um ihm zu helfen. Also zog ich mich lautlos in das limettengrüne Blattwerk zurück.

Ein Mann und eine Frau arbeiteten sich durch das Gestrüpp auf die Stelle zu. Sie wirkten total zielstrebig – wahrscheinlich weil entweder Ottos klägliches Gewimmer oder mein Rufen sie angelockt hatte. Als der Mann sah, was da in der Falle baumelte, stieß er einen Schrei aus, dann stellten sie sich beide unter Otto. Der starrte verängstigt und lautlos weinend zu ihnen hinab. Hätten die beiden etwas genauer hingeschaut, hätten sie mich sofort entdeckt. Ihre Blicke gingen sogar direkt in meine Richtung, waren aber allein auf Otto etwas unterhalb fokussiert. Sie trugen beide einen Patronengurt um die Brust. Die Frau streckte sich, richtete ihren Gewehrlauf in die Höhe und stupste Otto damit gegen die Stirn. Der kreischte angsterfüllt auf und schaute mich hilflos an. Von unten drang schallendes Gelächter herauf.

Die Frau war wunderhübsch – mit glänzendem kurzen Haar und endlos langen Beinen. Der einzige Makel: Über ihr Gesicht zog sich eine riesige Narbe. Auch das Gesicht des Mannes zeigte Kriegsspuren, war darüber hinaus aber noch von unzähligen Aknenarben gezeichnet. Jetzt zog er ein kurzes Messer hervor und pikste Otto damit in die Hand. Der jaulte auf vor Schmerz und steckte die blutende Hand in den Mund. Er versuchte außer Reichweite zu gelangen, seinen herunterhängenden Körper nach oben einzurollen, aber nach dem stundenlangen Kampf mit dem Seil war er längst zu schwach.

Ich widerstand dem Drang, hinter meiner Blätterwand hervorzubrechen und Otto zu Hilfe zu kommen. Stattdessen zwang ich mich zur Ruhe und versuchte nachzudenken. Das da unter mir waren keine typischen Jäger. Nicht mit solchen Patronengurten. Nein, das waren Rebellen. Wahrscheinlich unbezahlt und so ausgehungert, dass sie Fallen aufstellen mussten, um überhaupt etwas zwischen die Zähne zu bekommen. Gut möglich, dass diese Falle hier eigentlich für kleinere Beutetiere gedacht war, für Makaken, Ducker oder Ähnliches. Umso mehr mussten sie sich da freuen einen Bonobo in die Pfanne zu bekommen.

Die beiden besprachen sich kurz, dann erklomm die Frau mit dem Messer zwischen den Zähnen einen Baum auf der anderen Seite des Pfades. Mein Gott! Sie hätte ebenso gut meinen auswählen können – dann wäre ich in einen Nahkampf mit ihr verwickelt worden! Als sie etwa auf meiner Höhe war, kroch sie auf einem waagrechten Ast weiter, den Blick fest auf die Schlinge gerichtet. Sie war jetzt nur noch zwei Meter oder so von mir entfernt. Ich konnte die Schweißperlen auf ihrer Nase sehen, ihre muffige Kleidung und ihren ungewaschenen Körper riechen. Ich könnte mich lang machen und sie packen. Ihr in den Arm beißen und sie dann von ihrem Ast stoßen. Das war zumindest das, wonach mir der Sinn stand, doch was hätte das genützt? Sie würde auf dem Boden liegen und noch im selben Moment ihr Gewehr zücken, ebenso wie ihr Begleiter. Dann wären Otto und ich auf der Stelle tot.

Also sah ich schicksalsergeben zu, wie sie ihren Arm mit dem Messer zitternd vorstreckte. Mein ganzer Körper spannte sich an. Wenn sie Ottos Fuß mit der Klinge verletzte, würde ich mich auf sie stürzen.

Mit einem Ratsch durchtrennte sie das Seil.

Otto fiel dem Mann direkt auf die Brust und streckte sofort seine Arme aus, um sich festzuklammern. Aber der Kerl war so überrumpelt, dass er aufschrie und Otto nicht festhielt. Der plumpste schwer auf den Boden. Das Ende des durchtrennten Seils hielt der Mann auf Armeslänge von sich, als hinge eine riesige Schnappschildkröte daran. Da Ottos geschwollener Fuß von dem Seil nach oben gezogen wurde, musste er sich mit einer Hand abstützen. Er schrie und ruderte wild mit seiner freien Hand umher, während die Frau von ihrem Baum herunterkletterte. Sie schien sich bestens über ihren verdutzten Partner zu amüsieren.

Der Mann reichte ihr das Seil, dann gingen sie den Pfad in die Richtung zurück, aus der sie gekommen waren. Die Frau zerrte Otto hinter sich her, ja, schleifte ihn fast. Und er versuchte alles, um auf den Beinen zu bleiben. Er stemmte seine kaputten Handflächen in den Boden, um zu verhindern, dass er sich überschlug und mit dem Gesicht voran über Stock und Stein gezogen wurde. Kurz darauf verschwanden die drei im Dickicht und ich hörte nur noch Ottos heiseres Schreien.

In Windeseile rutschte ich den Baumstamm hinunter. Ich landete unsanft auf dem Boden, rappelte mich aber sofort auf und atmete angestrengt gegen die Beklemmung in meiner Brust an.

Offenbar hielten es die beiden nicht für nötig, leise zu sein. Jedenfalls hatte ich kein Problem, ihnen und dem wimmernden Otto auf dem Weg in die Stadt zu folgen.

Ich bin hier, *mon petit*, ganz nah. Du weißt nichts davon, aber ich bin hier.

Der Jägerpfad schlängelte sich eine ganze Weile durch den Wald, bevor die ersten Hütten auftauchten. Sie waren genauso verlassen wie die, die ich schon gesehen hatte, und dasselbe gespenstische Schweigen lag über ihnen. Außer einem kleinen Jungen, der einsam auf der staubigen Straße hockte, war keine Menschenseele zu sehen. Er musste mich bemerkt haben, da war ich mir sicher, genauso wie ihm auch das Rebellenpaar und Otto aufgefallen sein mussten. Aber er starrte einfach nur stur auf seine Knie, wohl in der Hoffnung, nicht weiter beachtet zu werden.

Dann hörte ich weiter vorne plötzlich Geräusche einer Menschenmenge. Wahrscheinlich war es nur noch eine Frage der Zeit, bis irgendjemand mich sah, dem mein Herumschleichen komisch vorkam.

Mit einigem Abstand folgte ich dem Mann und der Frau an einem einfachen Betonbau vorbei. Der Schriftzug, der ihn als Postgebäude auswies, war so verblichen, dass er auf der stockfleckigen Außenwand nur gerade so zu erkennen war. Die Buchstaben stammten vermutlich noch aus der belgischen Kolonialzeit vor über fünfzig Jahren. Widerstrebend beschloss ich mich zu verstecken, bevor ich entdeckt wurde, und schlüpfte durch die Lücke zwischen zwei Holzplanken, mit denen die Tür des Postgebäudes vernagelt war.

Im Inneren roch es feucht und modrig wie in einem alten Keller. Irgendwie musste ich aufs Dach gelangen, bevor das Paar mit Otto außer Sichtweite verschwand. Die Treppe nach oben war längst verrottet, aber ich konnte mich an der porösen Wand hinaufhangeln, in deren Löchern meine Füße Halt fanden, während sich meine Hände durch die Treppenöffnung ins obere Stockwerk tasteten. Mushie, der Akrobat, wäre stolz auf mich gewesen. Ich gelangte auf dieselbe Weise vom ersten in den zweiten Stock und von dort schließlich aufs Dach. Mit ein paar Schritten war ich an der Dachkante, gerade rechtzeitig, um zu sehen, wie Otto und seine Häscher den zentralen Marktplatz erreichten.

Dort herrschte reges Treiben. Es gab zwar nur wenige Händler, aber die waren umso hektischer am Handeln und Feilschen mit den ausgemergelten, mürrischen und extrem gelangweilt wirkenden Rebellen, die sich zum Zeitvertreib gegenseitig herumschubsten und anrempelten. Ich hatte keine Ahnung, ob die Händler für ihre Waren Geld bekamen, ob sie sie gegen irgendwelche Gefälligkeiten eintauschten oder sich damit ihr blankes Überleben erkauften. Über die Dachkante konnte ich etliche Rebellen auf dem Bürgersteig hocken sehen. Sie waren damit beschäftigt, ihre Macheten an Pflastersteinen zu schärfen, die von einer längst zerfallenen Durchgangsstraße stammten.

Sobald die Fallensteller mit Otto auf dem Markt aufkreuzten, erhob sich großes Geschrei. Die Menschenmenge, die sich um die drei scharte, war so dicht, dass ich Otto überhaupt nicht mehr sehen konnte. Die Vorstellung, was dort vielleicht gerade mit ihm passierte, lähmte mich regelrecht.

Aber schon bald lichteten sich die Reihen wieder und ich sah, dass Otto noch lebte. Er klammerte sich an das Bein der Frau, die ihn gefangen hatte, und presste seinen Kopf gegen ihr Schienbein. Steifbeinig stakste sie herum und lachte sich halb tot dabei. Otto wollte sie einfach nicht loslassen, auch dann nicht, als sie ihr Bein schüttelte und ein paarmal kräftig aufstampfte. Ich fühlte mich so vollkommen hilflos auf meinem Dach und war gleichzeitig so wütend, so panisch und auch eifersüchtig, dass ich blind um mich trat. Wie eine Besessene kickte ich gegen den bröckeligen Zement der flachen Dachbegrenzung – und ging gleich darauf in Deckung, aus Angst, dass herabfallende Brocken mich verrieten.

Als ich schließlich wieder hochkam, war Otto offensichtlich schon verkauft worden. Seine neuen Besitzer hatten das Seil um das Bein eines Plastiktisches geschlungen, der vor einem ehemaligen Restaurant stand. Otto selbst saß mit geschürzten Lippen und gebleckten Zähnen auf dem Tisch und hielt seinen verletzten Fuß in der Hand. Aus der Entfernung konnte ich seinen Gesichtsausdruck nicht erkennen. Ich sah nur die vielen Männer, die um ihn herum saßen, faulenzten und rauchten. Mit Mühe unterdrückte ich den Impuls, noch einmal gegen die Dachkante zu treten. Wie konnte ich Otto nur da wegholen? Ich hatte völlig naiv gehofft mich irgendwie anschleichen und ihn mir schnappen zu können, aber bei der Menschenmenge, die ihn umgab, war das absolut unmöglich.

Alles, was ich tun konnte, war abwarten. Abwarten, dass sich die Lage irgendwie änderte. Ich gab mir eine Stunde. Vielleicht wollte es ja der Zufall, dass sich der Markt bis dahin leerte.

Ich kauerte mich nieder und beobachtete, wie Otto seinen neuen Bewegungsradius austestete. Einer aus der Runde, ein junger Typ in einem schmutzigen Muskelshirt, machte sich einen Spaß daraus, Otto eine Zigarette zu reichen und ihm, als er diese verschmähte, ein Bier in die Hand zu drücken. Und tatsächlich führte Otto die Flasche zum Mund und schlürfte gierig – wahrscheinlich erinnerte er sich an die vielen Male, die ich ihm aus meiner Wasserflasche zu trinken gegeben hatte.

Doch kaum hatte er den Biergeschmack auf der Zunge, ließ er die Flasche angewidert fallen. Der junge Typ hob sie auf und drückte sie ihm gewaltsam an die Lippen – so lange, bis Otto schließlich doch trank, die blanke Verzweiflung im Blick. Es war einfach nicht auszuhalten! Otto hatte auf mich gezählt, er hatte darauf vertraut, dass ich ihn beschütze, und jetzt war er von Männern umzingelt, die jeden Moment anfangen konnten ihn zu quälen – während ich ohnmächtig zusehen musste! Meine grenzenlose Wut verwandelte sich, da sie kein Ventil fand, in völlige Mutlosigkeit.

Als Otto das Bier ausgetrunken hatte, ließ er sich auf die Tischplatte plumpsen. Die leere Flasche rollte herunter und zersprang auf dem Boden. Mit gesenktem Blick begann er an seinem Zeh herumzunesteln.

Ich beobachtete die Szenerie schweigend. Da trat plötzlich ein älterer Milizionär auf Otto zu, machte Anstalten, ihn vom Tisch loszubinden, und hielt erst inne, als der junge Typ mit dem Bier ihn anpöbelte. Missmutig zog der Ältere schließlich ab, so wie nach und nach auch alle anderen. Und als der glühende Nachmittag langsam in einen nicht weniger glühenden Abend überging, hockte nur noch der Jugendliche an dem Plastiktisch. Schließlich stand auch er auf, öffnete die Tür des ehemaligen Restaurants, blieb einen Moment auf der Schwelle stehen und plauderte mit ein paar vorbeischlendernden Rebellen. Vielleicht hatte er sich das Haus ja unter den Nagel gerissen, nachdem der ehemalige Besitzer umgebracht worden war.

Wieder einmal kochte die Wut in mir hoch angesichts meiner Ohnmacht. All das wäre nicht passiert, wäre Otto nicht weggelaufen. Was war da bloß in ihn gefahren? Während ich hier oben festsaß, wurde mir auf einmal bewusst, dass wir uns mitten im ursprünglichen Bonobo-Lebensraum befanden. Die Bonobo-Mutter, die ich aus den Augenwinkeln gesehen hatte, hatte wahrscheinlich Ottos wimmernde Kinderstimme gehört, war nachsehen gekommen und geflüchtet, als ich auftauchte. Ob Otto sich daran erinnerte, dass seine echte Mutter tot war – falls er das damals überhaupt realisiert hatte?

Als es dämmerte, löste der Jugendliche das Seil vom Tisch. Otto blickte hoch, schien aber nicht in der Lage zu sein aufzustehen. Also nahm der Typ ihn auf den Arm und trug ihn ins Innere des geplünderten Restaurants. Ottos Arme und Beine hingen schlaff herunter.

Es war längst Zeit zum Abendessen und ich hatte den jungen Kerl den ganzen Nachmittag über keinen Bissen zu sich nehmen sehen. Ein entsetzlicher Gedanke durchschoss mich. Hatte er sich Otto etwa deshalb besorgt? Um ihn zu essen?

Nein, ich konnte unmöglich länger warten, dass sich mir wie durch ein Wunder eine Gelegenheit zum Eingreifen bot. Ich musste selbst aktiv werden. Sofort. In wenigen Minuten würde es dunkel sein, mir blieb also nicht mehr viel Zeit, um mich zurück ins Erdgeschoss zu hangeln und zum Restaurant hinüberzuschleichen. Hastig ließ ich mich durch die Treppenöffnung in den ersten Stock herab und von dort nach ganz unten. Dann spähte ich prüfend zwischen den Holzbrettern hindurch auf die Straße. Niemand zu sehen. Ich schlüpfte nach draußen.

Noch in derselben Sekunde wurde ich entdeckt. Zu meiner Linken ertönte ein Schrei. Ich verschwendete keine Zeit, blickte mich nicht um, sauste blindlings los, um die erstbeste Ecke, dann um die nächste, in der Hoffnung, meinen Verfolger – wer immer das war – abzuschütteln.

In einer dunklen Ecke hielt ich an, um zu verschnaufen und auf Laufschritte zu horchen. Nichts. Ich wischte mir den Schweiß aus dem Gesicht, kam aus meinem Winkel hervor und steuerte den Marktplatz an.

Es war ein absoluter Horror, unmittelbar zwischen den Kämpfern herumzulaufen, nachdem ich sie so lange aus sicherer Entfernung beobachtet hatte. Mein Adrenalinpegel schoss in die Höhe, mein Puls raste. Trotzdem zwang ich mich aufrecht zu gehen und meinen Blick nicht zu senken, versuchte so zu tun, als ob ich hierher gehörte, auch wenn ich mich am liebsten in ein Mauseloch verkrochen hätte.

Aber ich merkte schnell, dass mein Schauspielern nichts brachte, wahrscheinlich weil Mädchen einfach nichts alleine auf der Straße zu suchen hatten, ja, eigentlich wohl nicht mal am Leben sein durften. Jedenfalls wurde um mich herum sofort getuschelt und Milizionäre mit blutunterlaufenen Augen, die ihre Gewehre offen zur Schau stellten und sich demonstrativ in den Schritt griffen, rempelten mich an und riefen mir Anzüglichkeiten zu, in Sprachen, die ich nicht verstand. Der

Kreis um mich herum zog sich immer enger. Mir war völlig klar, wie das alles enden würde. Die Männer würden sich nicht beherrschen können und ihre Anzüglichkeiten in die Tat umsetzen, irgendjemand würde nach mir grapschen, dann ein zweiter, ein dritter … und das wäre dann der Anfang vom Ende.

Vor lauter Panik konnte ich an nichts anderes mehr denken, versuchte nur noch mich da herauszukämpfen. Ich wusste, dass Worte nichts bringen würden, und deshalb sagte ich nichts. Ich zeigte einfach nur auf die Restauranttür, hinter der der junge Kerl mit Otto verschwunden war. Zu Otto zu gelangen war jetzt mein einziges Ziel, und in seine Richtung zu zeigen was das Einzige, wozu ich in der Lage war.

So schnell ich konnte, drängte ich mich durch das Gewusel aus grapschenden Händen in Richtung Restaurant. Ich versuchte den lüsternen Blicken auszuweichen, den Spuckfladen zu ignorieren, der auf meiner Wange landete, sowie den Mann, der sich mir in den Weg stellte und betont cool mit einer Handgranate zu jonglieren begann, bis ihn seine Kameraden schließlich wegzogen.

Meine Gedanken rasten, während ich mich vorwärtsbewegte. Warum hatte mich noch keiner der Männer gepackt? Offenbar stellte Ottos neuer Besitzer etwas dar unter den Rebellen, denn seit ich angedeutet hatte, dass ich zu ihm wollte, stellte sich mir niemand mehr ernsthaft in den Weg.

Nach einer gefühlten Ewigkeit kam ich an der Restauranttür an. Die Soldaten johlten in meinem Rücken. Irgendjemand fasste mir hinten an die Hose und ich spürte, wie die Plastiktüte mit meinen wenigen Habseligkeiten abgerissen wurde. Aber ich machte keine Anstalten, sie mir zurückzuholen. Ich drückte die Tür auf und trat wie selbstverständlich ein, so als würde ich hier seit Jahren ein und aus gehen. Als gäbe es keinen schöneren Ort für mich als dieses Haus, in dem ein bewaffneter Spinner Otto gefangen hielt.

Drei

Kaum stand ich drinnen, sprang der Typ auf, und zwar so abrupt, dass er seinen Plastikstuhl umwarf. Obwohl ich nicht verstand, was er mir entgegenbrüllte, senkte ich reflexhaft den Kopf und schloss die Tür. Als ich mich wieder zu ihm umdrehte, hatte er sich etwas beruhigt.

Mein Blick suchte Otto. Gott sei Dank, er lebte! Er fing sofort aufgeregt an zu plappern, sobald er mich sah, und streckte seine Arme nach mir aus. Aber als er aufstand, stolperte er über leere Bierflaschen und sackte wieder zusammen. Die Flaschen gaben ein hohles Scheppern von sich, als sie aneinanderstießen. Otto versuchte erneut auf die Beine zu kommen, schaffte es aber nicht bis zu mir. Er strauchelte abermals, fand sich auf dem Boden hockend wieder und starrte mich verwirrt an. Ihm war offenbar schleierhaft, warum er sich nicht wie sonst auf seinen Körper verlassen konnte.

Jetzt schrie der junge Kerl mich wieder an, doch noch immer verstand ich kein Wort.

»Wie bitte?«, sagte ich schließlich auf Französisch.

Ich war verblüfft, als er ebenfalls in holpriges Französisch verfiel. Ein Minimum an Schulbildung hatte er also doch. »Das Haus hier gehört mir.«

Ich musterte ihn, vermied es aber, ihm direkt in seine wütenden, blutunterlaufenen Augen zu blicken. Er war sehr schlank, fast schon zart, seine Handgelenke waren genauso dünn wie meine. Seine Fingerknochen standen hervor und sahen aus, als könnten sie ebenso schnell splittern wie ein Lutschbonbon, die Nägel waren gelb vom Rauchen. Ich zuckte erneut zusammen, als ich nun doch seine furchtbaren Augen sah. Total zugedröhnt und vernebelt. Dafür war sein Gesicht vollkommen faltenfrei und sein Kinn wirkte weich wie das eines kleinen Jungen. Er konnte nicht viel älter sein als ich. Nicht dass das irgendetwas geheißen hätte im Hinblick auf meine Sicherheit, da machte ich mir nichts vor.

»Es tut mir leid«, sagte ich, während meine Hände eine beschwichtigende Geste machten. »Es tut mir wirklich leid.«

»Hat Lukila dich hergeschickt?«, blaffte er mich an.

Wahrscheinlich weil seine aufgebrachte Stimme bis nach draußen zu hören war, trommelten plötzlich unzählige Fäuste gegen die Tür. Mir blieb fast das Herz stehen vor Schreck, als ich sah, dass sich der Kerl tatsächlich zum Eingang bewegte.

»Bitte nicht, ich …«

Aber es war zu spät. Er hatte die Tür bereits aufgerissen.

Sofort war der Raum erfüllt von lautem Palaver. Eine Horde Männer und Jungs drängte sich vor dem Eingang, grinsend und lüstern. Jeder hielt einen andern zurück und dadurch waren sie so verkeilt ineinander, dass keiner von ihnen in den Raum hineinfallen konnte. Während sie mich angafften, quatschten sie unverständliches Zeug. Trotzdem war nicht schwer zu erraten, was sie sagten: »Teilst du die mit uns?«

Der Kerl im Inneren hielt offenbar nach jemand Bestimmtem Ausschau, den er aber nicht entdecken konnte, jedenfalls bellte er irgendetwas in die Menge, knallte dann die Tür zu und wirbelte zu mir herum.

»Du kommst als Geschenk von wem?«

Ich konnte nicht antworten. Zum einen, weil ich keine Antwort gewusst hätte, und zum anderen, weil ich entsetzt auf seine Halskette starrte. Zuerst dachte ich, es würde sich um ein paar aufgefädelte Muscheln mit verdorrtem Seetang handeln, aber das stimmte nicht: Es waren mumifizierte Fingernägel, und von jedem einzelnen hing ein Fetzen aufgerolltes schwarzes Gewebe herunter.

Als er meinen Blick registrierte, nahm er die Kette zwischen Daumen und Zeigefinger und schnipste daran herum. Dabei löste sich einer der Fingernägel und fiel zu Boden. Der Hals des Jungen war an der Stelle, wo die Kette lag, ganz schuppig und komisch gefleckt.

Langsam und – wie ich hoffte – unmerklich schob ich mich in Ottos Richtung. Ich hatte vor, dem Typen in allem, was er über mich annahm, beizupflichten und ihm nach dem Mund zu reden. Es war sicher besser, wenn er dachte, ich wäre von jemandem geschickt worden – denn andernfalls würde er vielleicht die Kerle von draußen hereinrufen.

»Du bist total hässlich«, sagte er unvermittelt und musterte mich von oben bis unten. »Aber immerhin bist du noch nicht so alt, dass du mich mit Aids anstecken kannst.«

Er hielt mich offenbar für jünger als vierzehn. Aber es war auch ziemlich schummerig in dem Raum. Vielleicht konnte er mich in dem Licht nicht als Weiße, als *mundele*, erkennen. Auf der anderen Seite: Ich wusste ja nicht mal, ob das für mich von Vorteil oder von Nachteil war.

Je näher ich Otto kam, desto besser konnte ich erkennen, was mit ihm los war: Er stierte zu Boden. Das übergeschwappte Bier hatte ihm das Fell verfilzt. Er hielt seine Hände ineinandergekrampft und leckte sie hin und wieder mit schwermütigem Gesicht ab. Auf dem einen Handrücken hatte sich eine Blase von der Größe eines Radiergummis gebildet. Irgendjemand musste ihn mit einer Zigarette verbrannt haben. Als ich endlich neben ihm stand, lehnte er sich für einen Moment Trost suchend gegen mein Schienbein. Vielleicht war es ganz gut, dass Otto zu benommen war, um seine Ärmchen hochzurecken, denn sonst hätte der Typ sofort gemerkt, dass wir vertraut miteinander waren, und das hätte ihn stutzig gemacht.

Während er dastand und mich abschätzend musterte, schaute ich mich verstohlen um. In dem schwachen Licht, das die Öllampe auf dem Tisch verbreitete, konnte ich ein paar Stühle erkennen, einen Haufen alter Plastiktüten in der einen Ecke, etliche verrostete Gewehre in der anderen und eine verkohlte Fläche in der Nähe der Tür, wo wahrscheinlich jemand ein kleines Feuer entfacht hatte, ob absichtlich oder aus Versehen.

Der Typ war ganz offensichtlich eine Art Respektsperson. Und sicher hatte er auch schon viele Menschen getötet – man brauchte sich nur die Fingernägel an seiner Kette anzuschauen. Und dennoch bestand meine größte Hoffnung, lebend hier rauszukommen, wohl in dem Umstand, dass er so ein junges, unverbrauchtes Gesicht hatte: Er sah einfach zu jung aus, um schon lange ein richtig Hartgesottener zu sein. Vielleicht gelang es mir ja, ihn dazu zu bringen, mich als menschliches Wesen zu betrachten?

»Ich heiße Sophie«, sagte ich schließlich und schaute ihm geradewegs in die Augen.

»Ich hab dich nicht nach deinem Namen gefragt, du Nutte. Zieh dein T-Shirt aus.«

Einen Moment stand ich wie erstarrt da, aber als er nach seiner Waffe griff, bewegten sich meine Hände reflexhaft zum Saum meines Shirts. Und noch bevor ich realisierte, was ich da tat, hatte ich es bereits hochgeschoben und mir über den Kopf gestreift. Es war das erste Mal, dass ich mit nacktem Oberkörper vor einem Jungen stand. Zwar trug ich einen BH, aber der war inzwischen total zerrissen und zerschlissen. Ich schlang meine Arme um die Brust und presste meine Hände gegen die Rippen. Meine Handflächen waren schweißnass vor Angst.

Das T-Shirt segelte Otto vor die Nase und der vertraute Geruch musste irgendetwas in ihm wachrütteln. Jedenfalls rollte er sich in den Stoff ein, blickte zu mir hoch – und schien mich erst jetzt richtig wahrzunehmen. Mit wackligen Beinen stand er auf und reckte mir seine Ärmchen entgegen. Ich beugte mich hinunter und hob ihn hoch, hielt ihn wie ein Kleidungsstück vor mich.

»Dein Affe gefällt mir«, traute ich mich zu sagen.

Der Typ sah einen Moment so aus, als würde er gleich ausrasten, dann verzog sich sein Gesicht zu einem breiten Grinsen.

»Ist mein neuer Freund.«

Ich rieb Otto über sein Hinterteil und wir pusteten uns mit gespitzten Lippen an – unser Lieblingsspielchen. Der Typ schaute uns fasziniert zu, offenbar beeindruckt, wie schnell wir miteinander anbandelten. Ich beschloss das auszunutzen.

»Weißt du, das ist ein Bonobo«, wagte ich einen weiteren Vorstoß. »Kein Schimpanse.«

»Weiß ich, brauchst du mir nicht zu sagen. Mein Anführer stammt aus Bolobo. Das Wort Bonobo kommt aus seinem Dorf. Vor Jahren hat irgendjemand auf der Fahrt mit 'nem lauten, klapprigen Bus das mal falsch buchstabiert und der blöde Weiße hat's nicht kapiert. Die Bonobos sind Zauberer – genau wie ich. In der Wildnis brauchen sie nichts zu trinken, weil die Luft im Wald immer feucht ist. Da ziehen sie ihre ganze Kraft raus.«

Otto schmiegte sich an meine nackte Haut, rieb seine weiche Wange an meiner Schulter. Ich streichelte ihm über den Hinterkopf. Jetzt sah der junge Kerl auf einmal gar nicht mehr so stolz aus, sondern eher eifersüchtig.

»Der mag dich«, stellte er fest.

Ich nickte. »Ich mag ihn auch. Er wird dir ein guter Freund sein. Es war schlau von dir, ihn auszuwählen.«

Schlagartig legte sich die Spannung in dem Raum etwas. Der Typ setzte sich auf einen Stuhl und ich ließ mich zögernd auf dem Boden nieder. Otto hielt ich mir immer noch vor die Brust, so fühlte ich mich weniger nackt.

»Ich heiße Bouain«, sagte der Kerl.

»Mein Name ist Sophie«, wiederholte ich.

»Kommst du aus Mbandaka?«

»Nein.« Ich holte tief Luft. Ich konnte einfach nicht überzeugend lügen, deshalb sagte ich die Wahrheit. »Aus Kinshasa.«

»Kinshasa.« Er verzog die Lippen zu einem Lächeln und entblößte dabei sehr gerade, aber komplett gelbe Zähne. »Die Hauptstadt. Meine Brüder haben Kinshasa eingenommen. Ist weit weg.«

»Ja«, stimmte ich zu. »Ich bin hierher geflüchtet.«

»Dann bist du eine Idiotin und verdienst, was du kriegst. Glaub nur nicht, dass du in Mbandaka sicherer bist.« Er winkte Otto zu sich, aber Otto rührte sich nicht, er starrte ihn nur an. *Bitte, Otto,* flehte ich innerlich, *hilf mir den Kerl bei Laune zu halten.*

Es war so tröstlich, Otto im Arm zu haben. Jeder Quadratzentimeter meiner Haut, den er mit seinem Körper bedeckte, schien geschützt zu sein. Ich versuchte mich mit den Augen des Typen zu sehen: meine dürre Hüfte, auf der meine fleckige Hose so lose saß, dass sie andauernd rutschte, die vielen Insektenstiche auf meinen Armen, die Prellungen von Anastasias Angriff, die immer noch nicht ganz abgeschwollen waren. Nee, ich war gerade wirklich nicht sonderlich attraktiv. Gott sei Dank.

»Nun komm schon, du lausiger Affe«, drängte der Junge. »Willst du noch ein Bier?«

Ich schluckte den Hass hinunter, der sofort wieder in mir aufwallte. »Ha ha«, lachte ich. »Ja, Affe, willst du nicht ein Bier?« *Otto, mein Süßer, ich tu das nur, um dich hier rauszubringen.*

Doch Otto wollte kein Bier mehr, das war ihm deutlich anzusehen. Er schien nur noch eines zu wollen: zu schlafen. Er seufzte und sein Atem an meinem Hals wurde langsamer und ruhiger.

Inzwischen war der Lärm der Männer, die sich draußen vor der Tür gedrängt hatten, verstummt. Die Stille und der Schein der Öllampe schufen eine seltsam vertrauliche Atmosphäre.

»Komm her zu mir«, sagte Bouain.

Mein Herz stockte, aber ich gehorchte. Immer noch auf dem Boden sitzend rutschte ich ein wenig näher an ihn heran.

Er nahm meine Hand in seine. Das war alles. Vielleicht wollte er meine Sympathie gewinnen. Eine Weile saßen wir so da und ich tat alles, um nicht zu zittern. Dann nahm er Ottos verletzten Fuß in die andere Hand. Otto trat nach ihm, war aber schon zu müde, um sich richtig zu wehren. Und Bouain war wahrscheinlich zu bedröhnt, um Ottos Widerstand zu bemerken. Aber da kniff er Otto plötzlich ins Fell. Richtig verbissen und rachsüchtig. Es war ihm also doch nicht entgangen.

»So läuft's nun mal auf der Welt. Man muss kämpfen. Das ist bei den Tieren nicht anders als bei uns«, sagte er.

Ich hoffte, dass seine Zuneigung zu Otto uns irgendwie retten und dass mein Wissen im Umgang mit Bonobos sich als nützlich erweisen könnte. »Kennst du dich mit Schimpansen aus?«, fragte ich.

Bouain nickte.

Ich schluckte den bitteren Geschmack der Angst hinunter und fuhr fort: »Sie kämpfen miteinander. Sie vergewaltigen und töten, wenn sie Artgenossen begegnen, die sie nicht kennen. Lange Zeit hat man sie für unsere allernächsten Verwandten gehalten. Entsprechend hat man geglaubt, dass auch wir so sind. Dass wir, als ihre engen Verwandten, genauso kampflustig sind wie sie.«

»Sag ich doch«, meinte Bouain.

»Ich bin sicher, dass du dich da besser auskennst als ich. Aber mir gefällt der Gedanke, dass die Bonobos genauso eng mit uns verwandt sind wie die Schimpansen. Und die töten und vergewaltigen nicht, die zanken sich nur. Die Weibchen sind körperlich schwächer als die Männchen, aber dafür halten sie zusammen und helfen einander – und sind den Männchen dadurch überlegen.«

»Also, den Gedanken find ich total daneben«, erwiderte Bouain und sein Blick war so finster, dass es schon fast wieder komisch aussah.

Ich lachte und als Reaktion darauf lächelte er – verhalten zwar, aber immerhin. Ich fühlte mich gleich ein wenig ermutigt. Mir war klar, dass ich ein Risiko eingegangen war, aber es ging nicht anders: Ich musste ihn mit meiner Sicht der Dinge konfrontieren.

»Es ist einfach nur eine andere Denkweise …«, begann ich.

»Mich hat niemand je beschützt«, fiel mir Bouain ins Wort.

»Das glaube ich«, sagte ich. Er hatte wahrscheinlich sogar Recht. Aber ich wollte jetzt nicht weich werden. Ich musste hart und unerbittlich bleiben.

»Heute ist es kalt draußen«, stellte er fest. »Wenn du dein

T-Shirt wieder anziehen willst, tu's. Du bleibst heute Nacht bei mir, da können wir uns gegenseitig wärmen, was?«

Der plötzliche Stimmungswechsel überrumpelte mich und ich verstand auch nicht, was Bouain eigentlich wollte: Ich sollte mein T-Shirt ruhig überziehen, aber dann trotzdem mit ihm schlafen? Vielleicht hatte dieses ewige Wichtigtun vor seinen Männern ihn ja mürbe gemacht und er wünschte sich jetzt so etwas wie einen Freund. Was auch immer dahintersteckte – irgendwie betrachtete er mich, zumindest für den Moment, wohl tatsächlich als Menschen.

Trotz Ottos leise fiependen Protesten löste ich seine Arme von meinem Hals, setzte ihn auf den Lehmboden und griff nach meinem T-Shirt. Ich hatte es schon halb übergestreift, nur eine Schulter war noch nackt, als ich merkte, dass ich in meiner Nervosität mit beiden Armen in dasselbe Armloch geschlüpft war. Bouain lachte, und in den wenigen Sekunden, die ich brauchte, um das Shirt richtig überzuziehen, musste ich plötzlich an meine Mutter denken. Ich verstand auf einmal, warum sie sich all die Jahre abgemüht hatte, strunzlangweilige Männer zu umgarnen: um durchzukommen. Zwar war die Situation, in der ich mich befand, grässlich – sie zwang mich zu einem widerlich scheinheiligen Spielchen mit diesem Typen –, aber sie war nicht der Weltuntergang. Der Weltuntergang, das war die Männerhorde draußen vor der Tür.

Bouain machte keine Anstalten, wieder nach meiner Hand zu greifen.

»Du sprichst gut Französisch«, sagte er. »Du könntest mir

ein paar Wörter beibringen.« Er streckte seine Hand aus und fuhr über Ottos Fell.

»Klar, kann ich machen«, versicherte ich. »Englisch könnte ich dir auch beibringen. Ich gehe in Amerika zur Schule.«

Misstrauisch neigte er den Kopf zur Seite. »Jetzt erzähl keinen Scheiß.«

»Tue ich nicht.«

»Warum bist du dann überhaupt hier im Kongo?«, fragte er.

»Um bei meiner Familie zu sein.«

»Du bist also keine normale Kongolesin.«

Ich schüttelte den Kopf. Da hatte er sicher Recht.

»Für mich hat der Krieg begonnen, als mein Lehrer die Kreide fallen ließ«, sagte er völlig unvermittelt. »Sie haben meinen Lehrer und meine Klassenkameraden vor meinen Augen umgebracht und mich stundenlang gefesselt an einem Baum stehen lassen.«

»Das ist schlimm«, murmelte ich, ohne wirkliches Mitleid zu verspüren.

»Zuerst dachte ich, sie würden mich dort umbringen, aber dann sind sie einfach nur in den Wald gegangen, um zu jagen. Bevor die Rebellen kamen, hatten wir viele Bonobos in unseren Wäldern. Aber als die Rebellen in unser Dorf einfielen, sind die Bonobos alle abgehauen. Alle bis auf einen. Ein Weibchen. Es hockte auf einem Baum. Ich wollte, dass sie flüchtete, aber das tat sie nicht. Und dann begriff ich, warum. Sie bekam gerade ein Baby. Direkt vor meiner Nase, während ich an diesen Baumstamm gefesselt war. Irgendwann plumpste das Baby einfach aus ihr raus und – zong – baumelte es an der Nabelschnur hin und her. Wahrscheinlich haben die Rebellen mit ihrem Getöse die Wehen ausgelöst. Kapierst du? Dann hat die Affenmutter die Nabelschnur durchgebissen und ist im Wald verschwunden. Aber die Rebellen waren wirklich überall. Die wird keine große Überlebenschance gehabt haben. Und das Baby war natürlich in der Falle. Das haben die Rebellen sicher sofort mitgenommen. So wie sie mich mitgenommen haben, verstehst du? Ich frage mich, was mit dem Kleinen passiert ist.«

Im Stillen fing ich an zu rechnen: Wie lange war Bouain wohl schon Söldner, wenn er jetzt so abgefuckt war und reihenweise Fingernägel an seiner Halskette trug? Die wildesten Gedanken überschlugen sich in meinem Kopf: Ich musste an Ottos junges Alter denken; die Unwahrscheinlichkeit, dass ein Neugeborenes ohne Mutter im Wald überlebte, geschweige denn eine Reise flussabwärts nach Kinshasa. Ich konnte die Emotionen in Bouains Augen sehen, als er Otto hochhob und auf seinen Schoß setzte. Otto konnte unmöglich das Affenbaby sein, dessen Geburt er beobachtet hatte, aber trotzdem schien es sich für ihn ein bisschen so anzufühlen.

»Ich hab dich zu mir genommen, weil du zu mir gehörst«, sagte er zu Otto. »Du und ich … wir sind die zwei Hälften einer Seele.«

Was für ein Blödsinn, dachte ich. »Er sieht aus, als wäre er ungefähr drei Jahre alt, was meinst du? Das wäre immer noch ziemlich jung, um ohne Mutter zurechtzukommen. Wir müssen ihn für dich aufpäppeln, müssen aufpassen, dass er gesund bleibt. Hat er schon etwas gegessen?«

Bouain schüttelte den Kopf.

»Ich könnte versuchen ihm etwas zu geben«, fuhr ich fort. »Ich bekomme bestimmt etwas in ihn hinein. Wenn wir da nicht achtgeben, verlierst du deinen Freund am Ende noch …«

Bouain rüttelte Otto an den Schultern wach. »Nein, er isst, wenn ich es ihm sage. Er respektiert meine Macht.«

Die Öllampe flackerte und erlosch schließlich ganz. Bouain gab einen genervten Schnalzlaut von sich. »Du kannst gehen und den Männern draußen sagen, dass sie sich geirrt haben, als sie dich zu mir gebracht haben«, befahl er.

Mein Gesicht brannte. Im ersten Moment verspürte ich Erleichterung, aber die Sorge gewann schnell Oberhand. Wie sollte ich Otto dann hier rausbekommen? Und was erwartete mich vor der Tür?

Nein, ich konnte jetzt unmöglich gehen. Nicht ohne Otto. Bevor Bouain eingreifen konnte, zog ich Otto auf meinen Schoß und kniff ihn. Er kreischte und riss die Augen auf, schloss sie aber sofort wieder halb. Bouain grinste. Mit dem Kneifen hatte ich gepunktet, war in seiner Achtung gestiegen. Ich setzte Otto auf den Boden und stellte meinen Fuß vor ihn hin.

Obwohl er schläfrig und angetrunken war – oder vielleicht gerade deshalb –, konnte Otto nicht widerstehen. Er begann an den Schnürsenkeln zu ziehen und die Schuhe zu öffnen.

Bouain schaute desinteressiert zu, wie ein König, den seine Hofnarren langweilen. Als die Schnürsenkel lose herabhingen, starrte Otto sie an, bevor er erst Bouain und dann mich ansah. Ich flehte ihn im Geiste an die Senkel erneut zuzuschnüren, aber er schloss nur die Augen und schien kurz davor einzuschlafen. *O nein, bitte nicht, Otto.* Wieder kniff ich ihn und wieder riss er seine Augen auf und warf mir einen empörten Blick zu.

Und dann machte er sich mit grimmiger Verbissenheit daran, die Schnürsenkel zuzuknoten. Das letzte Mal, als er das versucht hatte, hatte ich ihn irgendwann gestoppt, aber jetzt ließ ich ihn werkeln. Er reihte einen Knoten an den anderen, bis der Senkel ein einziger dicker Wulst war, den ich nie wieder würde aufdröseln können. Aufgeregt beugte sich Bouain auf seinem Stuhl vor und inspizierte das Chaos auf meinem Turnschuh.

»Aber wie …?«

»Ich hab magische Kräfte«, sagte ich schnell. »Und er ist mein Vertrauter. Ich kann ihn kontrollieren.« Mit diesen Worten klatschte ich einmal kurz in die Hände und bog meine Arme zu einem großen »V« – unser Zeichen für »Komm kuscheln«. Erleichtert, dass seine Mutter ihn nicht mehr aus dem Nichts heraus kniff und zwickte, riss sich Otto aus seiner Benommenheit, legte mir die Arme um den Hals, schmiegte sich an mich und starrte Bouain durchdringend an.

»Du hast mich reingelegt! Dein Französisch, die Zauberkraft … Du bist ein *touri!*«

Als er mir dieses Wort vor die Füße spuckte, bekam ich richtige Angst. Ein *touri* ist ein *mundele*, ein Weißer, mit Unheil bringenden magischen Kräften. Eine Art ausländischer Hexenmeister. In den entlegenen Dörfern, wo man selbst Einheimische wegen Hexerei verstieß oder umbrachte, wurden fremdländische Hexenmeister noch viel grausamer bestraft. Auf der anderen Seite: Ich war eine Hexe, die Macht über einen Bonobo besaß, dem sich Bouain verbunden fühlte. Der ihn an frühere Zeiten erinnerte. Vielleicht verbesserte das ja meine Lage.

»Kannst du mich von einer Krankheit heilen?«, wollte er wissen und hatte seine Hand bereits am Durchziehband seines Hosenbundes.

»Nein«, sagte ich entschieden. »Die Utensilien, die ich dafür bräuchte, liegen bei mir zu Hause. Alles, was ich hier habe, ist meine spirituelle Verbundenheit mit diesem Bonobo. Ich habe zwei seiner Finger gestohlen, aber ich habe versprochen sie ihm in der nächsten Welt zurückzugeben. Als Gegenleistung ist er in dieser Welt mein Diener.«

»Mir ist schon aufgefallen, dass zwei Finger fehlen.« Bouain seufzte. »Scheiße, ich hatte jetzt wirklich gehofft, dass du mich heilen kannst.« Er wirkte niedergeschlagen. Die Krankheit, welche auch immer es war, schien ihm zuzusetzen.

»Aber wenn du ihm gewogen bleibst, wird er dich glücklich machen. Auf diese Weise kann Otto dir helfen.«

»Otto?«

»Sein spiritueller Name. Eine europäische Bezeichnung für *Rache des Dämons.*«

»Ich wusste gleich, dass du anders bist. Dein Französisch. Deine Haare. Deine Haut. Und weißt du was? Du wirst mir etwas von deinen magischen Kräften abgeben.«

Ich überlegte blitzschnell. »Na ja, ich hab dir ja schon gesagt, dass ich meine magischen Utensilien nicht dabeihabe.

Der Geist dieses kleinen Dämons hier hat mich völlig überstürzt herbeigerufen. Und da bin ich hergeflogen.«

Otto schaute erst Bouain und dann mich an. *Was ist das für ein Spielchen, das ihr da treibt?*, schien er sich zu fragen. Aber vielleicht auch einfach nur: *Wann krieg ich endlich ein paar Erdnüsse?*

»Und warum fliegst du jetzt nicht einfach mit ihm weg?« Bouains Augen waren auf einmal nur noch kleine Schlitze.

»Er wollte den unsterblichen Jäger treffen, der sich Bouain nennt. Das hat er nun getan. Wenn du ihm hilfst freizukommen, wird er dich unverwundbar machen gegen Gewehrkugeln.«

»Das bin ich schon«, erwiderte Bouain nachdenklich.

Gott, was sollte ich darauf antworten? Doch bevor mir etwas einfiel, spann Bouain den Faden selbst weiter:

»Trotzdem kann ein zweites Schutzschild nicht schaden. Falls das andere mal ausfällt.«

»Otto ist zufrieden, denn er ist dir begegnet. Aber er hasst es, an einem Ort festzusitzen. Wenn er sich entschließt seine schützende Kraft um dich zu legen, verlangt er dafür, dass du uns gehen lässt.«

Bouain tippte sich versonnen an die Nase. »Die magische Kraft hätte ich schon ganz gerne, aber ich kann weder dich noch den Bonobo freilassen. Du bist ein Geschenk meiner Männer an mich, sie würden es als Beleidigung empfinden, wenn ich dich abziehen ließe.«

Ich zupfte Otto am Ohr – ein altes Spiel zwischen uns –, woraufhin er mit seiner Hand zu fuchteln begann und ein zufälliges »Z« in die Luft malte. Als würde er einen Blitz imitieren, der in die Erde einschlägt. Es war einfach unglaublich. Bouain erstarrte. Ich atmete innerlich auf.

»Wenn er dir ein Geschenk macht und danach verschwindet, werden deine Leute sehen, dass du ihn nicht freigelassen hast. Das Geschenk wird dich ehren, was wiederum deine Männer zufriedenstellen wird.«

Bouain tippte immer noch auf seiner Nase herum, während er über meinen Vorschlag nachdachte.

»Lass ihn ein bisschen von seiner Stärke auf dich übertragen«, beschwor ich ihn. Dann zupfte ich an Ottos Brustwarzen, woraufhin er ein verwirrtes Grunzen ausstieß. Guter Junge. »Die Kraftübertragung dauert nur eine Minute.«

Bouain erhob sich von seinem Stuhl und setzte sich uns gegenüber auf den Boden. Dann schloss er die Augen und nickte.

Sobald er uns nicht mehr beobachtete, kitzelte ich Otto unter den Achseln, der gar nicht mehr aufhören wollte zu grunzen. Als die Minute vorbei war, sagte ich zu Bouain, dass er die Augen jetzt wieder öffnen könne.

»Und? Fühlst du dich anders?«, fragte ich.

Er nickte mit schweren Augenlidern, war wohl kurz vorm Einschlafen gewesen. Für einen winzigen Moment verspürte ich einen seltsamen, fast mütterlichen Drang: diesem Sammler menschlicher Fingernägel die Schuhe auszuziehen und ihn ins Bett zu bringen. Mannomann, dachte ich, die ganze Sache wäre völlig anders verlaufen, wenn der Kerl nicht so high wäre.

Er streckte sich auf dem Boden aus und tastete mit der

Hand nach Otto. Doch der wollte davon natürlich nichts wissen. Er musterte erst Bouains Hand und dann mich. *Das ist keine Erdnuss.*

Schlaftrunken murmelte Bouain: »Ich darf keinen von euch beiden gehen lassen, versteht ihr?« Dann fielen ihm endgültig die Augen zu.

Das Vorhängeschloss an der Hintertür war offen, es hing sogar lose an seinem Haken. Ob er es absichtlich offen ließ oder nur vergessen hatte abzuschließen? Egal, der Weg schien frei zu sein, das war alles, was zählte.

TEIL SECHS

Die Überlebenden

Eins

Ich öffnete die Tür gerade so weit, dass wir hinausschlüpfen konnten, und schloss sie leise hinter mir. Es war still draußen und so finster, dass man nicht drei Schritte weit sehen konnte. Also wartete ich, dass sich meine Augen an die Dunkelheit gewöhnten. Das Einzige, was ich hörte, war Ottos Magenknurren. Nach einer Weile hatte ich den Eindruck, dass sich die Schwärze um mich herum in ein dunkles Grau verwandelte. Ich beschloss das Risiko einzugehen und einfach loszulaufen – auch wenn meine einzigen Orientierungspunkte irgendwelche wüst herumliegenden Gegenstände waren, in denen sich das Mondlicht spiegelte: eine alte Fahrradfelge, eine verbeulte Plastikwasserflasche, der Aluminiumgriff einer Handgranate.

Irgendwie musste ich zum südlichen Stadtrand gelangen, und von dort zum Fluss. An dessen Ufer entlang könnte ich mich dann bis zum Dörfchen Ikwa durchschlagen. Allerdings musste ich höllisch aufpassen in der Dunkelheit nicht irgendeinem Kerl zu begegnen, der sofort seine Kumpels zusammenrief. Oder einem Hund vor die Füße zu stolpern, der die ganze Gegend wach bellte. Aber zum Glück blieb es vorerst ruhig in den Straßen. Vielleicht waren Mbandakas Hunde ja längst alle im Kochtopf gelandet.

Vom Dach des Postgebäudes aus hatte ich mir einen ziemlich guten Überblick über das Stadtbild und die Anordnung der zentralen Straßen und Plätze machen können. Das kam mir jetzt zugute, ich hatte den Eindruck, ein Gespür für die ungefährlicheren Straßen zu haben. Mitunter trat ich auf irgendetwas, das klapperte. Einmal stolperte ich über eine Holzkiste, die mit Getöse zusammenkrachte. Und vereinzelt sah ich die geröteten Augenpaare irgendwelcher Milizionäre oder ihrer Opfer auf mich gerichtet, die aber offenbar zu betrunken waren, zu verzweifelt oder zu müde, um mich weiter zu beachten.

Dann vernahm ich plötzlich das Geräusch von strömendem, gurgelndem Wasser. Der Fluss! Auf allen vieren rutschte ich eine steile, grasbewachsene Böschung hinunter. Otto schlug es unsanft auf meinem Rücken hin und her. Irgendwelche Insekten oder Dornen zerstachen mir den Arm, aber ich konnte sie weder sehen noch mich weiter darum kümmern. Kaum standen wir unten am Ufer, hörte ich Otto gierig schlürfen. Ich hätte jetzt gerne das Jodfläschchen bei mir gehabt und ebenfalls von dem Wasser getrunken, aber die Rebellen hatten mir ja meine Plastiktüte vom Gürtel abgerissen. Immerhin war mein Durst gerade noch auszuhalten.

Wir entfernten uns jetzt von Mbandaka. Allerdings war es der helle Wahnsinn, im Dunkeln am Ufer entlangzustapfen, denn auf Schritt und Tritt konnten hier Krokodile oder Schlangen lauern. Ich warf einen prüfenden Blick zurück: Schon jetzt, nach ungefähr 100 Metern, waren die Umrisse der flussnahen Gebäude nicht mehr zu erkennen. Das bedeutete umgekehrt, dass man auch uns nicht sehen würde, wenn wir bis Sonnenaufgang hier im Gras ausharrten. Also ließ ich mich ein paar Meter landeinwärts nieder, drückte Otto an meine Brust und schaukelte ihn sanft hin und her, damit er seinen knurrenden Magen vergaß.

Ich konnte es immer noch kaum fassen, dass wir Bouain und den anderen Männern entkommen waren.

Ich hatte die vielen dunklen Klumpen, über die ich am Ufer gestolpert war, für alles andere gehalten, nur nicht für das, was ich jetzt sah, als es heller wurde: Leichen. Einige dümpelten halb im Wasser oder steckten bis zum Hals im Schlamm. Andere sahen aus, als würden sie den Weg entlangkriechen, nur dass sie mitten in der Bewegung erstarrt waren. Es waren auch Männer und Jungs darunter, aber größtenteils waren es Frauen und Mädchen, deren Wickelröcke wie riesige bunte Schmetterlingsflügel im Gras lagen.

Ich versuchte ruhig durchzuatmen und das Zittern zu unterdrücken, das meinen ganzen Körper erfasst hatte.

Am gegenüberliegenden Ufer konnte ich jetzt auch die Goldmine erkennen. Allerdings wirkte sie alles andere als offiziell: Es war einfach eine Steilwand aus bröckeliger Erde und mittendrin ein klaffendes Loch. Weit und breit waren keine Wachen zu sehen, wahrscheinlich weil es keine wertvollen Maschinen und Werkzeuge zu stehlen gab. Es war nicht mehr als eine große Wunde in der Erde, aufgekratzt von Fingernägeln.

Die Menschen um mich herum konnten nicht länger als ein,

zwei Tage tot sein. Jedenfalls waren sie noch nicht sichtbar verwest. Trotzdem erschauderte ich bei dem Gedanken, dass Otto in der Nacht Wasser getrunken hatte, in dem totes Menschenfleisch faulte.

Wir sahen zu, dass wir wegkamen, bevor womöglich neue Milizionäre und Arbeitssklaven bei der Mine aufkreuzten. Je wärmer es wurde, desto mehr Fliegen umschwirrten die Leichen. Auch auf meiner zerkratzten, zerstochenen Haut sammelten sie sich und krabbelten in meinen schmutzigen, im Gesicht klebenden Haaren herum. Inzwischen knurrte auch mein Magen, allerdings nicht halb so anklagend wie Ottos. Ich spürte, wie er in seiner Verzweiflung bereits hinten an meinem Nacken herumknabberte. Und obendrein war der Ärmste bestimmt auch noch verkatert. Aber wo sollte ich etwas zu essen und zu trinken auftreiben?

Ich versuchte mich an die Landkarte zu erinnern, die in dem UN-Bürocontainer an der Wand hing. Da hatte es so ausgesehen, als lägen Mbandaka und Ikwa ganz nah beieinander, fast wie Nachbarorte. Aber in einem so riesigen Land wie dem Kongo konnte ein Millimeter auf der Karte eine mehrtägige Reise bedeuten.

Der bloße Name des Dorfes, das ich ansteuerte, machte mich beklommen, denn ich musste natürlich sofort an den Namensvetter denken – an den alten, halb blinden Ikwa. Daran, wie wir beide nebeneinander auf einem Ast gesessen und den Sonnenuntergang beobachtet hatten. Dann ploppte Mushie in meiner Erinnerung auf, wie er mit ausgestrecktem Arm vor Anastasia auf dem Boden lag und auf die kleinste Berührung ihrerseits hoffte. Oder Songololo, bei ihren unermüdlichen Versuchen, den Bauch der Mutter zu erklimmen. Ob die vier sich wohl wunderten, warum ich sie verlassen hatte? Oder hatten sie verstanden, dass ich keine andere Wahl hatte? Ich wünschte, ich hätte es ihnen erklären können, aber Erklärungen waren nun einmal etwas, was Bonobos nicht begriffen. Eine Bonobo-Mutter konnte ihrem Kind auch nicht klarmachen, dass sie krank war und deshalb keine Lust auf Kitzelspielchen hatte. Es hätte nichts genützt, einer Gruppe von Bonobos zu beteuern, dass es nur flussaufwärts sicher war und dass man sich deshalb dorthin begeben müsse. Ebenso wenig wie es etwas gebracht hätte, ihnen zu sagen: »Pweto hat uns allen das Leben gerettet, also seid jetzt bitte wieder nett zu ihm.« Oder: »Ich bin nur ein paar Wochen weg, dann komme ich wieder. Passt in der Zwischenzeit gut auf euch auf und glaubt bloß nicht, dass ich tot bin.« Und leider gab es auch keine Möglichkeit zu sagen: »Ich liebe euch.«

Die Vorstellung, dass Bonobos immer nur das unmittelbare Verhalten sahen und nicht die dahinterliegenden Gedanken, hatte mich schon immer traurig gemacht. Aber vielleicht war es auch nicht nötig, einem Wesen zu erklären, dass man es liebte, wenn man es ihm zeigen konnte. Ich hatte Otto gerettet, mehrmals, hatte ihn geherzt und gedrückt und gepflegt, als er es am meisten brauchte. Das war es, was zählte. Das war ein reiner, unverfälschter Liebesbeweis. Ich war immer noch meinen menschlichen Denkmustern und Idealvorstellungen verhaftet. Dabei maß Otto mich einzig und allein an meinen Taten. Das war etwas, was ich von ihm lernen konnte. Es war wohl das einzig Entscheidende, wie die Erlebnisse der letzten Wochen zeigten.

Irgendwann gegen Mittag – ich sang beim Laufen Schlaflieder für Otto und rieb seinen verletzten Fuß – fiel er plötzlich von meinem Rücken. Er plumpste auf den Boden und sah mich entschuldigend an. Unter ihm bildete sich eine Pfütze Durchfall. Eine Pfütze, die immer größer wurde, extrem dünnflüssig, als hätte jemand eine Teekanne umgeworfen. Mit zitternden Beinen wankte er schließlich zu mir zurück und hob seine Ärmchen, um hochgenommen zu werden. Ich streichelte ihm über den Kopf und küsste ihn, hielt ihn aber erst mal auf Armeslänge von mir, während ich ein paar große Blätter suchte, um ihm damit den Hintern abzuwischen. Ich war gerade fertig, als der nächste Schwall kam. Otto runzelte die Stirn – das hatte ich bei ihm seit unserer ersten gemeinsamen Autofahrt, direkt nachdem ich ihn gekauft hatte, nicht mehr gesehen. Er kniff seine kleinen Augen zusammen und verkrampfte sich.

Ich musste an den Fluss denken, an all die Leichen darin. Das Wasser, das sie umspült hatte, war direkt an Otto vorbeigeflossen. Wäre ich doch nur so geistesgegenwärtig gewesen und hätte ihn vom Trinken abgehalten.

»Otto, mein Süßer«, sagte ich und rieb ihm seine feuchtkalte Hand. »Es ist nur noch ein kleines Stück, okay? Morgen, schätze ich, sind wir da.«

Ich wischte ihn noch einmal trocken und nahm ihn hoch. Er seufzte. Normalerweise klammerte er sich selbst mit seinen Händen fest und holte sich erst mal einen Kuss, aber jetzt hingen seine Arme schlaff zu beiden Seiten herunter. Er schaffte es gerade mal, seine Beine um meine Hüfte zu schlingen. Also trug ich ihn wie ein Menschenbaby, wodurch er gleich um einiges schwerer war. Ich sang ihm dieselben Wiegenlieder wie zu Beginn unserer gemeinsamen Zeit. Nur dass er jetzt tatsächlich einschlief, leicht lallend.

Ich beeilte mich jetzt noch mehr. Die Menge an Flüssigkeit, die aus Ottos kleinem Körper herausgelaufen war, machte mir Sorgen. Verdammt, ich bräuchte Immodium-Kapseln oder eine Tablette Cipro, nur eine einzige kleine Pille. Einfach eine Apotheke. Aber im Umkreis von 1000 Kilometern war wohl nichts dergleichen zu finden. Alles, was ich hatte, war Otto. Und alles, was Otto hatte, war ich.

In regelmäßigen Abständen hielt ich an, um Ottos Zustand zu überprüfen. Er schlief und wachte nicht mal auf, wenn ich ihm die schwarzen Haare aus der Stirn strich. Ich wusste nicht, ob es von der feuchten Dschungelluft kam, aber Ottos Stirn war heiß und klatschnass.

Auch ich selbst war inzwischen extrem durstig – und hätte nicht sagen können, ob meine heiße Stirn von einem Ausschlag herrührte oder ebenfalls von der Dehydrierung. Vor mein geistiges Auge schoben sich immer wieder Gläser mit sprudelndem Mineralwasser, riesige Gläser mit klirrenden Eiswürfeln, wie ich sie früher freitagabends mit meinen Eltern getrunken hatte.

Jetzt kamen auch noch stechende Kopfschmerzen hinzu. Mit jedem Schritt bohrten sich Schraubbolzen in meinen Schädel. An einem breiten, flachen, relativ ameisenfreien Stein mitten im morastigen Waldboden beschloss ich ein vorzeitiges Nachtlager aufzuschlagen. Ich legte Otto auf die warme Fläche und setzte mich daneben. Er richtete sich nicht auf, sondern streckte nur seine Ärmchen aus in dieser typischen »Komm und herze mich«-Geste. Ich umarmte ihn und danach sackte er seufzend auf den Stein zurück.

Wir brauchten beide dringend Flüssigkeit, aber ich wollte nicht riskieren aus dem Fluss zu trinken. Nicht nach dem, was mit Otto passiert war. Wenn ich doch nur ein paar von den Früchten finden könnte, die Bonobos aßen. Die waren in der Regel sehr saftig.

Ich versprach Otto in Sichtweite zu bleiben und begann den näheren Umkreis zu inspizieren. Doch ich entdeckte weder die üblichen Triebe und Sprösslinge noch irgendwelche Feigen oder Ähnliches. Also kehrte ich erst einmal zurück, um nach Otto zu sehen. Sein Gesicht war eine schmerzverzerrte Grimasse und sein Körper schweißgebadet. Unruhig wälzte er sich hin und her.

Ich gab ihm einen Kuss und brach erneut auf, diesmal in die andere Richtung. Auch dort fand ich nichts Essbares, doch auf dem Rückweg stieß ich auf einen niedrigen Baum mit glänzenden Blättern. Ein Guavenbaum. Ich fingerte durch das Blattwerk, in der Hoffnung, Früchte zu finden. Fehlanzeige. Es war offenbar die falsche Zeit, der Baum trug keine einzige Frucht. Aber Moment mal, was war noch mal mit den Blättern …? Hatte nicht Marie-France im Reservat ständig Guavenblätter gekaut – gegen Durchfall? Vielleicht halfen die ja auch Otto? Und lieferten uns etwas Energie? Oder zumindest Flüssigkeit. Ich brach ein paar Zweige vom Baum – wobei ich mich fast wie ein Bonobo fühlte – und eilte zurück.

Sofort zog ich Otto auf meinen Schoß und versuchte ihm ein Blatt in den Mund zu schieben. Aber nichts zu machen, er wachte nicht einmal auf. Also hielt ich ihm das Blatt unter die Nase, ließ es wie ein kleines Flugzeug dort kreisen. Das Einzige, was passierte, war, dass er einen Kussmund machte. Zum Glück wusste ich inzwischen, was das bedeutete: Er wollte, dass ich ihm Wasser in den Mund spuckte. Was ich natürlich liebend gerne getan hätte, wenn ich welches gehabt hätte.

Teilnahmslos blinzelnd verfolgte Otto, wie ich drei besonders saftig aussehende Blätter von einem Zweig abstreifte und mir in den Mund steckte, dann schloss er wieder die Augen. Das Zerkauen war harte Arbeit, ich hätte mir genauso gut ein Stück Pappkarton zwischen die Zähne schieben können. Ich musste eine Ewigkeit malmen, weil sich kaum Spucke bildete, aber irgendwann hatte ich dann doch einen halb feuchten Brei auf der Zunge. Ich beugte mich über Otto, pustete ihm auf die Lippen, damit er sie öffnete, und ließ den Breiklumpen in seinen Mund fallen. Er riss die Augen auf, als hätte ich ihn irgendwie betrogen, und schob den Klumpen mit seiner Zunge aus dem Mund. Ich schüttelte energisch den Kopf, kaute das Zeug noch ein bisschen weicher und ließ es ihm erneut in den Mund fallen.

Mittlerweile schien Otto sich mit dem Gedanken vertraut gemacht zu haben. Geistesabwesend kaute und schluckte er, während er mir unverwandt ins Gesicht starrte. Als der Breiklumpen weg war, schob ich ihm ein frisches Blatt zwischen die Lippen, das er tatsächlich beiläufig mampfte, wobei er seinen Blick in alle möglichen Richtungen schweifen ließ, als würde ich ihn mit etwas furchtbar Langweiligem nerven. Aber immerhin: Er aß. Und ich stopfte das nächste Blatt gleich hinterher.

Als schließlich die Sonne unterging, saßen wir aneinandergekauert auf unserem Stein, der auf wohltuende Weise die gespeicherte Wärme des Tages abgab, und futterten Guavenblätter. Ottos magere Schultern drückten sich Schutz suchend in meinen Bauch. Bevor wir uns zum Schlafen zusammenrollten, zog ich mein T-Shirt aus und hängte es ausgebreitet über vier Stöcke, in der Hoffnung, dass sich über Nacht etwas Tau darauf absetzte. Irgendwann, es war längst stockfinster, verschwand Otto in den Büschen, kehrte aber kurz darauf zu mir zurück. Keine Ahnung, was er getrieben hatte, vielleicht war er einfach nur pinkeln gewesen, jedenfalls fand ich am Morgen keinerlei beunruhigende Spuren. Ich hängte mein T-Shirt ab und wrang die aufgesogene Feuchtigkeit direkt in Ottos Mund. Einen Zipfel hob ich mir für mich selbst auf. Die wenigen Wassertropfen, die er hergab, verschwanden auf meiner ausgetrockneten Zunge wie auf einem heißen Stein.

Zum Frühstück verleibten wir uns widerwillig ein paar Guavenblätter ein, dann setzten wir unseren Trip fort. Doch ich merkte, wie mein Körper langsam aufbegehrte. Trotz der Guavenblätter hatte ich Magenkrämpfe. Ich konnte nur hoffen, dass Ottos Schicksal jetzt nicht auch mich ereilte. Die Sonne knallte vom Himmel und ich konnte förmlich spüren, wie meine Haut verbrannte und rissig wurde. Auf meinem Rücken wurde Otto immer schwerer und stiller. Ich musste mich regelrecht zwingen weiterzugehen, einen Schritt vor den anderen zu setzen. Und bei jedem Schritt sagte ich mir, dass es keine Alternative gab.

Trotzdem begann ich mich langsam zu fragen, wie lange ich noch durchhalten würde. Irgendwann war ich an einem Punkt angekommen, wo ich meinen Magen, meinen Kopf und meine Haut nicht mehr spürte. Wo ich nichts anderes mehr wahrnahm als den Druck des Bodens an meinen Fußsohlen. Laufen konnte ich da schon längst nicht mehr. Nur noch schlurfen.

Im Nachhinein ist es kaum zu fassen, wie nahe bei Ikwa wir in dieser schrecklichen Nacht schon waren. Denn etwa eine Stunde nach unserem Aufbruch stießen wir auf die ersten Häuser des Dorfes. Als mir eine Frau mit einem Holzbündel auf dem Kopf, einem weinenden Kind an der Hand und einem Baby auf dem Rücken entgegenkam, ging ich blitzschnell hinter einem Baum in Deckung. Kurz darauf liefen drei Jungs in zerfetzten Hemden vorbei. Nein, der eine *lief* nicht, er robbte. Er hatte offenbar Kinderlähmung gehabt und zog sich nun erstaunlich gelenkig mit den Armen über den Boden, die verkrüppelten Beine schleiften hinterher. Eine alte Frau mit einem Krug auf dem Kopf folgte ihnen.

Das Wasser in dem Krug, das brauchten wir.

Die Leute waren arm, das sah man, sie hatten kaum Kleidung am Leib, aber sie lebten offenbar ihr ganz normales Alltagsleben weiter. Ich hatte plötzlich wieder Hoffnung, dass es in Ikwa sicher war.

Am liebsten hätte ich jetzt einfach nur die Augen geschlossen und geschlafen. Stattdessen nahm ich all meinen Mut zusammen, um aus meinem Versteck zu treten. Als ich mich aus meiner Kauerstellung aufrichtete, schien sich mein Magen umzustülpen und mein Schmerzempfinden, das sich zuletzt einfach abgestellt hatte, kam urplötzlich zurück. Ich krümmte mich vor Krämpfen. Hastig krallte ich mir meine Fingernägel in die Arme – ein todsicheres Mittel, um Schmerzen verblassen zu lassen. Dann näherte ich mich, auf weibliche Solidarität hoffend, der Mutter mit dem weinenden Kind. Sie war inzwischen dabei, ein paar Kleidungsstücke in einem kleinen Bach zu waschen, und erstarrte vor Schreck, als ich leise nach ihr rief. Hektisch sprang sie auf, rief aber nicht um Hilfe. Ich sprach sie auf Französisch an, dann auf Lingala und zuletzt auf Englisch, aber sie verstand nicht ein Wort. Sprachlos starrte sie auf mein gequältes Lächeln, während ihre Tochter nur Augen für Otto hatte und augenblicklich zu weinen aufhörte. Die Frau ließ ihre Wäsche liegen, kletterte die Uferböschung hinauf und bedeutete mir ihr zu folgen.

Sie führte mich zu dem Jungen mit der Kinderlähmung. Mühsam suchte ich nach Worten, um ihn zu fragen, ob er Lingala spreche. Er antwortete mit einem französischen »Nein«. Ich seufzte erleichtert auf. Das Verständigungsproblem war also ausgeräumt. Ich erkundigte mich, ob es in der Nähe ein Auswilderungsgebiet für Menschenaffen gebe. Auf seine Hände gestützt, die in Plastikschuhen steckten, starrte er zu mir hoch und schüttelte dann den Kopf. Allerdings hatte ich den Eindruck, dass er meine Frage gar nicht verstanden hatte.

Was durchaus auch an mir liegen konnte. Womöglich war ich schon im Fieberwahn und konnte gar nicht mehr richtig sprechen. Ich versuchte es noch einmal, deutlich langsamer – mit dem gleichen Ergebnis.

Jetzt fasste mich die Frau am Arm, machte eine schaufelnde Bewegung mit den Fingern und tippte diese dann an die Lippen. Ich nickte. Ja, ich hatte Hunger.

Man gab uns kaltes Wasser zu trinken, das, wie der Junge in gebrochenem Französisch beteuerte, sauber und ungefährlich sei. Dann hockte ich mich neben einen rußgeschwärzten Blechtopf vor der Hütte der Frau und aß knusprig gebratenen Reis und Bananen. Ich war selig, obwohl mir immer noch übel war. Ich musste mich regelrecht zum Essen zwingen, dabei war ich gleichzeitig total hungrig. Otto aß nur ein kleines Stück Banane, aber dafür gluckerte er ein paar Liter Wasser hinunter. Und nach dem Essen erlaubte er dem kleinen Mädchen sogar ihn auf den Schoß zu nehmen. Ich war immer noch so benommen, dass ich die beiden wie durch einen Nebelschleier sah. Mit ein paar Handbewegungen deutete ich dem Mädchen Ottos Lieblingsspiele an, und obwohl Otto immer noch etwas wackelig auf den Beinen war, hatten die beiden viel Spaß miteinander.

Es dauerte nicht lange, da hatte sich eine Menschenmenge um uns versammelt. Ich nutzte die Gelegenheit und fragte noch einmal auf Lingala, Französisch und Englisch, ob irgendjemand das Auswilderungsgebiet kannte. Doch ich erntete nur verständnisloses Kopfschütteln, wie zuvor von dem Jungen, der Französisch sprach. Also zeigte ich auf Otto, der lässig in den Armen des kleinen Mädchens hing, und fragte, ob irgendwo in der Nähe noch weitere Bonobos lebten. Erneutes kollektives Kopfschütteln. Aber dann sagte ein alter Mann etwas in ihrer Stammessprache, der Junge mit der Kinderlähmung nickte und machte mir ein Zeichen, ihm zu folgen.

Gegen den Protest des Mädchens nahm ich Otto wieder an mich und schlang meine Arme um seinen ausgezehrten, verschwitzten Körper. Sorry, aber der Kleine kommt mit mir mit.

Kaum war ich auf den Beinen, fühlte sich die Welt wieder heiß und wackelig an – und zwar so sehr, dass ich Mühe hatte, dem Jungen mit der Kinderlähmung, der jetzt plötzlich lächelte, zu folgen. Endlich gelangten wir zu einer Hütte am anderen Ende des Dorfes. Der Junge schob einen Vorhang aus geflochtenen Gräsern beiseite und winkte mich hinein.

Im Inneren war es ärmlich und eng, ein muffiger Dunst hing unter der Decke, der Boden war schwarz gefleckt von unzähligen Holzkohlefeuern. Otto hangelte sich von meinem Arm herunter und krabbelte zu einem alten Strohhaufen an der gegenüberliegenden Wand. Auf diesem improvisierten Bett lag eine Gestalt mit abgewandtem Gesicht, und ehe ich mich versah, hatte Otto seine Ärmchen ausgestreckt und sich auf das Strohlager gehievt.

»Otto …!«, schimpfte ich.

Aber in dem Moment wandte sich die Gestalt mir zu und wurde zu einer Person – und sofort blieben mir alle Worte, die ich noch sagen wollte, im Hals stecken.

Das Fieber! Die Schmerzen! Ich konnte unmöglich klar bei

Sinnen sein. Ich musste mir das alles einbilden. Das musste eine Wahnvorstellung sein.

Die Person schüttelte den Kopf und richtete sich auf, schlang ihre Arme um Otto und gab ihm einen dicken Kuss auf den Kopf.

Dann richtete sie ihren Blick auf mich. Sah mich an.

Das konnte alles nicht wahr sein.

Das konnte sie unmöglich sein.

Völlig ausgeschlossen.

Doch dann rief sie meinen Namen.

Zwei

Lange Zeit lag ich einfach nur da auf dem Strohbett. Ich hielt Otto im Arm und Mom hielt mich umschlungen, so fest, dass ich ihren vertrauten Herzschlag spüren konnte. Ich meinte sogar, in ihrem Hemd einen letzten Hauch ihres Rosenparfüms zu riechen. Wie viele Erinnerungen rief dieser Duft in mir wach: an all das, was wir früher hatten, an die kühlen Morgen, an denen wir in unserem Garten in Kinshasa saßen.

Moms schulterlange, mühsam geglättete Haare waren total zerzaust und sowohl am Haaransatz als auch an den Spitzen kräuselten sie sich wieder. Abgenommen hatte sie ebenfalls. Zwar würde Florence Biyoya niemals eine wirklich dünne Frau werden, ganz sicher nicht, trotzdem spürte ich die Andeutung eines Schlüsselbeinknochens unter meinem Kinn.

Doch ich selbst musste auch ziemlich abgerissen aussehen. Jedenfalls hatte Mom erschrocken aufgeschrien, als sie mich bei richtigem Licht sah. Geschockt von ihrem Schock hatte ich versucht mich mit ihren Augen zu betrachten: Schuhe, die kaum mehr waren als glitschige Sohlen, mit irgendwelchen Fetzen an meinen Fußsohlen befestigt; ausgeleierte, angegraute Socken; eine blut- und schlammverschmierte Hose; ein T-Shirt, das aussah wie Pilzkulturen in einer Laborschale, und ein einziges verknotetes Durcheinander von Haaren. Dazu ein Körpergeruch, der sich bereits jenseits von Gestank bewegte und fast schon wieder eine appetitliche Note hatte: ein bisschen wie Sour-Cream-Onion-Kartoffelchips.

Aber all das spielte nicht die geringste Rolle. Wir waren wieder zusammen: Mutter und Tochter – und Affe.

»Mom«, fragte ich nach einer Weile, »warum bist du hier?«

Wir setzten uns einander gegenüber auf die improvisierte Matratze, wobei sie mich nicht eine Sekunde losließ.

»Lass mich dich noch mal anschauen. Oh, mein Gott, Sophie! Ich bringe gar kein Wort heraus …« Ihre Stimme versagte, Tränen rannen über ihre geröteten Wangen, von denen sich die Haut abpellte. Doch schließlich fand sie ihre Sprache wieder. »Warum bist *du* hier?«

Da sie ganz offensichtlich nicht in der Lage war, mir ihre Erlebnisse zu erzählen, fing ich mit meiner Geschichte an. Ich berichtete von den Tagen, die wir nach ihrer Abreise in der Schutzstation verbracht hatten, von der Ankunft des UN-Transporters und dem Überfall der Rebellen auf das Gelände. Als ich sah, wie Moms Gesicht versteinerte, hielt ich inne und wir klammerten uns eine Weile schweigend aneinander. Danach konnte ich nicht mehr an mich halten, ich beantwortete alle Fragen, die unausgesprochen in der Luft hingen, und erzählte ihr, dass, wenn nicht alle, dann doch die meisten ihrer Mitarbeiter tot waren. Aschfahl, mit grauen Lippen und wie nach innen gekehrt, einem erschreckend einsamen Ort zugewandt, traktierte sie mich mit Fragen: wessen Ermordung ich mit angesehen hatte, auf wessen Leichen ich gestoßen war, ob ich Hinweise hatte, dass irgendjemand entkommen war. Aber ich konnte ihr nicht viele Informationen geben, und das Wenige, was ich wusste, stimmte uns nicht sehr optimistisch.

»Ich hätte vor Ort sein sollen«, sagte sie, während langsam die Farbe in ihr Gesicht zurückkehrte. »Es tut mir so leid, dass ich nicht da war, um dich zu beschützen.«

Aber im Grunde galt ihre Entschuldigung nicht mir, das wusste ich, sie galt all denen, die im Reservat gearbeitet hatten.

»Aber Mom, du brauchst dich doch nicht zu entschuldigen! Woher hättest du das denn wissen sollen?«

»Ich habe dich dort zurückgelassen, mein Schatz. Ich hatte geglaubt, dass ihr dort in Sicherheit wärt und ich diejenige wäre, die ein Risiko einginge. Dabei war es genau umgekehrt … Wie ist es dir nur ergangen, Sophie? Wie um Himmels willen hast du es geschafft zu überleben?«

Also fuhr ich fort mit meiner Geschichte. Ich erzählte, wie ich mit Otto in das große Gehege geflüchtet war, mich dort in die Bonobo-Gruppe eingefügt und schließlich Songololo aus der Krippe befreit hatte.

Meine Mutter schien wie erstarrt vor Ehrfurcht. »Irgendwann musst du mir das alles bis ins allerletzte Detail erzählen. Du kannst von Glück sagen, dass du ein Mädchen bist. Bonobos vertrauen Frauen.«

Dann schilderte ich die Wochen im Gehege, beschrieb, was wir gegessen und getrunken hatten und wie ich schließlich festgestellt hatte, dass der Zaun keinen Strom mehr führte. Als ich Banalias Tod erwähnte, schrie Mom auf, und als ich ihr beschrieb, wie Pweto uns gegen den jagenden Rebellen verteidigt hatte, nur um danach wie üblich von Anastasia verscheucht zu werden, blieb ihr der Mund offen stehen vor Staunen. Dann kam ich zu den wenigen Tagen, die wir als Gruppe im Wald gelebt hatten, bevor ich die Affen betäubt und alleine zurückgelassen hatte. Ich schilderte ihr meinen Aufenthalt in der Jungenschule und auf dem UN-Stützpunkt, wo ich ihren Brief erhalten und die Kadaver der zwei kleinen Bonobos gefunden hatte. Dann den beschwerlichen Weg zum Kongo-Fluss, die Fahrt auf dem Einbaum, unsere Gefangennahme in Mbandaka und schließlich unsere Ankunft hier.

Als ich fertig war mit meinem Bericht, schwiegen wir beide. Lange Zeit. Moms warme Hände drückten meine. Dann endlich brach sie das Schweigen.

»Es grenzt an ein Wunder, dass ihr beide das überlebt habt. Ich habe wirklich ununterbrochen, jede einzelne Sekunde, für euch gebetet. Erst als nach und nach Informationen über die Lage im Süden hierher durchdrangen und schließlich sogar Mbandaka in die Hände der Rebellen fiel, habe ich die Gefahr richtig realisiert. Es war absolut naiv von mir, euch in Kinshasa in Sicherheit zu wähnen. Zu dem Zeitpunkt wimmelte es sogar schon auf dem Fluss von Rebellen und es wurde zu gefährlich, die auf der Insel ausgesetzten Bonobos im Auge zu behalten – und erst recht, flussabwärts zurückzureisen. Tja, und dann habe ich obendrein auch noch Malaria bekommen …«

»O Gott, Mom!«

Doch sie hob beschwichtigend eine Hand. »Halb so wild.

Bin schon auf dem Weg der Besserung. Meine Männer haben mich in dieses Dorf hier gebracht, bevor sie zu ihren Familien zurückgekehrt sind. Zum Glück hatte ich genügend Geld bei mir und zum Glück hat einer der Dorfbewohner hier einen heißen Draht zum Schwarzmarkt und konnte mir Malarone beschaffen. Im Grunde bin ich sogar besser dran als viele Leute hier im Dorf.«

»Ich bin so froh, dass du lebst!«

»Der Dorfobere war bereit mich bei sich aufzunehmen«, fuhr Mom fort. »Tja, und jetzt bin ich schon seit zwei Wochen in dieser Hütte hier. Für zwei Dollar pro Tag geben sie mir zu essen und halten mich am Leben.«

»Und was ist mit den Bonobos im Auswilderungsgebiet?«

»Denen geht es gut, soweit ich weiß. Zwar hat seit über einem Monat niemand mehr nach ihnen gesehen, aber einer der Fischer aus dem Dorf ist vor ein paar Tagen an der Insel vorbeigefahren und hat sie im Wald herumkreischen hören.«

»Wann, glaubst du, bist du wieder reisefähig?«

»Das hängt weniger von meinem Gesundheitszustand ab, meine Süße, als von der Sicherheitslage. Der Dorfobere von Ikwa hat mit einem der Warlords einen Waffenstillstand ausgehandelt – die Bauern haben den Rebellen einen Teil der Ernte abgetreten und stehen dafür unter ihrem Schutz und müssen nicht in der Mine arbeiten. Ich fürchte also, wir sitzen hier fest, bis Hilfe kommt. Bis die Lage sich so weit entspannt, dass dein Vater seinen Einfluss spielen und uns hier rausholen lassen kann.«

»Klar, wir drei bleiben hier, solange es sein muss. So lange, bis es sicher genug ist, die Gegend zu verlassen«, stimmte ich zu.

»Und wie geht es unserem kleinen Bonobo?«, fragte Mom und stellte Otto einfach auf die Füße, woraufhin er eine Handvoll Stroh grapschte und ihr an den Kopf warf. Er hoffte wohl eine kleine Strohschlacht loszutreten.

»Er war großartig, Mom. Keine Frage, ohne ihn hätte ich es nicht geschafft.«

»Otto!«, sagte sie. »Hast du das gehört? Du bist der Retter meiner Tochter!«

Wir blieben einen Monat in Ikwa und versuchten wieder zu Kräften zu kommen. Selbst wenn es sicher genug gewesen wäre, zu reisen, hätten wir es nicht gekonnt, denn ich hatte ziemlich schlimme Magenprobleme. Es war so, als hätte mein Körper alle Krankheiten abgeschmettert, solange es ums blanke Überleben ging, und würde jetzt, wo sich die Situation entspannt hatte, kapitulieren.

Meine Mutter setzte uns alle drei auf Reis-Diät und verabreichte uns jede Stunde eine Tasse dampfenden Guavenblättertee, den sie mit Zuckerrohr umrührte. Otto war vor allem scharf auf den Zucker.

Als ich endlich so weit bei Kräften war, dass ich herumlaufen konnte, entfernte ich mich nie weit von meiner Mutter. So wie Otto vor ein paar Wochen hatte auch ich das Bedürfnis, mich ständig rückzuversichern, ständig zu gucken, ob sie noch da war. Und das war sie.

Unser Dorfleben war wunderbar erholsam und beschaulich,

ein krasser Kontrast zu den Wochen davor, aber ich war dennoch froh, als etwas Neues passierte: Eines Tages kam ein junger Bauer ins Dorf gestürmt und verkündete atemlos, dass nahezu alle Rebellen Mbandaka verlassen hätten. Und die Gerüchte stimmten sogar noch zuversichtlicher: Es hieß, dass endlich internationale Truppen durchgekommen seien und Kinshasa unter Kontrolle gebracht hätten. Und dass der Oberbefehlshaber der kongolesischen Armee als Interimspräsident eingesetzt worden sei, bis die Vereinten Nationen freie Wahlen organisiert hätten. Normalerweise war es ja nicht unbedingt ein Grund zu Freude, wenn das Militär an die Macht kam, aber jetzt hatte ich das Gefühl, noch nie eine so schöne Nachricht gehört zu haben. Ungefähr zur selben Zeit hatte Moms Feldtelefon plötzlich wieder Empfang. Und das war vielleicht ein noch größerer Grund zum Optimismus als eine international anerkannte Regierung.

Der erste Anruf, der uns durch das überlastete Netz erreichte, kam von Dad, nur wenige Minuten nachdem Telefonieren überhaupt wieder möglich war. Er musste seit August pausenlos Moms Nummer gewählt haben. Ich war gerade mit Otto im Wald, um etwas zu essen für uns zu suchen, als ein Freudenschrei aus unserer Hütte ertönte. Ich rannte zurück, und als ich sah, wie Mom mir mit feuchten Augen entgegenblickte, wusste ich sofort, wen sie am Telefon hatte.

Ich kniete mich zu ihr und presste mein Ohr neben ihres, um mithören zu können. Gleichzeitig hielt ich Otto zurück, damit er nicht auf die Idee kam, am Telefon zu knabbern. Es war einfach unglaublich, Dads Stimme zu hören! Aber es kam noch besser: Er sagte, dass er in Kinshasa sei! Sobald der Weg frei gewesen war für erste Hilfsflüge, war er losgeflogen und saß nun in Moms Wohnzimmer. Das Haus selbst war in schlimmem Zustand, aber zumindest hielten die Grundmauern noch. Er hatte bereits ein paar Tagelöhner angeheuert, um die Schäden reparieren zu lassen.

»Und das Reservat?«, fragte Mom.

Ja, was war mit dem Reservat?

Drei

In einer holprigen Propellermaschine flogen wir von Mbandaka nach Kinshasa. Otto hatte eine Spezialerlaubnis bekommen und war auf meinem Schoß festgeschnallt. Er fand das Fliegen extrem cool und klebte die ganze Zeit mit der Nase am Fenster.

Kaum waren wir auf der frisch geteerten Rollbahn des Flughafens N'Djili gelandet, lag ich Dad schon in den Armen. Er und Mom umarmten sich innig wie alte Weggefährten, dann traten sie wieder auseinander und blickten verlegen in unterschiedliche Richtungen. Wir fuhren nicht nach Hause, sondern rumpelten in einem geliehenen Jeep direkt zum Bonobo-Reservat. Es war ein erstaunlich sonniger Tag. Die Regenzeit hatte inzwischen begonnen und auf dramatische Regengüsse folgte in der Regel ein erfrischend blauer, rein gewaschener Himmel.

Wir kurbelten die Fenster herunter und winkten den Leuten in den Dörfern zu, durch die wir kamen. Teilweise erkannte ich die Frauen hinter den Obst- und Gemüseständen wieder, die die Straße säumten. Sogar die Ziegenfamilien, die unseren Weg kreuzten, kamen mir bekannt vor. Alles schien wie vor dem Krieg. Und als wir um die letzte Kurve bogen, stand dort völlig unversehrt das alte Holzschild mit den Besucherregeln des Bonobo-Reservats. Und dahinter konnten wir, getaucht in gleißendes Sonnenlicht, bereits das Gebäude erkennen.

Kein Laut war zu hören.

Dad parkte den Jeep, aber keiner von uns stieg aus. Meine Eltern saßen schweigend auf ihren Sitzen und sammelten Kraft, wappneten sich für das, was sie erwartete. Otto wollte auf Erkundungstour gehen und versuchte die Hintertür zu öffnen, aber ich hielt ihn fest.

Als uns nach einer Weile Clément entgegenkam, quälten sich Mom und Dad schließlich doch aus dem Wagen. Ich blieb auf dem Rücksitz und spielte mit Ottos Ohren. Ich war noch nicht so weit, den Anblick von Bonobo-Kadavern ertragen zu können.

Aber irgendwann raffte auch ich mich auf – und war völlig verblüfft nicht nur Clément anzutreffen, sondern auch Marie-France. Sie war zum Zeitpunkt des Überfalls unterwegs gewesen, um die Milchvorräte aufzustocken. Dad tauschte sich leise mit Clément aus, Mom umarmte Marie-France. Ich stand mit Otto einfach nur da und starrte auf den Elektrozaun. Die Kämpfer hatten ihn gewaltsam heruntergebogen und waren offensichtlich so oft in dem Gehege ein und aus gegangen, dass sich ein richtiger Trampelpfad gebildet hatte.

Marie-France bestätigte, was Dad bereits angedeutet hatte: Viele der Mitarbeiter waren tot. Brunelle. Émile. Patrice. Andere, wie Évangéline, hatten fliehen können, waren aber seit dem Ende der Kampfhandlungen nicht wieder aufgetaucht.

Nach erneuten Umarmungen und Trauerbekundungen nahm Clément Dad zur Schadensbegutachtung mit auf eine Tour durch das Gebäude, während Marie-France mit uns den Weg zum Gehege einschlug.

Als Erstes kamen wir an der Krippe vorbei. Es war gespenstisch: als ob wir eine alte Videoaufnahme hervorgekramt hätten und sie nun ohne Ton abspielen würden. Die leuchtend bunte Wandmalerei war immer noch mit Bananenresten verschmiert, aber zwischen den dunkelbraunen Flecken starrten uns die aufgemalten Figuren vorwurfsvoll schweigend an. Ich erblickte die Stelle, wo Brunelle umgebracht worden war – die Blutflecken waren inzwischen schwarz und die Kratzspuren ihrer Fingernägel unkrautüberwuchert –, doch ich hütete mich etwas zu sagen. Immer wieder blieben wir stehen und sprachen über den Zustand des Geländes. Otto, dem es bald langweilig wurde, presste sein Gesicht an meine Brust und forderte mich durch beharrliches T-Shirt-Knabbern zum Spielen auf.

Schließlich näherten wir uns dem Gehegezaun. Hinter dem heruntergetrampelten Zaunabschnitt zwitscherten Vögel und zirpten Grillen – aber es kreischten keine Bonobos.

Mom verbarg ihr Gesicht in den Händen: »Es stimmt also: Sie sind alle weg!«

Marie-France' alte Augen unter den faltigen Lidern blickten Mom mitfühlend an, als sie ihr erklärte, dass das Gehege bislang noch nicht gründlich abgesucht worden sei, dass sich möglicherweise der eine oder andere Affe tief im Inneren versteckt halte. Aber Mom schüttelte den Kopf.

»Wenn noch einer da wäre, würde ich das spüren. Nein, es ist vorbei, das weiß ich.«

Bedrückt stapften wir weiter.

»Wir fangen von vorne an. Wir bauen das Reservat wieder auf«, sagte ich. »Jetzt, wo der Krieg vorbei ist, werden massenhaft neue Affenwaisen kommen. Ich helfe dir. Am Anfang wird es sicher hart, aber mit ein bisschen ...«

In dem Moment schnappte Mom nach Luft und blieb abrupt stehen.

Wir hatten Pwetos kleines Gehege erreicht. Und da lag er – am Rande des Wassers, in der typischen Bonobo-Entspannungspose: das eine Bein über das angewinkelte andere geschlagen. In den Wirren der vergangenen Monate hatte er irgendwo eine schlammverkrustete Frauenjeans gefunden, die er wie ein Strandtuch unter sich ausgebreitet hatte. Versonnen starrte er in den Himmel, wandte uns einen kurzen Blick zu und nahm seine Meditation dann wieder auf.

»Okay, da haben wir also schon mal einen«, bemerkte Marie-France. »Ich wollte euch eine Überraschung bereiten.«

»Pweto!«, grinste Mom. »Du alter Satansbraten!«

Ausgerechnet er, dachte ich verblüfft. Auf der anderen Seite – so erstaunlich war das wahrscheinlich gar nicht: In Friedenszeiten war einzelgängerisches, asoziales Verhalten von Nachteil, im Krieg war es vorteilhaft. Und weil Pweto uns gefolgt war, hatte er nicht im Gehege festgesessen, als die Soldaten eingedrungen waren.

»Bis wieder Strom durch den Zaun fließt, halten wir jeden von seinem Gehege fern«, versicherte Marie-France.

Nachdem Mom diesen Überlebenden gesehen hatte, war ihr Gang gleich etwas federnder, elastischer. Fast aufgekratzt äußerte sie ihr Staunen darüber, dass Pweto in sein kleines Gehege zurückgekehrt war und nun freiwillig hinter einem nutzlosen Zaun hockte. Und obwohl ich selbst in sehr düsterer Stimmung war, tauschte ich mich mit Mom über dieses kleine Wunder aus. Doch schon kurz darauf verstummten wir. Wir waren am Ausgangspunkt unseres Rundgangs angekommen und standen wieder vor der Bonobo-Krippe, über der noch immer dieses anklagende Schweigen lag.

Nachdem wir uns noch eine Weile mit Clément und Marie-France besprochen hatten, schlichen wir niedergedrückt zu unserem Jeep und fuhren zurück nach Kinshasa, in unser geplündertes Zuhause.

Da man sämtliche Möbelstücke und alle Gegenstände, die nicht niet- und nagelfest waren, gestohlen hatte, mussten wir in den ersten Nächten auf dem Boden campieren. In den darauffolgenden Tagen richteten wir uns im Wohnzimmer ein und versuchten von dort aus das Chaos in den Griff zu kriegen. Mom und Dad hingen ununterbrochen an ihren Handys, die sie am Generator der Amerikanischen Botschaft aufladen durften, solange das Stromnetz der Hauptstadt noch nicht funktionierte. Es würde ewig dauern und unendliche Mühen kosten, unser Haus wieder in seinen vormaligen Zustand zu bringen – und dabei waren wir weit besser dran als die meisten anderen: Wir hatten internationale Verbindungen und reichlich amerikanische Dollar in kleinen gebündelten Scheinen, die mein Vater wohlweislich mitgebracht hatte.

Mom verbrachte die ersten Tage damit, die Angehörigen ihrer ermordeten Mitarbeiter aufzuspüren. Obwohl Dad und ich ihr immer wieder versicherten, dass deren Tod nicht ihre Schuld war, bestand sie darauf, den hinterbliebenen Waisenkindern, Witwern oder Witwen Familienunterhalt zu zahlen. Für die Summe, auf die sich diese Zahlungen belaufen würden, hätte man wahrscheinlich das Reservat komplett wieder aufbauen können, aber Mom stellte ihr Versprechen nicht eine Sekunde in Frage, zumindest nicht laut vor uns. »Das Bonobo-Reservat war eine wichtige Säule des Wirtschaftslebens in Kinshasa«, argumentierte sie. »Das ist bekannt unter Investoren. Keine Sorge, ich werde genügend Geldgeber auftreiben, die uns den Neustart finanzieren.«

Als Bildschirmhintergrund für ihr Handy hatte Mom ein Foto des sonnenbadenden Pweto gewählt. Der ehemalige Problem-Bonobo war zu einer Art Maskottchen geworden. Wären er und Otto nicht gewesen, hätte meine Mutter einen Wiederaufbau vielleicht gar nicht in Betracht gezogen, wer weiß. Aber da es nun einmal Bonobos gab, um die sie sich kümmern musste – wenn auch nur zwei –, war die Entscheidung schnell getroffen. Florence Biyoya hatte sich offiziell wieder an die Arbeit gemacht.

Ich selbst hatte auch einiges zu erledigen. Wir hatten die Summe, die ich Wello versprochen hatte, um das Dreifache aufgestockt. Ich verpackte das Geld sorgfältig, legte einen Zettel mit einem kurzen Gruß und meiner E-Mail-Adresse dazu – obwohl ich stark bezweifelte, dass Wello jemals Internetzugang haben würde – und gab den Umschlag einem

Freund von Mom mit, der sich auf die riskante Reise flussaufwärts begab. Da er erst in ein paar Monaten zurück sein würde, würde es dauern, bis ich Nachricht von Wello erhielt. Vorausgesetzt, der Freund traf ihn überhaupt an. Wie gut, dass Wello zumindest meine silberne Halskette hatte.

Und dann stand da noch etwas anderes ganz oben auf meiner To-do-Liste: eine Reise an den Ort, an dem ich die Bonobos in jenen schwierigen August-, Septembertagen zurückgelassen hatte. Ich musste einfach wissen, ob sie noch lebten.

Vier

Eines Morgens in aller Herrgottsfrühe machten wir uns schließlich auf den Weg: meine Mutter, Clément und ich mit Otto. Ich machte mir keine großen Hoffnungen, Anastasia und die anderen lebend anzutreffen, aber ich wollte zumindest wissen, was mit ihnen passiert war.

Zu dem Maniokfeld zu gelangen war jetzt, wo man gefahrlos die Straßen benutzen konnte, natürlich deutlich einfacher. Da mir dieser neue Weg jedoch nicht vertraut war, merkte ich erst an dem Sperrholzschild mit der abblätternden Aids-Warnung, dass wir bereits zu weit gefahren waren.

Noch bevor das alte Schulhaus in Sicht kam, wusste ich, dass es verlassen war. Das drückende Schweigen, das über dem Grundstück lag, sagte alles. Der Eingang war schon halb zugewuchert und auf dem Weg zur Vordertür, die schief in den Angeln hing und beim Öffnen knarrte, verliefen kreuz und quer Ameisenstraßen. Drinnen herrschte gähnende Leere. Zusammen mit dem Lehrer und den Jungs waren sämtliche Möbel und selbst das fest eingebaute Inventar verschwunden. Und da, wo einmal Elektrokabel unter dem Putz gelegen hatten, klafften jetzt nur noch lange, tiefe Schlitze in den Wänden. Im ersten Stock sah es nicht anders aus. Der Raum, in dem ich geschlafen hatte, war vollkommen kahl, und das einzige Überbleibsel im Schlafraum der Jungen waren die Schrauben in den Wänden, an denen die Etagenbetten befestigt gewesen waren. Vermutlich hatten die Bretter der Kojen als Feuerholz gedient.

Ich versuchte mir vorzustellen, was wohl passiert war. Mir fielen ebenso hoffnungsvolle wie niederschmetternde Möglichkeiten ein. In der optimistischen Version war es dem Lehrer tatsächlich gelungen, mit seinen Schützlingen zu fliehen. Oder die Angehörigen hatten ihre Kinder abgeholt. Im negativen Fall waren die Jungs von den Rebellen rekrutiert worden. Oder hatten verseuchtes Wasser getrunken und sich mit Cholera angesteckt. Dann waren ihre Leichen wahrscheinlich von wilden Tieren in den Wald gezerrt worden.

Bedrückt setzten wir unseren Weg fort, meine Mutter und Clément schienen zu spüren, dass ich nicht sprechen wollte, und bedrängten mich nicht mit Fragen. Das niedergebrannte Dorf war nicht weit entfernt und wurde offenbar schon wieder aufgebaut. Jedenfalls waren zwei alte Frauen dabei, das weggebrannte Dach einer Hütte zu reparieren. Sie schlugen Strohbüschel auf den Boden, um sie von Käfern zu befreien, bevor sie sie auf dem Dachgebälk festbanden. Wir grüßten die zwei im Vorbeigehen, aber sie waren so vertieft in ihre Arbeit, dass sie nur kurz aufschauten. Eine der beiden warf Otto einen verwunderten Blick zu, den ich schwer deuten konnte. Ich fragte sie, ob sie vergleichbare Affen in der Nähe gesehen habe, aber sie schüttelte nur den Kopf.

Am Ende des Dorfes angekommen schritten wir den Waldrand ab und spähten in die dichte Vegetation. Otto, dem dieses neue Spiel zu gefallen schien, kletterte auf einen Baum und folgte mir in luftiger Höhe.

Keine Spur von Mushie, Anastasia, Ikwa oder Songololo.

Also drangen wir tiefer ins Unterholz vor. Es war später Nachmittag, genau die Zeit, zu der die Bonobos damals im Reservat immer ihre Früchtemahlzeit eingenommen hatten. Da hörte ich plötzlich einen spitzen Schrei. Otto kreischte aufgeregt zurück, hüpfte von seinem Baum und kletterte an mir hoch. Mit gegrätschten Beinen stand er da, die Füße auf meinen Schultern, wild mit den Ärmchen rudernd. Hin und wieder, wenn er das Gleichgewicht zu verlieren drohte, patschte er mir Halt suchend ins Gesicht, so dass ich nichts sehen konnte.

Auf Ottos Kreischen ertönten Antwortrufe, gefolgt von hektischem Geraschel und Zweigeknacken tief in den Bäumen. Clément wich ein paar Meter zurück, aber Otto, Mom und ich blieben, wo wir waren, und warteten gespannt ab.

Der Erste, der aus der grünen Blätterwand auftauchte, war Mushie. Drohend fuchtelte er mit einem lächerlich kleinen Stöckchen, aber sobald er sah, wen er da vor sich hatte, ließ er seine Waffe fallen und raste auf mich zu. Vor lauter Aufregung rannte er dabei ein kleines Bäumchen über den Haufen, schlug der Länge nach hin und musste sich erst wieder aufrappeln. Nachdem er dann noch im Schlamm ausgerutscht war, stand er vor mir und drehte mir umgehend den Rücken zu, damit ich mit der Fellpflege beginnen konnte. Was ich sofort tat – selig vor Glück.

Als Nächste zeigte sich Songololo, deutlich schüchterner als Mushie. Zwar schien sie sichtlich erfreut den breit grinsenden Otto wiederzusehen, kam aber trotzdem nicht näher. Als sich wenige Sekunden später ein winziger Bonobo durch das Blattwerk arbeitete, verstand ich, warum. Sobald das Kleine mich und Otto erblickte, erstarrte es und schlang seine dünnen Ärmchen um Songololos Beine.

Mushie warf seine Arme hoch und das Affenbaby tappte zu ihm hinüber, kletterte an seinem Bauch hoch, kuschelte sich an seinen Hals und starrte uns von dort mit großen Augen an. Das Kleine wirkte zerbrechlich und verknittert, es war wahrscheinlich erst ein paar Wochen alt.

Ein Baby! Ich konnte es nicht fassen. Die Bonobo-Gruppe hatte Nachwuchs bekommen! Songololo kam jedoch als Mutter nicht in Frage, sie war zu jung. Blieb also nur Anastasia. Dann war Mushie vielleicht der Vater. Allerdings musste Anastasia bereits trächtig gewesen sein, als wir aus dem Gehege geflohen waren. Und ausgerechnet hier, in der Wildnis rund um das verlassene Dorf, hatte sie ihre Tochter geboren!

Aber wo steckte sie jetzt? Und wo war der alte Ikwa?

Während ich noch darüber nachgrübelte, waren Otto und Songololo schon dabei, kreischend, knuffend und raufend ihre alte Freundschaft zu beleben.

Bei dem Begrüßungsgetöse, das sie veranstalteten, hätte Königin Anastasia eigentlich längst auftauchen, die Lage checken und das Kommando übernehmen müssen. Vor allem jetzt, wo ihr Kind hier herumturnte. Da jedoch weder Mushie noch Songololo dem Dschungel hinter sich Beachtung schenkten, rechneten sie offenbar nicht mit ihrem oder Ikwas Auftauchen. Was wohl bedeutete, dass die beiden tot waren – und zwar sicher noch nicht lange. Zumindest Anastasia musste bis vor kurzem noch gelebt haben, denn wer sonst hätte das Baby gesäugt?

Um mich zu vergewissern, stapfte ich, gefolgt von Mom und Clément, bis zu der Stelle, wo Mushie und Songololo aus dem Dickicht aufgetaucht waren.

Nichts.

In dem Moment fiel Mushie auf, dass ja auch meine Mutter noch da war – die Frau, die ihn mit dem Fläschchen im Hinterhof großgezogen hatte. Er sauste zu ihr, und während Mom ihn umarmte, hangelte sich auch das Bonobo-Baby an ihr hoch und legte ihr mutig die zerbrechlichen Ärmchen um den Hals. Mom hatte offenbar nichts von ihrer unwiderstehlichen Anziehungskraft auf Bonobos eingebüßt. Mit einer Miene, die ich nicht recht deuten konnte, vergrub sie ihr Gesicht im weichen Fell des Kleinen.

Schließlich kehrten wir, drei Menschen und vier Bonobos, zurück zum Reservat – auf demselben Weg, den ich vor Wochen eingeschlagen hatte. Kurz vor Einbruch der Dunkelheit passierten wir das Tor. Als Marie-France uns sah, weinte sie vor Freude.

Mushie und Songololo bezogen ihr altes Zuhause, wo sie sich nun um ein Baby kümmern mussten, unterstützt von meiner Mutter, die das Gehege mehrmals täglich mit einem Milchfläschchen betrat. Wir redeten uns die Köpfe heiß, um einen passenden Namen für das kleine Mädchen zu finden, hatten jedoch keine zündende Idee. Mom plädierte für Mbandaka, wahrscheinlich in Gedenken an die unvorstellbaren Gräuel, die die Bewohner dieser Stadt erlebt hatten, aber ich war strikt dagegen. Ich wollte nicht jedes Mal, wenn ich das entzückende Affenbaby sah, an diesen Ort des Schreckens erinnert werden.

Nach allem, was geschehen war, wollte ich vorerst nicht nach Amerika zurück. Ich wollte hierbleiben. Also meldete Dad mich in Miami von der Schule ab und in Kinshasa an. In meiner freien Zeit unterstützte ich Mom bei der uferlosen Büroarbeit, die beim Wiederaufbau des Reservats anfiel. Unter anderem stand ich in ständigem Telefonkontakt mit dem Umweltministerium, dessen Personal von der neuen Regierung komplett ausgewechselt worden war, und versuchte herauszufinden, welche Mitarbeiter Mom hofieren und welche sie besser unter Druck setzen sollte. Während ich telefonierte, zermanschte Otto Bananen, starrte aus dem Fenster oder gab den Neuankömmlingen, die ab und zu eintrafen, Nachhilfestunden in Dschungelakrobatik. Den jüngsten Waisenbabys durfte er sich allerdings nicht nähern, denn sein alter, verschleppter Husten war wieder stärker geworden. Wenn er nachts vor lauter Keuchen und Röcheln nicht schlafen konnte, flößte ich ihm von dem wertvollen Hustensaft ein, den ich in der Amerikanischen Botschaft kaufte. Zum Glück wirkten Medikamente für Menschen auch bei Menschenaffen.

Eines Nachmittags, als ich am Schreibtisch meiner Mutter Formulare ausfüllte und abstempelte, klingelte mein Handy.

Ich erkannte eine Regierungsnummer auf dem Display und hob schnell ab. »Hallo?«

»Hallo, dies ist ein Anruf für Florence Biyoya«, sagte eine weibliche Stimme.

»Ich bin Sophie, ihre Tochter. Darf ich fragen, mit wem ich spreche?«

»Ja. Ich bin die persönliche Referentin von Monsieur Ngambe, dem Sozialminister.«

Mit einem Ruck setzte ich mich gerade hin. »Dem Sozialminister? Des gesamten Landes?«

»So ist es, Mademoiselle Biyoya. Nun, wie soll ich es formulieren …? Haben Sie einen Lastwagen zum Transport von Bonobos?«

»Ja, wir haben ein Fahrzeug, ein kleines. Geht es darum, einen konfiszierten Bonobo abzuholen? Geben Sie uns einfach die Adresse, wir fahren hin …«

»Die Sache ist etwas anders gelagert, Mademoiselle Biyoya.«

»Sagen Sie mir, wie wir Ihnen helfen können.«

»Nun ja, wir haben achtzehn …«

Ich brauchte eine Weile, um meine Sprache wiederzufinden. »Sie haben *achtzehn* Bonobos?«

»Nein, ganz so ist es nicht. Schauen Sie … der neue Präsident hat veranlasst sämtliche Regierungsgebäude zu inspizieren und sie von den Hinterlassenschaften seines Vorgängers und dessen Entourage zu befreien. Doch als wir uns jetzt den Winterpalast vornehmen wollten, mussten wir feststellen, dass es nicht einmal möglich ist, den Park zu betreten: Denn dort wimmelt es von Bonobos, die nicht gewillt scheinen sich stören zu lassen.«

Aus dem ungläubigen Lächeln auf meinem Gesicht wurde ein breites Grinsen. »Verstehe. Und wo genau befindet sich dieser Palast?«

Er lag nur etwa 15 Kilometer entfernt an der Hauptstraße, wie mir die Referentin erklärte.

»Ist jetzt jemand dort vor Ort?«, fragte ich.

»Ich stehe gerade vor dem Tor«, erklärte mir meine Gesprächspartnerin. »Wir sind ratlos, was wir tun sollen, und der Minister ist zunehmend verärgert. Bitte kommen Sie so schnell wie möglich vorbei.«

Clément, Mom und ich fuhren auf der Stelle los. Da Otto ziemlich angeschlagen war und von seinem zuckrigen Hustensirup berauscht unter einem Baum schlief, ließ ich ihn in der Obhut von Marie-France.

Wir stießen noch auf der Zufahrtsstraße zum Reservat auf die Referentin des Sozialministers, die nervös neben ihrem schwarzen SUV auf und ab lief und die Hände rang. Als sie uns sah, sprang sie erleichtert in ihren Wagen und fuhr uns bis zum Palast voraus.

Was für ein Anblick bot sich uns dort! Das Gelände, das sich hinter dem schmiedeeisernen Tor auftat, sah aus wie ein einziger Affen-Vergnügungspark. Bonobos hockten in opulent verzierten Pflanzenkübeln, kackten in Vogeltränken, jagten sich um griechische Statuen, hüpften von Aphrodites Kopf und schwangen sich von Poseidons Dreizack direkt in Zeus' Arme. Sie hatten Kleidungs- und kleinere Möbelstücke aus dem Palast geschleppt und wüst auf der ganzen Rasenfläche verteilt. Der Großteil der Uniformen war zerfetzt. Einer der Bonobos flitzte mit einem tropfnassen Militärbarett vor dem Gesicht herum.

Die Hälfte unserer Krippenbesatzung war hier versammelt und ein halbes Dutzend der Bonobos aus dem Gehege. Sie hatten es also tatsächlich geschafft! Sie waren den Soldaten entkommen!

Und sie hatten den Spaß ihres Lebens.

Ich schlang meine Arme um Mom. »Man bringt es kaum übers Herz, sie hier wegzuholen, oder?«

EPILOG

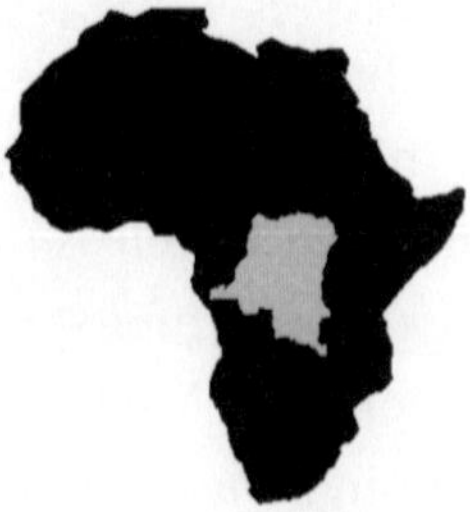

Ich besitze ihn immer noch, nach all den Jahren. Er nimmt einen Ehrenplatz in meinem Bücherregal ein: einer meiner beiden Kongo-Turnschuhe.

Die Knoten im Schnürsenkel, die ich Otto hatte machen lassen, um Bouain zu entkommen, hatten sich durch das ständige Waten in dreckigem Flusswasser so verkrustet, dass ich den Schuh am Ende aufschneiden musste, um ihn auszuziehen. Aber Ottos herrlichen, lebensrettenden Senkelsalat habe ich intakt gelassen, der prangt immer noch oben auf dem Schuh.

Ich bin nach dem Krieg tatsächlich nicht mehr nach Miami zurückgekehrt, sondern bei meiner Mutter geblieben und auf die Amerikanische Schule in Kinshasa gegangen. Nach ein, zwei Monaten ist mein Dad wieder in die USA geflogen, während ich an der Seite meiner Mutter mein neues Leben im Kongo aufgenommen habe. Kurz hatte ich gehofft, dass meine Eltern wieder zusammenkommen würden, aber das ist leider nicht passiert. Als ich schließlich mit der Schule fertig war, haben meine Eltern darauf bestanden, dass ich an eine amerikanische Universität gehe. Was ich getan habe: Ich habe Internationale Beziehungen und Entwicklungspolitik studiert.

Und jetzt sitze ich an Bord einer Air-France-Maschine und

befinde mich im Landeanflug auf Kinshasa, diese mir inzwischen so vertraute Stadt. In meiner Tasche steckt, neben einem Foto des Turnschuhs mit dem Schnürsenkelchaos, ein Businessplan für ein Gemeindeentwicklungsprojekt.

Mom empfängt mich vor dem Flughafengebäude mit der innigen, warmen Umarmung, nach der ich mich so gesehnt habe. Wir klettern auf den Rücksitz des Reservat-Lieferwagens und sind kaum losgefahren, da hat sie mir schon von mindestens zehn jungen Kongolesen vorgeschwärmt: alles Söhne von Freunden von Freunden von Freunden, einer attraktiver, intelligenter und qualifizierter als der andere. In Bezug auf mich ist Mom total jungsverrückt geworden. Schnell wechsle ich das Thema und frage sie nach dem Reservat aus. Das ist inzwischen deutlich größer als vor dem Krieg und besitzt mehrere riesige Gehege. Auch das Auswilderungsprojekt läuft, nach anfänglichen Schwierigkeiten, bestens. Mittlerweile leben mehr Bonobos auf der wilden, von Mom gepachteten Insel als in den Gehegen des Reservats – ein Erfolg, den Mom oft und gerne herausstellt. Sie beschäftigt an die hundert Mitarbeiter, die vielen Bauern nicht mitgerechnet, die tonnenweise Obst für ihre Bonobos anbauen.

Wohlweislich lasse ich Otto unerwähnt und ich bin erleichtert, dass auch Mom nicht auf ihn zu sprechen kommt.

Ich habe meine Ankunft im Kongo extra so getimt, dass sie mit der diesjährigen Auswilderungswelle zusammenfällt und ich Mom nach Mbandaka begleiten kann. Jetzt, nach ein paar Jahren, verspüre ich das Bedürfnis, die Stadt noch einmal zu sehen und auf diese Weise vielleicht meine schlimmen Erinnerungen loszuwerden.

Als wir Mbandaka erreichen, stelle ich fest, dass sich die Stadt ganz gut gemacht hat. Es gibt sogar ein Straßencafé, wo man echten Espresso bekommt! Und einen Botanischen Garten! Und das verfallene Postamt hat man in ein kleines Kino umgewandelt. Nach fünfzigjähriger Abwesenheit halten Filme also wieder Einzug in den Kongo.

Die Menschen in dem kleinen Dorf Ikwa sind immer noch ziemlich dürr – und genauso freundlich wie damals. Sie haben ein großes Festessen für unsere Crew vorbereitet, bestehend aus Fisch, Erdnüssen und den Früchten des Safou-Baumes. Im Gegenzug schenken wir ihnen Jutesäcke mit Salz und ein paar Kilo kostbare Seife. Außerdem habe ich ihnen Kleidung aus Amerika mitgebracht. Die Preisschilder und Etiketts versetzen sie in helle Aufregung und werden im gesamten Dorf wie kleine Freiluft-Kunstwerke aufgehängt. Wir übernachten in Ikwa, von wo wir am nächsten Morgen in das Auswilderungsgebiet aufbrechen wollen. Die sedierten Bonobos schlummern in ihren Transportkisten. Obwohl wir die Dorfkinder alle naselang wegscheuchen, scharen sie sich doch immer wieder um die Kisten, starren die Affen an und versuchen sie aufzuwecken.

Am Morgen steigen wir in motorisierte Pirogen und steuern die Insel an, auf der wir die Bonobos, diesmal sind es vier, freilassen werden. Als meine Mutter mir die Namen der diesjährigen Kandidaten genannt hatte, war mir sofort klar gewesen, dass ich mitkommen wollte: Mushie ist dabei und die mittlerweile erwachsene Songololo. Seit ihrer Rückkehr damals ins Reservat sind die beiden absolut unzertrennlich. Der jüngste Affe, der ausgewildert wird, ist gerade mal sieben Jahre alt: Anastasias kleine Tochter, die Kriegswaise, die am Rande des verlassenen Dorfes geboren wurde und die ich letztlich Congo genannt hatte. Ein ziemlich blöder Name, denke ich heute, aber damals, als ich ihn ihr gab, war ich noch vollkommen traumatisiert von den Kriegsbildern in meinem Kopf. Jetzt nenne ich sie manchmal Demokratische Republik – kleiner Scherz, um mich selbst auf den Arm zu nehmen. Congo findet das wahrscheinlich weniger witzig.

Am späten Nachmittag erreichen wir die Insel. Es braucht jeweils vier Männer, um die schweren Holzkäfige mit den sedierten Bonobos an den Strand zu hieven, und es geht laut zu dabei, Rufe fliegen hin und her und die Boote drohen mehrmals umzukippen. Wir wuchten die Kisten direkt durch das elektrische Eingangstor in das Gehege und stellen sie dicht hinter dem Zaun ab. Damit sich die Bonobos sicher fühlen, beschließen wir sie bis zum Morgen, bis die Wirkung des Beruhigungsmittels nachlässt, in den Kisten schlafen zu lassen und unsere Zelte direkt neben ihnen, auf der anderen Zaunseite, aufzuschlagen. Am Morgen müssen wir dann nur noch die Käfigtüren öffnen.

Aber so weit ist es noch nicht. Zuerst habe ich noch etwas anderes vor. Ich frage Mom, ob ich mir eine Piroge ausleihen und eine Tour um die Insel machen kann. Lächelnd nickt sie. Sie weiß genau, was ich vorhabe.

Einer der Träger bietet mir an mich zu fahren, aber ich

lehne ab. Ich will allein sein. Und so tuckere ich im rosafarbenen Dämmerlicht los. Zum anderen Ende der Insel.

Zu Otto.

Das ganze erste Jahr nach unserer Rückkehr ins Reservat war Otto außerhalb meiner Schulzeit ständig an meiner Seite. Danach habe ich angefangen ihn schrittweise an die Krippe zu gewöhnen. Erst verbrachte er dort einen halben Tag und später, als er mit seinen Bonobo-Freunden vertraut war, mehrere Tage am Stück. Wenn ich zurückkehrte, stürzte er sich jedes Mal mit ausgestreckten Armen auf mich, wie ausgehungert nach einer Umarmung – als hätte er die Zeit bis zu unserem Wiedersehen nur mit Mühe und Not überstanden. Mir kamen dann prompt die Tränen, was bei ihm wiederum wildes Kichern auslöste. Und stets fing ich noch im selben Moment an mich vor unserer nächsten Trennung zu fürchten.

Als ich schließlich zum Studium nach Amerika ging, war Otto ein ausgewachsener Bonobo, schlank und elegant, mit akkurat sitzendem Mittelscheitel und drahtigem Fell. Ein extrem flotter Kerl, dachte ich jedes Mal, wenn ich ihn sah, und dabei eher so der Typ schlaksiger Poet. Er hatte riesige ausdrucksstarke Augen, fast wie eine Manga-Figur, und war, wie ich nicht ohne Stolz feststellte, der Schwarm aller Ladys – und übrigens auch der Gentlemen, Bonobos sind da sehr offen.

Und nun bin ich also wieder auf dem Fluss unterwegs. Bis auf das Tuckern des Außenborders kommt mir alles so vertraut vor in dieser Piroge, erinnert mich alles sehr stark an die Fahrt mit Wello – selbst das Schwappen der Wellen, das gleichzeitig beruhigend und unheimlich ist. Während ich die Insel umrunde und im dichten Grün nach den Bonobos Ausschau halte, überlagern sich Vergangenheit und Gegenwart auf so gespenstische Weise, dass mein Herz zu rasen beginnt.

Kurz vor der Spitze der Insel wird der Wald lichter und weicht schließlich einem großen Sumpf. Von Mom weiß ich, dass die Bonobos sich dort nur selten aufhalten. Zumindest während der Regenzeit ziehen sie sich lieber unter das schützende Blätterdach der Bäume zurück. Deshalb umfahre ich die Inselspitze relativ zügig und drossele den Motor erst, als der Wald auf der anderen Inselseite wieder dichter wird. Immer noch keine Spur von Affen.

Mir bleibt sicher nicht mehr als eine halbe Stunde Sonnenlicht. Trotzdem schalte ich den Außenborder aus und lasse mich treiben. Gut möglich, dass das Motorgeräusch die Bonobos vom Ufer fernhält. Hin und wieder höre ich es in den Bäumen knacken, aber jedes Mal ist es nur eine Eidechse, die sich ins Wasser gleiten lässt, oder ein auffliegender Vogel.

Und dann sehe ich plötzlich hoch oben in einer Baumkrone einen schwarzen Schatten, der fast augenblicklich wieder verschwindet. Definitiv ein Bonobo. Aber war es Otto?

Kurze Zeit später taucht der Affe auf dem seicht abfallenden Strand wieder auf, und ich weiß sofort, dass er es ist: der Mittelscheitel, die flinken Augen, die zarten Gliedmaßen. Mein Otto! Ich stehe auf und winke. Otto wiegt sich unsicher auf zwei Beinen hin und her und starrt zu mir herüber. Ich rufe ihn beim Namen.

Augenblicklich kreischt er auf, lächelt, springt auf und ab

und klatscht mit den Händen auf den Boden. Er rennt hin und her und lässt mich dabei nicht eine Sekunde aus den Augen. Und dann reckt er mir seine Arme entgegen: *Komm, umarme mich!*

Mit Tränen in den Augen strecke auch ich meine Hände nach ihm aus. Und verfluche die Grundregel des Projekts, die besagt, dass die Reservatsmitarbeiter ab dem Moment der Auswilderung keinen direkten Kontakt mehr zu den Bonobos haben dürfen. Obwohl ich natürlich weiß, dass es eine sinnvolle Schutzmaßnahme ist: Sie soll die Tiere davor bewahren, sich auf fremde, weniger wohlmeinende Menschen einzulassen, die womöglich auf die Insel übersetzen.

Wieder hebt Otto seine Arme, diesmal fordernder. *Nun komm schon, herze mich! Wann kommst du denn endlich?*

Oh, Otto, ich wünschte, ich könnte.

Ich stehe in der wackeligen Piroge, rufe seinen Namen, immer und immer wieder, und plappere irgendeinen Blödsinn, nur damit er am Ufer bleibt. Dabei muss ich mich gar nicht anstrengen seine Aufmerksamkeit zu behalten. Es sieht so aus, als würde er den kleinen Strand, auf dem er steht, niemals mehr verlassen. Er tigert auf und ab und wagt sich schließlich sogar ein paar Schritte ins Wasser, so als ob er zu mir schwimmen wollte. Aber Bonobos können nicht schwimmen, deshalb stakst er zurück zum Ufer, die Arme in die Höhe gereckt, damit sie nicht nass werden. Dann tappt er wieder auf dem Sandstreifen hin und her und schickt sehnsuchtsvolle Laute in meine Richtung. Schließlich gibt er auf, lässt sich zu Boden plumpsen, den Kopf in den Händen vergraben, und starrt mich an. Seine Augen leuchten golden von der untergehenden Sonne.

»Otto«, rufe ich, als die letzten Sonnenstrahlen hinter dem Horizont verschwinden. »Ich hab dich so unendlich lieb!«

Er starrt mich unverwandt an und streckt ein letztes Mal seine Arme nach mir aus. *Komm kuscheln.*

Was für eine Qual!

Schließlich reiße ich mich los, schmeiße den Motor an und tuckere, bevor es ganz dunkel wird, zurück zu unserem Lager.

Als ich anlege, steht meine Mutter am Ufer und hilft mir aus dem Boot. Sie fragt, ob ich Otto gesehen habe, und entnimmt die Antwort meinem Schweigen. Behutsam führt sie mich zu unserem Zelt, wo ich noch eine halbe Ewigkeit auf die Stoffwände starre, bevor mich der Schlaf endlich übermannt.

Am nächsten Morgen wache ich davon auf, dass Mom den Reißverschluss unseres Zeltes öffnet und kurz darauf wieder schließt. Dann höre ich das Geräusch des Gaskochers, als sie Tee kocht. Ich wälze mich auf die andere Seite und versuche noch einmal einzuschlafen, da ertönt erneut das Ratschen des Reißverschlusses und Mom rüttelt mich an der Schulter: »Sophie! Steh auf! Komm raus!«

Ich schlüpfe in meine Schuhe und klatsche kurz ein paar Mücken tot, die blitzartig in das Zelt eingedrungen sind. »Mom«, sage ich, »du darfst das Zelt nicht offen las…«

Mitten im Satz verstumme ich.

Nur ein paar Meter entfernt, auf der anderen Seite des Zaunes, sehe ich Otto. Er liegt zusammengerollt und tief schlafend auf der Seite, das Gesicht uns zugewandt, mit ausgestreckten Armen, die Hände in den Boden gekrallt.

Und nicht nur Otto ist da. Neben ihm liegen, ebenfalls schlafend, ein junges Bonobo-Weibchen und ihr Baby. Die Beine des Kleinen baumeln zu beiden Seiten des mütterlichen Bauches herunter, sein winziger Körper hebt und senkt sich mit jedem Atemzug der Mutter.

Da Bonobos nicht monogam sind, ist es unmöglich, zu sagen, wer wessen Vater ist, aber diese drei hier wirken sehr vertraut und eng miteinander. Offenbar ist Otto in der Dunkelheit meinem Boot am Inselufer entlang gefolgt, auf unser Camp gestoßen und zurück in den Wald gelaufen, um seine zwei Gefährten zu holen und mir vorzustellen.

»Mom, ich weiß, dass wir uns ihnen nicht nähern dürfen«, flüstere ich, »aber … kann ich nicht kurz …?«

Sie sieht sich schuldbewusst um. »Okay, aber wirklich nur ganz kurz. Bevor die anderen aus ihren Zelten kommen. Sie sollten nicht mitkriegen, dass ich bei dir eine Ausnahme mache.«

Mom betätigt einen Kippschalter zwischen Solarmodul und Zaun und sofort hört das elektrische Surren in den Drähten auf. Ich öffne das Tor und schlüpfe hindurch. Wieder stehe ich in einem Bonobo-Gehege, aber diesmal unter so völlig anderen Umständen. Trotzdem stürmen sofort unzählige Erinnerungen auf mich ein – Erinnerungen daran, wie ich den UNO-Friedenshütern ausgebüxt war und ums Überleben kämpfte. Doch die alten Bilder verblassen, als ich mich neben Otto und seiner Familie auf den Boden knie. Das hier, das ist jetzt.

Ich betrachte den schlafenden Otto: die Füße, die ich so oft gekitzelt habe, das Handgelenk, das Patrice umklammert hat, um eine Infusionsnadel in den Arm zu piksen, die Hüfte, die damals von Eiterblasen übersät war und jetzt so robust und muskulös ist, die Hände, die sich so oft um meinen Hals gelegt haben.

Als würde er meine Anwesenheit spüren, räkelt sich Otto plötzlich und blinzelt. Und als er mich erblickt, reißt er die Augen auf und setzt sich mit einem Ruck aufrecht. Er gibt ein leises Geräusch von sich und streckt seine Hände nach mir aus. Diesmal darf ich ihn in den Arm nehmen, und die Umarmung, die er erwidert, ist so kräftig, dass mir fast der Atem wegbleibt. So kraftvoll werde ich nie wieder in meinem Leben umarmt werden – zumindest nicht von einem Menschen.

Er seufzt leise in mein Ohr, während ich das dichte Fell auf seinem Rücken streichele. Mit unserer Umarmung haben wir das Bonobo-Baby aufgeweckt. Es ist ein kleiner Junge, der jetzt benommen den Kopf hebt und mich ruhig und erstaunt ansieht. Ich versuche mich behutsam aus Ottos Umklammerung zu winden, erfolglos. Also spreche ich mit ihm. »Er ist total niedlich, dein kleiner Junge. Er sieht so aus wie du, als du in dem Alter warst.«

Erst als ich meine Finger kitzelnd zwischen seine Rippen bohre, lässt Otto von mir ab. Er stößt sein altbekanntes heiseres Glucksen aus, rollt sich auf den Rücken und lächelt, wobei er kräftige cremeweiße Zähne entblößt. Das Baby rutscht vom Bauch seiner schlafenden Mutter herunter und klettert direkt über Ottos Gesicht, um näher bei mir zu sein. Das kleine Kerlchen kitzele ich jedoch nicht, denn es hatte noch nie Kontakt zu Menschen und so soll es auch bleiben.

Ottos Abgelenktheit nutzend stehe ich auf. Doch sofort ist auch mein ehemaliger Schützling auf den Beinen und setzt sich seinen Sohn auf den Rücken. Als ich den Zaun erreiche, kreischt er auf, um mich vor dem Strom zu warnen. Blitzschnell trete ich durch das Tor und verschließe es hinter mir. Dann schaltet Mom den Strom wieder an. Otto bleibt so dicht wie möglich vor dem Zaun stehen und schürzt die Lippen, setzt sein süßestes Kussgesicht auf. Ich beuge mich so weit vor, wie ich kann, und hauche ihm einen Luftkuss auf den Mund. Er lächelt, spitzt noch einmal die Lippen und wackelt mit dem Kopf.

Auf Ottos Zaunseite stehen die Holzkäfige mit den neu angekommenen Bonobos. Songololo ist inzwischen aufgewacht, hat sich aus der kleinen Nylonhängematte geschält, die in der Kiste aufgespannt ist, und sich an die Gitterstäbe gestellt. Neugierig starrt sie Otto an. Es liegt kein Fünkchen Angst in ihrem Blick. Offensichtlich erinnert sie sich an Otto und möchte raus, um ihn und seine Begleiter zu begrüßen.

Mom weckt die Träger und den Tierarzt. Alles ist vorbereitet für das Öffnen der Holzverschläge: An den Käfigtüren sind Seile befestigt, die durch die Drahtmaschen bis auf unsere Zaunseite verlaufen. Jetzt muss nur noch an den Seilen gezogen werden. Während der Rest der Crew Tee trinkt und mögliche Komplikationen bespricht, stehe ich am Zaun, puste warme Luft in Ottos Gesicht und verabschiede mich von ihm.

Mom gibt grünes Licht für das Öffnen der Käfige. Drei der

Träger greifen nach den Seilen, ich schnappe mir das vierte. Fasziniert schaut mir Otto zu. Dann folgen seine Augen dem Lauf des Seils bis zu einer der Käfigtüren, woraufhin er zu der Kiste springt, sich davorsetzt und wartet, dass sie sich öffnet. Was für ein kluges Kerlchen!

Jetzt legt er sich platt auf den Boden und äugt durch die Gitterstäbe. Knarzend ruckelt die Käfigtür nach oben. Sofort dreht Otto seine Handflächen nach außen – das Bonobo-Zeichen für »Du kannst mir vertrauen«. Mit großen Augen blickt Klein-Congo in die Runde und wagt sich vorsichtig heraus.

Ende

Nachwort des Autors

Zwar sind der Putsch und der anschließende Bürgerkrieg, die ich in *Dunkelrote Erde* schildere, fiktional, aber die lange, tragische Geschichte der Gewalt im Kongo ist es nicht. Während meiner Arbeit an dem Roman fanden im Osten des Landes Kämpfe statt – obwohl sich die Demokratische Republik Kongo offiziell nicht mehr im Kriegszustand befindet. Leider ist der Waffenstillstand eher Willensbekundung denn gelebte Realität. Nahe der Grenze zu Ruanda sind zahlreiche Rebellengruppen aktiv. Sie beuten die natürlichen Ressourcen des Landes aus, rekrutieren Kindersoldaten und vergewaltigen UN-Schätzungen zufolge täglich an die tausend Frauen. Versuche, die Gewalt einzudämmen, verlaufen meist ergebnislos oder führen mitunter zu blutigen Racheakten.

Für die Kongolesen begann das 20. Jahrhundert unter dem Joch der Kolonialherrschaft und es endete mit einem bewaffneten Konflikt. Dennoch gibt es heute mehr denn je Anlass zur Hoffnung. Auch wenn in bestimmten Regionen immer wieder Gewalt aufflammt: Anders als in den 90er-Jahren ist die Existenz der Nation als solche gegenwärtig nicht bedroht. Und es ist auch nicht anzunehmen, dass, wie in diesem Roman, die Hauptstadt des Landes von Rebellen erobert wird – trotz der zahlreichen Attentate und Regimewechsel in den vergangenen zwanzig Jahren. Dennoch führen die Vereinten Nationen ihren Friedenseinsatz, der mit rund 20000 Soldaten und Friedenshelfern der größte weltweit ist, fort. Und sobald in dem zentralafrikanischen Land Parlaments- und Präsidentschaftswahlen anstehen, verfolgt die ganze Welt mit angehaltenem Atem – so wie 2006 und 2011 –, ob das zarte Pflänzchen Demokratie überlebt.

Die Ursachen für den Konflikt sind vielfältig und dieser Roman kann, wenn überhaupt, nur einen oberflächlichen Eindruck davon vermitteln. Die Demokratische Republik Kongo ist ein riesiges Land, seine Fläche ist vergleichbar mit der Westeuropas, und mit fast 70 Millionen Einwohnern ist es außerdem das größte französischsprachige Land der Welt. Das Ausmaß der Gräuel, die sich dort in der Vergangenheit abgespielt haben – mehr als 5 Millionen Tote, darunter Morde von abscheulicher Brutalität –, ist schwer zu begreifen. Anders jedoch als in Schreckensherrschaften der jüngeren Weltgeschichte (unter Tyrannen wie Hitler, Stalin, Pol Pot, Milošević …) sind diese horrenden Zahlen weniger das Ergebnis einer tyrannischen Regierung als vielmehr eines Nicht-Regierens. Die kongolesische Regierung ist innerlich so zersetzt und geschwächt durch Korruption, dass sie nicht die Kraft hat, die Splittergruppen zu bekämpfen, die gesetzlos auf dem riesigen Staatsgebiet agieren.

Und mitten in diesem Land leben die Bonobos. Die Demokratische Republik Kongo ist ihr Zuhause, nirgendwo sonst auf der Welt kommen sie in freier Wildbahn vor. Zwar hat man im Kongo schon immer Affenfleisch gegessen, doch Menschenaffen zu verspeisen galt in fast allen Stämmen lange als Tabu. Mit den Hungersnöten allerdings, die auf die Kriege folgten, fiel dieses Tabu. Und seitdem sieht das Schicksal der kongolesischen Bonobos sehr häufig so aus:

Jäger dringen in die Wälder vor. Sie warten den Einbruch der Dunkelheit ab, wenn sich die Bonobos mit lauten Rufen verständigen und in ihre Schlafnester legen. Dann verstecken sie sich am Fuß der Bäume, und sobald die Affen morgens herunterkommen, erschießen sie sie oder erschlagen sie mit Macheten. Die ausgewachsenen Tiere essen sie sofort oder räuchern sie, um sie als sogenanntes »Buschfleisch« zu verkaufen. Der Bonobo-Nachwuchs dagegen wird am Leben gelassen und auf dem Schwarzmarkt verkauft. Ein Jungtier bringt an die 50 Dollar ein, und wenn man es über die Grenze schmuggelt und international handelt, bekommt man sogar bis zu 1500 Dollar dafür. (So wurde zum Beispiel am Pariser Flughafen im Handgepäck eines Passagiers ein Bonobo-Äffchen von einem Sicherheitsscanner entdeckt. Es wurde später im Reservat »Lola Ya Bonobo« aufgenommen, das das Vorbild für das Reservat in diesem Buch ist.) Bei einem durchschnittlichen Monatseinkommen im Kongo von zwölf Dollar ist einfach jeder Zusatzverdienst willkommen, deshalb fangen Menschen immer wieder junge Affen ein, um sie über weite Wege zu einem Markt in einer der größeren Städte zu bringen. Allerdings überleben nur die wenigsten Äffchen diesen Transport. Und so steht jeder kleine Bonobo, der im Reservat landet und aufwächst, für die unzähligen Artgenossen, die nicht das Glück hatten, über verschlungene Wege dorthin zu gelangen.

Den Anstoß, über Bonobos zu schreiben, gab mir das wunderbare, herzerwärmende Buch *Bonobo Handshake* von Vanessa Woods. Darin beschreibt die Autorin, wie sie lernte mit Bonobos im Kongo zu leben und sie zu verstehen: ein Bericht aus erster Hand, der mich sehr inspiriert hat. Eine ganze Lawine von Fragen hat dieses Buch bei mir losgetreten – und Vanessa Woods hat sie alle mit unendlicher Geduld beantwortet. Über sie habe ich auch Claudine André kennengelernt, die Gründerin des Bonobo-Reservats »Lola Ya Bonobo« in Kinshasa. Mich hat sehr beeindruckt, über welche Hindernisse hinweg sie in einem der korruptesten Länder der Welt diese Schutzstation für Bonobos aufgebaut hat. Ihr Buch *Wilde Zärtlichkeit: Mein Paradies für Bonobos im Herzen Afrikas* kann ich in diesem Zusammenhang nur wärmstens empfehlen. Was für die Schimpansen Jane Goodall ist und für die Gorillas Dian Fossey war, ist Claudine André für die Bonobos. Sie ist eine der charismatischsten Personen, die mir je begegnet sind – die Bonobos hätten sich keine bessere Vorkämpferin für ihre Sache wünschen können. Evelyne Pitault und Jeanne d'Arc, zwei freiwillige Helferinnen, die schon ewig im Reservat sind, haben mich sehr nett dort aufgenommen. Die Ziehmütter Yvonne Vela, Henriette Lubondo, Espérance Tsona und Micheline Nzonzi haben mich dadurch beeindruckt, was für schwere Äste und Stöcke sie schleppten. Schwester Anne-Marie Ngalula bin ich dankbar für ihre vielen Führungen auf dem Reservatsgelände.

Für die Äffin Anastasia in diesem Roman habe ich mich übrigens von Mimia inspirieren lassen. Die Bonobo-Dame Mimia kam ins Reservat, nachdem sie jahrelang unter Menschen gelebt hatte. Leider ist sie 2010 bei der Geburt ihres Kindes gestorben. Auch Claudine Andrés Gepflogenheit, die Affen nach kongolesischen Orten zu benennen, habe ich übernommen.

Trotz meiner persönlichen Erlebnisse und Erkundungen, trotz meiner Bemühungen, die wissenschaftlichen Erkenntnisse über das Verhalten von Bonobos zu berücksichtigen, werden sich Fehler und Ungenauigkeiten in mein Buch eingeschlichen haben, für die ich natürlich die volle Verantwortung übernehme. Dasselbe gilt auch für den bewaffneten Konflikt, der in meiner Schilderung sicher in vielerlei Hinsicht von dem abweicht, was sich in einem schonungslosen Bürgerkrieg tatsächlich abspielt.

Insgesamt habe ich große Hoffnungen – und ich wünsche es sehr –, dass die Kongolesen auf eine bessere Zukunft zusteuern.

Eliot Schrefer
New York, Dezember 2011

FSC
www.fsc.org
MIX
Papier aus verantwortungsvollen Quellen
FSC® C014496

Ein *Chicken House*-Buch im Carlsen Verlag

Originaltitel: Endangered
Umschlagbild: Shutterstock / Eric Isselee, Merkushev Vasiliy
Umschlaggestaltung: Henry's Lodge, Vivien Heinz
Aus dem Englischen von Birgit Niehaus
Lektorat: Sophia Marzolff
Layout und Herstellung: Tobias Hametner
Satz: Dörlemann Satz, Lemförde
Lithografie: Margit Dittes Media, Hamburg
Gesetzt aus der Bell MT und der Haunt
Druck und Bindung: GGP Media GmbH, Pößneck
ISBN 978-3-551-52055-5
Printed in Germany
www.chickenhouse.de